Erschienen im Jubiläumsjahr 1987
bei Klett-Cotta

Ivy Compton-Burnett

Männer und Frauen

Roman

Aus dem Englischen übersetzt von Walter Schürenberg

Klett-Cotta

I »Na, Buttermere? Das ist ein Tag, an dem sich leben und atmen läßt, an dem man sich als Mann in der Blüte seiner Jahre fühlt. Wie ich hier vor meinem Haus stehe, komme ich mir noch ebenso jung vor wie vor dreißig Jahren, als ich einzog, im Jahr 1859. Wie alt würden Sie mich schätzen, wenn ich Ihnen jetzt zufällig unter die Augen käme?« Sir Godfrey Haslam trat, nicht gerade seiner sonstigen Art entsprechend, durch das niedrige Fenster ins Speisezimmer, um sich der Musterung durch seinen Butler zu stellen. »Ich wette, nicht sechsundfünfzig. Aber so alt bin ich. Sechs und fünfzig im vorvorigen Monat. Na, was würden Sie sagen, Buttermere?«

»Guten Morgen, Sir Godfrey«, sagte Buttermere.

»Drei Jahre und zehn Monate unter sechzig! Was manche Leute einen älteren Herren nennen würden. Oder über sein Mittelalter hinaus, das wäre die landläufige Meinung. Aber ich fühle mich noch keineswegs so weit unten auf meiner Lebensbahn. Möge sich jeder Mann meines Alters fühlen wie ich. Hoffentlich auch Sie, Buttermere.«

»Meine Lebensumstände waren nicht danach, Sir Godfrey«, sagte Buttermere und wandte sich weiter seinen Obliegenheiten zu.

»Licht oder Dunkel, das läßt anscheinend unsere Waage so oder so ausschlagen«, sagte Sir Godfrey, leicht stirnrunzelnd, im Hinblick auf das empfindliche Gleichgewicht seines eigenen Lebens. »Nun, ich möchte sagen, so geht es den meisten von uns. Mal oben, mal unten.«

Buttermere stand mit dem Rücken zum Licht – eine lebende Illustration seiner diesbezüglichen Erfahrungen.

Sir Godfrey Haslam, ein Mann von angenehmem Äußeren und guter Statur, mit freundlichen, schmalen Augen, leicht angelsächsischen Zügen, verbindlich und lässig in seiner Haltung, trat ins Fenster zurück und ließ seinen Blick über die englischen Moore und Wiesengründe schweifen, die er sich, sobald er dazu in der Lage gewesen war, als Szenerie seiner Tage erkoren hatte. Sein

Butler, ebenso alt und ebenso hochgewachsen, mit einem großen haarlosen Kopf und groben, um die Mitte angeordneten Gesichtszügen, konnte nur kurz in die gleiche Richtung blicken, denn er war mehr damit beschäftigt, wieder zu Atem zu kommen. Beide Männer sahen aus, als hätten sie es im Leben leicht gehabt, und der Herr, wie sich das gehörte, noch etwas leichter.

»Ich bin ein anderer Mensch, wenn die Sonne ihr Werk tut. Ich bin stolz auf mein Heim, auf meine Frau, auf meine Söhne und meine Tochter, mein Gesinde, männlich und weiblich, und auf den Fremden, der unter meinem Dache weilt. Mein Besitz schafft mir Genugtuung.« Indem er so sprach, blickte er hochbefriedigt auf die Reihe der Familienporträts, die sein Vater, nicht minder befriedigt von der Erkenntnis, daß früh sich regen am Ende den erwarteten Segen bringt, in Auftrag gegeben hatte. »Und stolz auf meine teuren Eltern und Voreltern, die aus ihren Rahmen auf mich herabblicken, als freuten sie sich darüber, mich in anderen, besseren Verhältnissen zu sehen. Und wie ich ihre Freude nachempfinde! Nichts in meinem Erbe, dessen ich mich schämen müßte, Buttermere; nicht des nützlichen kleinen Vermögens und Ansehens, erworben durch Versorgung der kleinen Leute mit den Dingen des täglichen Gebrauchs und im Rahmen ihrer bescheidenen Bedürfnisse. Ich müßte vor mir selbst erröten, würde ich darüber erröten.«

»Jawohl, Sir Godfrey«, sagte Buttermere förmlich bestätigend.

»Sehen Sie, ich spreche zu Ihnen wie zu einem Freund, Buttermere«, sagte Sir Godfrey, der meinte, dies sei jetzt angebracht. »Fünfundzwanzig Jahre sind Sie bei uns, und da darf ein Mann schon erwarten, wie ein Freund behandelt zu werden, oder nicht?«

»Vielen Dank, Sir Godfrey«, sagte Buttermere etwas reserviert.

»Ich glaube fast, Sie würden einen hochnäsigen Adligen als Dienstherrn vorziehen«, sagte Sir Godfrey, ohne der Glaubwürdigkeit dieser Behauptung viel Wert beizumessen.

»Ich bin zufrieden, vielen Dank, Sir Godfrey.«

»Noch niemand unten?« sagte der Herr, gleichsam mit gespitzten Ohren.

»Die Lady wird gleich erscheinen, Sir Godfrey.«

»Oh, sie ist heute die erste«, sagte Sir Godfrey und bewegte sich festen Schritts und sozusagen mit ausgestreckten Armen auf die Tür zu. »Sieh da, Harriet, sieh da, meine Liebe! Und wie hast du geschlafen?«

»Du weißt doch, wie schlecht ich zur Zeit schlafe. Es muß dich langweilen, immer danach zu fragen, und mich, darauf antworten zu müssen.«

Lady Haslam kam mit schleppendem Gang ins Zimmer, eine gedrungene, dunkelhaarige Frau mit gefurchten, entschiedenen Zügen, einem ausgeprägten Kinn und leidvoll blickenden braunen Augen; sie war etwa so alt wie ihr Mann, sah jedoch älter aus.

»Oh, aber ich meinte, wieviel du geschlafen hast und ob überhaupt? So habe ich's gemeint; das weißt du ebensogut wie ich.«

»Ja, ich weiß, mein Lieber.«

»Also komm, meine Liebe. Irgendwie mußt du dich ja erholen, sonst könntest du nicht den ganzen Tag mit uns sein. Nie ziehst du dich für ein Weilchen zurück, will sagen, nie müssen wir ohne dich auskommen. Wolle mich doch nicht partout mißverstehen. Und nimm dir das nicht eigens vor am Morgen.«

Harriet stammte aus besserer Familie als Godfrey und trug eine dunklere Erbmasse in ihrem älteren Blut. Sie war, wie auch andere aus solch überzüchteten Geschlechtern, geistig und nervlich früh überanstrengt, und ein intensives religiöses und familiäres Leben hatte ihr schwer zugesetzt.

Als ihre Kinder eintraten, durchforschte sie deren Gesichter mit verlangendem Blick und erwiderte ihren Morgengruß mit einer leidenschaftlichen Umarmung.

Ihr Zweitgeborener, Jermyn, war ein ernsthafter junger Mann von vierundzwanzig, der im Aussehen das Beste von beiden Eltern abbekommen und den man nach dem Mädchennamen seiner Mutter genannt hatte aus Gründen, die anscheinend für den jüngeren nur zutreffen, da man dem ältesten diesen Namen nicht verliehen hatte. Ihre Tochter Griselda war ein oder zwei Jahre jünger, ein hübsches, etwas unsicher wirkendes Mädchen, dessen große graue Augen ständig die der Mutter suchten und nie zur Ruhe zu kommen schienen. Der jüngste Sohn, Gregory, war ein hoch aufgeschossener, etwas fader Jüngling von zwanzig mit vorstehenden, farblosen Augen und auf den ersten Blick ohne jeden Ausdruck. Der älteste Sohn kam gewohnheitsmäßig zu spät.

»So, da wären wir alle«, sagte Godfrey mit einem leicht fragenden Beiklang. »Sind Sie auch vollzählig, Buttermere?«

»Alle, bis auf die Köchin, Sir Godfrey«, sagte Buttermere und ließ damit, obwohl oder gerade weil das täglich der Fall war, durchblicken, daß die Pflicht ein Mitglied des Haushalts fernhielt.

»O ja, also alle beisammen«, sagte Godfrey, was Griselda veranlaßte, Jermyn zuzulächeln. »Korinther elf, Vers vierzehn!«

Godfrey stammte aus einer unorthodoxen Familie und hatte sich daran gewöhnt, die geistlichen Funktionen eines Familienoberhaupts selbst auszuüben. Mit einer nachgerade in Eifer ausartenden Bereitwilligkeit war er in die Fußtapfen seines Vaters getreten. Harriets Religiosität ging nur so weit, daß sie sich um die fundamentalen Glaubenssätze kümmerte. Indessen akzeptierte und achtete sie jene Seite seines Wesens und stellte sie über die andere, was ganz in seinem Sinne war. Er las mit Nachdruck und Überzeugung, wobei er die Stimme ohne Rücksicht auf die Worte hob oder senkte; dann legte er das Buch beiseite und kniete nieder, welchem Beispiel alle anderen vom Hause folgten.

»Oh, Herr«, begann er mit lauter Stimme in achtungsvollem und mahnendem Ton, der die Worte gleichsam mit Großbuchstaben versah, »Du siehst uns hier am Beginn unseres Tages versammelt vor Dir an Deinem Altar, eine schlichte Familie, die Deine Gnade erfleht, um den Tag zu bestehen, sündig gewiß in Worten und Gedanken, aber vor Deinem Auge von Sünde frei. Denn unser ist der Glaube, der Berge versetzen kann. Bewahre unsere drei Söhne, diese aufstrebenden jungen Männer, die sich ihrer Jugend freuen, vor den Lockungen und Fallstricken des Tages. Und unsere Tochter, Trost unseres Alters und Gefährtin des Vaters in seinen reifen Jahren: Halte sie in Deiner Hut. Bewahre unsere Diener und Mägde, die hier gemeinsam mit uns Dein frommes Werk verrichten. Und auch jene, die besonderer Kraft bedürfen, um auf dieser schon festgetretenen Erde ein Stück weiter zu kommen, denen unser aller Bürde, das gewohnte Tagewerk, beschwerlich ist – leih ihnen Deinen Schutz und stärke ihre brave Gesinnung. Segne mein Weib und uns alle und eine uns durch die unverbrüchlichen Familienbande der Liebe und der häuslichen Gemeinschaft.«

Die Familie lieh diesen und anderen, obzwar nicht ausdrücklich an sie gerichteten Geboten und Mahnungen willig ihr Ohr; Harriet mit dem schlichten Verständnis für eine Sphäre, in der sich ihr Gatte so stark und klug erwies. Harriet und Godfrey hatten ihre Religiosität so wenig in Frage gestellt wie die überkommene Beschaffenheit der Erde, auf der sie wandelten.

Die Morgenandacht schloß mit dem Vaterunser, in das die Dienerschaft von sich aus mit einfiel, wobei Godfrey hörbar bemüht war, diese Eigenmächtigkeit zu übertönen. Buttermeres Stimme bei den Worten »wie wir vergeben unseren Schuldigern« ließ auf seine grundsätzliche Einstellung schließen.

»So, jetzt Frühstück!« sagte Godfrey, seinen kleinen Kreis nunmehr weltlich ansprechend. »Ein gutes Frühstück, um eine schlimme Nacht wettzumachen, Harriet. Steht nicht so herum, ihr beiden Jungen. Einen guten Morgen, euch allen. Wie geht's Vaters Liebling heute?«

»Sehr gut«, sagte Griselda überrascht, lächelte aber und neigte sich ihrer Mutter zu.

»Wie hast du geschlafen, Mutter?«

»Überhaupt nicht, mein Herzchen. Aber macht nichts, wenn du nur gut geschlafen hast.«

Griselda hielt die Augen gesenkt, und Jermyn schlenderte an seinen Platz.

»Was ist? Schlechte Nachrichten über die Nacht?« sagte er betont beiläufig.

»Nichts Neues, mein Lieber, aber nicht in dem Sinne, daß

nichts Neues etwa Gutes bedeutete. Für dich ist es mittlerweile keine Neuigkeit, und du scheinst dich damit abgefunden zu haben.«

»Aber, Harriet, das ist nicht recht von dir«, sagte ihr Gatte mit einem Nachdruck, als unternehme er einen letzten Versuch, bevor er sich in sein Schicksal ergab. »Du hast unser ganzes Mitgefühl, aber, wie du selbst sagst, es ist für uns nicht neu. Auch für dich nicht, meine Ärmste. Gregory, steh nicht da wie ein verstockter Junge.«

Gregory nahm seinen Platz neben seiner Mutter ein und blickte sie mit herzlicher Zuneigung an.

»Wie hast du dann deine wachen Stunden verbracht, da du doch frei über sie verfügen konntest?«

»Indem ich die Flure auf und ab gegangen bin, mein Sohn«, sagte seine Mutter sanft und freundlich, und etwas von Humor blitzte in ihren Augen wegen dieser für alle anderen unheilvollen Mitteilung. »Ich habe mich gehütet, einen von euch aufzuwecken, da ihr alle so tief schlaft.« Und auch das war kein Vorwurf gegenüber Gregory. »Ich fühle mich nicht so zerschlagen wie sonst nach einer schlaflosen Nacht.«

»Also, das nenne ich eine gute Kunde, Harriet. Wirklich, brav gesprochen«, rief Godfrey. »Da werden wir einen angenehmen Tag haben. Und du auch. Du wirst ihn ein bißchen genießen können.«

»Genießen? Wie sollte ich, Godfrey, da es mich jahrelang meine ganze Kraft gekostet hat, den Tag zu überstehen in Erwartung der Nacht, der Nacht!« Harriets Stimme versiegte, und sie neigte leidvoll und bitter zugleich den Kopf. Jermyn schaltete sich ein.

»Wie kannst du so etwas sagen, Vater! Was Schlimmeres als jemand vorzuwerfen, er genieße das Leben? Genießen, wenn das Leben nichts als Arbeit und Pflicht bedeutet!«

»Wenn es für dich nur so wäre, mein Sohn«, sagte Harriet. »Und wie sehr wünschte ich für mich, es wäre nur Pflicht und Plage!«

»Das ehrt dich sehr. Wir können stolz auf dich sein«, sagte Griselda.

»Stolz auf sie? Ja, das sind wir«, fiel Godfrey laut ein. »Wir sind stolz auf den Mut, mit dem sie sich aufrecht hält und so tut, als besäße sie die Lebenskraft von uns allen. Ja, wir haben allen Grund, stolz zu sein.«

Harriet hob den Blick zu ihrem Gatten, halb liebevoll und halb verzagt.

»Wer ist hier stolz auf wen?« sagte der älteste Sohn des Hauses, ein hagerer junger Mann von achtundzwanzig, der seiner Mutter so weit glich, wie die Verschiedenheit von Alter, Geschlecht und menschlicher Beschaffenheit es zuließ. »Einen schönen guten Morgen allerseits.«

»Ah, guten Morgen, mein Junge«, sagte Godfrey, ihn liebevoll ansehend, während sein Sohn, Harriets fordernde Seitenblicke nicht beachtend, zu seinem Platz ging. »Einen recht guten Morgen, das wünschen wir dir.«

»Matthew«, sagte seine Mutter, »ich weiß nicht, ob es dir etwas bedeutet, meine Bürde noch zu vermehren, indem du mich Morgen für Morgen mit dem Gefühl zurückläßt, daß du an unserer gemeinsamen Vorbereitung auf den Tag nicht teilgenommen hast?«

»Ach, Gebete!« sagte Matthew. »Die dürften kaum ihren Zweck erfüllen. Mir liegt nichts an solch einer Vorbereitung.«

»Ja, das scheint mir auch«, sagte Harriet und wandte den Kopf. »Ich bin euch allen zur Last, eine Bürde, die ihr nie abwerfen könnt! Aber ich bin ebenso sehr eine Bürde für mich selbst, ja tausendmal mehr. Griselda, Liebling, blick nicht so traurig; verschwende keinen Gedanken an deine schreckliche alte Mutter. Denk nicht an mich. Sei unbeschwert.«

Griselda wollte antworten, bewegte aber nur tonlos die Lippen, und Matthew sah sie bekümmert und mitfühlend an.

»Wie kann ihr Leben ihr gehören, wenn man ihr das erst sagen muß? Das verträgt sich nicht miteinander. Keinem von uns gehört sein Leben ganz.«

»Mancher geht eigenmächtiger damit um, als er meiner Ansicht nach dürfte«, sagte seine Mutter in etwas verändertem Ton.

»Du meinst mich und sprichst doch nicht offen zu mir, Mutter«, sagte Jermyn. »Das ist häßlich und gehört sich nicht.«

»Ich will es dir gern ins Gesicht sagen, mein Sohn. Es bekümmert mich, daß ihr, du und Matthew, mit euren Talenten umgeht, als könntet ihr beliebig darüber verfügen. Ich fürchte, auf diese Weise tragt ihr sie zu Grabe.«

Harriets Ehrgeiz für Jermyn war ein Stipendium in Cambridge, während er selbst danach strebte, ein Dichter zu werden. Für Matthew wünschte sie sich eine Arztpraxis in London, wozu er die Voraussetzungen besaß, während er selbst sich lieber wissenschaftlichen Forschungen widmen wollte. Harriets Wünsche für ihre Kinder waren so mit ihrem religiösen Eifer verquickt, daß ihr natürliches Gefühl für Wertmaßstäbe kaum dagegen aufkam. Sie war ganz in der Meinung befangen, das höchste Gut liege in dem, was man für andere tue und welche Opfer man dafür bringe. Überdies war nur sie sich darüber im klaren, wie es im allgemeinen mit solchen jugendlichen Hoffnungen zu gehen pflegt.

»Wir haben eine Menge herrlicher Gaben in der Familie«, sagte Gregory salbungsvoll. »Dichtung und Wissenschaft und Griseldas Aussehen und Vaters gute Haltung zu Pferde. Ich hoffe, darauf hinlänglich stolz zu sein. Es ist alles so fabelhaft.«

»Ja, das ist es, meine Lieben«, sagte Harriet mit tiefer, leicht vibrierender Stimme. »Ich sollte eine glückliche und dankbare Mutter sein, und das bin ich auch. Immer daran denken, was mir zuteilgeworden ist! Wie sehr möchte ich das, wenn meine Schwäche mich nicht überkommt! Ich frage mich, ob irgendeiner von euch mich darin wirklich versteht.«

Buttermere öffnete die Tür und schnitt die fällige prompte Antwort seines Herrn ab.

»Dr. Dufferin, Mr. Matthew!«

»Ah, Doktor, wie geht's Ihnen?« sagte Godfrey, der alle Freunde des Hauses beflissen mit ihren Titeln anzureden pflegte.

»Nett von Ihnen, auf Ihrer Frühtour bei uns hereinzuschauen. Trinken Sie eine Tasse Kaffee mit uns, bevor Sie unseren Jungen ins Schlepptau nehmen. Der Bursche ist eben erst heruntergekommen.«

»Ich bin fertig, danke, Vater«, sagte Matthew und erhob sich, um seinen Freund zu begleiten.

»Na, na, nicht so schnippisch und rechthaberisch«, sagte Godfrey, bemüht, seinen Worten einen leichteren Ton zu geben. »Deine Mutter will ein bißchen mit dem Doktor reden, und das soll ihr vergönnt sein. Schließlich ist das nicht dein Haus, und wenn das Gespräch sich um dich dreht, sei dankbar, daß man sich mit dir befaßt und daß es Menschen gibt, die sich für dich interessieren, während du dich kaum für irgendeinen anderen interessierst.«

Godfrey hob seine Stimme, um von allen gehört zu werden, und fügte sich humorvoll darein, daß er halb ins Leere geredet hatte.

»Hören Sie, Doktor, hier gluckt mein armes Weib am Ufer, während die Küken schon im Wasser sind! Matthew will nicht an seinen Beruf heran, und Jermyn schreibt nicht dieses Ichweißnichtwas für sein Examen. Beide stecken tief in Wissenschaft und Dichtung und Was-sonst-noch. Wie sollte ich das auch wissen? Ich habe mich nie mit diesen Dingen befaßt. An mir liegt es also nicht.«

»Nein, das ist ganz richtig«, sagte der Gast. »Aber Harriet ist da in ihrem Element und weiß das. Darum fühlt sie sich auch verantwortlich.«

Antony Dufferin war ein dunkelhaariger, kräftiger Mann von achtunddreißig Jahren mit einer breiten gutmütigen Nase, einem heimlichen Scharfblick und, sofern man Augen dafür hatte, einer verborgenen schöpferischen Ader. Seine Laufbahn als Londoner Arzt hatte er nach einer skandalumwitterten Ehescheidung aufgeben müssen. Er hatte darauf verzichtet, den wahren Sachverhalt darzulegen, hatte leichten Herzens seine Praxis im Stich gelassen und war in seine alte Heimat zurückgekehrt, wo er, nicht weit vom

Hause der Haslams, medizinischen Forschungen nachging. Matthew hatte es vorgezogen, unter ihm zu arbeiten, statt sich von seinen Eltern eine Londoner Praxis schenken zu lassen.

»Nun, Doktor, ich flehe Sie an, meiner Frau klarzumachen, daß sie sich über Dinge aufregt, die einfach aus der Luft gegriffen sind. Auf Sie wird sie hören, wenn sie auch von mir nicht den kleinsten Wink annimmt. Ich glaube, es gibt keine glücklicheren Leute in der Welt als uns; ich meine das nicht im grob materiellen Sinne, ich meine: glücklicher in menschlicher Beziehung, in einem harmonischen Familienleben und in den Dingen, die das Leben lebenswert machen. Ich wäre noch glücklicher, wenn meine Söhne den Grund zu einer nützlichen Existenz legen würden.«

»Bei Forschung springt nur selten etwas Nützliches heraus«, sagte Dufferin, »nicht einmal nach Ihren simplen Begriffen. Aber warum sollte nicht Matthew einer harmlosen Beschäftigung nachgehen, die seinen Vorstellungen entspricht? Andere Leute legen nicht so viel Teilnahme für ihn an den Tag. Seine Haltung hingegen ist entschieden menschenfreundlich.«

»Ja, da haben Sie recht, Doktor«, sagte Godfrey. »Harriet, das muß dich überzeugen. Das schwebte auch mir vor, obwohl ich es nicht so gut hätte ausdrücken können. Ich glaube, wir haben gut daran getan, ihn um ein klärendes Wort zu bitten.«

»Matthew lebt in erster Linie für sich selbst«, sagte Harriet.

»Nun, das gilt für uns alle«, sagte Dufferin.

»Richtig«, sagte Godfrey, indem er ein Lächeln unterdrückte. »Ich gestehe, daß ich zuerst an mich denke, bevor mir irgend jemand sonst in den Sinn kommt. Ich meine, mit einigen Ausnahmen, mit der einen Ausnahme natürlich; ich bin verheiratet.« Er blickte zum Fenster, aber Harriet sah ihn nicht an.

»Eine Arztpraxis bietet große Vorteile«, sagte sie. »Wir nehmen das Leben ernst, Antony, und wir wären sehr stolz auf einen ernsthaften Erfolg unseres Sohnes.«

»Man predigt den Leuten so manches, aber sie wollen es oft nicht annehmen, und sie befolgen es niemals. Sie brauchen es nicht einmal. Wäre es ihnen irgendwie nützlich, würden sie von selbst daraufkommen. Matthew kann seine Gaben so oder so anwenden. Wenn er nach seinem Vater kommt, wird er keine Anstellung wünschen, und er wird seiner Wahl bis ans Ende treu bleiben. Begleiten Sie mich hinaus, Haslam.«

Godfrey folgte seinem Freund in die Halle und blieb dort unschlüssig stehen.

»Was ist nun mit der Ärmsten dort drinnen?« sagte er.

»Ich muß mich hüten, zuviel zu sehen. Sie sehen mit Ihren Augen mehr, als Sie bisher zu sehen pflegten. Ich glaube, das müssen Sie auch. Ich hoffe, es wird leidlich gehen, wenn sie nicht über ihre Kraft beansprucht wird. Dann würde ich für nichts einstehen. Dieses Sich-ereifern über alles und jedes ist gerade genug für sie. Aber ich glaube nicht, daß es dazu kommen kann, da Sie doch alle so gut auf sie aufpassen.«

»Nein, natürlich. Wir werden alle gut auf sie aufpassen«, sagte Godfrey nicht sehr überzeugend. »Matthew, der Doktor hier wartet auf dich. Hast du deiner Mutter Aufwiedersehen gesagt, mein Junge?«

»Nein, es macht sich jetzt nicht, Vater. Ich werde mich ihr später am Tage widmen.«

»Geh trotzdem und sag ihr Aufwiedersehen, mein Sohn«, sagte Godfrey mahnend und flehend zugleich. »Sag ihr ein Wort, das sie in ihrem Herzen bewahren kann. Du weißt, ein Wort von dir ist ihr immer eine große Hilfe.«

»Habe ich noch nicht gemerkt«, sagte Matthew, indem er die Stufen hinabging. »Auf Wiedersehen, Vater.«

»Auf Wiedersehen, mein Junge, auf Wiedersehen«, sagte Godfrey bemüht herzlich. »Mein Segen begleitet dich.«

Letzteres hatte er zu leise gesagt, um noch gehört zu werden; dann ging Godfrey zurück ins Speisezimmer und trat besonders kräftig auf, um nicht zu straucheln. Harriet spazierte auf dem Kiesweg hinter dem Hause mit Gregory, der ihren Arm hielt und sich über sie neigte, und ihr Gesicht wirkte glücklich und fast wieder jung.

Ihr Gemahl reckte die Schultern und faßte an seine Rockaufschläge; im Umhergehen streifte er mit den Füßen über den Teppich, wobei er abgerissen vor sich hin redete und summte. Buttermere erschien und gab schweigend zu erkennen, was nach seiner Ansicht von Leuten zu halten war, die Selbstgespräche hielten oder dabei überrascht wurden.

»Na, Buttermere, da haben Sie mich mittendrin ertappt. Sie sprechen wohl nie mit sich, oder? Sie würden sich dessen gar schämen?«

Buttermere machte ein Gesicht, als könnte man darüber nur stillschweigend hinweggehen.

»Sie tun wohl nie etwas, das Ihnen hinterher peinlich ist, Buttermere, wie?« sagte Godfrey und traf damit die Wahrheit, denn Buttermere sprach nie mit sich, tat keine Frauenarbeit, sondern erfüllte nur die ihm gemäßen Pflichten, erteilte seinen Untergebenen klare Weisungen und beging nie eine krasse Unredlichkeit. Sich über alle Mißhelligkeiten anderer Menschen und ganz besonders in der Familie, der er diente, zu freuen, erfüllte ihn nicht mit Scham – ein Gefühl übrigens, das sich bei ihm auf die Dinge beschränkte, die seine Männlichkeit bedrohten.

Gregory ging draußen mit seiner Mutter auf und ab.

»Ich will dich etwas fragen, was ich dich noch nie gefragt habe. Woran denkst du eigentlich, wenn du des Nachts umherwandelst? Rundheraus und ganz ehrlich. Kommst du immer auf dieselben Dinge zurück?«

»Ja, mein Junge, woran denke ich? Ich sollte es dir nicht sagen. Ich habe manchmal das Gefühl, als hinge der Fluch über dir und als sei nur dein Vater davon frei. Ja, ich komme immer auf dieselben Dinge. Das scheint meine unglückliche, nahezu krankhafte Veranlagung zu sein; ja, das ist es, glaube ich. Ich meine immer, ich müßte etwas zu fassen kriegen, wie es einmal war, und erreiche es doch nie ganz und beginne wieder von vorn; und jedesmal fehlt irgend etwas, und jedesmal etwas anderes. Und so geht das die ganze Nacht; auch am Tage spüre ich es über mir, und vor mir dehnt sich die Zukunft mit lauter solchen Nächten. Und wenn ich eine Meinungsverschiedenheit mit Matthew und Jermyn habe –

und zwar gar nicht darüber, was ich mir für sie wünsche, Gregory, nicht über ihr Tun und Lassen –, und wenn dein Vater und ich nicht einer Ansicht sind, dann halte ich mir immer vor, was sie erdulden mußten und was davon in ihrem Denken fortwirkt. Ich meine, wenn ich nur einmal ihre Gedanken einholen könnte, würde ich mich damit abfinden, wie sie sind, würde ihnen ins Auge sehen können, hingen sie nicht gleichsam drohend über mir; aber ich kann sie niemals einholen. Ich sollte dir all das nicht erzählen, was dich womöglich auch noch leiden macht. Ich hätte nie heiraten sollen, Gregory. Aber mir ist wohler jetzt, da du es weißt, und ich bin nicht so allein damit. Es sollte wohl nicht so sein, wie es ist, und doch ist es immer das gleiche. Du könntest das niemals verstehen, wenn es auch nichts gibt, was du nicht verstehen kannst, mein lieber, lieber Junge.«

»Wie lebensklug von dir, Vater zu heiraten, so wie ihr beide damals wart!«

»Nun, mein Kind, vielleicht war es lebensklug. Vielleicht war er der richtige Mann für mich, euer guter Vater, mein edelmütiger, treusorgender Gatte. Mag sein, daß ich für niemand die richtige Frau bin. Aber er ist stärker als ich, wie er andererseits auch weicher ist. Ich glaube, es war nicht zu seinem Schaden, wenn ich mich auch möglicherweise nur gegen diesen Gedanken sträube. Ich vertraue darauf, daß er glücklich ist. Wie sehr bete ich darum! Denn für mich selbst kann ich nicht einstehen, Gregory.«

»Oh, natürlich ist er glücklich mit so schönen Beschäftigungen wie Schießen, Reiten und Gebete rezitieren«, sagte Gregory.

»Du weißt doch, Gregory, was unsere Familienandachten für deinen Vater und mich bedeuten, daß sie ein sichtbares Zeichen unseres tiefsten Wesens sind?«

»Ja. Ihr seid in der glücklichen Lage, das zeigen zu können, euer tiefstes Wesen. Die meisten von uns bringen es nicht fertig, jemand dafür zu interessieren.«

Die Mutter schwieg mit vieldeutiger Miene.

»Da sind Jermyn und Griselda, die einen Gang über die Heide machen wollen«, sagte Gregory.

»Kommt, kommt, liebe Kinder«, sagte Harriet emphatisch und winkte ihnen mit großartiger mütterlicher Geste. »Kommt und sagt eurer Mutter Aufwiedersehen. Geht hinaus in die Sonne und Schönheit und laßt alles Unbehagen zurück. Ich bin ja die Ursache. Laßt mich hier und seid unbeschwert.«

Die Heftigkeit von Harriets Gebaren ließ ihre Kinder erblassen, und Gregory nahm seinen Arm aus dem der Mutter und schlenderte jetzt mit weniger hingebungsvollem Blick an ihrer Seite.

Godfrey, der es gern mit Matthew hielt, wie Jermyn mit Griselda und Harriet mit Gregory, trat, das Gesicht mit den Händen beschattend, allein auf den Vorplatz.

»Sieh da, meine Harriet. Sieh da, meine Teure, ich hörte dich auf eine Art reden, die mich an unsere Jugend erinnerte. Ich sagte mir: ›Nanu, meine gute Harriet redet ja wie ein junges Mädchen!‹ Dieser Morgen scheint dir gut zu tun.«

»Godfrey«, sagte Harriet und zuckte in einer Weise zurück, die bei ihrem Gatten das gleiche bewirkte. »Wenn du doch nicht jedesmal, wenn ich mich zufällig ganz natürlich benehme, einen Kommentar dazu geben wolltest. Was würdest du denn machen, wenn du nicht einen Augenblick du selbst sein könntest, ohne einen Sturm von Bemerkungen zu entfachen? Wie kann ich vermeiden, anders als andere Menschen zu sein, wenn ich, indem ich so bin wie sie, allgemeine Verblüffung hervorrufe?«

»Aber nicht doch, Harriet! Sturm von Bemerkungen! Ich habe nur gesagt, du redetest wie ein junges Mädchen. Du würdest doch nicht erwarten, daß ich in Harnisch geriete, bloß weil du sagtest, ich spräche wie ein Junge. Allerdings unwahrscheinlich, daß du so etwas zu mir sagst. Dann wäre ich erst richtig verblüfft, glaube mir.«

»Godfrey«, sagte Harriet und legte ihre Hand auf seinen Arm, »ich bin nicht oft ganz ich selbst in diesen Tagen. Würdest du um derer willen, die nach uns kommen, Geduld mit mir haben, während wir einen Augenblick über die Zukunft unserer Söhne sprechen?«

»Geduld mit dir? Geduld für ein Wort über die Zukunft unserer

Söhne?« sagte Godfrey, indem er sie in gutgemeinter Nachahmung Gregorys unterfaßte. »Nichts könnte mir lieber sein. Ein Gespräch mit dir über unsere lieben Jungen, die uns zusammenhalten und verhindern, daß wir uns auseinanderleben; die es uns wert erscheinen lassen zusammenzubleiben; die es bewirken, daß unsere Gemeinschaft zu unserem eigenen Besten etwas Gutes an sich ist! Ein solches Gespräch habe ich mir schon immer gewünscht, ohne es recht zu wissen.«

Im Weiterschreiten an der Seite seiner Frau bemerkte Godfrey ihr plötzliches Erblassen und enthielt sich klüglich jeden Kommentars, war aber weit entfernt von der Erkenntnis, daß er selbst die Ursache war.

II

»Meine Meinung über Gregory läßt sich eigentlich gar nicht in Worte fassen«, sagte Jermyn, während er mit seiner Schwester über die Heide wanderte. »Anscheinend will er weiter nichts, als sich in die Gedanken anderer Menschen einschleichen. In Mutters Gedanken höre ich ihn förmlich mitsummen. Neben ihm bin ich geradezu ein Monstrum an Egoismus.«

»Hoffentlich bin ich das auch«, sagte Griselda. »Ich finde, so haben wir's leichter.«

»Matthew und ich würden im Endeffekt gar nicht so unnütz für andere Menschen sein. Im Gegenteil – wenn man uns nur die Chance läßt, uns selbst zu verwirklichen. Wenn man uns aber zwingt, unsere Kräfte, die sich eben erst zu regen beginnen, in Lohnarbeit zu verschleißen, dann ist die Triebfeder womöglich für immer dahin; sie würde einfach brechen. Wir haben nur eine Jugend, und in die kann man nicht zu viel hineinpressen.«

»Ich werde mich bemühen, in meine nichts hineinpressen zu lassen«, sagte Griselda mit dem komischen Freimut, den sie immer ihren Brüdern gegenüber hatte. »Ich glaube, meine Triebfeder ist zu zart, um überhaupt je beansprucht zu werden. Und das möchte ich auch von Gregory behaupten.«

»Ich meinte es ganz ernsthaft. Wir müssen die Dinge manchmal für einen Moment ernstnehmen.«

»Also gut«, sagte Griselda. »Du hast von Vater nichts zu befürchten und wahrscheinlich auch nichts von Mutter, obwohl wir davor zittern, daß sie versucht sein könnte, ihre Macht zu gebrauchen. Wenn Menschen soviel Macht haben, kommen sie auch auf die Idee, sie zu gebrauchen.«

»Ihr schwacher Punkt ist, daß sie Vater gern als Haushaltsvorstand sieht; das schützt mich.«

»Ich glaube schon, daß du dadurch geschützt bist. Und du wärst es noch mehr, wenn du erst etwas vorweisen könntest. Mutter ist im Grunde anspruchsloser, als sie scheint.«

»Was die Dichtung betrifft, so kann man nicht wie in materiellen Dingen so entschieden auftreten. Ein Einfaltspinsel, der das nicht sieht. Der Geist kommt und geht wie alle Dinge im Leben. Er ist unabhängig, hat Ebbe und Flut. Im Augenblick ist bei mir Ebbe.« Griselda brachte ein nervöses Lächeln zustande, aber ihr Bruder fuhr ungerührt fort. »Man kann seine Stimmungen nicht voraussagen. Alles Seltene ist schwer zu fassen. Eben darum ist es selten.«

»Nun ja, natürlich, aber das wird Mutter nicht verstehen. Sie bemerkt schon, daß die Dinge schwierig sind, ohne indessen zu argwöhnen, daß das etwas besonders Seltenes ist, außer in dem Sinne, daß man sich nicht auf sie verlassen kann.«

»Man kann Dichtung nicht auf Bestellung liefern. Du magst das komisch finden, aber man kann nicht in einem Moment das zusammenraffen und in eine Form bringen, was einem jahrelang durch den Kopf gegangen ist, ja was vielleicht mit seinen Wurzeln bis tief in die eigene Kindheit zurückreicht. Sonderbar, sehr sonderbar, daß Menschen, die auf Jahrhunderte geistiger Anstrengung zurückblicken, so etwas für möglich halten!«

»Das nenne ich eine günstige Meinung von Vaters Vorfahren. Die Jahrhunderte, auf die er zurückblickt, waren überwiegend von anderen als geistigen Dingen bestimmt. Das müssen wir ihm zugute halten.«

»Natürlich ist es an mir, ihm den Beweis zu erbringen, und ich bin nicht mehr weit davon entfernt. Die Dinge sind im Werden; es arbeitet in mir und nimmt Gestalt an. Nur noch ein paar Monate Geduld!«

»Gut das zu hören«, sagte seine Schwester. »Ein kleiner Aufschwung käme der Familie nicht ungelegen. Ich weiß nicht, was werden soll, wenn so etwas nicht bald eintritt. Matthew dürfte dem Universum nicht so rasch ein Geheimnis abringen können. Wir müssen auf den von euch bauen, der sich auf sich selbst verlassen kann.«

»Jedesmal wenn ich das Besitztum der Hardistys sehe«, sagte Jermyn, als sie sich einem Haus aus dem achtzehnten Jahrhundert näherten, »bedaure ich, daß wir nicht zu dem gehören, was Buttermere treffend den wirklichen Landadel nennt.«

»Wir können Buttermere nicht übelnehmen, daß er sich unserer schämt«, sagte Griselda. »Beschämend ist es erst für uns, wenn wir es verstehen und akzeptieren. Da kommt schon Sir Percy, um uns zu begrüßen. Das macht er immer, wenn wir ungeladen bei ihnen vorsprechen.«

Sir Percy Hardisty, den Buttermere als einen Gentleman alten Schlages zu bezeichnen pflegte, war von Gestalt unauffällig und etwas gebeugt, hatte kleine wäßrig-grüne Augen, eine weiche, breite Nase, einen schlendernden Gang und kleidete sich mit jener eigentümlichen Nachlässigkeit, bei der man sich fragt, wie der Träger eigentlich dazu steht. Sir Percy hatte überhaupt keine Einstellung zu solchen Dingen, und Buttermere hatte die seine dahin zusammengefaßt, daß sein Herr, Sir Godfrey, in diesem Punkt mehr auf sich halten müsse, was sowohl der Wahrheit entsprach, als auch Buttermeres Feststellung glänzend rechtfertigte, daß Sir Percy sich diesbezüglich nichts zu vergeben habe.

»Nein, wie freundlich gegenüber einem alten Herrn«, sagte Sir Percy, der zweiundsechzig war und diesen Anschein schon seit einigen Jahren aufrechterhielt. »Sie kommen mich und uns alle besuchen. So eine Freude für uns. Nun sagen Sie mir, wie geht es Ihrer Mutter heute morgen?«

Sir Percy hatte eine hohe Meinung von Harriet und war ihr sehr zugetan. Die gleichen Gefühle hegte seine Frau, die jetzt zu ihnen trat, eine energische alte Dame, zehn Jahre älter als ihr Gemahl, mit hellen ehrlichen Augen und einem guten Gesicht, dem sie einen möglichst harmlosen Ausdruck verlieh.

»Eine kuriose Zeit im Jahr, wenn unser ältestes Paar Schuhe hinlänglich verschlissen ist, um ausgeschieden zu werden. Aber Percy hat nichts davon. Wir sagen immer, er gehört zu den Leuten, die alles tragen können. Ich glaube fast, er ist der einzige, der das auch tut. Hoffentlich war er nicht zu sehr mit sich beschäftigt, um zu bemerken, daß Sie ohne große Umstände zum Lunch bleiben würden.«

»Also sie nehmen den Lunch mit uns, Rachel. Es muß schon gedeckt sein«, sagte Sir Percy leicht verdutzt.

»Sie sind jung und ohne Vorurteile«, sagte Lady Hardisty. »Kommt herein, meine Lieben, und macht euch gleich über den Lunch her. Es spricht sich schlecht mit Gästen, denen man nichts anbieten kann. Ich sitze an dieser Seite des Tisches, damit man merkt, ich mache mir nichts daraus, unter meiner Vorgängerin zu sitzen.« Sir Percy hob flüchtig den Blick zu dem Porträt seiner ersten Frau. »Um mich in meiner Lage ins rechte Licht zu setzen, muß alles getan werden. Wissen Sie, ich habe Milly und Polly angewiesen, mich Mater zu nennen, zum Zeichen, daß ihr echtes kindliches Gefühl vor langer Zeit einer anderen gehört hat. Um ihrer Treue willen habe ich sie daran gewöhnt. Und da Polly ihre Mutter nur eine Stunde lang gekannt hat, trägt diese Treue zur Beständigkeit ihres Charakters bei, und der verdient es, gefestigt zu werden.«

Sir Percy hielt im Tranchieren inne, Messer und Gabel in der Luft, und beugte sich zu Jermyn.

»Was sagten Sie eigentlich, wie es Ihrer Mutter geht?«

»Nicht so besonders«, sagte Jermyn. »Sie schläft nicht, und das macht den Tag für sie recht beschwerlich.«

»Ja, ja. Und Ihr Vater?« sagte Sir Percy, indem er das Besteck hinlegte. »Er ist wohl nicht allzu beunruhigt darüber?«

»Er sorgt sich um sie auf seine Art. Aber er versucht, sich nicht unterkriegen zu lassen, um unseretwillen.«

»Oh, ja, ja. Sich nicht unterkriegen lassen«, sagte Sir Percy und erhob sich, um seinen Platz seiner Frau zu überlassen. Dabei beugte er sich über Jermyns Stuhl und stützte sich auf. »Also alles in allem erfreuliche Nachrichten?«

»Percy, du kannst nicht von Jermyn erwarten, daß er dir eine zweite Mutter ist, wie ich es war«, sagte Rachel. »Die arme Griselda guckt dich schon an, als wäre es wirklich so. Das ist denn doch zu viel für die beiden.«

»Und Matthew?« sagte Sir Percy, am Tisch entlang humpelnd. »Ist er immer noch an seiner Arbeit, oder? Er kommt uns nicht oft besuchen. Und Sie, Jermyn, nach wie vor der Poesie verschrieben? Na ja, da kann man ungezwungener sein, das gehört wohl dazu. Und das ist ein großer Trost für Ihre Lieben.«

»Percy, natürlich ist Jermyn nicht ungezwungen. Rede nicht so fürchterliches Zeug«, sagte Rachel.

»Er ist im Begriff, als fertiger Dichter hervorzutreten«, sagte Griselda.

»Wird noch ein bißchen dauern«, sagte Jermyn.

»Na, immerhin«, sagte Sir Percy, der jetzt den Platz seiner Frau eingenommen hatte und sich bequem zurücklehnte, »das wird eine große Sache für Ihre Mutter sein. Sie braucht von Zeit zu Zeit einen kleinen Auftrieb bei all dem, was Sie und Matthew sich vorgenommen haben. Ich weiß ja, daß auch so etwas getan werden muß, und finde es großartig, daß Sie das können. Sie alle beide; wirklich großartig; nur eben Ihre Mutter – Sie wissen. So, Rachel, jetzt muß ich dich aber wirklich ablösen.«

»Nein, mein Lieber. Du mußt nur lernen, an andere zu denken.«

»Schön, also Poesie, Jermyn«, nahm Sir Percy das Thema wieder auf. »Wirft das nach Ihrer Erfahrung eigentlich etwas ab?«

»Nun, ich kann hoffen, am Ende ein paar Hundert im Jahr zu verdienen. Nur wenige Menschen machen daraus einen Lebensberuf. Ich werde sehr lange mit sehr wenig zufrieden sein müssen und dann auch zu guter Letzt immer noch ein armer Mann sein.«

»Und befriedigt Sie das?« sagte Sir Percy. »Ist es das, was Sie sich gewünscht haben? Natürlich, Dichter sind keine Leute, die man ohne weiteres verstehen kann. Wenn man das könnte, wären sie nicht, was sie sind.«

»Nein, sie könnten ebensogut etwas anderes sein«, sagte Rachel. »Wenn man mich doch je einmal nicht verstanden hätte! Aber die Menschen bringen uns meist nur entgegen, was uns zukommt, und so werden wir immer wieder daran gemahnt.«

»Mein Lebenswerk bringt natürlich mancherlei Opfer mit sich, ja Opfer aller Art«, sagte Jermyn. »Das gibt mir eine tiefe Befriedigung.«

»Ach, mancherlei Opfer? Nahezu aller Art?« sagte Sir Percy und hob den Kopf. »Opfer aller Art? Und das befriedigt Sie? Und Ihre arme Mutter mag das nicht? Nein, war auch nicht anzunehmen, meine ich.«

»Ich glaube, sie wird sich damit abfinden, sobald sie erkennt, daß alles, was ich etwa an Begabung habe, in diese Richtung geht«, sagte Jermyn. »Sie kann schwerlich etwas dagegen haben, daß ich um meiner selbst willen Opfer bringe. Es ist ja nicht für irgend jemand sonst.«

»Oh, für keinen sonst?« sagte Sir Percy. »Aber was ist dann das Gute daran. Ich meine an einem Opfer nicht für einen anderen? Ein Opfer, dächte ich, ein Opfer um Ihrer selbst willen – ist das nicht etwas sehr fanatisch, Jermyn? Ich glaube, das meint Ihre Mutter auch nicht, wenn sie nur ein bißchen ernsthaft darüber nachdenkt.«

»Nein, nein. Das meint sie nicht. Ich glaube, sie hält mich für einen eitlen, großsprecherischen Faulpelz«, sagte Jermyn.

»Schön, aber wie steht's denn nun mit dem, was Ihre Mutter denkt?« sagte Sir Percy zutunlich. »Ich meine nicht das, was ihr, wie wir wissen, nie in den Sinn gekommen ist. Aber ist da nicht etwas daran? All dieses Opferbringen für niemanden und nichts! Nun ja, wissen Sie, ich meine, warum eigentlich nicht an Ihre Mutter und Ihren Vater denken, statt dieses Opferns für Außenstehende, ja für überhaupt niemanden?«

»Griselda, das sind zu ernste Überlegungen, als daß wir darüber lachen dürften«, sagte Rachel. »Ich habe volles Verständnis dafür, und auch Percy würde es verstehen, wenn er könnte.«

»Die Genugtuung meiner Mutter gehört auch zu den Dingen, die ich werde opfern müssen«, sagte Jermyn. »Und dieses Opfer wird mir am schwersten fallen.«

»Ja, das ist ein Opfer«, sagte Sir Percy, diese Folgerung akzeptierend. »Also müssen Sie wohl, Jermyn. Immerhin könnte ich mir Besseres vorstellen. Und dazu gehört auch die Zufriedenheit Ihrer Mutter. Doch Opfer sind nun mal nicht anders, das sehe ich ein. Sie müssen Ihren Weg gehen und sich zu den Märtyrern, den Poeten, schlagen, müssen tun, was Ihnen als das Richtige erscheint. Aber da kommen ja die Mädchen, Rachel. Mellicent und Polly, rechtzeitig vom Picknick zurück, um etwas mehr als nur ihre Sandwiches zu bekommen. Sandwiches halten nicht vor.«

»Sie sind überhaupt nichts. Kein Mensch kann sie essen«, sagte Rachel. »Gebt eure Sandwiches Merton zum Verfüttern an die Hühner.«

»Wir haben sie aufgegessen«, sagte die jüngere.

»Ich dachte immer, Rastplätze wären so unsauber, weil die Leute Sandwiches mitbringen und sie dann nicht essen. Wenn sie doch eßbar sind, verstehe ich nicht, warum die Leute so viel zurücklassen. Mellicent, du mußt Jermyn darüber beruhigen, daß man ihm gesagt hat, die Dichtung wiege kein Opfer auf und seine Mutter dürfe ihr nicht aufgeopfert werden, obwohl das in der Ordnung ist. Das nenne ich, einem auf feinsinnige Weise beibringen, daß man seine Mutter nicht opfern darf.«

Mellicent Hardisty war eine nicht eben anspruchsvolle junge Dame von sechsundzwanzig, ganz ihr Vater und fast so farblos wie er, nur daß ihre ebenso kleinen und blassen Augen sehr lebendig blicken konnten. Jermyns Gesicht hellte sich bei ihrem Erscheinen auf, wie in Hoffnung auf eine verwandte Seele. Polly, neunzehn Jahre alt, war eine schlichte Version des Porträts, das ihrem

Vater gegenüber hing. Ihr im Ausdruck wechselndes, noch unfertiges Gesicht schien zu sagen, daß es dem ihrer Mutter hätte gleichen können, wenn man ebensoviel Mühe darauf verwandt hätte. Sir Percys Familienporträts waren mit denen Sir Godfreys nicht zu vergleichen, man hatte nicht so großen Wert darauf gelegt.

»Also denn, ich werde mich erheben und gehen«, sagte Sir Percy, indem er die Aktion sorgfältig seinen Worten anpaßte. »Und denken Sie daran, Jermyn, die Meinung eines alten Freundes über Dinge, von denen er nichts versteht, hat nichts zu besagen. An Ihnen und Mellicent ist es, mich zu belehren; ich habe nur zu lernen. Nun werden Griselda und Polly ein wenig im Garten plaudern; ihre Stimmen werden zu Rachel und mir hereindringen, und das ist alles an Poesie, was wir brauchen. Sie und Milly werden die Dinge klären, denn es hängt ja so viel davon ab.« Sir Percys Stimme erstarb zu einem Murmeln, während er hinausging. »Ja, eine ganze Menge, in vieler Beziehung.«

»Mellicent, welche Schwerarbeit paßt für einen jungen Mann, der seine kümmerlichen kleinen Vorlieben rechtfertigen möchte!«

»Das klingt nicht gerade, als ob ihm besonders viel daran gelegen wäre.«

»Also, sagen wir, seine tief innersten Neigungen. Und warum sollte ich denen nicht nachgehen?«

»Dagegen ist nichts einzuwenden. Bei diesen Dingen handelt es sich um alles oder nichts. Aber für die meisten Leute ist es eben nichts. Das müssen wir im Auge behalten.«

»Aber nicht dann, wenn man das Gefühl hat, an der Schwelle der Vollendung zu stehen.«

»Das nenne ich eine große Neuigkeit«, sagte Mellicent. »Aber wir können nun mal nicht umhin, uns abwartend zu verhalten.«

»Das würde ich nicht sagen«, widersprach Jermyn, »wenn man bedenkt, was dabei herauskommt!«

»Die Leute reden, als sei das ein Beweis für die Leichtigkeit der Sache. Doch in Wahrheit zeigt das nur, wie schwer es für die meisten ist. Kein Wunder, daß Begabungen so selten sind.«

»Nein, nein, das ist es nicht«, sagte Jermyn mit erhobener

Stimme. »Über den meisten Menschen zu stehen, ist ein großer Glücksfall für die, die es trifft.«

»Das muß ein gutes Gefühl sein, wenn man es hat. Und ich glaube, eine starke Überzeugung kann sich niemals auf nichts gründen.«

»Nun, an Ihrer Meinung wird mir zu allererst gelegen sein, wenn die Verse reif sind, Menschen vor die Augen zu kommen.«

»In Wahrheit liegt uns nur an einer einzigen Meinung.«

»Ich weiß, Sie haben selbst einiges geschrieben, Mellicent, und das hat meine höchste Achtung. Ich neige nicht dazu, einem Künstler billiges Lob zu spenden.«

»Die andere Art von Lob ist das Entscheidende«, sagte Mellicent. »Aber da kommt Griselda und droht, Sie mit nach Hause zu nehmen.«

»Jermyn, wir können überglücklich sein. Lady Hardisty läßt uns mit dem Einspänner zurückbringen, damit wir uns nicht verspäten. Wir müssen dringend Gregory befreien.«

»Muß Gregory befreit werden?« fragte Polly.

»Ja. Er hat Dienst bei Mutter«, sagte Griselda.

»Dienst?« sagte Polly mit erstauntem Blick.

»Wir haben kein so leichtes Leben wie ihr, Polly«, sagte Jermyn.

Polly blickte mit lebhaftem Mitgefühl ihren Freunden nach, als sie davonfuhren.

»Sind denn Jermyn, Griselda und Gregory nicht gern zu Hause?«

»Der Nervenzustand ihrer Mutter liegt wie ein Schatten über allem«, sagte Mellicent. »Sie waren ernstlich besorgt bei dem Gedanken, sie könnten nicht rechtzeitig zu Hause sein.«

»Aber nun kommen sie rechtzeitig, da sie doch gefahren werden«, sagte Polly, indem sie auf ihren Vater zusprang und sich an seinen Arm hängte.

Sir Percy blickte auf seine jüngere Tochter mit einer Rührung, die ihm in die Augen trat. Er glaubte fest, daß seine Freude am Leben vor neunzehn Jahren mit dem Tode ihrer Mutter erloschen sei, und diese Überzeugung war der Wurzelgrund seiner Selbstachtung, eines Gefühls, das bei ihm nie sehr ausgeprägt gewesen war. Wenn er sich klargemacht hätte, daß seine Zufriedenheit mit dem Leben erst etwas später eingetreten war, hätte sie nicht solange vorgehalten, und seine zweite Frau, die das wußte, ließ diese Wahrheit auf sich beruhen.

Als Jermyn und Griselda zu Hause anlangten, hatte sich Buttermere an der Tür aufgepflanzt.

»Wir kommen ein bißchen später als erwartet«, sagte Jermyn.

»Ich wünsche einen guten Nachmittag, Sir«, sagte Buttermere.

»Ja, ich weiß, wir sind erst in der zweiten Tageshälfte zurück. Ist Mr. Gregory noch bei Lady Haslam?«

»Nur die ersten paar Stunden, Sir.«

»Und wie hat Lady Haslam die Zeit verbracht?«

»Ganz für sich, im Garten, Miss.«

»Mr. Gregory ist also fort, nehme ich an. Wie lange schon?«

»Das kann ich nicht annähernd sagen, Miss.«

»Mutter, Mutter, gönne deinen Kindern einen Blick«, rief Jermyn, als Harriet aus ihrem Garten ums Haus kam. »Wir wollten schon früher zurück sein. Wann ist denn Gregory fortgegangen?«

»Mutter, Mutter, gönne deinen Kindern einen Blick«, rief Jermyn, als Harriet aus ihrem Garten ums Haus kam. »Wir wollten schon früher zurück sein. Seit wann ist denn Gregory fort?«

»Buttermere, was soll das heißen, daß Sie einen falschen Eindruck entstehen lassen?« sagte Jermyn, indem er dem Diener in die Halle folgte.

Buttermere schwieg, eine leichte Verbeugung andeutend.

»Wollen Sie mir freundlichst antworten?«

»Wenn Sie so freundlich sein wollen, Ihre Frage zu wiederholen, Sir.«

»Ich habe Sie gefragt, warum Sie nicht die Wahrheit sagen konnten.«

»Ich wäre untröstlich, wenn ich je etwas anderes gesagt hätte, Sir«, sagte Buttermere devot.

»Sie wußten, daß Mr. Gregory Lady Haslam eben erst verlassen hatte.«

»Ich sagte nur, daß er mit Mylady die ersten paar Stunden zusammen gewesen sei, Sir. Und ich hatte den Eindruck, daß auch Sie nicht länger fortgewesen wären.«

»Sie wissen ganz genau, daß Sie uns irreführen wollten.«

»Ich weiß nur, was ich gesagt habe, Sir.«

»Nun, meine Lieben? Ist von eurem Vormittag die Rede?« sagte Harriet mit einem nervösen Seitenblick auf Buttermere, dessen Verwirrung sich jedesmal auf sie übertrug. »Könnt ihr mir von einem beglückenden Morgen erzählen?«

»Ja, so war es wirklich. Buttermere tat, als hätten wir dich zwölf Stunden allein gelassen.«

»Nun, das hätte mir kaum etwas ausgemacht, mein Sohn. Warum solltet ihr auch an mich angebunden sein! Wenn ihr nur euren Tag genießt; mehr wünscht sich eure Mutter nicht. Und Vater ist stets bereit, zu mir zu kommen, wenn wir einander nötig haben. Ich wüßte nicht, warum ihr euch über zwei wohlversorgte verheiratete Menschen Gedanken machen solltet. Im Gegenteil, wir sollten an euch denken, und das tun wir auch. Aber zufällig haben Gregory und ich einen schönen Tag miteinander gehabt. Er ist eben im Aufbruch, zum Tee mit Mrs. Calkin. Seht, da verläßt er eilends das Haus.«

III

Gregory winkte Harriet zu, während er die Auffahrt hinabeilte. In seiner Wertschätzung für reifere Frauen machte er auch bei seiner Mutter keine Ausnahme, und das Haus, in dem er erwartet wurde, war in der Beziehung ein dankbares Feld.

Seine Gastgeberin war eine robuste Witwe von sechzig Jahren, die ihr Haar aus der markanten Stirn zurückgekämmt trug, wie um deren Proportionen ins rechte Licht zu setzen, was auch der Zweck war; dazu ein breites offenes, wenig einnehmendes Gesicht, dessen Ausdruck mit jedem Gefühl wechselte. Ihr Name

Agatha Calkin schien die beiden Seiten ihres Wesens zu symbolisieren. Ihre unverheiratete Schwester, Geraldine Dabis, die seit achtundfünfzig Jahren die Rolle der jüngeren hatte spielen müssen, diese die letzten vierzig Jahre jedoch bereitwillig gespielt hatte, war groß, dünn, flachbusig und von beflissener Eleganz; sie hatte die Gewohnheit, mit ihren langen Händen zu gestikulieren und die Stimme zu heben, um sich im Gespräch zu behaupten. Die jüngste der drei, Kate Dabis, Halbschwester der beiden anderen, war eine lebhafte, kleine Dame von sechsundvierzig mit einem dunklen angenehmen Gesicht, einer kräftigen tiefen Stimme und einer krampfhaft bemühten Freundlichkeit und Toleranz, die ihr mehr Lob eingetragen hätte, wenn sie natürlich gewesen wäre.

»Sie sind alle drei beisammen. Keine von Ihnen ist krank oder abwesend«, sagte Gregory, sich jeder einzeln zuwendend.

»Oh, ich war krank, als Sie das letzte Mal hier waren!« sagte Geraldine mit ihrer einnehmenden Stimme.

»Sie denken an den Tag, als ich in der Sitzung des Komitees war«, konstatierte Agatha beiläufig.

»Ich bin immer der uninteressante Fall, niemals kränklich oder gemeinnützig aktiv«, sagte Kate.

»Ich hoffe, Sie haben im Augenblick keine Sorgen wegen Ihrer Mutter?« sagte Agatha, als brächte sie damit ein Thema nur für sich und Gregory zur Sprache.

Geraldine beugte sich vor.

»Nein, nicht mehr als gewöhnlich. Kein zwingender Grund zu Besorgnis, aber auch nicht, sich frei davon zu fühlen.«

»Ich dachte, es gäbe dieses besondere Etwas zwischen Ihnen und Ihrer Mutter«, sagte Agatha.

»Wir sind einander sehr zugetan; ich klammere mich seit je an Schürzenbänder. Frauen mit Schürzenbändern wissen über so viele Dinge Bescheid.«

»Oh, so etwas bekommen wir aber selten zu hören! Das nenne ich einen für uns höchst ermutigenden Gesichtspunkt«, rief Geraldine, wobei sie die Hände emporhob und dann wieder in ihren

Schoß sinken ließ. »Wir begegnen sonst immer der Auffassung, daß Frauen unseres Alters passé sind und zu sehr außerhalb der Lebenszusammenhänge, um noch in Betracht zu kommen. Immerhin ist man so ritterlich, das nicht offen zu sagen, und das ist wenigstens ein Vorteil, wenn man zum schönen Geschlecht gehört.«

»Junge Leute haben im allgemeinen nicht viel Phantasie«, sagte Agatha.

»Oder vielleicht zu viel?« sagte Kate.

»Nein, nicht genug«, sagte Gregory. »Sie begreifen nichts und benehmen sich auch danach.«

»Sie müssen Ihrer Mutter eine große Stütze sein«, sagte Agatha wie in stillem Einverständnis. »Ich kann Ihnen das so gut nachfühlen, weil ja auch ich einen lieben Sohn draußen habe.«

»Diese Parallele ist wohl kaum zutreffend«, sagte Geraldine.

»Ich glaube«, fuhr Agatha unbeirrt fort, »daß zwischen Mutter und Tochter niemals ein so enges Band besteht. Das ist für mein Gefühl nicht dasselbe.«

»Sollte es aber, sollte es aber«, sagte Kate.

»Schön, zwischen Vater und Tochter«, gab Agatha freimütig zu. »Zwischen Vater und Tochter. Ja.«

»Glauben Sie, es ist so zwischen Ihrem Vater und Ihrer Schwester?« fragte Kate.

»Ja, in gewisser Beziehung. Er platzt förmlich vor Stolz auf sie. Aber wirklich vertraut ist er mit Matthew. Jermyn hält sich mehr an Griselda.«

»Ach, diese jungen Familien! Wie komplex und auch wieder typisch«, sagte Kate in voller Erkenntnis dessen, was ihr entgangen war.

»So ungeheuer komplex und so typisch, tief im Wesen der Welt beschlossen«, sagte Agatha auf Grund dessen, was sie selbst erfahren hatte. »Es kommt nur darauf an, wann der Bruch eintritt.«

»Haben Sie in letzter Zeit die Hardistys besucht?« sagte Geraldine, um ihr Desinteresse an dem Thema zu bezeugen.

»Griselda und Jermyn waren heute zum Lunch dort. Der

Unterschied zwischen denen und uns beschäftigt mich immer wieder. Wir haben alles getan, um ihn noch zu unterstreichen. Haben Sie einmal ihre und unsere Familienbilder verglichen?«

»Meine Bilder hat mir alle mein lieber Gatte geschenkt«, sagte Agatha mit dem Blick auf Wände, die ein schierer Katalog solcher Freigebigkeit waren. »Eins ums andere hat er sie mir geschenkt, und Jahr für Jahr haben wir noch gemeinsam hinzuerworben.« Sie setzte ihre Brille auf und ließ ihren Blick darüber hinschweifen, ehe sie ihre Stickerei wieder aufnahm.

»Wir sollten für diese Zierde unseres Heims dankbar sein«, sagte Geraldine. »Ich selbst muß mich allerdings zu einer Vorliebe für kahle Wände bekennen. Das klingt sehr undankbar. Ich weiß, die meisten Menschen ziehen reichere Wirkungen vor.«

»Nun, du hast eben nicht die damit verbundenen Erinnerungen«, sagte Agatha mit gesenktem Blick.

»Haben Sie gehört, daß die Frau von Mr. Spong gestorben ist?« sagte Geraldine zu Gregory.

»Nein. Aber ich wußte, daß sie sehr krank war«, sagte Gregory.

»Ja«, sagte Agatha. »Ja. Sie ist dahingegangen. Gestern abend um neun Uhr. Sie hatten schon damit gerechnet. Ich erfuhr es heute von Mr. Spong. Er muß mir fast unmittelbar danach geschrieben haben.«

»Nun, hier waren ja auch drei, denen er es mitteilen mußte. Darum standen wir wohl auf der Liste obenan«, sagte Geraldine.

»Ach ja. Der arme Mr. Spong!« sagte Agatha und schüttelte bekümmert ihre Näharbeit.

»Tun Sie doch diese Näherei fort und widmen sich ganz dem Gespräch«, sagte Gregory. »Ich mag es nicht, wenn Sie nur halb bei der Sache sind.«

Agatha legte ihre Arbeit beiseite, wobei sie es anscheinend genoß, sich Gregorys Wünschen zu fügen; sie nahm ihre Brille ab und blickte ihre Zuhörer an.

»Erst vorige Woche war ich eine Stunde bei ihr. Wir tranken zusammen Tee, am Donnerstag, nur sie und ich. Wir hatten ein langes Gespräch miteinander. Ich bin jetzt sehr froh darüber. Ich mochte sie gern. Die arme Lucy Spong! Ja, für ihren Gatten ist das eine böse Veränderung. Wenn jemand weiß, was eine solche Lücke bedeutet, dann ich.«

Sie tat, als wollte sie ihre Arbeit wieder aufnehmen, faltete aber dann die Hände im Schoß, als ob solche Untätigkeit gerade ihrer Stimmung gemäß sei.

»Man sagt, so etwas sei irgendwann unser aller Los«, sagte Geraldine.

»Nicht jedem fällt jedes zu«, sagte Kate, »und dies nicht gerade uns, dies nicht. Manche sind besser daran ohne das Beste und Schlimmste im Leben. Wenn wir das eine vermeiden, ersparen wir uns auch das andere.«

»Ja, das ist sehr wahr, glaube ich«, sagte Agatha herzlich. »Jedem von uns sind andere Aufgaben im Lebensplan vorbehalten.«

»Sie meinen, ein von Gefühlen unbeschwertes Leben wäre das beste, Kate?«

»Vielleicht nicht das beste, aber für manche das passendste«, sagte Kate.

»Ich wüßte nicht, daß eine von uns je ein solches Leben gehabt hätte«, sagte Geraldine mit einem Seitenblick über ihre Stuhllehne. »Wir dürfen uns die andere Seite nie ohne etwas Entsprechendes vorstellen. In diesen Gefühlsdingen muß man immer beide Seiten berücksichtigen.«

»Ich möchte euch alle bitten, mich zu entschuldigen, wenn ich für eine Minute den Rücken wende und ein Wort an Mr. Spong schreibe«, sagte Agatha, die sich von diesem Vorhaben, das sie beschäftigte, nichts hatte anmerken lassen. »Es wäre mir unangenehm, wenn er nicht ebenso prompt von mir hörte, wie er mir geschrieben hat. Dann werde ich Sie bitten, den Brief einzuwerfen, Gregory.«

Sie setzte sich an ihren Sekretär und nahm Papier und Feder, wobei sie sich sichtlich beobachtet fühlte. »Es ist schwer, einen solchen Brief zu schreiben und dem Betreffenden keinen neuen Schmerz zu bereiten, wenn alles noch so frisch ist. Man kann nur sein Bestes tun.« Sie schrieb mit geläufiger Hand, klebte den Brief zu, ohne noch einen Blick darauf zu werfen, und händigte ihn ihrem Gast aus. »Ich habe es so gut gemacht, wie es eben ging, in der kurzen Zeit und ohne alle Vorbereitung. Vielen Dank, Gregory.«

»Müßten wir nicht alle drei schreiben?« sagte Geraldine, sich zurücklehnend.

»Nein. Agatha mag für uns sprechen. Das ist auch am bequemsten«, sagte Kate.

»Ich meine, es kommt immer nur einem Familienmitglied zu, bei gewissen Gelegenheiten zu handeln«, sagte Agatha.

»Mühe und Vorrecht der Ältesten!« sagte Geraldine.

»Der arme Mr. Spong!« sagte Agatha und hielt einen offenen Brief in der Hand. »Ich fürchte, es hat ihn arg mitgenommen. Ich fühle so mit ihm. Das weiß er auch, glaube ich. Ich entnehme das der Art, wie er schreibt. ›Ich weiß, daß ich mich auf das mitfühlende Herz einer alten Freundin verlassen kann.‹ Und: ›Meine liebe Mrs. Calkin‹«, – impulsiv und ohne Rücksicht, ob es dessen wert war, las sie weiter – »›Meine geliebte Frau ist heute abend um neun friedlich dahingegangen. Ich schreibe Ihnen als erster, denn ich weiß, daß ich mich auf das mitfühlende Herz einer alten Freundin verlassen kann. Ich bin ein gebrochener Mann. Der Ihre in tiefer Trauer und, wie ich sicher bin, in Dankbarkeit, Dominic Spong.‹ Ja, armer Dominic Spong! Armer Dominic! Ich nenne ihn in Gedanken bei seinem Vornamen, jetzt da er solchen Kummer hat. Ich habe ihn noch als Jungen gekannt, ehe er der fähige Rechtsanwalt wurde, der er heute ist. Erst fünfundvierzig und schon Witwer! Nun, es kommt uns nicht zu, das zu erörtern.«

»Ich weiß nicht, ob er diesen Brief zur öffentlichen Vorlesung geschrieben hat!« sagte Geraldine mit vertraulicher Amüsiertheit zu Gregory.

»Dominic Spong müßte älter sein als fünfundvierzig. Er kann nicht ein Jahr jünger sein als ich«, sagte Kate.

»Zumal du solchen Wert darauf legst, unser Baby zu sein«, sagte Geraldine.

»Ach, er wird jetzt schnell altern«, sagte Agatha, als erwiese sie ihm damit eine Ehre. »Es gibt Dinge, die unsere Jugend mit sich hinwegnehmen.«

»Wenigstens manche sollten auf Jahre hinaus jung bleiben«, sagte Kate.

»Ja, ich glaube, du bist jünger«, gab Agatha endgültig zu. »Darin bist du entschieden im Vorteil.«

»Ich glaube, ich muß zu meiner Mutter zurück«, sagte Gregory. »Sie weiß noch nichts über Mrs. Spong und wird wahrscheinlich kondolieren wollen. Spong steht uns ja weniger nahe als Ihnen.«

»Er hat wohl nur daran gedacht, daß ich den gleichen Verlust erlitten habe«, sagte Agatha.

»Haben Sie letzthin irgend etwas Interessantes gelesen, Gregory?« sagte Geraldine.

»Nein. Es ist mir nichts Verfängliches in die Hände gefallen. Und ich bin zu jung, um nur das zu lesen, was für mich paßt. Bücher, die ich nicht vor meiner Mutter verstecken muß, interessieren mich nicht.«

»Das meinen Sie«, sagte Agatha, indem sie ihm mit einem offenen Lächeln die Hand schüttelte. »Ich glaube nicht, daß Sie viel vor Ihrer Mutter verbergen. Ich kenne das nicht von Söhnen, das heißt von Söhnen der Art, mit der ich Erfahrung habe. Kann es mir auch nicht vorstellen.«

IV

»Sieh da, mein lieber Matthew, du bist zu deinem Vater zurückgekehrt!« so begrüßte Godfrey seinen Sohn nach nur acht Stunden Abwesenheit. »Ich bin niemals derselbe ohne meinen Matthew, niemals ganz ich selbst, wenn mein Erstgeborener fort ist. Wie war dein Tag, mein Junge?«

»Danke, er war sehr interessant, Vater.«

»Und ganz nach deinem Geschmack? Deine Forschungen undsoweiter waren erfolgreich, so daß du sie als befriedigend bezeichnen würdest? Denn dir liegt ja nichts daran, etwas Beliebiges zu entdecken. Das ist nicht unbedingt der Sinn eines Tages für dich, nichtwahr?«

»Nein, Vater«, sagte Matthew mit seinem rauhen tiefen Lachen.

»Ah, jetzt lachst du deinen Vater aus. Wie immer, wenn ich mit solchen Reden herausrücke. Na, ich nehm's dir nicht weiter übel. Ich fühle mich von Stolz geschwellt, wenn ich an dich und Jermyn denke. Ich bedaure es nicht, daß ihr nach eurer Mutter kommt. Da habt ihr die richtige Wahl getroffen.«

»Ich bin dessen nicht so sicher«, sagte Matthew.

Godfrey hatte seinen Sohn untergefaßt und machte ein paar große Schritte, während sich sein Gesicht für einen Moment nahezu leidenschaftlich rötete.

»Nun, und was hältst du in letzter Zeit von deiner Mutter, Matthew?«

»Ich glaube nicht, daß es ihr im geringsten besser geht, Vater.«

»Nicht im geringsten besser? Du willst damit sagen, daß sie dir krank vorkommt? Schon seit langem wollte ich dich nach deiner aufrichtigen Meinung fragen, aber ich habe es nicht über mich gebracht. Du glaubst also, daß sie krank ist, mein Sohn?«

»Ich glaube, daß ihr Geist von Krankheit bedroht ist. Sie könnte sich dagegen wehren, wenn sie es nur versuchte. Aber gerade das sehe ich bei ihr nicht.«

»Du meinst, sie könnte es versuchen?« sagte Godfrey.

»Das ist die Grundfrage. Da berührst du den Kernpunkt, Vater.«

»Siehst du, mir entgeht nicht soviel, wie du denkst. Ich bin nicht blind, was deine Mutter betrifft, wenn mir auch alles mögliche sonst als nicht wichtig genug erscheint, um bemerkt zu werden. Die Menschen sehen auch mir nicht immer auf den Grund. Jeden kleinsten Wechsel im Zustand deiner Mutter bemerke ich sofort. In einem Augenblick verdüstert sich mein Leben oder hellt sich auf, je nachdem. Ich spreche die reine Wahrheit.« Trotz dieser Worte geriet Godfrey plötzlich ins Stocken, wie bei einer Unwahrheit ertappt, als er Harriets ansichtig wurde, die vom Garten her auf sie zukam.

»Bitte, fahr doch fort, Godfrey. Unterbrich dich nicht, als tätest du etwas Unrechtes, wenn du hier mit Matthew auf und ab gehst. Was ist denn Schlimmes dabei? Wenn es etwas wäre, dessen man sich schämen müßte, würdest du es nicht tun, hoffe ich.«

»Nicht doch, Harriet! Ja, ich habe dich seit heute morgen kaum gesehen, und nun begrüßt du mich so! Beim Lunch hast du fast kein Wort mit mir geredet. Komm, laß doch, meine Liebe.«

Harriet stand mit umwölktem Gesicht.

»Nun, Mutter, du hast einen ganzen Tag draußen verbracht?« sagte Matthew.

»Ja, mein Junge«, sagte Harriet und legte ihm die Hände auf die Schultern. »Ich habe ein bißchen zu meinem alten Ich zurückgefunden und mich etwas unbedacht diesem Gefühl überlassen; jetzt bin ich mehr als müde. Warst du mit deinem Tagewerk zufrieden?«

»Ja, das war er; das kann ich dir versichern, Harriet«, sagte Godfrey übereifrig. »Es war ein wissenschaftlich hochinteressanter Tag, sagt er mir. Er kam nach Hause und war noch ganz voll davon. Nichtwahr, Matthew?«

»Ganz so würde ich es nicht ausdrücken, Vater«, sagte Matthew, dessen Gesicht sich, ähnlich sich dem seiner Mutter, umwölkte.

»Nun ja, ich will euch einander überlassen«, sagte Godfrey, sich auf die einzig mögliche Lösung zurückziehend. »Ihr werdet gern ein Wort miteinander reden wollen nach diesem getrennt verbrachten Tag. Schon ich war froh über das kleine Gespräch mit dir, Matthew, und ich wette, deine Mutter wird es auch sein. Ach, ich weiß doch, wie ihr Herz an dir hängt...«

»Da kommt Gregory mit einem Brief in der Hand«, sagte Matthew rechtzeitig ablenkend.

»Ach, Gregory. Ja, es ist Gregory«, sagte Godfrey, indem er die Augen mit der Hand abschirmte. »Richtig, er bringt uns einen Brief. Was das nur sein kann? Ich wüßte nicht, wer uns zu dieser Stunde einen Brief schreiben sollte. Da bin ich wirklich baff. Ich habe keinerlei Vermutung.«

»Wir brauchen nichts zu vermuten. Wir werden's im nächsten Moment erfahren«, sagte Harriet, während sie Gregory mit einem besonderen, für ihn bestimmten Lächeln den Brief abnahm. »Lag der in der Halle, mein Lieber?«

»Er ist gerade abgegeben worden. Buttermere kam damit an. Ich denke, es wird von Mr. Spong sein. Mrs. Calkin sagte mir, daß Mrs. Spong gestern abend gestorben ist. Sie hatte einen Brief von ihm bekommen. Zweifellos teilt er uns hier das gleiche mit.«

»Ja, ja, das wird es sein«, sagte Godfrey. »Das muß es sein. Mein Gott, die arme Lucy Spong! Ich habe es schon befürchtet. Wißt ihr, ich hatte so eine Ahnung, als ich hörte, es könne sich um eine tödliche Krankheit handeln. Aber man weiß ja nie. Viele leben heute noch, die gar nicht mehr leben dürften, und viele, die es heute nicht im geringsten ahnen, können morgen schon tot sein.«

»Godfrey, sei mal einen Moment ruhig und laß mich den Brief lesen. Ja, es ist, wie Gregory sagt. Gestern abend um neun Uhr. Das ist immer ein arger Schock, wenn so etwas eintritt. Ich muß Mr. Spong schreiben.«

»Natürlich, das mußt du, Harriet. Das mußt du wirklich. Und du wirst es gut machen. Du bist die einzige, der man etwas dergleichen anvertrauen kann. Für manchen von uns wäre es eine heikle Aufgabe, aber du bist ihr gewachsen. Ach, wenn ich versuchen wollte, einen solchen Brief zu schreiben; ich würde Feder und Tinte nehmen und mich hinsetzen, würde nervös hin- und herrutschen, und mir würde der Kopf rauchen; im Herzen kämen mir schon die richtigen Gedanken, aber sie zu Papier zu bringen ...«

»Godfrey, kannst du denn gar nicht einmal aufhören?« sagte Harriet lächelnd, aber zugleich mit beiden Händen am Kopf.

»Oh, ja, ja, meine Liebe; ich wollte doch nur mit einem Wort sagen, wie sehr du für solche Aufgaben geschaffen bist, ja mehr als für andere Dinge. Natürlich müssen wir es dir überlassen, zu schreiben. Nun, darf ich einen Blick auf Mr. Spongs Brief werfen? Ja, armer Spong! Es muß ein großer Verlust für ihn sein, der größte Verlust, den ein Mann erleiden kann. Wenn das Ende kommt, dann ist es Zeit zu erkennen, daß man nur verlieren und nichts gewinnen kann.«

»›Meine liebe Lady Haslam‹« – Godfrey hielt den Brief auf Armeslänge und ließ sich noch weniger als Agatha durch irgendwelche Skrupel abhalten, ihn laut, mit tiefer monotoner Stimme vorzulesen – »›Meine geliebte Frau ist gestern abend um neun Uhr friedlich hinübergegangen. Indem ich Ihnen das schreibe, weiß ich, daß ich mich auf das Mitgefühl wahrer Freunde verlassen kann. Ich bin ein gebrochener Mann. Aufrichtigst der Ihre, Dominic Spong.‹ Ja, ja, armer Spong. Ein gebrochener Mann, das ist er. Mein Gott, das wäre ich auch an seiner Stelle. All die kleinen Mißtöne und Differenzen, die er mit seiner Frau hatte, werden ihm wieder einfallen und ihn niederschmettern. Der große Verlust, den er erlitten hat, wird über ihn hinwegrollen.« Godfrey senkte die Augen wie ergriffen von dieser Metapher. »Ich bin froh, daß er an uns treue Freunde hat; ich möchte ihn in diesem Augenblick nicht gern enttäuschen. Du schreibst auch ein Wort von mir in deinem Brief, meine Liebe?«

»Ja, ich werde in unser beider Namen schreiben«, sagte Harriet.

Gregory folgte seiner Mutter ins Haus.

»Vater ist ein schwieriger Fall«, sagte er und neigte sich über sie.

»Ja, mein Lieber«, sagte Harriet, die Stimme von widerstreitenden Gefühlen bewegt. »Ich kann nicht sagen, daß ich nicht wüßte, was du meinst. Aber es ist besser für dich und mich, seine guten Seite zu sehen, deren er so viele hat. Dein Vater ist ein durch und durch guter Mann, Gregory.«

»Solange ich lebe, halte ich mir seine guten Seiten vor Augen. Natürlich ist er ein guter Mann«, sagte Gregory.

»Ja, wirklich, mein Lieber«, sagte Harriet wie unter einem plötzlichen Selbstvorwurf. »Das ist er in der Tat, ein edelmütiger Gatte. Versuch ihm zu zeigen, daß du diese Gefühle für ihn hast.«

»Na, Buttermere«, sagte Gregory, ins Speisezimmer schlendernd, »da trifft man Sie wie immer bei Ihrer Arbeit?«

»Ich hatte noch nicht viel Gelegenheit, mich auszuruhen, Sir.«

»Und würden Sie sich gerne mal ausruhen?«

»Ich könnte es schon gebrauchen, Sir.«

»Ja, ich glaube, das können wir alle.«

»Das heißt, wir könnten, Sir.«

»Sie wußten nicht, daß Mrs. Spong gestorben ist?«

»Doch, Sir.«

»Jermyn und Griselda!« rief Gregory, als sein Bruder und seine Schwester durch die Halle gingen. »Ihr wußtet nicht, daß Mrs. Spong gestern abend gestorben ist?«

»Nein«, sagten die beiden gleichzeitig, während der Anflug eines nervösen Lächelns auf Griseldas Gesicht erschien.

»Buttermere wußte es«, sagte Gregory. »Er nimmt großen Anteil an seinen Mitmenschen, nichtwahr, Buttermere?«

»Nun, nicht unbedingt, Sir. Mrs. Spong war eine geborene Dufferin, soviel ich weiß.«

»An Smithson, Ihrem Stellvertreter, nehmen Sie keinerlei Anteil?« sagte Jermyn.

»Ich hatte keinen Anlaß, ein begründetes Interesse für ihn bei mir festzustellen, Sir.«

»Nein? Nun, ich glaube, bei mir auch nicht«, sagte Jermyn.

»Ruft es irgendein Interesse bei Ihnen hervor, daß zwei von uns heute Sir Percy einen Besuch gemacht haben?« sagte Gregory.

»Das ist ein Gentleman, der meinen Blick immer wieder erfreut, Sir.«

»Erfreuen seine Anzüge auch Ihren Blick?« sagte Gregory.

»›Die Manieren machen den Mann‹, glaube ich, Sir.«

»Hat Sir Percy irgendwelche besonderen Manieren?« sagte Griselda.

»Eben das ist der Punkt, auf den ich mich bezog, Miss«, sagte Buttermere.

»Na, was halten Sie von der Wiederauferstehung meines alten Anzugs?« sagte Godfrey, der plötzlich im Zimmer stand. »Renovierung meine ich natürlich, nicht Wiederauferstehung. Glauben Sie, er tut es noch für gewöhnliche Abende? Eure Mutter war schon dafür, ihn in die Altkleidersammlung zu geben, aber ich habe gesagt, vorläufig wüßte ich noch eine bessere Verwendung für ihn. Ich bin jemand, der keinen großen Wert auf seine Kleidung legt; und mein neuer Anzug würde bald ebenso aussehen, wenn ich ihn jeden Abend trüge, und dann hätte ich nichts für eine besondere Gelegenheit, bei der die Leute von einem erwarten, daß man auf sich hält. Sperr nicht den Mund auf und grinse nicht, Gregory. Was meinen Sie also dazu, Buttermere?«

»Die Lady hat soeben das Wohnzimmer betreten, Sir Godfrey.«

»Oh, sie ist da? Dann wollen wir auch hineingehen. Warten Sie noch eine Minute mit dem Gong, Buttermere. Warten Sie, bis wir durch die Halle und drüben sind. Bringen Sie uns nicht in eine nervöse Hast, hören Sie? Wenn die Lady im Wohnzimmer ist, müssen wir zu ihr gehen, nichtwahr? Meinten Sie das nicht auch? Gregory, du kleiner unglaublicher Schlingel! In so einem Aufzug am Abend vor den Damen zu erscheinen! Ich frage mich, ob Griselda dich überhaupt anschauen mag; ich selbst bringe es kaum über mich.«

»Da seid ihr, meine drei Männer und mein eines Mädchen«, sagte Harriet, die mit Matthew am Kamin stand. »Meine Griselda sieht heute abend sehr reizend aus. Aber Gregory, du gehst, glaube ich, ein bißchen zu weit.«

»Im Gegenteil: er läßt sich gehen«, sagte Jermyn.

»Ja, ich hab's ihm schon gesagt. Ich hoffe, du würdigst ihn keines Blicks, und ich bat auch Griselda darum. Gregory, ich erwarte, daß das nicht wieder vorkommt. Es bedeutet eine Nichtachtung deiner Mutter, die du gewiß nicht beabsichtigst. Warum gongt Buttermere denn nicht?« Godfrey ging zurück und erhob seine Stimme. »Buttermere, schlagen Sie augenblicklich den Gong.«

»Ich habe Sie so verstanden, daß Sie eine Verzögerung wünschten, Sir Godfrey.«

»Sie haben nichts dergleichen verstanden. Ich habe Sie angewiesen, zu gongen, sobald wir im Wohnzimmer wären. Also, wird's bald?«

Eine gedämpfte Variante des üblichen Signals ertönte und bildete einen hübschen Kontrast zu dem lauten Auftreten des Herrn.

»Buttermere, schlagen Sie den Gong unverzüglich in der angemessenen Weise. Und lassen Sie ihn nicht so dröhnen, daß das ganze Haus wackelt. Gongen Sie so, wie wir es gewöhnt sind, oder Sie verlassen das Haus.«

Als daraufhin der Gong in normaler Lautstärke ertönte, folgte Godfrey seiner Frau, wobei er die Schultern zurücknahm und eine zufriedene Miene aufsetzte.

»Nun, Harriet, du hast also deinen Brief an Spong geschrieben«, sagte er, während Buttermere ihm mit geradezu teilnehmender Miene den Stuhl zurechtrückte. »Ich wette, du fühlst dich ein bißchen wie nach einer vollbrachten Leistung. Ist ja auch nicht zu verwundern. So eine kleine Aufgabe manchmal, mit der du fertig werden mußt, tut dir gut.«

»Mein lieber Godfrey, so eine kleine Sache kann nicht den geistigen Horizont eines Menschen ausfüllen.«

»Ja, schon, aber uns alle beschäftigt doch der arme Spong. Ich fürchte, du hast dich etwas übernommen, meine Liebe.«

»Ich wüßte nicht wieso. Im Gegenteil, du hast dir eine ungewöhnliche Anstrengung zugemutet.«

»Nein, so was! Mir eine ungewöhnliche Anstrengung zugemutet! So nennst du es, wenn ich es auf mich nehme, für euch alle nach dem Rechten zu sehen! Ich will nicht behaupten, daß es keine Anstrengung wäre. Oh, gut, lassen wir es dabei. Ich habe mir also eine Anstrengung zugemutet. Ich tu ja auch nie etwas, oder? Schön, also doch. Wer sorgt für Frieden und paßt sich erst der einen und dann der anderen Stimmung an, gibt sich mal passiv, mal aktiv, läßt sich in der einen oder anderen Richtung ziehen, ganz wie es jeweils gewünscht wird? Wer tut das, möchte ich fragen? Ich weiß nicht, wer außer mir das täte. Wirklich nicht.«

»Möchtest du, daß Matthew oder Buttermere für dich tranchieren?« sagte Harriet.

»Nein, das möchte ich nicht. Und das würde auch keiner von euch wollen. Wir haben's doch schon versucht, nichtwahr? Matthew hackt in dem Braten herum, als müßte er einen Felsen bearbeiten, und Buttermere liefert, ob es sich nun um dick oder dünn zu schneidendes Fleisch handelt, kleine Damenscheiben, die kalt sind, ehe man sie überhaupt sieht, und braucht dafür soviel Zeit, daß wir alle darüber hinsterben könnten. Und schließlich bin ich ein guter Tranchierer!« Der Redner unterbrach für einen Moment seine Beschäftigung, um in lautem Ton fortzufahren. »Ich verstehe mich darauf, jedes Fleisch so zu zerlegen, wie ein Gentleman es zerlegen würde. Und das ist nicht jedermanns Sache, glaubt mir.«

»Ja, schon gut, mein Lieber, mach nur weiter«, sagte seine Frau.

»Weitermachen! Ich bin fertig«, sagte Godfrey grimmig, indem er das Besteck niederlegte und seinen eigenen Teller noch durch ein Stückchen aufbesserte.

»Ein würdiges Resultat, geradezu ein Lebenswerk«, sagte Jermyn.

»Lebenswerk! Ja, das mag es alles in allem sein«, sagte sein Vater. »Wahrhaftig, ich war für einen Augenblick sehr aufgebracht. Das gebe ich unumwunden zu. Aber nun, wie bist du mit deinen alten Damen zurechtgekommen, Gregory?«

»Wir hatten ein langes Gespräch«, sagte Gregory ganz ernsthaft.

»Worüber habt ihr denn gesprochen, mein Liebling?« sagte Harriet.

»Ja, das frage ich mich auch«, sagte Godfrey, indem er etwas von einer Schüssel nahm, die ihm gereicht wurde. »Das geht über meinen Verstand.«

»Wir haben von dir gesprochen«, sagte Gregory zu seiner Mutter. »Und von Spong und seiner Frau. Agatha hatte gerade seinen Brief bekommen. Sie schrieb ihrerseits und gab mir den Brief zum Einwerfen. Kate war heute nicht ganz auf der Höhe im Gespräch.«

»Agatha! Kate!« sagte sein Vater. »Nun hör sich das einer an. Agatha, Kate! Redest du sie etwa so an, wenn ich fragen darf?«

»Nur Kate«, sagte Gregory. »Aber an die anderen denke ich auch mit ihren Vornamen. Kate ist immerhin ein gut Stück jünger als du, Vater.«

»Mag sein«, sagte Godfrey, »aber sie ist etwas länger aus den Kinderschuhen als du.«

»Sechsundzwanzig Jahre«, sagte Gregory ungerührt.

»Sechsundzwanzig Jahre!« sagte sein Vater. »Agatha und Kate!«

»Was hast du in deinem Brief an Spong geschrieben?« sagte Gregory zu Harriet. »Es ist so knifflich, Dinge zu schreiben, die im Grunde gar nichts bedeuten.«

»Für mich waren sie nicht ohne Bedeutung, mein Lieber. Ich schrieb lediglich, meine Gedanken wären bei ihm in seinem Unglück, was sie auch waren. Da braucht es keiner Kniffe, um die schlichte Wahrheit zu sagen.«

»Ah, du kommst ganz auf deine Mutter in deinem Geschick mit der Feder, Jermyn«, sagte Godfrey.

»Arme Mutter, da bist du wirklich in deiner eigenen Falle gefangen«, sagte Jermyn.

»Das habe ich schon immer gewußt, mein Sohn«, sagte Harriet. »Es ist nichts Unnatürliches dabei, daß du nach einem deiner Eltern kommst. Meine Sorge ist nur, daß du deine Begabung auf ein festes Ziel richtest.«

»Je höher das Ziel, desto ungewisser das Ergebnis«, sagte Jermyn.

»Ja, da ist etwas dran, Harriet«, sagte Godfrey und blickte ernst von dem Apfel auf, den er sich gerade schälte.

»Vielleicht steckt ihr euch eure Ziele zu hoch«, sagte Harriet. »So können die Jahre dahingehen, und nichts ist vollbracht.«

»›Ein großer Mann, zu Großem noch berufen, Stirbt eh' er's ahnt.‹« zitierte Gregory.

»Womöglich stirbt er, ohne auch nur zu wissen, daß er gar nichts geleistet hat«, sagte Harriet.

»Ah, so mag er denn«, sagte Godfrey, indem er seinen Apfel fallen ließ und ihn rasch wieder aufnahm.

»Es spricht einiges dafür, wenn jemand das tut«, sagte Griselda.

»Den meisten von uns geht es so«, sagte Jermyn mit dem Blick aus dem Fenster.

»Nun, Jermyn, und warst du heute mit deinem Notizbuch draußen?« sagte sein Vater, in dem Bemühen, das Thema neu zu beleben.

»Nein, heute nicht. Ich war mit Griselda zum Lunch bei den Hardistys. Aber Mellicent und ich hatten ein Gespräch, das meine Arbeit betraf.«

»Oh, wirklich? Das ist ein Pluspunkt für Mellicent. Ich würde sagen, nur eine Frau versteht Dichtung zu würdigen. Immerhin, das spricht für sie.«

Matthew brach in Lachen aus.

»Ich weiß nicht, warum ihr euch alle zusammentut, um auf mir herumzureiten«, fuhr Jermyn auf. »Ich begreife nicht, wodurch ich solche Erbitterung auf mich gezogen habe. Es ist doch nur natürlich, wenn ich mit einer Freundin über diese Dinge spreche. Man kann sich schließlich nicht nur auf seine Familie verlassen.«

»Aber mein Junge, mein lieber Junge!« protestierte Godfrey und neigte sich vor, um seinen Sohn zart an der Schulter zu berühren, während Harriet mit gesenktem Kopf dasaß und mit ihren Gedanken zu ringen schien. »Wir wollen dich ja nicht verärgern. Nicht um alles in der Welt. Eher müßten wir selbst erbittert sein. Wir haben den größten Respekt vor allen geistigen und wissenschaftlichen Leistungen, vor allem, was ihr, du und Matthew, tut. Wir wissen, daß diese Dinge in der Welt die höchste Achtung verdienen. Ihr habt es uns oft gesagt, und wir wissen, daß alle vernünftigen Menschen so denken. Wenn du mit deiner Dichtung je etwas erreichst, wird es zwei Menschen in der Welt geben, die darauf stolz sind: deine Mutter und mich. Und auch im anderen Falle werden wir stolz sein, daß du dich bemüht hast, ja stolzer als auf einen leichten Erfolg; denn wir wissen, daß ehrlicher Zweifel mehr Aufrichtigkeit, ehrliches Scheitern mehr Erfolg in sich birgt als die Hälfte aller vollbrachten Leistungen, von denen wir hören. Das ist unsere Meinung darüber.«

»Du kannst nicht sagen, das wäre nicht genug«, sagte Griselda.

»Ja, vielleicht bin ich da wirklich auf der Höhe meines Ruhms, wenn es auch heißt, das allein reiche nicht aus«, sagte Jermyn.

»Mein lieber, guter Junge, und so begabt!« sagte Harriet.

V

Der Gemeindepfarrer der Haslams, Reverend Ernest Bellamy, erwies sich als ein Mann, der sich die Kirche erwählt hatte, weil sie, darin dem Theater verwandt, ein Feld für schauspielerische Begabung bot. Er war ein hochgewachsener, dunkler, gutaussehender Mann mit sowohl starken als auch empfindlichen Nerven, der mit vierzig noch so aussah wie in seiner Jugend. Wie er da vor dem Haus der Mutter seiner Frau stand, einer bescheidenen Wohnung im Nachbarstädtchen, verrieten seine Bewegungen, daß er seine Kräfte im Hinblick auf eine Szene erprobte, in der er eine Rolle zu spielen haben würde. Seine Schwiegermutter kam selbst an die Tür, eine kleine energische Sechzigerin mit grauem Haar und einem starkknochigen Gesicht von jener Hagerkeit und Blässe, die gemeinhin mit Stärke gepaart sind.

»Nun, Ernest, Sie sind der lebende Beweis dafür, daß Abwesenheit herzliche Gefühle erweckt. Ich habe mir noch nie sehnlicher eins Ihrer aufregenden Wortgefechte gewünscht. Ich meine immer, jeder Geist, ganz gleich auf welchem Niveau, gewinnt nur, wenn man ihn auf den Schleifstein legt, wenn er gewetzt und zu seiner vollen Schärfe gebracht wird.«

»Vielen Dank für diesen Willkommensgruß. Er kommt mir vielleicht sogar zu, aber dennoch ist es freundlich, ihn mir zu entbieten«, sagte Bellamy mit sonorer Stimme, während er ihr ins Haus folgte. »Denn schließlich dürfte Ihnen die Wahrheit nicht verborgen geblieben sein.«

»Ich hoffe, die Wahrheit ist mir stets offenbar. Das gibt einem die Überlegenheit, alles aus dem richtigen Gesichtswinkel betrachten zu können«, sagte Mrs. Christy, die ihre geistigen Fähigkeiten hoch einschätzte und sie durch diese Stegreifunterhaltung über Erwarten bestätigt fand. »Sie und Camilla mögen sich in meinem Salon beengt fühlen, aber – wie es heißt – ›Mauern allein machen kein Gefängnis‹, nicht für unschuldige Gemüter, die darin Asyl erblicken. Damit hätte ich mich sozusagen in ein banales Zitat gerettet.«

»Oder bist davor bewahrt geblieben«, sagte ihre Tochter, die am Kamin saß, eine große hübsche Frau von dreißig Jahren, die ihrer Mutter – sei es äußerlich, sei es in ihrem innersten Wesen – ähnlich war. »Jenes Zitat dürfte im gegenwärtigen Augenblick keine Zuflucht bieten.«

»Ach, Camilla«, sagte Bellamy, die Augen fest auf seine Frau gerichtet.

»Mir kommt nun mal bei jeder Gelegenheit ein Zitat in den Sinn«, sagte Mrs. Christy mit einer entschuldigenden Handbewegung. »Ich muß mich zu dieser unleidlichen Gewohnheit bekennen.«

»Eine harte, aber gerechte Feststellung«, sagte Camilla.

»Ja, zitieren, konstatieren, analysieren – alles ist Wasser auf meine Mühle«, sagte ihre Mutter, »wenn es sich nur literarisch einkleiden läßt. Das ist meine einzige Bedingung.«

»Dann ist sie die richtige Zuhörerin für dich, Ernest«, sagte Camilla mit einem Seitenblick auf ihren Gatten wie auf einen etwas ramponierten Plagegeist. »Du brauchst jemand mit einem allumfassenden Verständnis. Sag' ihr, daß du im Begriff bist, alles auf mich abzuschieben, sag's ihr ungeniert auf gut englisch. Das genügt als literarische Einkleidung, und sie kann es wenigstens verstehen, wenn sie es auch selbst nicht so formvollendet aussprechen kann.«

»Wirklich, diese literarische Einkleidung genügt mir!« sagte Mrs. Christy. »Mein Englisch ist denkbar schlicht. Ein paar treffende Wörter, ein paar durch langen Gebrauch sanktionierte Ausdrücke – das fügt sich ohne weiteres zu einem kultivierten Ganzen!« Sie besann sich rechtzeitig auf eine abschwächende Geste. »Etwa auf diesem Niveau sollte sich die menschliche Rede bewegen.«

»Mrs. Christy, betrachten wir doch einmal die Dinge ganz nüchtern«, sagte Bellamy. »Wir haben lange genug unsere Augen davor verschlossen, allzu lange.«

»Nun wohl, so viele Menschen empfinden es als eine große Hilfe, wenn ich ihnen die Dinge zurechtrücke. Ich versetze mich ganz an die Stelle des einzelnen und lasse dennoch sämtliche Fakten im Licht meines eigenen Standpunkts erscheinen, was eine ungemein klärende Wirkung hat.«

»Mutter, halte doch deine Hände still. Du erinnerst mich an Miss Dabis. Ernest glaubt, er hat selber genug Licht, um es vor den Menschen leuchten zu lassen. Das ist sein Beruf.«

»Camilla versteht mich. Ich werde mich in meinem Handeln von diesem Licht leiten lassen. Ich bin nicht der Mann, der über einen aus Schwachheit gestrauchelten Mitmenschen hart urteilte oder der nicht aus seinem eigenen Mangel an moralischer Kraft gelernt hätte, Mitleid zu haben. Aber eben darum bin ich auch nicht ein Mann, der nicht selbst der Hilfe bedürfte. Gott weiß, wie sehr ich mich nach einem mitfühlenden Herzen gesehnt habe und wie es mir verweigert wurde; wie lange ich mich gesträubt habe, den Glauben und die Hoffnung aufzugeben.«

»Ernest, niemand verlangt von dir, daß du dir Hoffnung auf mein Mitgefühl machst«, sagte Camilla, als habe ihr erst jetzt der Unwille die Zunge gelöst. »Du weißt sehr wohl, daß ich nicht fähig bin, dir Zuneigung entgegenzubringen, und daß du darauf keinen Anspruch hast. Ich werde dich nicht bitten, das Leben mit mir wieder aufzunehmen. Der bloße Gedanke daran würde unser beider Ende sein. Ebendies ist der Grund, weshalb dem Mann nur eine einzige Rolle zu spielen übrigbleibt.«

»Du verlangst von mir, daß ich meine Zukunft und alle meine Hoffnungen aufgebe, während du überhaupt nichts gibst. Ich muß auf dich Rücksicht nehmen, weil und insofern du eine Frau bist. Meine Achtung vor Frauen verbietet mir, den Namen zu beschmutzen, den unbefleckt einer anderen Frau anzutragen ich ein Recht habe.«

»Er ist ebenso polygam wie ich, Mutter, mit dem einzigen Unterschied, daß ›dem Reinen alles rein‹ ist. Nun, Antony denkt ganz ebenso, und wir können von einem Mann, der sein Leben lang anderen Leuten gepredigt hat, nicht erwarten, daß er es zu einem Prozeß gegen sich kommen läßt. Armer Ernest!« Camilla warf sich ihrem Gatten an die Brust. »Ich hätte dir frühzeitig klarmachen sollen, daß Predigen eine Sache ist, bei der immer zwei mitspielen. Es ist meine Schuld, daß ich geschieden werden muß und meine Ehre verliere und daß ich das graue Haupt meiner Mutter mit Kummer an den Rand des Grabes bringe.«

Bellamy stand unbeteiligt und schweigend, immun gegen die Herausforderung, der er schon so viele Male begegnet war.

»Nun, Mutter, sollen wir die Zusammenkunft hier abbrechen? Das muß Antony sein, der da klingelt, ein weiterer Sohn, der dir seine Aufwartung machen will! Du wirst bald eine ansehnliche Familie haben, wenn das so weitergeht. Und du, Ernest, bleib lieber und drücke deinem Nachfolger die Hand. Es könnte tröstlich sein, ein paar mitfühlende Worte zu wechseln.«

»Mein Gott, was ist denn mit Ihnen beiden?« sagte Dufferin, zu den Frauen gewandt und ohne Bellamy zu bemerken.

»Mutter weint über meine bevorstehende Scheidung. Dabei hätte ich allen Grund zu weinen, aber ich bekenne mich mutig zu meinem Verbrechen.«

»Aber, aber, was gibt's denn da zu weinen? Das habe doch ich zu verantworten.«

»Sie wissen genau, daß das nicht zutrifft. Daß Sie das alles Camilla zuliebe getan haben«, sagte Mrs. Christy weinend. »Wenn ich bedenke, daß diese öffentliche Unehre das Ende meines einzigen Kindes ist!«

»Die öffentliche Seite der Angelegenheit wird nicht lange dauern«, sagte Camilla. »Der Fall gegen mich liegt viel zu klar. Und das ist keineswegs das Ende, meine arme Mutter; da machst du dir zu große Hoffnungen.«

»Ich wage nicht zu denken, was dein Vater dazu gesagt hätte.«

»Warum denn, da er es doch nicht mehr sagen kann.«

»Du und eine geschiedene Frau!« sagte Mrs. Christy, endgültig ihren Spruch fällend.

»Nun, sie wird das nie wieder nötig haben«, sagte Dufferin. »Ich habe mein Metier erlernt, und ich werde, wenn der Fall je wieder eintreten sollte, darauf zurückgreifen.«

»Ich weiß nicht, was die Leute über sie reden werden, oder über Sie oder überhaupt.«

»Ich weiß es. Aber es wird keinen von uns treffen.«

»Da irren Sie. Es wird Sie sehr wohl treffen«, sagte Mrs. Christy. »Es stimmt nicht, daß Dinge dieser Art den Menschen kein Leid zufügen.«

»Ja. Ich habe gefunden, daß es Leid bringt«, sagte Dufferin. »Sogar Bellamy wird dem nicht entgehen. Zu einem Streit gehören zwei, wenn auch natürlich nicht immer. Und ein Mann sollte alles allein auf sich nehmen, wenn schon nichts da ist, was Bellamy auf sich nehmen könnte.«

»Es gibt immer genug, was ein Mann auf sich nehmen kann«, sagte Camilla. »Sie haben es ja schon einmal getan. Ich werde in Kürze mit einem Mann leben. Dazu bin ich noch Frau genug.«

»Eine gute Definition«, sagte Dufferin. »Aber wenn ein Mann so etwas tut, kommt ihm wohl auch der Standpunkt eines anderen in den Sinn, der es nicht tut. Warum tritt dieser andere nicht einfach hervor, so wie er ist? Das ist es doch, was er zu tun verlangt.«

Bellamy trat eindrucksvoll ins Blickfeld der anderen.

»Nun, für einen Lauscher ganz gut gemacht«, sagte Camilla.

»Ich hasse das Wort«, sagte Bellamy.

»Ja und mit vollem Recht«, sagte Dufferin. »Sie meinte auch nur, daß Sie mitgehört hätten, und das leugnen Sie doch nicht. Aber warum diese tragische Miene? Wir tun alles für Sie, was Sie wollen.«

»Ich komme über meine elf Jahre eines vergeudeten Lebens nicht hinweg.«

»Nun, versuchen Sie die zu vergessen, und vergeuden Sie keine weitere Minute. Mit zehneinhalb dieser elf Jahre habe ich nichts zu tun. Ich kenne Camilla erst seit sieben Monaten. Ich habe Ihnen kein Leid zugefügt.«

»Das konnten Sie nicht wissen«, sagte Bellamy.

»Natürlich wußte ich das. Camilla sah die Dinge ebenso klar wie Sie. Es war keine Sache, bei der der eine im Himmel schwebte und der andere sich an einen anderen Ort verstoßen fühlte. Das kommt auch nur selten vor.«

»Mein Gott, das führt uns überhaupt nicht weiter«, sagte Camilla. »Mutter, ich gehe besser nach Hause, ehe sich meine beiden Partner fürs Leben zu erbittert um mich gestritten haben, um mir auch nur noch eine Stunde Gesellschaft zu leisten. Es ist noch einiges im Hause meines jetzigen Gatten zu ordnen. Und wenn ich in der Dunkelheit allein gehe, gibt es womöglich noch mehr Ärger, auch wenn ich annehmen muß, schon genug Grund dazu gegeben zu haben. Welchen von deinen beiden Schwiegersöhnen willst du mir als Beschützer abtreten? Ich überlasse dir die Wahl, da du für beide die gleiche Achtung zu hegen scheinst. Ich wäre womöglich in meinem Urteil befangen.«

»Ich muß nach Hause«, sagte Bellamy. »Wir brauchen den Skandal nicht gerade zu entfesseln, bevor es soweit ist.«

»Wir werden ihn der Genugtuung der Leute so lange wie möglich vorenthalten«, sagte Camilla. »Ich möchte nicht noch mehr zu dem Frohlocken deiner Schäflein beitragen. Ich habe ihnen zu viel Flanell und Suppe gespendet, als daß sie noch weitere Spenden von mir verdienten. Oh, natürlich, du hast das bezahlt. Aber dies hier werde ich bezahlen. So leicht kommt man zu Ehren. Doch ich glaube, der kostspieligere Anteil entfällt auf mich. So werde ich denn zum letzten Mal mit dir als meinem Lebensgefährten gehen. Weißt du noch, wie es das erste Mal war? Ich habe es völlig vergessen. Ernest, mach nicht so eine gerunzelte Stirn, nur ja nicht. Ich habe dir doch gesagt, daß meine Nerven das nicht aushalten. Wenn wir Frieden halten wollen, bis die Wahrheit herauskommt, mußt du meinen Standpunkt schon anerkennen. Du kannst mich nicht mit Selbstmitleid, Selbstgerechtigkeit und allen anderen Selbstsüchten konfrontieren.«

»Auf Wiedersehen, Mrs. Christy«, sagte Bellamy, als könnte das irgend etwas bedeuten.

»Oh, mein guter Junge! Wie sich alles gewendet hat! Was sage ich dazu? Was soll ich dazu sagen?«

»Arme Mutter, sie geht mir zu Herzen«, sagte Camilla. »Eine geschiedene Tochter und ein Salon voller Schwiegersöhne! Armer Ernest, auch du tust mir leid.«

»Unter diesem Aspekt habe ich mich am wenigsten gesehen.«

»Und ich bin die letzte, dir das zu bestreiten«, sagte Camilla, sich mit ihren Ellbogen von ihm distanzierend. »Du hast eine natürliche Begabung dafür. Höchste Zeit, daß du deine Talente erkennst, die ziemlich spezieller Natur sind. Aber ich werde an dich denken, wenn ich in diesem dumpfigen Pfarrhaus aufwische. Da könnte ich meine Nachfolgerin mit offenen Armen empfangen. Ich könnte mich ihr an den Hals werfen und ihr weibliche Ratschläge für deine Gesundheit geben.«

»Du brauchst um mich nicht besorgt zu sein, Camilla. Ich kann mit nichts auskommen. Ich bin an Schlimmeres gewöhnt.«

»Ich wüßte nicht. Es gibt wenig Schlimmeres als nichts.«

»O doch, sehr viel Schlimmeres.«

»Nun denn, nimm es, wie du willst. Viel schlimmer also, viel schlimmer. Wir haben allerlei Verzweiflung miteinander durchgemacht, nervenzerrüttende Jahre. Sie haben mir ebensoviel bedeutet wie dir, wenn du es auch nicht wahrhaben willst. Wie sehr haben wir einander manchmal gehaßt!«

»Ich glaube dir keinen Grund dazu gegeben zu haben, Camilla.«

»Glaubst du das wirklich? Nun, das wäre Grund genug. Oh, aber du kommst nicht darum herum, mein armer Ernest, der du nun nicht mehr der meine bist. Laß uns jeden seiner Wege gehen. Wir müssen unseren weltlichen Besitz verteilen und das aussondern, was du mir zugebracht hast und was du mir fernerhin nicht zubilligen willst. ›Geben und wieder holen, ist gestohlen.‹ Was hast du denn morgen vor?«

»Ich habe Mrs. Spongs Begräbnis am frühen Nachmittag. Danach bin ich frei.«

»Ach, richtig. Begräbnis, Begräbnis! Wir sind ja auch zum Begräbnis unserer beiderseitigen Hoffnungen gekommen. Nein, zu Mrs. Spongs Begräbnis werde ich nicht kommen; unser eigenes reicht mir. Ich habe mein Soll an Begräbnissen erfüllt und an Mütterversammlungen und Gemeinde-Tees. Die Begräbnisse sind noch das beste; da wird man irgend jemand los. Da kommen wir zurück und haben ein Pfarrkind weniger. Das ist besser als die Hochzeiten, die uns weiteren Nachschub versprechen. Begräbnisse haben uns noch nie enttäuscht. Zumindest deine Herde befleißigt sich eines langsamen Erlöschens. Nur daß sie dir Gelegenheit gibt, dich im gegenteiligen Sinne zu betätigen. Ich möchte mir meine letzten Tage als dein Eheweib nicht durch das Schauspiel trüben, wie du dich bei einem Begräbnis ins Zeug legst. Das würde die Gefühle für dich, die ich mir zu erhalten bemüht bin, zerstören. Nichts haftet so deutlich in meiner Erinnerung wie all die Begräbnisse. Sie sind für mich wie eine Perlenkette. Ich könnte nicht eine weitere Perle hinzufügen, mit Mr. Spong als Hauptleidtragendem. Das wäre eine große dunkle Perle in der langen Kette, der einzigen, die du mir je geschenkt hast, und diese kleine Zugabe wäre einfach zuviel.«

VI

Viele fanden es durchaus richtig, daß Bellamy seine Stellung dazu benutzte, bei Begräbnissen Gutes zu tun, durch sich selbst und durch andere, und dieses vereinte Bemühen schien auch Dominic Spong zu behagen, wie er da, weithin sichtbar und gleichsam selbstversunken, am Grabe seiner Frau stand. Er war ein schwerer Mann von fünfundvierzig, mit einem massigen Körper und Kopf, einem starren vorquellenden Blick und einem irgendwie vorwurfsvollen Gesichtsausdruck. Heute wirkte er tiefbewegt und schämte sich dessen nicht. Als Bellamy sehr gefühlvoll und herzbewegend schloß, stand Spong einen Augenblick, als könne er sich nicht losreißen; dann ging er, ohne von der Anwesenheit anderer Menschen Notiz zu nehmen.

»Spong, Sie werden doch heute nachmittag eine Stunde mit alten Freunden verbringen?« sagte Godfrey, indem er mit Rücksicht auf den traurigen Anlaß jede förmliche Anrede vermied. »Das werden Sie mir wohl nicht abschlagen?«

Dominic stand da, als werde er sich allmählich der Nähe des Freundes bewußt.

»Sir Godfrey, ich habe von nun an nur noch alte Freunde, an die ich mich wenden kann. Um mich Ihrer freundlichen Worte zu bedienen: Ich werde es Ihnen nicht abschlagen.«

Dominic redete seine beiden Hauptklienten stets als Sir Godfrey und Sir Percy an, während er sich selbst mit seinem bloßen Nachnamen anreden ließ, wie um damit ihre Stellung als Auftraggeber anzuerkennen.

»Danke, Spong, vielen Dank. Meine Frau wird Ihnen das hoch anrechnen.«

Spong stand, als hielte er sich nur mit Mühe im Gleichgewicht; seine Hände, Taschentuch in der einen, schwangen hin und her, und mit den Augen erfaßte er nur undeutlich den sich nähernden Wagen Godfreys.

»Aber Spong, Sie werden uns doch nicht verweigern, um was wir Sie gebeten haben?« sagte Sir Percy, wie aus dem Boden gewachsen. »Wir sind untröstlich, wenn wir Sie nicht heute abend zum Dinner haben.«

»Alsdann, Sir Percy, werde ich zum Dinner kommen. Das heißt, wenn Ihnen ein gebrochener Mann willkommen ist.«

»Ja, ja, uns stets willkommen«, sagte Sir Percy, eilig davonschlurfend.

Agatha Calkin ergriff die Hand des Witwers.

»Ich hoffe, Sie tun uns auf Grund langjähriger Freundschaft die Ehre an und verbringen den Abend mit uns und teilen mit uns unser bescheidenes Abendessen? Ganz formlos, wenn Sie uns nehmen, wie wir sind. Für alte Freunde machen wir keine Umstände.«

»Mrs. Calkin, wenn ich eine Möglichkeit sähe, Ihrer freundlichen Einladung zu folgen, würde ich Ihnen dafür danken, daß Sie keine Umstände machen. Aber wie die Dinge liegen, bitte ich Sie nur, zwischen sechs und sieben kommen zu dürfen. Das ist alles, was ich schaffen oder Ihnen zumuten kann.«

»Nun ja, wir müssen mit dem, was Sie uns geben können, zufrieden sein. Ich weiß, welcher Entschluß es ist, unter Menschen zu gehen. Glauben Sie mir, wir unterschätzen das nicht.«

»Also denn, Spong«, sagte Godfrey, »der Wagen ist da. Wir bringen Sie im Nu zu uns, ohne daß Sie sich dessen erst bewußt werden müssen.«

Dominic wandte sich mit einem anerkennenden Blick für soviel Verständnis um und ging langsam zum Wagen, während Agatha leicht bestürzt über diese früher an ihn ergangene Einladung zurückblieb.

Harriet kam in die Halle, um den Gast zu begrüßen.

»Mr. Spong, ich hoffe, daß wir Ihnen dies eines Tages vergelten können.«

»Lady Haslam«, sagte Dominic, durch die Wiederholung des Namens auf besondere Art seinen Respekt andeutend, »ich würde mich nie erkühnen, Ihnen in meinem gegenwärtigen Zustand einen Besuch zu machen. Ich möchte Ihnen nur danken, daß Sie sich nicht allein in guten Tagen als Freunde erweisen.«

»Aber Spong, in diesem Punkt werden Sie, hoffe ich, nie an uns zweifeln«, sagte sein Gastgeber.

»Sir Godfrey, daran zweifle ich nicht.«

Noch im Sprechen erhob sich Dominic langsam aus seinem Sessel, den Blick auf die Tochter des Hauses gerichtet, deren Hand er mit einem Lächeln ergriff, das alle persönlichen Gefühle chevaleresk überspielte.

»Es geht Ihnen gut, Miss Griselda?« sagte er in einer Weise, die erkennen ließ, daß er sich, ungeachtet seiner selbst, nur aus Gewissenhaftigkeit dafür interessierte.

»Ja, vielen Dank; und Ihnen?« sagte Griselda mit einiger Befangenheit, der Situation wegen.

»Ich danke Ihnen, es geht«, sagte Dominic, mehr den Dank als sein körperliches Befinden betonend.

»Ich frage mich, ob meine drei großen Söhne überhaupt erscheinen sollten«, sagte Harriet. »Mit ihnen bilden wir ein familiäres Übergewicht. Wird das nicht zu anstrengend für Sie sein, Mr. Spong?«

»Nein«, sagte Dominic mit leisem Kopfschütteln und bot den jungen Männern der Reihe nach freundlich lächelnd die Hand, während er in seinem Sessel sitzen blieb. »Nein, es kommt mir nicht zu, junge Leute anstrengend zu finden. Die Frage, Lady Haslam, ist vielmehr« – und er machte plötzlich ein besorgtes Gesicht – »ob die jungen Leute mich anstrengend finden?«

»Nein, nein, nur auf Sie haben wir Rücksicht zu nehmen«, sagte Harriet.

»Denn«, fuhr Dominic fort, indem er sich in zunehmender Beklommenheit vorneigte, »ich möchte keinesfalls wie ein Dämpfer auf jugendliche Gemüter wirken.«

»Aber, kein Gedanke, Spong«, sagte Godfrey. »Darüber können Sie ganz beruhigt sein. Alle denken an nichts als, wie sie sich Ihrer heutigen Gemütsverfassung anpassen können. Habe ich nicht recht, meine Söhne?«

»Ja, gewiß, Vater«, sagte Matthew, während ein Seitenblick Jermyns zu Griselda bei ihr einen hysterischen Lachkrampf auszulösen drohte, und Dominic, der mit einem halben Lächeln sein Verständnis für ihre natürlichen Regungen bezeugte, hätte wohl unter normalen Umständen mit eingestimmt.

»Und nun, Spong«, sagte Godfrey, »was werden Sie in den nächsten Monaten anfangen? Ich meine, wie werden Sie sich in Ihren Mußestunden einrichten? Sie werden doch die besorgte Frage eines alten Freundes nicht mißverstehen?«

»Zunächst, Sir Godfrey, werde ich meine Arbeit haben. Und die hat zum Glück die Eigenschaft, dem Wohle anderer zu dienen, und wird somit auch zur Ausgeglichenheit meiner Gefühle beitragen. Was die Muße betrifft, so muß ich alles tun, sie zu vermeiden.« Er hatte die Kraft zu einem stoischen Lächeln.

»Sie sind reinen Herzens und guten Willens, Spong«, sagte Godfrey, der sich oft und gern biblischer Phrasen bediente.

»Finden Sie, daß Ihre Forschungen Sie auch weiterhin interessieren, Matthew?« Dominic flüchtete sich in eine andere Phrase.

»Ja, durchaus«, sagte Matthew.

»Es befriedigt Sie also wirklich?« sagte Dominic, im Bewußtsein von Harriets Zweifeln die Partei der elterlichen Autorität ergreifend.

»Ja«, sagte Matthew. »Es ist ganz wie mit Ihrer Arbeit; sie dient dem Wohle anderer, jedenfalls im Endeffekt, würde ich sagen.«

»Ein ziemlich ferner Endeffekt, Lady Haslam«, sagte Dominic mit einem kleinen Lächeln zu Harriet, um seine gedrückte Stimmung nicht auf den Umgang mit der Jugend übergreifen zu lassen.

»Der Wille zur Leistung ist wohl immer mit dem Risiko verbunden, nichts zu vollbringen«, sagte Harriet.

»Ja«, sagte Dominic, nun mit einem fast zärtlichen Lächeln.

»Gut gesagt, meine Liebe«, sagte Godfrey mit einem Anflug von Überraschung.

»Haben Sie das Gefühl, daß Sie sich in Ihre Klienten hineinversetzen, wenn Sie mit ihnen zu tun haben, oder hassen Sie sie im Grunde?« fragte Gregory freundlich interessiert.

»Ganz gewiß hasse ich sie nicht, Gregory. Natürlich bringt mich meine Arbeit hie und da mit der Schattenseite der Menschheit in Verbindung. Aber das wird durch vieles ausgeglichen, viel edle Gesinnung, viel Heroismus, viel selbstlose Aufopferung. In dem Beruf, den ich mir erwählt habe, kommt alles zusammen.«

»Ist es nicht schrecklich, ein selbstloses Opfer mit anzusehen?« sagte Griselda.

»O nein, Miss Griselda, manchmal geradezu wundervoll.«

»Mir scheint es eher grausam, hier den zufriedenen Betrachter zu spielen«, sagte Jermyn.

»Nun ja, Jermyn, immer noch eingesponnen in Ihre Dichtkunst?« sagte Dominic, der durch seine eigenen hochtönenden Worte an dessen Bestrebungen erinnert wurde und sich nun um eine ebenso gewählte Ausdrucksweise bemühte.

»Ja, eingesponnen, völlig absorbiert, versessen darauf bis zur Vernachlässigung anderer berechtigter Ansprüche.«

»Schon recht, Jermyn, aber nichts im Übermaß«, sagte Dominic. »Immerhin muß es wunderbar sein, über die Heide zu wandern, Notizbuch in der Hand, und jeden kleinen poetischen Einfall aufzuschreiben« – Dominic machte eine umfassende Handbewegung – »was einem so in den Sinn kommt bei all der Schönheit ringsum. Hierhin und dahin zu schweifen ohne eine andere Verpflichtung, als möglichst viele Eindrücke zu sammeln. Wenn die praktischen Anforderungen des Lebens nicht an mich herangetreten wären, wenn ich mich nicht einem etwas strengeren Dienst verschworen hätte, wäre ich glücklich gewesen, an dieser freundlicheren Seite des Lebens teilhaben zu können.«

»Echte Dichtung erfordert wohl mehr, als bloße Berufsarbeit«, sagte Matthew, der Dominics Problem nicht ganz erfaßt hatte.

»Matthew meint, Gedichte schreiben wie ein wirklicher Dichter«, sagte Griselda.

»Miss Griselda, ich sprach nicht von Dichtern im Sinne eines wirklichen Dichters. Ich wollte mich nicht mit Tennyson in einem Atem nennen«, sagte Dominic, leise vor sich hin lachend.

»Oh, aber Jermyn denkt von sich in diesen Dimensionen. Eben das hat er im Sinne«, sagte Godfrey reichlich unbedacht. »Er hält sich nicht für irgendeinen Amateurdichter, der umhergeht und sich Einfälle notiert; Jermyn nicht. Er muß einer derer sein, zu denen künftige Generationen aufblicken. Und ich jedenfalls bin überzeugt, daß er das erreichen wird.«

»Ach Jermyn, da habe ich Ihnen nicht die nötige Achtung gezollt. Aber lassen Sie sich von einem alten Freund sagen, Jermyn: Sie müssen bedenken, daß zu diesem hohen Rang viele berufen, aber wenige auserwählt sind.«

»Ja, so ist's«, sagte Jermyn, etwas entwaffnet durch soviel gesunden Menschenverstand.

Dominic erhob sich, als habe er damit das Seine getan.

»Lady Haslam, ich habe diese Stunde sehr genossen, die mir gezeigt hat, daß es immer noch Frieden und Eintracht in einer Familie gibt, sehr genossen zumal in einer Welt, die ich nicht verdammen darf, weil sie für mich dergleichen nicht mehr enthält. Ich danke Ihnen.«

»Nun, Spong, erinnern Sie sich manchmal an uns«, sagte Godfrey. »Kommen Sie jederzeit auf ein paar Stunden, wenn Sie sich deprimiert fühlen. Wir würden das als eine besondere Freundlichkeit Ihrerseits auffassen, und wir bitten Sie, uns diese Freundlichkeit zu erweisen.«

»Ich habe sie Ihnen schon erwiesen, Sir Godfrey. Und Ihnen, Miss Griselda, kann ich nicht genug für Ihre Anwesenheit danken. Von Ihnen, Matthew, hoffe ich, daß Sie meine Einstellung zu Ihrer Arbeit nicht mißverstanden haben. Ich hege die größte Achtung für alle geistigen Dinge. Aber intellektueller Hochmut ist etwas anderes und führt in so manche Sackgassen. Vielen Dank, Matthew, für Ihre Gastfreundschaft heute nachmittag.« Dominic drückte damit seinen Respekt für ihn als den Ältesten aus.

»Und Jermyn, ich hoffe Sie eines Tages auf Ihren Gängen zu begleiten und mein eigenes Büchlein mit den Gedanken zu bereichern, die uns in unserem Umgang mit der freien Natur zuteil werden. Und Gregory, mein Junge, wenn ich Sie noch so nennen darf, so möchte ich sagen, daß es immer wieder eine Freude ist, einem jungen Menschen Aufwiedersehen zu sagen.«

Er wandte sich zur Tür, wobei noch seine Rückenansicht irgendwie den Eindruck vermittelte, daß er sich in Anbetracht seiner augenblicklichen Lebensumstände recht gesellig erwiesen hatte.

»Hetzen Sie sich doch nicht, Spong; der Wagen kommt in einer Minute«, sagte Godfrey.

»Ich muß noch einem anderen freundlichen Anerbieten Folge leisten, Sir Godfrey«, sagte Dominic, sich mechanisch umwendend. »Mrs. Calkin hat mich überredet, auf ein Stündchen zu ihr zu kommen, und der Weg dorthin ist zu kurz, als daß ich Ihre Freundlichkeit in Anspruch nehmen müßte.«

»Also, dann schicken wir Ihnen den Wagen dorthin, damit er Sie erwartet. So brauchen wir Sie im Augenblick nicht zurückzuhalten, denn es sind ja nur ein paar hundert Schritte.«

Dominic verhielt gleichsam bestürzt und verließ dann das Haus. Als er außer Sicht war, verlangsamte er seinen Schritt, aber nur unmerklich, wie um seine Haltung wiederzugewinnen.

Agatha kam zur Begrüßung an die Tür. »Wir rechnen es Ihnen hoch an, daß Sie uns heute nachmittag besuchen. Ich hoffe, es hat sich mit Ihrem Besuch bei den Haslams arrangieren lassen. Sie haben ein bißchen bei ihnen verweilt, nichtwahr?«

»Mrs. Calkin, ich bin tief bewegt von der Bereitwilligkeit, nein, dem liebenswürdigen Eifer meiner Freunde, mich heute bei sich zu dulden. Ich bin gerührt, daß Sie mir den Besuch obendrein hoch anrechnen.«

»Nun, kommen Sie ins Wohnzimmer und fühlen Sie sich ganz zu Hause. Meine Schwestern erwarten Sie schon, aber ich hielt es für richtig, Ihnen selbst zu öffnen.«

»Mrs. Calkin, ich hoffe mich dafür nicht als undankbar zu erweisen.«

»Im Gegenteil. Dankbarkeit ist immer recht mühsam, und gerade jetzt würde sie Ihre Kräfte übersteigen«, sagte Kate.

»Glauben Sie, wir alle sind Ihnen dankbar, daß Sie es uns so leicht machen«, sagte Geraldine. »Ich bin in meiner schlimmen Zeit den anderen sehr zur Last gefallen, ganz und gar unfähig, mich aus meinem Unglück zu erheben.«

»Miss Dabis, das überstieg auch zweifellos die Kräfte einer Frau.«

»Ich sagte ja schon, daß ich das Gefühl hatte, ihm selbst an der Tür entgegengehen zu müssen«, sagte Agatha.

Geraldine runzelte, verblüfft von diesem Vorstoß, die Brauen.

»Ich bin sicher, daß Sie noch eine zweite Tasse Tee vertragen können, Mr. Spong«, fuhr Agatha fort. »Sie werden in den nächsten Tagen hier und da überraschend eine Mahlzeit einnehmen müssen.« Sie stand einen Moment mit der Tasse in der Hand an seiner Seite. »Ich kann Ihnen Ihren Verlust so besonders gut nachfühlen. Es ist doch nicht so viele Jahre her, daß ich dasselbe durchzumachen hatte.«

»Mrs. Calkin, ich kann Ihrem Mut nur nacheifern.«

»Meinerseits kann ich keinerlei Mut als Beispiel anführen«, sagte Geraldine. »Ich erinnere mich nur noch einer qualvollen Dunkelheit.«

»Es gibt den Verlust, den keiner kennt, der ihn nicht erlitten hat«, sagte Agatha.

»All unsere Kümmernisse sind dagegen so gut wie nichts!« sagte Geraldine.

»Nein, nein«, sagte Agatha, »ganz und gar nicht. Nur jener Verlust, der alles andere übersteigt.«

»Man muß nachgerade dankbar sein, daß man nicht geheiratet hat«, sagte Geraldine. »Ich wußte nicht wirklich, wieviel Grund ich hatte, dankbar zu sein.«

»Miss Dabis, für jeden anderen ist das noch kein Grund zur Dankbarkeit«, sagte Dominic.

»Da wir gerade von Heirat sprechen, könnten wir nicht von der zerbrochenen Ehe der Bellamys reden?« sagte Kate. »Man erwartet von uns, daß wir Menschen im Unglück möglichst natürlich begegnen, und so wäre es sehr unnatürlich, nicht auch darüber zu sprechen.«

»Miss Kate, lassen Sie sich durch mich nicht abhalten«, sagte Dominic in allem Ernst.

»Also ist es ganz unverfänglich. Agatha und Geraldine, laßt euch durch Mr. Spong und mich nicht abhalten.«

»Mir ist es so ganz und gar fremd«, sagte Agatha, das Thema einfach auf ihre Art weiterführend, »daß Menschen, die das große Erlebnis des Zueinanderfindens gehabt haben und dazu die ersten tiefen Eindrücke des ehelichen Lebens, damit brechen können, als sei es eine triviale, vorübergehende Beziehung. Ich kann dafür beim besten Willen kein Verständnis aufbringen.«

»Du kannst doch die Dinge ganz unbeteiligt ansehen«, sagte Geraldine. »Es gibt dafür eine Menge Beispiele.«

»Miss Dabis, ich würde nicht meinen: eine Menge«, gab Dominic bekümmert zu bedenken.

»Ich dachte nur an die Beispiele, die mir zufällig in den Sinn kamen«, sagte Geraldine in möglichst beiläufigem Ton.

»War Lady Haslam aufgebracht über die Nachrichten aus dem Pfarrhaus?« fragte Agatha.

»Ich weiß darüber kaum etwas«, sagte Dominic. »Ich war nicht anwesend, als man es ihr eröffnete. Sie kann wohl nicht ganz ahnungslos gewesen sein, aber unsere Unterhaltung bewegte sich nicht auf dieser Linie. Ich brach sehr bald auf. Und mit Ihrer gütigen Erlaubnis, Mrs. Calkin, möchte ich mich jetzt auch von Ihnen verabschieden, mit Dank für die freundlichen Reden, die wir gewechselt haben. Miss Dabis, Miss Kate, Sie werden gestatten, daß ich jetzt Adieu sage.« Anscheinend hielt er diese nichtssagende Phrase für angebracht. »Ich hoffe, wenn alles nicht mehr so schwer auf mir lastet, das Vergnügen zu haben, Sie alle unter meinem Dache willkommen zu heißen, wenn Sie mich so nehmen, wie ich nun bin: gezwungen, selbst den Gastgeber zu machen.«

»Können wir das?« sagte Kate. »Von sich aus wird er nie irgendwelchen Klatsch aufkommen lassen, aber wie können wir uns einer Lebenssituation gewachsen zeigen, die wir nicht aus eigener Erfahrung kennen? Die meisten Menschen erwarten das von einem.«

»Du wirst bald eine zweite Lady Hardisty sein, wenn du so weitermachst!« sagte Geraldine mit hochgezogenen Augenbrauen.

Kate blickte freundlich verständnislos drein, nicht darauf gefaßt, bei ihrem Nacheifern Rachels ertappt zu werden, von dem sie immer gedacht hatte, es werde nicht auffallen.

»Armer Mann, er nimmt es sehr schwer«, sagte Agatha, ins Zimmer zurückkommend.

»Er dachte wohl, ich nähme es nicht schwer genug«, sagte Kate.

»Jedenfalls hat er sich auch so geäußert!« sagte Geraldine.

»Wir können nicht von jedem erwarten, daß er sich in alles hineinversetzt«, sagte Agatha. »Das wäre ganz unmöglich. Wenn Mr. Spong das verlangt, ist er im Unrecht. Wir müssen uns damit abfinden. Wir – oder jedenfalls diejenigen von uns, in deren Leben es dieses Kapitel gibt, das anderen erspart bleibt, müssen sich damit abfinden. Das ist der Preis, den wir für unsere reichere Erfahrung bezahlen, und wir müssen ihn gern bezahlen.«

»Glücklicher, wer ihn nicht bezahlen muß«, sagte Geraldine.

»Ich werde es nie verwinden, in dem Verdacht gestanden zu haben, ich ließ es an Takt und Mitgefühl fehlen«, sagte Kate. »Ich werde gegen Mr. Spong die eigentümliche Abneigung hegen, die wir gegen die fühlen, denen wir einmal Unrecht getan haben.« Sie endete diese Rede mit einem Seitenblick auf ihre Schwester.

»So, nun können wir endlich über die Bellamys reden«, sagte Geraldine und deutete damit an, daß sie den Hang ihrer Schwester kaum für ein lohnendes Gesprächsthema hielt. »Ich möchte behaupten, Mr. Spong hätte mitgemacht, wenn wir ihm nur noch etwas mehr zugesetzt hätten.«

»Nein!« sagte Agatha. »Nein! Es gibt Dinge, an die manche von uns nicht gerne rühren.«

»Ich bin gespannt, wie bald Mr. Spong sich nach einer neuen Partnerin umsehen wird«, sagte Geraldine und griff nach ihrem Buch. »Ich fand schon jetzt, daß er so einen schweifenden Blick hat.«

»Nein. Nicht in diesem Fall. Nein!« sagte Agatha. »Hier hat sich so viel treue Ergebenheit angesammelt, ja aufs höchste gesteigert, und die wird bis zum Ende halten. Er wird seinen Weg allein weitergehen. Manchen von uns ist dieser Weg vorgezeichnet. Der arme Mann! Meine Gedanken werden heute abend in seinem einsamen Heim bei ihm sein. Ja, sie begleiten ihn schon jetzt auf seinem Weg dorthin.«

Dominic war unterdessen auf dem Weg zum Hause von Sir Percy Hardisty.

»Ach, da sind Sie, Spong. Ich rechne es Ihnen hoch an, daß Sie versuchen wollen, sich heute abend bei uns zu Hause zu fühlen.«

»Sir Percy, nur ich habe Ihnen zu danken.«

»Sie bewahren uns vor dem Gefühl, daß unsere Gesellschaft für jemand im Unglück schwer erträglich ist«, sagte Rachel. »Das würde an die Wurzeln unserer Verbundenheit rühren. Nehmen Sie nicht einen Drink, Mr. Spong? Es ist noch eine halbe Stunde bis zum Dinner.«

»Es würde an die Wurzeln unseres Glaubens an mancherlei Dinge rühren, Lady Hardisty«, sagte Dominic, indem er sich nur mäßig interessiert an einen Tisch lehnte. »Die Berührung mancher Leute ist noch das einzige, was sich ertragen läßt.«

»Ach, kommen Sie, vergessen Sie's mal einen Augenblick, Spong«, sagte Sir Percy. »Klammern Sie sich heute abend nicht daran, mein Lieber. Ich meine, halten Sie sich an die lichtere Seite der Sache, alles in allem; aber fühlen Sie sich nicht einsam unter alten Freunden.«

»Sie dürfen ruhig auf Percy hören. Er weiß aus Erfahrung, was zu tun ist«, sagte Rachel.

»Sir Percy, ich kann mich gar nicht einsam fühlen inmitten von so viel Freundlichkeit. Ich möchte nur fühlen, daß sie, die von mir gegangen ist, im Geiste bei mir weilt.«

»Dann sind Ihrer beider Gefühle die gleichen«, sagte Rachel.

»Sie wollen mich nicht mißverstehen, Lady Hardisty«, sagte Dominic mit leicht erstauntem Blick und einer besonderen Betonung ihres Namens, wie um anzudeuten, daß er ihr das volle Recht, ihn zu tragen, zubillige. »Aber ich muß sagen, daß für mich der geringste Gedanke an eine Nachfolgerin meiner Frau ein Sakrileg ist.«

»Doch nun, Spong«, sagte Sir Percy, als sei jedes andere Thema dem eben angeschnittenen vorzuziehen, »wie steht es denn mit den jungen Bellamys und Dufferin? Denn wir möchten Sie nicht damit langweilen, uns auf ein Feld zu begeben, das allein das Ihre ist. Sozusagen Ihr Beruf.«

»Sir Percy, als Familienanwalt von ihnen allen wurde ich natürlich stark mit der Sache befaßt«, sagte Dominic mit einem Anflug von ernstem Widerwillen. »Ich habe alles getan, jeder der Parteien zu ihrem Besten zu raten, aber das Resultat ist, daß sie in jeder Hinsicht alle einer Meinung sind.« Er gab sich leicht amüsiert.

»Ich finde es nett, daß die in einer solchen Stunde der Prüfung einer Meinung sind«, sagte Rachel. »Im normalen Leben lernt man die Menschen nie richtig kennen. Natürlich ist mein ganzes Leben eine einzige Prüfung. Andererseits ist es für uns der beste Moment in Mr. Spongs Leben, ihn hier bei uns zu haben, Percy.«

»Mir tut besonders diese arme Frau, Mrs. Christy, leid«, sagte Dominic mit den leicht aufgerissenen Augen, die jede Erwähnung einer Frau bei ihm hervorrief. »Es ist hart für sie, dieser Kummer mit ihrer Tochter. Ich habe alles getan, was ich konnte, ihr mein Mitgefühl zu zeigen.«

»Percy, daran müssen wir auch denken«, sagte Rachel, »wenn

Mr. Spong uns diese Nachahmung seines Beispiels nicht verübelt.«

»Keineswegs, Lady Hardisty«, sagte Dominic.

»Aber das Mädchen will natürlich die Scheidung von Bellamy«, sagte Sir Percy.

»Nein«, sagte Dominic mit Entschiedenheit, »offenbar nicht. Das Verschulden liegt ganz auf ihrer Seite, und Bellamy ist anscheinend besorgt, jeden Makel von sich fernzuhalten. Täte er das nicht, so würde ihm das in seinem Beruf schlecht bekommen. Auch der Gesichtspunkt, daß er möglicherweise wieder heiratet, scheint eine Rolle zu spielen. Dabei hat ihn nie auch nur der geringste Hauch von Skandal gestreift, Sir Percy.«

»Ich finde es ganz richtig, daß er an die eventuelle Nachfolgerin denkt«, sagte Rachel.

»Aber würde es eine Frau denn gern sehen, daß einer anderen Frau so etwas geschieht?« sagte Sir Percy.

»Sir Percy, ich fürchte, Sie haben nicht viel Ahnung von der gegenseitigen Einstellung der Damen zueinander«, sagte Dominic achselzuckend.

»Er kennt nur die von einer einzigen Dame zu einer anderen«, sagte Rachel, »und selbst darin hat er sich getäuscht.«

»Schön, aber was ist nun mit Dufferin?« nahm Sir Percy das Thema wieder auf. »Ein netter Bursche, begabt, aus guter Familie. Was denkt er sich, in Sachen zu schlittern, die besser zu anderen Leuten passen als zu ihm? Was hat er davon, einen Pfarrer um seinen guten Ruf fürchten zu lassen und all das?«

»Wir können nun mal unser Handeln nicht auf eine Welt beschränken, die so beschaffen wäre, wie wir sie uns wünschten, Sir Percy. Damit müssen wir Rechtsanwälte uns befassen.«

»Ja, aber ausgerechnet Bellamys Frau?« sagte Sir Percy. »Warum sollte denn keine andere gut genug für ihn sein?«

»Nun, vielleicht glaubt er das selbst entscheiden zu müssen«, sagte Dominic, wiederum mit einem undurchsichtigen Lachen. »Oder die Dame hat sich begreiflicherweise selbst zur Richterin gemacht. Ich werde Dufferin heute abend noch sehen, aber ich könnte es wohl kaum wagen, ihm eine solche Frage zu stellen!«

»Heute abend? Oh, noch heute abend, Spong? Sie müssen heute abend mit ihm darüber sprechen? Aber hätte dafür nicht auch ein anderer Abend genügt?«

»Sir Percy«, sagte Dominic leicht errötend, »um die Wahrheit zu sagen, die Aussicht auf mein leeres Heim war mir unerträglich. Und da er mein Nachbar ist, kann ich meine Schritte so heimwärts lenken, daß ich nicht sofort den Schritt tun muß, vor dem mir graut.« Er endete seine Rede mit einem verbindlichen Lächeln.

»Auch die Aussicht auf unser Heim konnte ihm nicht helfen«, sagte Rachel. »Der Gedanke ist ja auch fürchterlich: Percy und ich, einander gegenüber sitzend, mit den zunehmenden Schatten und ohne gemeinsame Erinnerungen, da alte Menschen mit den Gedanken meist in ihrer Jugend weilen.«

»Ihrerseits hätten Sie gewiß recht, Lady Hardisty, wenn Sie sagten, daß meine weitere Gesellschaft Fürchterliches erwarten ließe. Ich bin mir meines krampfhaften Bemühens bewußt, die freundschaftliche Gesinnung zu erwidern, die ich nicht missen möchte. Aber das ist verdammenswert.«

Er erhob sich lächelnd und streckte seine Hand aus, als müsse er sich zu einer konventionellen Haltung zwingen.

»Da kommt Polly, gerade zur rechten Zeit, um Aufwiedersehen zu sagen«, sagte Rachel. »Polly, du wußtest wohl gar nicht, daß Dominic hier war?«

»Ich glaube, Lady Hardisty«, sagte Dominic mit einem gezwungenen Lächeln, »Miss Polly müßte von dem Gedanken, daß der ältere Herr, als der ich ihr erscheine, überhaupt einen Vornamen besitzt, ja sogar beim Vornamen genannt wird, aufs höchste überrascht sein.«

»Polly nimmt keineswegs an, daß ältere Herrschaften keine Vornamen hätten oder nicht damit angeredet würden«, sagte Rachel. »Sie weiß, daß man mit dem Älterwerden nicht alles aufgibt. Im übrigen dachte ich, Sie und Polly wären ungefähr gleichaltrig. Davon bin ich ausgegangen.«

Dominic verabschiedete sich von Polly mit einem Lächeln, das auf das Vorangegangene keinen Bezug nahm, sondern ihren Gesichtspunkt respektierte.

Sir Percy brachte ihn zur Tür und kam dann zurück.

»Ach nein, der arme Kerl, Rachel! Muß er denn gerade heute so auf Menschen aus sein?«

»Unsere natürlichen Triebe sind nun einmal stark.«

»Aber ich hätte gedacht, ein häuslicher Herd würde genügen und sei besser als gar keiner.«

»Wahrscheinlich sind eben viele häusliche Herde noch besser«, sagte seine Frau.

Dominic war im Begriff, sich dem vierten ihm angebotenen häuslichen Herd zu nähern, seit seine Frau unter der Erde war.

»Ach, Dufferin«, sagte er, indem er sich in einen Sessel sinken ließ, »ich habe erlebt, wie herzlich alte Freunde zu einem Mann in seinem ersten Leid sein können. Ich war tief gerührt. Mir ist klar geworden, wieviel mitfühlende Herzen es in der Welt gibt.«

»Das wird einem manchmal klar. Und was wäre mir klar geworden, wenn ich Sie als Ihr Schatten begleitet hätte? Über eine gewisse Sache wird man auch mit Ihnen gesprochen haben.«

»Ja, man sprach von Ihnen, Dufferin, mit größter Achtung und Sympathie und mit tiefer Besorgnis für die Lage, in der Sie sich befinden. Nur das kann ich Ihnen sagen.«

»Da hätte es eine bessere Unterhaltung für Sie gegeben. Vielleicht wird sie Ihnen bei mir zuteil. Camilla muß gleich hier sein, und Sie können das Schauspiel aus erster Hand genießen.«

Dominic verkroch sich tiefer in seinen Sessel, und die Zigarre zitterte leicht in seiner Hand.

»Sie tut Ihnen nichts«, sagte Dufferin, ihn kurz anblickend. »Sie kamen, obwohl Sie wußten, daß das Haus ihrer Mutter nur gut hundert Schritte entfernt ist. Vielleicht kamen Sie gerade, weil Sie das wußten. Sie wären nicht der erste. Und das ist ein ebensoguter Grund wie der, daß ich ein Vetter dritten Grades Ihrer Frau bin. Da höre ich sie schon auf der Treppe.«

Dominic errötete und legte seine Zigarre beiseite.

»Antony, Mutter fand es unschicklich, daß ich herkäme. Sie meint, daß wir unter ihrer Oberaufsicht niemals dahin gelangt wären, wo wir jetzt sind. Wenn sie allerdings gewußt hätte, daß Mr. Spong uns chaperonieren würde, hätte sie mich leichten Herzens gehen lassen.«

Dominic hatte sich aus seinem Sessel emporgewunden; gewohnt, der Weiblichkeit in jeder Lebenslage seine Reverenz zu erweisen.

»Ich glaube, Mr. Spong würde mich beschimpfen, wenn ich ein Mann wäre.«

»Sie sind aber kein Mann, Mrs. Bellamy.«

»Die Exaktheit des Juristen! Nein, behalten Sie Ihren Sessel, Mr. Spong; Sie müssen ja zu Tode erschöpft sein. Ich werde mich auf Antonys Schoß setzen.«

Dominic schielte nach Dufferins Hand- und Körperhaltung, indem er sich für einen Augenblick seiner berufsmäßigen Erfahrung anvertraute.

»Alles in allem glaube ich nicht, daß Mr. Spong mich haßt«, sagte Camilla, ihn anblickend. »Er kann die Sünde hassen, aber den Sünder lieben.«

»Ich hoffe, Mrs. Bellamy, daß Sie damit ein wahres Wort ins Scherzhafte wenden wollen.«

Camilla lehnte sich zurück und lachte.

»Ich glaube, Dufferin«, sagte Dominic, sich aufraffend, als hätte er es sich überlegt, »daß meine Anwesenheit während des Besuchs von Mrs. Bellamy entbehrlich ist.«

»Oh, wo denken Sie hin?« sagte Camilla. »Ich würde nichts tun, ehe Sie Ihrer Sache sicher sind. Ein Anwalt weiß, daß man mit bloßen Vermutungen nicht weiterkommt.«

»Was soll ich daraus entnehmen?« sagte Dominic und lächelte Dufferin zu.

»Daß Sie unentbehrlich sind«, sagte Camilla.

»Ich werde also unter Druck gesetzt, Dufferin?« sagte Dominic.

»Ach, machen Sie sich's doch bequem, Spong«, sagte Dufferin.

Dominic setzte sich wieder.

VII

»So, mein lieber Matthew, du hast also unserer kleinen Andacht heute morgen beigewohnt. Es kommt nicht oft vor, daß du erlebst, wie dein Vater sein Bestes tut, um dem Tag für euch alle einen guten Anfang zu geben. Für dich könnte ich, nach allem, was du von mir weißt, des Morgens ebensogut eine Null im Hause sein. Ich habe mich wirklich gefreut, dich hier zu sehen. Es hat mich in meinem Tun gestärkt. Ich spürte, daß ich besser war als sonst. Nun, wie denkst du über meine Art, die Sache anzufangen?«

»Ich kann dazu kaum eine Meinung äußern, Vater. Ich bin nicht oft genug dabei, um einen Maßstab zu haben.«

»Nun, ich hoffe, in Zukunft bist du öfter dabei. Ich halte das nämlich für den Beginn einer neuen Ära in deiner Mutter und meinem Leben, wenn wir an dem Altar, den wir in unserem Hause errichtet haben, alle unsere Söhne versammelt sehen. Denn es ist rechtens und ziemt sich –«

»Einen Moment, Godfrey, ich möchte dich fragen, ob du Tee oder Kaffee willst«, sagte seine Frau.

»– rechtens und ziemt sich für junge Männer und Mädchen, für alte Männer, für Männer und Kinder –«

»Godfrey, sag nur eben, was du haben willst!«

»Oh, nun ja, dann Tee oder Kaffee also. Kaffee, Kaffee! – rechtens und geziemend, herzerfreuend und höchst achtbar –«

»Buttermere, nehmen Sie das Gedeck von Sir Godfrey und stellen Sie es Mr. Matthew hin.«

» herzerfreuend und eine Augenweide für alle, die es sehen –« Godfrey hob die Arme, um die Prozedur zu erleichtern, verlor den Faden seiner Rede, schielte über die Platten, deren Deckel jetzt gelüftet wurden, und kam zu seinem Schluß, als wäre er kontinuierlich dorthin gelangt. »Denn wo zwei oder drei von euch in meinem Namen versammelt sind –«

»Mein Lieber, alles hat seine Zeit. Aber jetzt sind wir beim Frühstück.«

»Was denn, meine Liebe? Langweile ich dich schon wieder? Nun, ich höre auf zu reden, und wir wollen alle schweigend dasitzen. Ich möchte dich um keinen Preis mit dem beschweren, was mir so durch den Kopf geht.«

»Du hast dich schon eine ganze Weile darüber verbreitet«, sagte Harriet.

»Eine ganze Weile? Wirklich? Ich denke doch, ich dürfte – Nun, ich gebe zu, ich habe mich nicht gerade überhastet mit dem Thema, aber ich wäre schneller zu Rande gekommen, wenn man mir mein Tempo gelassen hätte. Ich hoffe nur, Harriet, du hast keinen schlechten Tag vor dir.«

»Es gehört sich nicht, das zu jemand zu sagen, der nicht an einer chronischen Krankheit leidet«, sagte seine Frau in spitzem gekränktem Ton. »Wie kann man mir unterstellen, daß ich gesundheitlich ein besonderer Fall wäre? Ich hoffe, ihr alle habt nicht einen schlechten Tag vor euch.«

»Ich fürchte, den werden wir haben«, sagte Matthew.

»Aber nein, du weißt doch, Harriet, daß du manchmal dazu neigst, die Dinge schwerer zu nehmen, schwerer als wir etwa. Komm, darüber wollen wir nicht streiten. Mit dir steht's nun mal nicht immer zum Besten, du bist nicht immer bereit, den Dingen ihre gute Seite abzugewinnen. Niemand kreidet dir das an. So, nun weißt du, daß uns das ganz fern liegt.«

»Spar dir deine Worte, Godfrey. Mir ist völlig klar, daß du dich als großherzig und langmütig und mich als eine Last empfindest.«

»So komm doch, Harriet, was ist denn großmütig daran, wenn wir uns gegen etwas Unausweichliches stemmen, dagegen daß jemand allzu Sensibles die Dinge nicht so nehmen kann wie robustere Menschen?« Godfreys Stimme nahm unwillkürlich einen triumphierenden Klang an.

»Gut, daß du aufhörst, Godfrey. Deine Meinung ist hinlänglich klar.«

»Alsdann, wenn meine Meinung klar ist, ist alles in Ordnung. In diesem Fall wäre das Thema erledigt.«

»Kommen wir also zu etwas anderem. Du hast Matthew nicht das gesagt, worum ich dich gebeten hatte. Das merke ich jetzt. Die elterliche Last fällt also wieder einmal ganz auf mich.«

»Laß sie auf keinen fallen«, sagte Jermyn. »Lasten haben das so an sich.«

»Und laß dir einiges hingehen, was zu sagen wäre, und laß einiges aus, was zu tun wäre«, sagte seine Mutter.

»Das wäre großartig«, sagte Gregory.

»Nein, mein Sohn, das wäre falsch«, sagte Harriet in einem Ton, der ihre Tochter aufhorchen ließ. »Ich hoffte, meine Kinder hätten das von mir gelernt.«

»Wo Hoffnung sinkt, erkrankt das Herz«, murmelte Matthew.

»Ja, mein Lieber. In diesem Sinne bin ich herzkrank«, sagte seine Mutter. »Das trifft besser auf mich zu, als was man sonst gesagt hat.«

»Vermutlich war ich es, der dich zum Reden gebracht hat«, sagte Matthew, »und außerdem eine Frau, deren Ehe sehr viel unglücklicher gewesen ist als deine. Camilla kann als hilfloses Opfer deiner Verbitterung nur gewinnen. Ich frage mich, ob die Ehe irgendeiner Frau glücklicher gewesen ist als deine. Und darum erstaunt es mich, daß du es fertig bringst, so viel zu verlangen und so wenig zu geben.«

»Matthew, Matthew!« sagte Godfrey mit warnendem Unterton. »Natürlich gebe ich deiner Mutter alles, was in mir ist. Es ist ihr gutes Recht, das Ganze zu fordern. Das mußt du verstehen.«

»Ich verstehe«, sagte sein Sohn. »Aber sie versteht's auch.«

»Matthew«, sagte Harriet, plötzlich ganz präsent und ernst, mit gebrochener Stimme, »hat je eine liebende Mutter solche Worte von ihrem Sohn hören müssen?«

»Nein, ich glaube nicht; der Fall dürfte nur selten eintreten«, sagte Matthew.

»Oh, Matthew, komm doch. Harriet, setz dem Jungen nicht so zu; bürde ihm nicht so viel auf. Er ist nervlich sehr angespannt und sagt alles, wie es ihm gerade einfällt. Darin ist er mehr dein Sohn als meiner, wie ich schon immer gesagt habe. Das war immer meine Rede, Harriet. Eben darum fühle ich mich ihm so verbunden; er erinnert mich an dich. Komm, sei nicht so streng mit ihm. Ihr solltet einander besser verstehen.«

»Hat er irgendeine Pflicht mir gegenüber?« sagte Harriet. »Oder liegen alle Pflichten nur bei mir?«

»Mütter haben eine Menge Pflichten«, sagte Jermyn. »Darum ist es so schwer, Mutter zu sein.«

»Ich hätte nicht gedacht, daß gerade du diese Auffassung haben würdest«, sagte Harriet. »Aber glaube mir, ein Spaß ist das nicht für mich.«

»Nein, aber versuche doch mal, es so zu sehen, Harriet«, sagte ihr Gatte beschwörend. »Versuche, es mit einem bißchen Humor zu nehmen, denn alles und jedes hat auch seine komische Seite, nichtwahr?«

»Viele Dinge sollten sie nicht haben«, sagte seine Frau.

»Du beklagst dich, daß ich Gedichte schreibe, Mutter«, sagte Jermyn. »Du müßtest doch dankbar sein, daß ich – als dein Sohn – kein Tragödiendichter bin.«

»Ich wäre schon dankbar zu sehen, daß du überhaupt etwas schriebest, mein Sohn.«

»Na, na, Harriet, das zu sagen ist nicht fair«, sagte Godfrey nahezu lachend. »Du darfst den Kindern nicht Dinge sagen, nur um sie zu treffen und zu verletzen. Das paßt gar nicht zu dir, meine Liebe, nicht zu der Harriet, die wir immer gekannt haben. Nein, unsere Kinder werden ihr Bestes tun, so viel oder so wenig, wie sie eben vermögen; und die Pflicht der Eltern ist es, sich darüber zu freuen und an sie zu glauben; das ist es, was einer Mutter zukommt.«

»Nun, ich weiß nicht, worin ich nach Vaters Erwartung mein Bestes tun sollte«, sagte Griselda mit einer vesteckten Handbewegung zu ihrer Mutter.

»Mein Herzenskind!« rief ihr Vater aus, in lobender Anerkennung schon des bloßen Bemühens.

»Ich weiß es auch nicht, meine Liebe«, sagte Harriet, die durch jenen Ausruf von ihrer natürlichen mütterlichen Reaktion abgehalten wurde. »Es hieße, meine Worte verschwenden, wenn ich dir sagen wollte, welche Wendung ich mir für dein Leben wünschte.«

»Nein, nein, laß das liebe Kind in Frieden, Harriet. Bring sie nicht auf und verstimme sie nicht so früh am Tage. Laß sie in Ruhe frühstücken. Gib wenigstens ihr die Chance. Wie wäre es, wenn sie etwas Kontakt mit dem Pfarrer bekäme? Er ist nicht ein Mann, mit dem gesehen zu werden wir ihr verbieten müßten, nichtwahr?«

»Ist das alles, was du dir für deine einzige Tochter wünschst, Godfrey?«

»Nein, nein, beileibe nicht alles. Ich wünsche ihr nichts. Sie soll sich hier zu Hause fühlen und um mich sein. Aber ein Mädchen kann nicht immer nur auf ihren Vater und ihre Familie blicken.«

»So, Vater, über Jermyn, Griselda und mich ist jetzt hochnotpeinlich Gericht gehalten worden«, sagte Matthew. »Soll Gregory, wie üblich, ungeschoren bleiben?«

»Oh, Gregory würde lieber einen Schwatz mit einer komischen alten Dame halten, als auch nur eine Stunde mit seiner Mutter verbringen«, sagte Harriet unvermittelt wehleidig.

Godfrey begegnete den Blicken seiner beiden Ältesten, und Matthew erhob sich.

»Mutter, ich weiß nicht, ob dir klar ist, in welch unbegreiflich gedankenloser Weise du dich hier aufführst. Ich hoffe, es geschieht unbewußt, um deiner Selbstachtung willen und unserer Achtung für dich. Versprichst du dir etwas davon, wenn du dir deinen Gatten und deine Familie entfremdest und deinen Weg gehst, mit nichts vor dir als einem noch tieferen Versinken in selbstsüchtige Verbitterung? Wir werden unser Leben und unser Streben nicht wegen der Launen einer einzelnen Frau ändern. Du magst deine eigenen Meinungen haben. Wir haben die unseren. Wir üben äußerste Nachsicht mit deinen Schwächen, wie du selbst zugeben mußt, wenn du die Dinge nüchtern betrachtest. Du hast einen vortrefflichen Gatten, ehrerbietige Söhne und eine Tochter, die für eine Frau mit den Gefühlen einer Mutter eine reine Freude sein müßte. Wir haben bisher nichts gesagt, und ich werde auch jetzt nichts mehr sagen. Aber wenn du dich nicht beizeiten zusammennimmst, wirst du eines Tages eine sehr einsame alte Frau sein.«

Schwer atmend setzte er sich wieder hin, und seine Mutter, die ihm mit aufgestütztem Kinn zugehört hatte, antwortete im verhaltenen Ton leichter Verachtung, wobei ihre Augen langsam unter gesenkten Lidern zu ihm hinwanderten.

»Du hast uns also gesagt, du würdest nun nichts mehr sagen, Matthew. Vorher wäre uns diese Information willkommener gewesen. Was nun das betrifft, daß ich eines Tages eine sehr einsame alte Frau sein würde, so ist mir dieses Gefühl seit langem vertraut.« Ihre Lider senkten sich noch mehr, und ihre Lippen zitterten.

Godfrey blickte sie tief betroffen an und machte einen Versuch, sich zu erheben, bedachte sich aber und hielt inne, und dieses Zögern machte es nur schlimmer.

»Ich habe also einen vortrefflichen Gatten und ehrerbietige Söhne! Einen Gatten, der die Dinge, die meine tägliche Qual ausmachen, nicht um eine Winzigkeit herabmildern will; Söhne, die ihre selbstischen Ziele ohne auch nur einen Gedanken an mein bitteres Leiden weiterverfolgen; einen Ältesten, der so zu seiner Mutter zu reden wagt, wie Matthew es soeben getan hat; der in brutaler Offenheit ihre Schwächen oder was er dafür hält, herausstellen darf, der nie seine eigenen Schwächen bedacht hat, sondern sich ungescheut eines Egoismus rühmt, über den nur er selbst sich etwas vormacht; der von ihr, die nichts genommen und alles gegeben hat, noch mehr verlangt! Das ist es, was ich an meinem Gatten und an meinen Söhnen habe.«

Allgemeines Schweigen.

»Hast du noch irgend etwas zu sagen, Matthew? Denn ich möchte dich nicht gezwungen haben aufzuhören.«

»Nein, ich habe gesagt, was ich meinte, Mutter. Ich habe aus eigenem Willen aufgehört.«

»Ah, nicht einmal das kannst du mir zugestehen, Matthew?« sagte Harriet, absichtsvoll bekümmert. »Du mußt partout aus eigenem Willen aufhören. Schön, also alles nach deinem Belieben. Mir gestehst du nichts zu. Du hast aus eigenem Willen aufgehört. Du hattest ja auch getan, was du dir vorgenommen hattest; mir die

Wunde beigebracht, von der du hofftest, sie würde mich zur Unterwerfung zwingen vor Angst, daß das Messer noch einmal in der Wunde herumgedreht würde. Du hofftest, durch diese Angst mich noch mehr zu bedrücken. Nachdem das getan war, hast du aus eigenem Willen aufgehört.«

»Nein, nein, Harriet. Ich kann das einfach nicht so lassen«, sagte Godfrey im Ton der Verzweiflung. »Nicht auf diese Weise. Denn eben darum ging es nicht, meine Liebe. Dein Sinn für Gerechtigkeit muß dir das sagen. Matthew mag jung und hitzköpfig sein, ich will seine Worte nicht verteidigen. Aber im wesentlichen hat er es gut gemeint; von Herzen aufrichtig. Er hat sich für andere eingesetzt. Das erforderte seinen ganzen Mut. Er fühlte sich als Mann und bemühte sich, dieser Rolle gerecht zu werden. Er fand es an der Zeit, dich vor dir selbst zu beschützen. Er meinte, du dürftest nicht unsere liebevolle Zuneigung und unser Familienleben zerstören aus Gründen, die nur in deiner Einbildung existieren und dir selbst schaden. Nein, nein, Harriet.« Godfreys Stimme nahm einen fordernden Ton an, als seine Frau aufstand und den Frühstückstisch verließ. »Es muß noch ein Wort dazu gesagt werden, ein Wort. Nur noch ein Wort, Harriet! Du mußt mir doch einen Augenblick gestatten; ich verleugne dich nicht. Mein Leben ist im Einklang mit deinen Wünschen. Du denkst gerecht, meine Liebe. Nun sei es auch einen Augenblick gegen mich. Ich kann mich sehr wohl mit dir identifizieren. Du und ich sind eins in jedem Bezug unseres Lebens. Matthew hat seine Worte an uns beide gerichtet, und ich habe sie ebenso auf mich bezogen.«

Godfrey brach ab, als seine Frau hart die Tür hinter sich zuschlug, und lehnte sich mit einem Ausdruck zurück, der seinem Gesicht ganz fremd war.

»Ende des Frühstücks!« sagte Jermyn.

»Und Anfang von was?« sagte Matthew.

»Es ist doch nicht möglich, daß unser aller Leben sich nach dem Muster einer Person ausrichten sollte«, sagte Griselda mit Tränen in der Stimme.

»Möglich schon, kommt aber hoffentlich nicht oft vor«, sagte

Jermyn. »Daß man sich dagegen wehrt, zeigt schon, daß es vorkommen kann.«

»Nein, nein, es sollte nicht möglich sein, mein Griselchen«, sagte Godfrey. »Du sollst dein Leben so leben, wie es in dir angelegt ist. Dein Leben gehört dir, mein Liebes. Und was meine armen Jungen betrifft, die dasitzen und nicht wissen, was sie sagen oder denken sollen, so kann ich ihnen versichern, daß alles so sein wird, als wenn dies nie geschehen wäre. Da können eure Herzen ganz beruhigt sein. Du hast recht daran getan, Matthew, dagegen aufzustehen in dem Bemühen, die Dinge auf eine bessere Grundlage zu stellen. Du hast es gut gemeint und richtig gehandelt. Du hast dich mannhaft betragen. Deine Rede war meisterlich! Und wenn sie auch in jugendlichem Eifer etwas weit ging, so können wir schließlich nicht alte Köpfe auf jugendlichen Schultern erwarten. Mutter wird das einsehen, wenn sie es überdenkt. Und das wird sie, glaube ich. Ja, sie müßte es, wenn sie es mit ihrem gerechten Sinn betrachtet. Gregory, du magst eines Tages tun, was in deinen Kräften steht. Du könntest versuchen, einen Ansatzpunkt zu finden. Du weißt, daß wir manchmal auch auf dich angewiesen sind.«

»Und das ist also die Beruhigung, die du uns versprachst«, sagte Gregory.

»Oh, freilich, die versprach ich euch«, sagte sein Vater. »Doch ich fühle, daß sich leichte Zweifel bei mir einschleichen. Ich spüre, wie mich eine gewisse Angst befällt. Das verhehle ich nicht.«

»Es war besser, als du das noch konntest«, sagte Griselda.

»Du hast zu früh aufgegeben«, sagte Gregory.

»Jedenfalls gut, daß du wenigstens in diesem Augenblick darauf kommst«, sagte Jermyn.

»Soll das denn nun unser ganzes Leben ausmachen?« sagte Griselda.

»Nicht mehr als schon seit geraumer Zeit«, sagte Matthew.

»Da kommt Mutter die Treppe herab!« sagte Gregory.

Man hörte, wie Harriet durch die Halle ging und das Haus verließ.

»Will sie etwa allein zur Kirche gehen?« sagte Griselda.

»Es ist jetzt nicht die Zeit«, sagte Matthew.

»Natürlich, es ist doch Sonntag«, sagte Godfrey.

Buttermere erschien, um den Tisch abzuräumen, wobei er sich durch die verlängerte Anwesenheit der Familie nicht bei seinen Tätigkeiten stören ließ.

»Die Lady ist ausgegangen, nichtwahr, Buttermere?«

»Ja, Sir Godfrey.«

»Schon vor längerer Zeit?«

»Erst diese Minute, wie Sie selbst gehört haben, Sir Godfrey.«

»Hat sie gesagt, wie lange sie ausbleiben wird, oder eine Botschaft hinterlassen, wann wir sie wieder erwarten dürfen?«

»Meines Wissens hat sie mit niemand gesprochen, seit sie plötzlich vom Tische ging, Sir Godfrey.«

Der Wagen kam von den Stallungen und bewegte sich auf das Tor zu.

»Oh, sie will uns verlassen«, sagte Jermyn.

»Und das am Sonntag«, sagte Gregory.

Griselda lachte, und Buttermeres Gesicht zog sich zusammen bei diesem Beweis, daß der Zwischenfall so leicht genommen wurde.

VIII

Harriet fuhr in die Stadt und wies den Kutscher an, bei Dufferins Haus zu halten. Dufferin hörte ihre Stimme vom oberen Stock und kam aus seinem Arbeitszimmer herab, um sie zu begrüßen. Sie blickte zu ihm empor, und als sie ein anderes Gesicht hinter seinem entdeckte, ließ sie den Kopf sinken, und ihr Atem ging schwerer, als müsse sie eine weitere Bürde auf ihre Schultern nehmen.

»Ich bin dagegen abgehärtet, schief angesehen zu werden, weil ich meinen zukünftigen Gatten besuche«, rief Camilla aus. »Aber die gleiche Attitüde erstreckt sich auf gelegentliche Begegnungen mit einem gewissen Sohn anderer Leute. Die Flecken im Fell eines Leoparden lassen sich nicht verändern, ja sie sind in Lady Haslams Augen sogar ansteckend und um so gefährlicher, wenn sie schamlos den Blicken ausgesetzt werden.«

»Nun, da Sie mir schon sagen, weswegen ich gekommen bin, will ich gleich an Ihre Worte anknüpfen«, sagte Harriet. »Sie wissen, daß Matthew in einer Welt aufgewachsen ist, die von der Ihren sehr verschieden ist, einer eng umgrenzten, behüteten Welt in Ihren Augen, vielleicht auch eng und behütet an sich. Sie verstehen, worum ich Sie bitten will?«

»Anzuerkennen, daß die enge Sphäre ihn für eine andere, weitere und freiere ungeeignet gemacht hat! Die Schwierigkeit für ihn liegt darin, daß er dazu meines liebevollen Schutzes bedürfte, und ein solches Gefühl ist wohl das letzte, was Sie sich von meiner Seite ihm gegenüber wünschen!«

»Ja, in gewissem Sinne, ganz wie Sie sagen, meine Liebe«, sagte Harriet mit dem Anflug von Mütterlichkeit, den sie jungen Frauen gegenüber gern zeigte. »Ich meine ja nur, daß Sie älter sind als Matthew –«

»Oh, bin ich das? Ergraut und im Herbst meiner Jahre! Nun, dann kann Matthew keinen Schaden nehmen, wenn er sich meiner Erfahrung anvertraut. Eigentlich hat Gregory mehr eine Schwäche für die älteren meines Geschlechts. Sagen Sie ihm also, da wäre eine ältere Dame von einnehmendem Wesen, die ihn gern willkommen hieße, falls er den Wunsch hat, seine Sammlung zu bereichern. Matthew wird ihm bestätigen, daß ich ein interessantes Exemplar bin.«

»Sie haben recht anzunehmen, daß ich in Ihren Händen bin«, sagte Harriet, indem sie diesen Spruch über ihren Sohn akzeptierte. »Da es nun einmal so ist, muß ich mich fügen. Antony, ich bin mit einem Anliegen gekommen, ohne zu wissen, daß Camilla hier sein würde. Sie wird mir gestatten, daß ich ein Wort mit Ihnen allein rede.«

Dufferin machte ein ernstes Gesicht und führte sie hinauf in sein Arbeitszimmer.

Harriet wandte sich ihm mit einem so vollkommenen Wechsel

ihres Gehabes zu, als wäre ihr das Vorherige gar nicht mehr bewußt, und Dufferin sah aus, als wäre er auf alles gefaßt.

»Dufferin, ich spreche von meinem Leben oder was die Leute so nennen. Wenn die sich von dem ihren ausruhen, dann erreicht das meine seinen Kulminationspunkt. Ich lebe, während sie schlafen, und ich schlafe eine Stunde lang, während sie wach sind, und ich höre ihr Wachen während dieser meiner Stunde. Ich komme aus meinem Zimmer hervor mit dem Gefühl, daß eine plötzliche Berührung oder ein Laut mich wahnsinnig machen würde, ja ich bin schon wahnsinnig vor Angst, was da kommen mag. Und es kommt immer. Godfrey oder die Kinder sagen irgendein Wort, und schon bin ich außer mir. Der arme Godfrey gibt den Anstoß. Ich verhärte mich, um ihm gewachsen zu sein, aber es ist immer dasselbe. Und ich sehe die Gesichter meiner Kinder, und ihre verletzten Blicke treiben mich nur noch weiter, treiben mich zum äußersten. Ich gehe im Geiste zurück und versuche, mich in sie zu versetzen; fast erreiche ich es, und so geht es eine Weile; aber jedesmal erreiche ich es weniger und weniger, bis ich nur noch hoffen kann, an einen gewissen Punkt zu gelangen und nicht weiter, und ich bin wie betäubt.«

Die Sicherheit, mit der Harriet ihre Gedanken durchforschte, vermittelte einen starken Eindruck ihres düsteren und ausweglosen Innenlebens. Sie holte Atem und fuhr nun nachdrücklicher fort.

»Und das wird wieder und wieder vorkommen. Sie sind jung und haben eigene Pläne für ihr Leben, wie es der Jugend zukommt. Sie bedürfen der geduldigen Nachsicht auch derer, die die Kraft dazu haben, ich aber habe keine Kraft. Ich stelle immer wieder fest, daß alles nicht ganz Vollkommene mich zur Verzweiflung treibt. Und meine armen Kinder erreichen es nicht – wie sollten sie auch, da sie doch meine Kinder sind? –, und alles beginnt wieder von vorne. Und wieder kommt die Nacht. Und was das Schlimmste ist, ich entfremde mir meinen Gatten, meinen treuen guten Gatten, der stets edelmütig und gerecht gegen mich war; der mir nicht vorrechnet, wie oft er Geduld mit mir hatte, der mich heute noch lieben würde, wenn ich seine Liebe ertragen könnte, und der nicht weiß, daß ich ihn immer noch liebe, obwohl ihn nur zu sehen und zu hören mir schon Qualen bereitet. Mögen Sie, Antony, nie erfahren, was es heißt, von denen gequält zu werden, die einen lieben, gequält in aller Unschuld; denn ein absichtsvoll zugefügtes Unrecht wäre dagegen harmlos. Nun ist es soweit, daß ich Ihnen sagen muß, wie die Dinge stehen. Ich habe versucht, dagegen anzugehen, aber meine Kräfte haben versagt und sind für immer dahin. Mein Impuls zur Gegenwehr ist erstorben. Ich bin gekommen, um an Ihre Barmherzigkeit zu appellieren, an Ihr menschliches Mitgefühl, das ich trotz allem, was man gegen Sie gesagt hat, immer bei Ihnen gespürt habe. Ich flehe Sie an, mir kraft Ihres Mitleids und kraft Ihres medizinischen Wissens das zu gewähren, mittels dessen ich mich allem entziehen kann. Ich weiß, ich bitte um etwas, das einem Menschen meines Glaubens verboten ist. Mir ist es verboten. Aber meine Kraft, mir selbst zu helfen, ist dahin, und ich vertraue darauf, daß man mir diese Hilflosigkeit zugute halten wird.«

Dufferin hatte sie schweigend angehört; er stand vor ihr, sie fest anblickend.

»Worum bitten Sie mich nun?« sagte er.

»Um das, was Sie schon von mir gehört haben. Um das ich Sie, wenn es mir schon mit meinen Lippen verwehrt ist, wieder und wieder mit meinen Augen bitten werde, bis Sie es mir gewähren. Das erflehe ich von Ihnen, Antony.«

Dufferin verharrte mit gerunzelten Brauen, und Harriet wartete geduldig, daß er mit sich zu Rate ginge. Er ließ seine Augen wieder über ihr Gesicht schweifen, und sie hob ihren Blick, um ihn sehen zu lassen, was darin zu lesen war. An der Art, wie er die Augen senkte, erkannte sie, daß er richtig gesehen hatte, und wartete weiter.

»So, und Sie sagen, Sie haben sich selbst nicht mehr in der Hand«, sagte Dufferin.

»Nein, das habe ich nicht, Antony«, sagte Harriet, und der Ton, in dem sie das sagte, gab für ihn den Ausschlag.

»Sehen Sie, ich werde Ihnen dies hier geben. Sie lassen mir keine andere Wahl. Nein, das stimmt nicht. Jeder hat die Freiheit der Entscheidung. Und ich entscheide mich dafür, Ihnen dies hier zu geben.«

Er schloß einen Schrank auf und gab Harriet ein Fläschchen in die Hand, das nur eine Tablette enthielt. »Eine Stunde oder zwei, nachdem Sie die geschluckt haben, werden Sie in einen Schlaf sinken, in den Schlaf, den Sie meinen. Sie haben es selbst in der Hand. Aber Sie werden keinen Gebrauch davon machen. Sie sind ein viel zu charaktervoller Mensch, als daß Sie einen anderen mit dem Bewußtsein zurückließen, Ihnen dazu verholfen zu haben. Sollten Sie es dennoch je nehmen und es vielleicht im nächsten Moment bereuen, wozu Sie, wie ich weiß, aus humanem Denken und weiblichem Empfinden durchaus fähig wären, dann schicken Sie im selben Augenblick nach mir um Hilfe.«

Er wandte sich, um die Schranktür wieder zu verschließen, und Harriet stand mit dem Fläschchen in der Hand und mit einer großen Zuversicht im Blick. Während sie hinunter gingen, wandte sie sich mit ihrer natürlichen Stimme und einem natürlichen Lächeln zu ihm um.

»Sieh da, Mrs. Christy ist gekommen, um ihr Lämmchen zu hüten«, sagte sie.

»Oh, Lady Haslam, als ich kam, um meine Ausreißerin zurückzuholen, konnte ich nicht erwarten, für diese Pflicht so belohnt zu werden. Das ist der Nachteil unseres Städtchens, daß wir zwar allerlei Geselligkeit untereinander haben, sozusagen im Stil von Cranford, daß wir aber nur selten unsere Freunde aus der weiteren Umgebung zu sehen bekommen. Wir sind mehr für den Umgang mit wenigen nahen als mit vielen weitverstreuten Freunden. Aber es ist dennoch erfrischend zu sehen, daß wir unter dem Aspekt menschlicher Verbundenheit doch nicht so ganz abgeschnitten sind.«

»Arme Mutter! Was für abgrundtiefe Mittelstandsambitionen enthüllst du da!« sagte Camilla.

»Ich bin gekommen, dich heimzuholen, du Flattergeschöpf.

Lady Haslam wird mir dein ungezügeltes Wesen zum Vorwurf machen. Ich hätte dich längst strenger halten sollen.«

»Gar so selten bin ich nicht in der Stadt. Sie müssen mir nur erlauben, Sie zu besuchen«, sagte Harriet, die niemals eine soziale oder moralische Überheblichkeit vorkehrte. »Ich liebe unsere kleine Stadt.«

»Wie mich das freut, daß auch Sie ihren Reiz zu würdigen wissen. Viele meiner Freunde halten mich für exzentrisch, daß ich hier lebe.«

»Sie könnten dich ja auch nicht gut der Armut beschuldigen, die dich dazu zwingt«, sagte ihre Tochter.

»Der altfränkische Charme, das Bewußtsein von Geschichte und Atmosphäre, die Untertöne einer älteren und ernsteren Vergangenheit! Das hat mich vom ersten Moment an ergriffen. Ich gestehe das ganz unverblümt.«

»Es gelingt dir aber nicht«, sagte Camilla.

»Und diese Offenbarungen, die uns beim Betrachten der restaurierten Kirchen entzückt haben! Die Linienführung der alten Ornamente, so drollig und doch stark, fast bedrohlich für unsere modernen Augen! Ich fühle mich in meiner ursprünglichen Ansicht bestätigt und könnte beinahe glauben, ich hätte einen visionären Blick.«

»Ich will mir unbedingt vornehmen, sie zu besichtigen«, sagte Harriet.

»Nein, nehmen Sie sich nur nicht vor, sich von diesen gräßlichen Wasserspeiern erschrecken zu lassen, Lady Haslam«, sagte Camilla. »Sie sind so barbarisch und vollkommen zwecklos. Sie haben nicht einmal Mutter aus dem Städtchen gegrault.«

»Hängen Sie denn nicht an der Kleinstadt, meine Liebe? Wünschten Sie sich eine größere? Ich für meine Person liebe das Land.«

»Lady Haslam, das Land bildet ein so starkes Gegengewicht. Es bietet unserem ästhetischen Sinn unerschöpfliche Reize. Die gedämpften Töne des Herbstes, die leuchtenden des Frühlings, ja selbst die karge Strenge des Winters mit ihrem Versprechen des

Kommenden! Der Ruf der Natur ist mir immer als der tiefste und wahrste erschienen, der je an uns ergangen ist.«

»Ich hoffe, daß ich mein ganzes Leben auf dem Lande wohnen werde«, sagte Harriet. »Und das werde ich auch, glaube ich. Nur meine ich manchmal, meine Söhne sollten versuchen, sich zu Flügen in eine größere Weite aufzuschwingen.«

»Ich hege solch eine Bewunderung für Ihre Söhne und wie selbstlos sie sich ihren Idealen unterordnen. Matthew, der seine Londoner Karriere den strengeren Forderungen der exakten Wissenschaft opfert, die so viel abstrakter ist und so viel weniger weltlichen Lohn einbringt! Und Jermyn, der seiner Muse dient und darin ein Äquivalent für akademische Lorbeeren findet! Oft denke ich, wenn überhaupt eine Mutter auf ihre Kinder stolz sein darf, dann Sie, Lady Haslam.«

»Sie merken gewiß den starken Kontrast«, sagte Camilla.

»Ich glaube, ein normales Maß an Stolz reicht für eine normale Mutter hin«, sagte Harriet, sich verabschiedend.

»Was für ein unwürdiges Schauspiel führst du auf, Mutter!« sagte Camilla, nachdem Lady Haslam gegangen war. »Du erinnerst mich an einen Hund, der nach einem Knochen schnappen will, wenn du so dastehst und danach lechzt, zu Wort zu kommen.«

»Camilla, wie kannst du so mit mir reden? Lady Haslam und ich hätten so viel miteinander gemein, wenn wir uns nur öfter sehen könnten. Du hast gehört, wie sie sagte, sie müsse mich besuchen. Daß du so redest, zeugt nur von deiner geringen Beobachtungsgabe.«

»Ich habe sie beobachtet. Sie ist eine hochherzige alte Tyrannin. Ich verehre sie sogar. Aber ich bin nicht verpflichtet, mich ihrem Geheiß zu fügen.«

IX

Harriet saß bereits am Tisch, als die Familie, aus der Kirche kommend, zum Lunch erschien. Mit ihrem durchdringenden Blick schien sie sogleich zu erkennen, daß die gottesdienstliche Verrichtung eine neue Basis für die Begegnung mit ihr geschaffen hatte. Jermyn begann schon im Hereinkommen zu sprechen.

»Na, Bellamy war heute morgen groß in Form, Mutter. Er konnte sich nicht genug tun mit seiner schauspielerischen Begabung. Für Bellamy, der nur sich ins beste Licht rücken will, mag das recht sein, aber für jeden anderen ist es weniger befriedigend. Wir hatten nur brav dazusitzen und ihn unvergleichlich zu finden.«

»Ach, meine guten Jungen! Alle wart ihr dort, zusammen mit eurem Vater«, sagte Godfrey, indem er sich bescheiden an seinen Platz begab.

»War es eine gute Predigt?« sagte Harriet unverbindlich.

»Die beste seit langer Zeit. Wir haben hinterher mit Bellamy gesprochen. Er kommt zum Tee vorbei«, sagte Gregory.

»Ja, er sagte, er würde kommen«, sagte Griselda, sich leicht aufs Knie schlagend.

»Es ist eine schwere Zeit für ihn, gerade jetzt«, sagte Harriet.

»Ja, das ist es«, beeilte sich Godfrey zu bestätigen. »Eine Sache, über die kaum ein Mann hinwegkommt, vor der auch das stärkste Gemüt verzagen würde.« Er brach ab, als wäre er seines Standpunkts nicht ganz sicher.

»Ich habe Camilla heute morgen gesprochen«, sagte Harriet in einem Ton, der keinen Kommentar zuließ. »Ich bin in die Stadt gefahren zu Antony; ich wollte mit ihm über meine Schlaflosigkeit sprechen, und sie war gerade bei ihm zu Besuch. Es ist ganz klar, was für unmögliche Ehepartner sie und Mr. Bellamy gewesen sein müssen.«

»Ich weiß nicht, ob sie und der Doktor im geringsten besser zueinander passen«, sagte Godfrey. »Ich bedaure, daß er nun ganz in ihr Fahrwasser gerät. Ach, Harriet, du tatest recht, dich ganz neutral zu verhalten. Du bist dagegen gefeit, deine Mitmenschen abschätzig zu beurteilen. Du hast stets das rechte Wort für sie, und du wirst unserem Freund gutgetan haben.«

»Antony hat alles für mich getan, was er konnte«, sagte Harriet.

»Camilla hätte Bellamy niemals Genüge tun können«, sagte Matthew.

»Schon deshalb nicht, weil sie mit den Augen nicht immer nur an ihm hing.«

»Und warum sollte man auch sein Licht unter den Scheffel stellen?« sagte Jermyn.

»Immerhin ein komischer Beruf für einen Mann«, sagte Godfrey und hob die Stimme, mehr in dem Bewußtsein, daß seine Frau vom kirchlichen Ritual wenig hielt, als bestärkt von seiner eigenen Vorliebe dafür, »sich zu drehen und zu wenden und sich ins beste Licht zu rücken. Ich wüßte nicht, wieso wir ihm deshalb besser zuhören sollten.«

»Wir können ihm besser zusehen«, sagte Gregory. »Es hilft mit, wenn wir ihn in seinen verschiedenen Attitüden sehen. Welcher andere Beruf böte ihm die Möglichkeit, so vorteilhaft zu erscheinen? Auf der Bühne müßte er verkleidet sein, und das wäre unerträglich.«

»Er macht mich regelrecht neidisch«, sagte Jermyn, »und er lenkt meine Gedanken ab, so daß ich kaum noch weiß, wo ich mich befinde.«

»Oh, du hältst Bellamy für einen hübschen Mann?« sagte sein Vater nach einer Pause. »Du meinst, er ist so, wie ein Mann sein sollte? Er entspricht deinem Ideal? Nun, weißt du, ich für meine Person bin mehr für etwas Solideres, nicht gar so effektvoll und hochgeschraubt. Ein bißchen mehr Gewicht und Einfachheit. Ja, da lacht ihr alle, nichtwahr? Ihr glaubt wohl, ich spräche von mir. Keineswegs, nichts dergleichen.« Godfrey wischte mit der Serviette über seinen Mund, den er nicht ganz in der Gewalt hatte. »Wo kommen wir hin, wenn man nicht ein Wort über jemand sagen darf, ohne daß es einem subjektiv ausgelegt wird? Du hast ja auch von dir gesprochen, als du sagtest, Bellamy mache dich neidisch. Nun, mich macht er nicht neidisch, was das betrifft.«

»Natürlich habe ich von mir gesprochen«, sagte Jermyn. »Ich hoffte, ich hätte etwas mehr im Kopf und brauchte mir über meine Wirkung nicht soviel Gedanken zu machen.«

»Oh, also das meintest du«, sagte sein Vater. »Nun, dagegen habe ich nichts einzuwenden. Ach, Harriet, muß ich mich denn zum Narren machen, damit du einmal lachst, meine Liebe?«

»Es lohnt sich immer, sich von seiner besten Seite zu zeigen«, sagte Gregory.

»Du spreizt dich förmlich, Vater«, sagte Matthew. »Du kannst dich mit Bellamy zusammentun.«

»Nun, es lag mir fern, mich mit ihm vergleichen zu wollen, mit so einem prima Burschen, für den du ihn anscheinend hältst!« sagte Godfrey.

»Mutter, du gehst besser und ruhst dich ein wenig aus«, sagte Griselda. »Du könntest ein Stündchen schlafen, ehe Ernest kommt.«

»Ja, mein Liebling, du magst getrost über mich bestimmen. Ich werde folgen und tun, was du mir sagst. Mir ist selbst nach Schlaf zumute.«

»Nun, gottseidank, daß dieser Lunch vorüber ist«, sagte Godfrey, indem er die Hände hinter dem Kopf verschränkte und dankbar die Gelegenheit begrüßte, vor seinen Söhnen und auf gleichem Fuß mit ihnen seine Gedanken fortzuspinnen. »Ihr könnt mir glauben, in der Kirche war ich die ganze Zeit in panischer Angst. Ich habe kein Wort von der Predigt gehört, keine Silbe. Ich fürchtete immer, beim Mittagessen darüber verhört zu werden, ja, wirklich. Während der ganzen Vorstellung, die Bellamy gab, ging ich die Szene von heute früh noch einmal durch, Punkt für Punkt, und versuchte mir Rechenschaft zu geben, bis ich einer Ohnmacht nahe war. Ach, ich bin eurer Mutter gar nicht so unähnlich, wie sie meint. Ich weiß so gut wie irgendeiner, was ein Nervenzusammenbruch ist. Daß man ihn sich nicht anmerken lassen darf, macht die Sache nicht im geringsten besser. Der kalte Schweiß stand mir auf der Stirn, als ich in dieses Zimmer kam und eurer Mutter an diesem Tische gegenübertrat. Wenn je ein Mann in die

Rohrmündung einer Kanone geblickt hat, dann ich in jenem Moment. Und ihr armen Jungen alle an meiner Seite, nicht ahnend, was bevorstand! Und die Ärmste oben, die jetzt so oder so damit fertig zu werden versucht! Ach, aber ich darf sagen, daß es zu unser aller Bestem gewesen ist. Es hat wohl schon seine Wirkung getan, was wir da gewagt und durchgestanden haben. Denn nicht eure Mutter hat das Schlimmste dabei durchgemacht. Ich – das sage ich euch hiermit – habe mich in einem fort der größten Gemeinheit und Feigheit angeklagt und eines Benehmens zu einer Frau, das sich kein Mann, geschweige denn ein Gentleman, zuschulden kommen lassen darf, und obendrein der eigenen Frau gegenüber; und euch habe ich noch ermutigt, ein gleiches zu tun! Damit soll einer mal fertigwerden! Ich denke, ich werde mich hier ein bißchen entspannen, ohne erst in die Bibliothek hinüberzugehen. Die ist ja gleich neben der Halle, und ihr könnt mir Bescheid sagen, wenn der Pfarrer im Anzuge ist, oder Ernest, wie wir ihn wohl nennen müssen, da ja Grisel eine Neigung für ihn gefaßt hat. Ja, ich werde hier ein Schläfchen machen, ohne Umstände; egal, was Buttermere darüber denkt.«

Godfrey zog die Zeitung über sein Gesicht, und Buttermere, der hereinkam, zuckte zusammen und ging dann auf Zehenspitzen mit vollendeter Lautlosigkeit um den Tisch.

»Wenn Vater sich darum kümmern würde, was Buttermere denkt, hätte er viel auszustehen«, sagte Jermyn, während sie in die Bibliothek hinübergingen.

»Und er spricht von sich schon mit der Feinnervigkeit eines Leidenden«, sagte Gregory.

»Ich wünschte, es würde mich nicht kümmern. Aber ich schäme mich entsetzlich unseres Vaters vor Buttermere«, sagte Jermyn.

»Nun, sollen wir uns auch etwas gehen lassen oder nicht?« sagte Gregory.

»Versuchen wir lieber, uns zu sammeln«, sagte Matthew. »Wir haben nicht oft die Chance, ohne die Eltern zu sein.«

»Matthew, man sollte hinter dem Rücken von Menschen nur

sagen, was man ihnen auch ins Gesicht sagen würde«, sagte Gregory.

»Vater geht uns da mit gutem Beispiel voran«, sagte Matthew.

»In gewissem Sinne, ja«, sagte Gregory. »Nun, Grisel, ist oben alles ruhig?«

»So ruhig, daß es mich unruhig und nervös macht.«

»Sollen wir uns denn schon wieder nervös machen lassen?« sagte Matthew.

»Am besten, man bricht nicht mit der Gewohnheit«, sagte Griselda. »Es sollte einem zur zweiten Natur werden.«

»Brechen wir denn je damit?« sagte Matthew.

»Also, das mußt gerade du sagen«, erwiderte Jermyn. »Du hast erst heute morgen beim Frühstück damit gebrochen, und wir hatten allen Grund, zur Kirche zu gehen.«

»Ich frage mich, ob ich's überhaupt getan habe«, sagte Matthew. »Vielleicht hat mir nichts ferner gelegen. Extreme berühren sich.«

»Dann haben sie sich allerdings berührt«, sagte Griselda.

»Ich weiß jetzt noch nicht, was Matthew eigentlich getan hat«, sagte Gregory.

»Jedenfalls sein Bestes«, sagte Jermyn.

»Mehr kann niemand tun«, sagte Gregory.

»Gewiß nicht mehr, als er getan hat«, sagte Griselda.

»Ich kann es immer noch nicht glauben«, sagte Matthew.

»Sollen wir es noch einmal rekapitulieren?« sagte Jermyn.

»Nein, es lohnt sich nicht«, sagte Matthew.

»Die Extreme haben sich berührt!« sagte Gregory.

»Ich habe ein Gefühl, daß mir die Tugend abhanden gekommen ist«, sagte Matthew.

»Ja, so allerlei ist abhanden gekommen«, sagte Griselda.

»Und Tugend auch«, sagte Gregory. »Kein Wunder, daß Mutter es nicht ertragen konnte.«

»Ich frage mich, ob man es mich entgelten läßt«, sagte Matthew.

»Ich auch«, sagte Jermyn. »Laßt uns darüber abstimmen.«

»Worüber wollt ihr abstimmen?« sagte Harriet, die eben ins Zimmer trat.

»Wir wollten darüber abstimmen –«, sagte Jermyn.

»Über Matthews Zukunft«, sagte Gregory schnell. »Werden sich seine Forschungen lohnen oder nicht?«

»Das weiß ich nicht«, sagte Harriet mit dem Blick auf Matthew.

Allgemeines Schweigen.

»Hast du nicht etwas geschlafen, Mutter?« sagte Griselda.

»Aber Liebling, das siehst du doch«, sagte Harriet, sich über die Wange streichend. »Wie soll ich denn geschlafen haben und aufgewacht sein, mich angezogen und frisiert haben und zu euch hier heruntergekommen sein – alles im Zeitraum von ein paar Minuten?«

»Du bist über eine halbe Stunde oben gewesen«, sagte Matthew.

»Nicht seit Griselda von mir gegangen ist«, sagte Harriet, die Worte kaum artikulierend, als lohne es sich nicht, sie auszusprechen. »Und selbst wenn es eine halbe Stunde gewesen wäre, so ist das für all das, was ich aufgezählt habe, nicht lange, nichtwahr?« Sie schritt langsam quer durchs Zimmer.

»Unsere Abstimmung ist schon entschieden«, sagte Jermyn leise zu Griselda. Die stieß ein kleines erschrecktes Lachen aus, und ihre Mutter warf ihr einen kurzen nachsichtigen Blick zu, um sich dann dem Bücherbord zuzuwenden.

»Wie ist's, wollen wir unser wöchentliches Lesestündchen abhalten? Oder habt ihr es euch schon jeder mit einem Buch bequem gemacht?«

»Sag doch nicht so etwas, nur um uns verlegen zu machen«, sagte Jermyn. »Du siehst, daß wir uns hier nur so ein bißchen vertrödeln, ohne irgendwas zu tun.«

»Und schließlich bist du eben erst aufgestanden«, sagte Matthew.

»Schön, da wir also alle ausgeruht sind, laßt uns gemeinsam etwas lesen. Ich glaube nicht, daß Matthew gern eine ganze Nacht mit mir wachen würde«, sagte Harriet beiläufig.

»Hier habe ich etwas Nettes!« sagte Gregory. »*Leben von Müttern großer Männer*. Wenn Matthew und Jermyn erst einmal große Männer sind, werde ich dein Leben beschreiben, Mutter. Das wird die mir zukommende Rolle in der Familie sein. ›Auch Gregory Haslam hat sein Teil von den Talenten der Familie abbekommen.‹ Ich bin immer der, der ›sein Teil abbekommen hat‹. Ich sollte also rechtzeitig Material sammeln. Etwa ›an den Sonntagnachmittagen scharten sich ihre Söhne um sie‹. Griselda werde ich nicht erwähnen; eine Tochter verwässert die Sache. Töchter müssen nicht alles ihren Müttern verdanken. Ich glaube, überhaupt niemandem. Also blieben nur ihre Väter übrig, was wiederum absurd ist.«

»Du liest als erster, Matthew«, sagte Harriet, offensichtlich entschlossen, ihrem Ältesten einen strikten Befehl zu geben.

Als Bellamy eintraf, stand er einen Moment im Anblick der Familiengruppe; und Godfrey kam hinter ihm und registrierte seinen Gesichtsausdruck.

»Nun, Pfarrer, eine Szene dieser Art bekommen Sie nicht oft zu sehen. So ein Tableau begegnet Ihnen wohl nur selten. Ein entzükkender Anblick: eine Mutter inmitten ihrer Entlein, selbst wenn daraus einmal Drachen werden sollten. Eine Augenweide, und immer so menschlich rührend.«

»Entlein! Und menschlich rührend!« sagte Gregory.

»Sie müssen verstehen, daß ich nicht weiß, wie es ist, ein Haus mit so etwas wie einem heimischen Herd zu haben«, sagte Bellamy. »Häusliches Leben hat für mich aufgehört, seit ich meine Mutter verloren habe. Ein kleiner Ausgleich, hier etwas davon wiederzufinden.«

Er wandte sich lächelnd Harriet zu, die ihn mit der Freundlichkeit einer Gastgeberin anblickte.

»Nun, kommen Sie ins Wohnzimmer und nehmen Sie einen Tee«, sagte Godfrey. »Wir wollen alle zusammen Tee trinken, eine Familienparty am Kaminfeuer.«

»Etwas Schöneres könnte ich mir in der Welt nicht wünschen«, sagte Bellamy.

»Ja, das dachte ich mir, Pfarrer«, sagte der Hausherr und ging ihm unbeirrt voran.

»Wir alle hier sind einfach neidisch auf die gute Figur, die Sie heute morgen auf der Kanzel gemacht haben, Bellamy«, sagte Jermyn.

»Das kann ich bestätigen. Auf mein Wort, so war es, Pfarrer, Bellamy, Ernest«, rief Godfrey aus. »Die konnten sich gar nicht über den Eindruck beruhigen, den Sie gemacht haben, über Ihre Erscheinung und alles; ich kam mir ganz klein neben Ihnen vor, glauben Sie mir.«

»Nun ja, eine kleine Schmeichelei ist nicht unwillkommen. Allerdings will sie im Getriebe der weltlichen Dinge nicht viel besagen«, sagte Bellamy. »Worauf es allein ankommt, Lady Haslam« – er blickte Harriet an und fuhr in einem tieferen, gleichsam hoffnungslosen Ton fort – »das ist, ob ein Mann sich bereit findet, sich einer Frau ganz und gar zu opfern. Seine Zukunft, seinen Beruf, seinen guten Namen, seine Chance, mit einer anderen Frau glücklich zu werden, und die Chance dieser anderen Frau – das alles muß man fahren lassen. Und ich kann mich nie zu dieser Ansicht von der Frau als eines hübscheren, leichteren, niederen Geschöpfes bekennen, mit dem man nicht auf der Basis von Geben und Nehmen leben könnte. Ich will nicht behaupten, daß ein Mann nicht einen Cricket-Ball weiter werfen könnte als eine Frau oder daß eine Frau nicht besser an einem Krankenbett wachen könnte als ein Mann.«

»Das ist nicht wenig: hübscher und leichter zu sein und doch einen Kranken besser zu pflegen«, sagte Matthew.

»Matthew«, sagte Bellamy mit liebevoller Betonung des Vornamens, »ich meine nicht, daß wir die Frauen nicht schätzen sollten, sondern daß wir nicht auf sie herabblicken sollten.«

»Das eine wie das andere läßt sich kaum vermeiden«, sagte Matthew.

»Ja, da ist etwas daran, Matthew«, sagte Godfrey, indem er sich erheitert rückerinnerte. »Natürlich, so ist es, wie wir auf sie blikken, wenn wir darüber nachdenken.«

»Godfrey, kannst du mir nicht Griseldas Tasse reichen?« sagte Harriet.

»Ja, natürlich. Möchtest du denn noch etwas Tee, Griselda?« sagte Godfrey und langte nach ihrer Tasse, ohne sich erheben zu müssen. »Ein Mann reicht nun mal weiter mit seinem Arm als eine Frau, nichtwahr?«

X

»An den Federn erkennt man den Vogel, wie wir alle wissen. Das braucht man mir nicht erst zu sagen, und ihr könnt euch diese Binsenweisheit getrost sparen. Ein bißchen sehe ich schon nach einem Akademiemitglied aus, wenn ich soviel an mich lege, wie manche Männer für angebracht halten. Ich tue es nur für mich bei Gelegenheit, ohne mich viel darum zu kümmern, wie ich wirke. Das interessiert mich nämlich überhaupt nicht. Seht ihr, daß ich meinen neusten Abendanzug anhabe, meinen allerneusten? Würde einer von euch es auch nur bemerkt haben? Manche Männer halten die Federn nicht für das Entscheidende. Nun, Griselchen, was denkst denn du von deinem Vater?«

»Du brauchtest gar nicht stolzer zu sein«, sagte seine Tochter.

»Oh, ich meinte ja auch nur den Anzug. Ich hatte schon vor, ihn zum Ändern zurückzuschicken, aber nun glaube ich, er sitzt gar nicht so schlecht. Ich dachte, mit der Schulter stimme irgend etwas nicht, und wollte mich schon mächtig ärgern. Aber ich bilde mir nicht ein, daß sich da viel verbessern läßt. Was meinst du, Jermyn?«

»Auch von deinem intimsten Berater darfst du nicht mehr erwarten als die meisten sonst«, sagte Jermyn.

»Nein, nein, allerdings nicht. Du hast recht, Jermyn. Andererseits glaube ich, es steht einem Mann in mittlerem Alter wohl zu, wenn er etwas mehr an sich legt, als es den Jüngeren zukäme. Die haben die Jugend auf ihrer Seite. Nicht daß der Überschuß an Jahren etwa den Gesamteindruck eines Mannes herabminderte – weit gefehlt, das ist ein Trugschluß. Was meint ihr nun: Soll ich diese Hemdknöpfe nehmen oder lieber nicht?«

»Ich finde die einfacheren besser«, sagte Griselda.

»Ja, das finde ich auch, wirklich. Du hast ganz meinen Geschmack, Griselda. Niemand sieht es gern, wenn ein Mann sich herausputzt. Die Leute werden schon verstehen, daß man die schlichteren mit Bedacht gewählt hat. Andererseits wirkt das auch nicht zu absichtsvoll, als wolle man sich sozusagen abwerten. Ich werde sie gleich hier auswechseln und lege die anderen auf den Kamin hinter die Uhr. Da sieht sie niemand, und sie sind in Sicherheit. Habt ihr sonst noch etwas an eurem Vater auszusetzen?«

»Wir sollten uns lieber mit Grisels Erscheinung beschäftigen«, sagte Jermyn.

»Und nicht mit dem uniformierten Aufzug von vier ungeschlachten Männern«, sagte Matthew.

»Da tut ihr aber Vater unrecht. Er denkt nicht nur an euch vier Männer«, sagte Griselda.

»Nein, nein, nur an Grisels Erscheinung. Das versteht sich doch von selbst«, sagte Godfrey, mit dem Blick auf die Manschette, die er gerade zuknöpfte. »Den Eindruck, den sie machen wird, braucht man ihr nicht erst zu bestätigen. Aber ein alter Knacker wie ich muß sich alle Mühe geben, damit die Leute nicht vor seinem Anblick zurückschaudern. Ich wüßte allerdings nicht, wodurch sie heute abend einen schlechten Eindruck von mir bekommen sollten. Oder wißt ihr es?«

»Du entscheidest die Frage ja schon selbst«, sagte Griselda, während ihr Vater, immer in den Spiegel blickend, seinen Hals im Kragen zurechtrückte.

»Oh, tu ich das? Du Schalk von einem Mädchen! Gregory, was ist deine Meinung über meinen neuen Abendanzug?«

»Jedenfalls eine bessere als über seinen Vorgänger«, sagte Gregory, die Schultern krumm machend. »Ich möchte lieber die Anzüge von irgendwem erben als deine.«

»Oh, mein armer Junge!« sagte sein Vater mit einem prüfenden Blick. »Nun, es ist aber ein hübscher Anzug; wirklich ganz passabel. Ich kam mir einmal sehr schön darin vor. Mein vorletzter, nichtwahr? Ich weiß eigentlich gar nicht, warum ich ihn abgelegt habe, nur daß er mir ein bißchen zu eng wurde. Obwohl ich nicht wüßte wieso. Ich glaube nicht, daß ich in den letzten Jahren Fett angesetzt habe. Oder meint das jemand von euch?«

»Du hast es ganz unnötigerweise beim Essen übriggelassen«, sagte Gregory.

»Ich liebe es nicht, wenn ein Mann mittleren Alters zu sehr nach einer Vogelscheuche aussieht«, spann Godfrey seinen Gedanken weiter. »Harriet, meine Liebe, wie schlicht und eindrucksvoll du wirkst! Nie warst du mehr du selbst.«

»Diese Chance habe ich nie gehabt«, sagte Gregory. »Nie sah ich mehr wie Vater aus.«

»Da hättest du eben deinen eigenen Smoking nicht in Cambridge lassen dürfen, mein Lieber«, sagte seine Mutter. »In dem alten, den du trägst oder an gewöhnlichen Abenden tragen solltest, könntest du dich nicht gut sehen lassen.«

»Oh, das ist es also, Harriet«, rief Godfrey. »Und hier spielt er den Märtyrer, weil man ihn gezwungen habe, anderer Leute alte Anzüge zu tragen! Ich dachte ja nicht, daß es nur das wäre. Ich hatte sogar ein richtiges Schuldgefühl, mich so piekfein angezogen zu haben, während er in abgelegten Sachen erscheinen müßte. Und dabei hat er eine ganze Kollektion von Anzügen – mehr als ich, möchte ich behaupten. Nein, so ein Junge!«

»Ich werde ihn dir morgen zurückgeben«, sagte Gregory.

»Wirklich? Nein, das brauchst du nicht. Für mich ist der Anzug erledigt; ich bin mittlerweile zu dick für ihn geworden«, sagte Godfrey lachend.

»Sir Percy und Lady Hardisty!« meldete Buttermere. »Miss Hardisty!«

»Nun, meine liebe Rachel«, sagte Godfrey, »ich habe den ganzen Tag daran gedacht, daß Sie heute abend bei uns sein würden. Wenn es etwas gibt, das ich gern sehe, dann Sie und Harriet beieinander.«

»Neben mir wird Harriet wie in ihrem ersten Frühling wirken«, sagte Rachel.

»Mellicent, Sie und ich wir werden den ganzen Abend auf uns

selbst angewiesen sein«, sagte Jermyn. »Die Leute können nicht schlechter von uns denken, als sie es ohnehin tun.«

»Das ist aber unfair«, sagte Mellicent. »Wie könnten wir erst von ihnen denken!«

»Harriet, meine Liebe«, sagte Sir Percy, sich tief über sie neigend, »können Sie mir versichern, daß alles gut steht mit Ihnen? Daß ich mir um nichts Sorgen zu machen brauche?«

»Mrs. Calkin, Miss Dabis, Miss Kate Dabis!« meldete Buttermere.

»Heiliger Himmel, drei Frauen auf einmal!« sagte Rachel. »Das Schlimme an einer Gesellschaft ist, daß man sich schämt, eine Frau zu sein, und es ist armselig, sich wegen etwas zu schämen, das im Grunde nicht unrecht ist. Seht nur die liebe Harriet, wie sie sie begrüßt, als brauchten sie sich wegen nichts zu schämen!«

»Darin zeigt sich eben die wahre Gastgeberin«, sagte Mellicent.

»Zu freundlich von Ihnen, uns in corona willkommen zu heißen, Lady Haslam«, sagte Agatha.

»Das finde ich auch«, sagte Mellicent. »Mrs. Calkin ist für ihre Aufrichtigkeit bekannt.«

»Niemand ist durch und durch schlecht«, sagte Rachel, »obwohl ich nie begreifen werde, warum das so sicher ist.«

»Wir waren richtig verlegen, hier aufzukreuzen, eine Gruppe von Witwen und alten Jungfern«, sagte Geraldine. »Die Leute müssen denken, das sei wirklich des Guten zuviel.«

»Wieso eigentlich des Guten?« sagte Mellicent. »Und warum etwas tun, was einen in Verlegenheit setzt?«

»Pst! mein Kind. Du siehst doch, daß Geraldine wirklich verlegen ist«, sagte Rachel leise. »Es muß schwer sein, eine Wahrheit im Scherz auszusprechen.«

»Des Guten kann man nie zu viel haben«, sagte Godfrey. »Wir sind Ihnen dankbar, daß Sie uns damit beglücken.«

»Wir sind alle gekommen, weil wir eingeladen waren«, sagte Kate. »Eine Gesellschaft ist etwas so Schönes, daß wir eben nur danken und zusagen konnten.«

»Mrs. Christy!« meldete Buttermere.

»Da werden wir den ganzen Abend gebildet unterhalten werden«, sagte Jermyn.

»Und das unter altmodischen Männern, die den Frauen keine höhere Bildung zugestehen«, sagte Mellicent, »denn höher wird sie auf jeden Fall sein, da bin ich ganz sicher. Ach, da kommt auch der Grund für Camillas Fernbleiben!«

»Mr. Bellamy!« meldete Buttermere.

»Oh, ja, der Grund. Ja, ja«, sagte Sir Percy.

»Man sagt, ein Pfarrer zählt soviel wie eine Frau, aber wir wollen ihn heute abend nicht als solche einstufen«, sagte Rachel. »Ich bin sicher, daß Harriet das nicht von uns erwartet, und wir sollten darin unserer Gastgeberin folgen.«

»Ziemlich eindrucksvoll, wie er so hereinkommt«, sagte Mellicent.

»Ja, eindrucksvoll, ja. Er weiß sich eben zu benehmen, nichtwahr?« sagte Sir Percy mit einem verstohlenen Blick.

»Oh, Lady Haslam, ich bin spät dran«, sagte Bellamy. »Und dabei bin ich nicht aufgehalten oder abgerufen worden oder etwas dergleichen. Ich habe mich einfach schändlich und elend verspätet.«

»Sie werden meine Frau zu Tisch führen, Pastor, wenn's recht ist?« sagte Godfrey.

»Die Letzten werden die Ersten sein«, sagte Bellamy, die Hände faltend.

»Ganz der Letzte sind Sie nicht«, sagte Agatha, gleichsam mit Genugtuung sein Zitat widerlegend.

»Nein, aber nun unbestreitbar der Erste«, sagte Bellamy.

»Mr. Spong!« meldete Buttermere.

»Jetzt müßtest eigentlich du beschämt sein, Vater«, sagte Mellicent. »Wir hier sind alle Menschen, aber keine Männerrunde.«

»Ja, ja, Männerrunde, Leute am selben Tisch«, sagte Sir Percy, sich leicht die Hände reibend.

»Lady Haslam«, sagte Dominic, »ich würdige Ihre besondere Freundlichkeit, daß Sie mich gebeten haben, heute abend Ihre

Gästerunde zu vervollständigen. Ich bin nicht der Mann und nicht dazu angetan, die Stimmung des Abends zu erhöhen, aber Freundschaft beglückt um so mehr, je weniger sie von einem verlangt.«

»Spong, wollen Sie freundlichst Mrs. Calkin zu Tisch führen?« sagte Godfrey.

Dominic wechselte den Ausdruck und brachte ein Lächeln des Bevorzugten auf seinem Gesicht zustande.

»Mellicent, erlauben Sie, daß Jermyn sowohl Sie als auch Griselda führt?« sagte Harriet. »Wir haben einen Mann zu wenig.«

»Da sind Sie doppelt bevorzugt, Jermyn«, sagte Dominic. »Wir werden Sie alle im Innersten beneiden.«

»Das ist alles andere als freundlich gegen Ihre Tischdame!« rief Geraldine und suchte Dominics Blick zu erhaschen, während sie zugleich Matthews Arm nahm.

»Ich glaube zuversichtlich«, sagte Dominic, »daß Mrs. Calkin meine Bemerkung mehr auf die Quantität als auf Qualität bezogen hat.«

»Also, Rachel, Sie und ich werden die Führung übernehmen«, sagte Godfrey. »Ich habe schon zu Harriet gesagt, daß ich Sie als Tischdame möchte, ob Sie mir nun zukämen oder nicht. Die Etikette in diesen Dingen kümmert mich herzlich wenig.«

»Wollen Sie damit sagen, daß ich nicht der weibliche Gast Nummer eins bin?« sagte Rachel. »Ich dachte immer, deshalb würde ich von Ihnen zu Tisch geführt.«

»Sir Godfrey und Lady Hardisty sind so gute alte Freunde«, sagte Agatha, indem sie mit Dominic hineinging.

»Ja«, sagte Dominic, gleichsam beschützend auf sie herabblikkend. »Das Schauspiel von einer erprobten Vertraulichkeit hat etwas Erhebendes. Ich glaube, daß unsere guten Freunde, die Haslams und die Hardistys, dafür das schlagendste Beispiel bieten.«

»Ich selbst habe von ihnen allen solch mitfühlende Freundschaft erfahren«, sagte Agatha. »Ich werde die Freundlichkeit beider Familien, als mein Leben für mich jeden Sinns entleert war, nie vergessen. Nur bei solchen Gelegenheiten merkt man, was Freunde wirklich wert sind.«

»Das ist wahr, Mrs. Calkin«, sagte Dominic, indem er seinen Schritt im Zuge des Zutischgehens verlangsamte. »Vor zwei Monaten, als der größte aller Verluste auch mich traf, hätte ich nicht gedacht, daß ich mich je wieder glücklich preisen dürfte. Aber nach dem, was mir meine Freunde erwiesen haben, muß ich mich so bezeichnen.«

»Alsdann, nehmen wir unsere Plätze ein«, sagte Godfrey, um den Tisch gehend. »Setzen wir uns, wo unsere Namen verzeichnet sind. Ich oben und Harriet unten, und ihr alle dazwischen. Sind wir nun alle untergebracht?«

Er machte eine Pause, neigte – ohne Rücksicht auf Bellamys geistliches Amt – den Kopf und veranlaßte Dominic zuerst zu einem überraschten Aufblick und dann zum Stillstehen mit gesenkten Augen in dem allgemeinen Stimmengesumm.

»Und nun, welche Weinsorte wollen wir alle miteinander trinken?« sagte er in einem Ton, der die vorhergegangene Feierlichkeit aufzuheben schien. »Mrs. Calkin, wir müssen Sie heute abend von Ihren Gewohnheiten abbringen.«

»Nein, ich möchte nichts trinken, vielen Dank.«

»Mrs. Calkin, ich hoffe nicht, daß wir diese Erklärung allzu wörtlich nehmen müssen«, sagte Dominic, indem er ihr Wasser eingoß.

»Limonade, Madam?« sagte Buttermere neben Agathas Schulter.

»Nein, danke«, sagte Agatha mit einem zwiespältigen Blick auf ihr Glas.

»Ich fürchte, ich war etwas voreilig«, sagte Dominic mit einem Blick über die Schulter und errötete.

»Limonade, Sir?« sagte Buttermere, indem er den Lohndiener auf Agathas Glas hinwies und zugleich anzudeuten schien, daß er Dominic richtig eingeschätzt hatte.

»Nein, danke«, sagte Dominic in beiläufigem Ton und wandte sich plötzlich seiner Nachbarin zu.

»Nun, Mrs. Christy, besinnen Sie sich eines besseren«, sagte der Gastgeber.

»Nein, wirklich, ich muß bei meinen Grundsätzen bleiben.«

»Mrs. Christy, das wird einem oft recht schwer gemacht«, sagte Dominic.

»Aber an diesem Tisch nicht, hoffe ich; wahrhaftig nicht«, sagte Godfrey. »Wir pflegen stets die Grundsätze unserer Freunde zu respektieren.«

»Ja, Sir Godfrey«, sagte Dominic dankbar.

»Ich lehne Wein nicht aus Prinzip ab«, sagte Agatha mit Entschiedenheit. »Ich habe keine bewußten Skrupel deswegen. Oft genieße ich ein Glas Wein. Ich bin ein bißchen damit aufgewachsen. Aber ich finde es in mancher Hinsicht besser, nicht davon abhängig zu sein.«

»Ich bin davon abhängig und bekomme keinen«, sagte Geraldine mit einem Blick auf die Farbe in ihrem Glas. »So traurig hat die gleiche Erziehung bei mir nachgewirkt.«

»Nun, dann genießen Sie heute abend möglichst viel davon, Miss Dabis«, sagte Godfrey.

»Essen und Trinken sind die einzig lebenswerten Dinge«, sagte Gregory.

»Lady Haslam«, sagte Dominic, sich zu Harriet vorbeugend, »ich hoffe, wir müssen dieses jungen Herrn Erklärung nicht allzu ernstnehmen.«

»Wie auch – dieser kleine Nichtsnutz!« sagte Godfrey. »Was er zu essen, zu trinken und anzuziehen hat, das allein scheint ihm wichtig zu sein.«

»Das eben macht die ganze Zivilisation aus«, sagte Gregory.

»Oh – oh!« sagte Dominic, indem er lachend weiter die Gastgeberin anblickte.

»Ich glaube, dem Jungen ist alles andere wichtiger«, sagte Agatha.

»Ja, Mrs. Calkin«, sagte Dominic in einem Ton, der anscheinend seine vorübergehende Ablenkung wettmachen sollte, »ich glaube auch, daß diese Dinge ihm ziemlich gleichgültig sind.«

»Das würde ich nicht sagen«, meinte Agatha, was ihren Tischherrn zu einem leichten Stirnrunzeln veranlaßte. »Er liebt gutes Essen und Trinken wie jeder andere; das sagt er sogar ganz offen, wenn er zu uns kommt. Wein ist bei uns kein Luxus, glauben Sie mir. Aber ihm ist das nicht das Wichtigste im Leben. Nein.«

»Das muß man wohl im Herzen haben«, sagte Gregory.

»Oh, Lady Haslam!« sagte Dominic, noch mehr erheitert.

»Gregory, mit dieser Albernheit ist es nun genug«, sagte sein Vater, der die Wirkung auf seinen Gast offenbar nicht genügend erkannt hatte.

»Gregory hat nur einen Witz gemacht«, sagte Matthew. »Er tut sein Bestes, die Party in Gang zu bringen.«

»Also, das ist etwas, das ich nicht fertig brächte«, sagte Godfrey. »Wenn man von mir verlangte, ich sollte ad hoc einen Witz machen, ich könnte es um mein Leben nicht.«

»Nun, wir werden Sie noch darum bitten«, sagte Geraldine.

»Sie haben gerade rechtzeitig Ihren Spruch getan, Sir Godfrey«, sagte Dominic leicht bestürzt, »und zwar einen, der ohne Zweifel für viele von uns gilt.«

»Ich finde immer, daß im Humor so vieles mitschwingt«, sagte Mrs. Christy. »Was geht einem bei dem bloßen Gedanken daran nicht alles durch den Sinn! Ich bin der heiteren Muse sehr zugetan. ›Nein‹, sage ich immer, wenn die Leute mich darauf ansprechen, ›ich lasse es nicht zu, daß die Komödie als zweitrangig gilt.‹ Ich halte Tragödie und Komödie für etwas Größeres, Umfassenderes als die Tragödie an sich. Und wie oft erlebt man, daß hinter der Komödie eine Tragödie steckt.«

»Das ist wahr. Ich glaube, mein Witzeln über Percys erste Ehe kommt aus diesem Geist«, sagte Rachel.

»Ich meine nicht jene oft zitierte Gattung von sogenanntem Humor«, fuhr Mrs. Christy fort. »Ich habe für Jane Austen und ihresgleichen nicht viel übrig. Obwohl ich eine Frau bin, wünsche ich mir etwas, das mehr mit den tieferen Wahrheiten und allgemeineren Problemen des Lebens zu tun hat.«

»Nun, da möchte ich mich nicht zu einem Kritiker aufschwingen«, sagte Godfrey in einem Ton erhabener Selbstzufriedenheit.

»Du brauchst dich überhaupt nicht zu irgend etwas aufzuschwingen«, sagte Gregory. »Du stehst schon zu hoch.«

»Jedenfalls hoch genug, um einer der Väter von Jane Austen zu sein«, sagte Jermyn.

»Oh, so hoch also? Was meinst du damit?« sagte Godfrey etwas argwöhnisch, aber nicht besonders interessiert.

»Was halten Sie denn von Miss Jane Austens Büchern, Jermyn?« sagte Dominic. »Wenn ich einen so bedeutenden Mann über ein vergleichsweise läppisches Thema befragen darf.«

»Unsere Reihe grüner Bände mit den Ornamenten auf den Rücken, Rachel?« sagte Sir Percy, der wußte, was sich in einer Unterhaltung gehörte. »Ziemlich altmodisch, nichtwahr?«

»Wie denken denn die Damen über diesen Autor, vielmehr die Autorin, denn sie ist ja Ihres Geschlechts?« sagte Dominic.

»Ich habe andere Vorstellungen von Größe«, sagte Agatha, »aber ich leugne nicht, daß sie doch hervorragende Eigenschaften hat. In diesem Sinne würde ich sie groß nennen.«

»Sie drücken das sehr gut aus, Mrs. Calkin«, sagte Dominic. »Ich sehe, ich muß mich mit dieser feinsinnigen Schriftstellerin vertraut machen.«

»Das wird eine große Ehre für sie sein!« sagte Geraldine.

»Miss Dabis, glauben Sie mir, ich sehe das nicht so.«

»Was meinen denn Sie, Mr. Bellamy?« sagte Harriet.

»Ich hatte so meine eigenen Gedanken, als ich noch darüber nachzudenken pflegte. Sie hat etwas wie ein inneres Licht. Sie nachahmen zu wollen, wäre hoffnungslos. Ich verehre sie zutiefst.«

»Mr. Bellamy hat sein Licht etwas unter den Scheffel gestellt«, sagte Dominic.

»Ich wußte ja gar nicht, daß Sie selbst auch schreiben?« sagte Harriet.

»Ich schreibe, ich male, ich musiziere und ich schauspielere, aber keins gut genug, als daß es sich lohnte, und doch alles etwas zu gut, um es aufzugeben. Ich bin wie ein Stein im Bach, ein lebender Beweis dafür, daß ein bißchen Ausbildung eine gefährliche Sache ist, daß der viel vollbringt, der eine einzige Sache gut macht. Auf mich paßt jedes einschlägige warnende Sprichwort.«

»So zu sein, das ist schon was, Mr. Bellamy«, sagte Dominic, um ihm ein freilich sehr allgemeines Kompliment zu machen.

»Aber ich möchte nicht mit meinem Leben nur anderen zur Warnung dienen. Ich frage mich oft, warum ich überhaupt noch weiterlebe. Ich habe hohe Achtung vor jenen uns unbekannten Menschen, die diese Entscheidung in ihre eigenen Hände nehmen. Natürlich können wir ihnen nicht mehr begegnen, nachdem sie einmal diesen Schritt getan haben.«

Dominics Augen wurden größer.

»Mr. Bellamy«, sagte er mit einem gezwungenen Lächeln, »das ist wohl kaum eine Rede, wie wir sie von einem Geistlichen erwarten.«

»Einem Geistlichen steht jede Art von Rede an. Man kann ihn nicht mit seiner Predigt abtun, sei es auf der Kanzel oder sonstwo. In seinem Falle sprechen Taten lauter als Worte. *›Der brave Mann denkt an sich selbst zuletzt.‹*«

»Ich sehe nicht ein, warum wir unser Leben nicht beenden sollten, wenn wir es wünschen«, sagte Jermyn.

»Vielleicht würden dann die Menschen nicht so viel oder so lange leiden, wie wir meinen«, sagte Harriet wie zu sich.

»Harriet, meine Liebe!« sagte Godfrey, während Dominic, unwillkürlich bestürzt, zur Gastgeberin hinüberblickte.

»Sein Leben selbst zu beenden, beweist einen Mangel an Mut«, sagte Agatha mit milder Nachsicht für alle menschlichen Handlungen.

»Ich glaube, es erfordert zuviel Mut. Ich jedenfalls wäre eine zu feige Seele, es auch nur zu versuchen«, sagte Geraldine.

»Wir haben noch nicht definiert, was Mut eigentlich ist«, sagte Kate.

»Also, ich verstehe diese Wendung des Gesprächs nicht«, sagte Godfrey. »Wir sind hier, froh gestimmt und vom Glück begünstigt, mit all den guten Dingen, die das Leben uns bieten kann! Und wir gebärden uns und tun so, als ob wir sterben wollten, während wir in Wahrheit weiterleben und aus allem das Beste herausholen wollen, wie eh und je. Wir sollten uns darüber nichts vormachen.«

»Aber es ist nur natürlich, sich das nicht gern einzugestehen, Godfrey«, sagte Rachel.

»Ich wollte nur sagen, daß ich zufrieden die Zeit abwarte, die mir bestimmt ist«, sagte Godfrey.

»Nun, dann wissen wir, wie Sie es gemeint haben«, sagte Rachel.

»Ich finde immer, daß eine Diskussion darüber, was besser sei, lebendig oder tot zu sein, zu nichts führt«, sagte Mrs. Christy, indem ihr Blick von einem Gesicht zum anderen sprang. »Nicht nur, weil wir nicht tot sein, sondern in einem höheren Sinne leben werden, das Problem also gar nicht existiert, sondern weil wir unser Wesen weiterentwickeln und die Wunder des Universums tiefer erfahren werden, dergestalt, daß wir nicht tot sind, sondern mehr in der Wahrheit leben.« Dabei deutete sie durch Gesten an, daß ihre Wiederholung mehr in den Worten als im Gedanken liege.

»Wußte ich's doch, daß es besser ist, tot zu sein«, sagte Bellamy.

»Mein teurer Gatte ist mir näher als zu seinen Lebzeiten«, sagte Agatha. »Ich verstehe nicht, wie man von einer solchen Wahrheit unter diesem Gesichtspunkt irgend etwas ableiten kann. Denn das ist eine Wahrheit.«

»Mrs. Calkin, auch unsere Zeit wird eines Tages kommen«, sagte Dominic. »Es macht's leichter, wenn man vorwärts schaut, darauf, daß es schon einige von uns getroffen hat.«

»Damit unterstreicht man nur die Unvermeidbarkeit der Sache«, sagte Mellicent.

»Die dessen kaum bedarf, nichtwahr?« sagte Rachel. »Es scheint nun mal so eingerichtet zu sein.«

»Lady Hardisty, wir wissen weder den Tag noch die Stunde«, sagte Dominic, indem er ihre Worte auf den wahren Kern zurückführte.

»Nein, das ist's eben. Man weiß es nicht, wenn man über siebzig ist«, sagte Rachel.

Dominic mußte unwillkürlich lachen.

»Hinter der Komödie steht immer die Tragödie«, sagte Rachel.

»Was denn, Harriet, du willst uns doch nicht etwa verlassen?« sagte Godfrey mit der hellen lauten Stimme eines Ausrufers.

»Ja, ich werde mich nach Kräften meinen Geschlechtsgenossinnen widmen«, sagte Rachel. »Man meint, das käme selten vor, und es ist doch um so viel leichter. Kein Wunder, daß Frauen auf andere Frauen eifersüchtig sind, da sie sie so oft glänzen sehen; und Männer haben einen guten Vorwand, sie deswegen zu verachten.«

»Kann ich nicht mit Ihnen kommen?« sagte Gregory. »Ich bin doch jung. Ich halte es mit den Frauen und Kindern.«

»Nein, setz dich, du kleiner Grünschnabel«, sagte Godfrey. »Sie wollen dich gar nicht. Warum sollten sie auch?«

»Aber ich will zu ihnen«, sagte Gregory, weiter der Tür zustrebend. »Ich bin nun mal so.«

»Nichts da, du Muttersöhnchen«, sagte sein Vater.

»Gregory«, sagte Dominic, gleichsam den Richter spielend, »ich hege keinen Zweifel, daß viele von uns dem zarteren Geschlecht den Vorzug geben würden, aber wir müssen uns nun mal der Konvention fügen.«

»Mr. Spong ist ein wohlerzogener Mann«, sagte Rachel, als sie ins Wohnzimmer traten. »Am Kontrast zu Percy wird mir das deutlich. Vergleiche sind immer nur einer Seite verhaßt.«

»Ja, so ist's wirklich«, sagte Geraldine und lächelte verständnisvoll.

»Mir tut der arme Mr. Spong so leid, jetzt, da er seine Lebensgefährtin verloren hat«, sagte Agatha. »Ich denke immer, wie einsam er sein muß, wenn er nach Hause kommt.«

»Besonders bei seiner Vorliebe für gepflegte Geselligkeit«, sagte Geraldine.

»Ich verstehe so gut, wie leer sein Leben jetzt ist«, bemerkte Agatha abschließend.

»Für diese Art von Leere erwartet man bei alten Jungfern kein Verständnis!« sagte Geraldine.

»Viel schlimmer, meine Liebe«, sagte Rachel. »Ich bin im Grunde selbst eine alte Jungfer, da ich erst mit über fünfzig geheiratet habe. Von einer alten Jungfer erwartet man nicht nur Verständnis dafür, sondern es ist das einzige, was sie verstehen lernen muß. Es zeugt von mehr Mut, das ganz klar zu sehen.«

»Ich finde das nicht besonders mutig«, sagte Geraldine.

»Ich sehe natürlich, wie sehr der Stand der alten Jungfern mit unserer Zivilisation zusammenhängt«, sagte Rachel. »Ich glaube nicht, daß es in unzivilisierten Ländern alte Jungfern gibt. Ich begreife auch nicht, wieso die Ehe in zivilisierten Ländern fortbesteht, und das völlig unbestritten. Man bedenke, was passieren würde, wenn man sie unter die Lupe nähme oder wenn man übereingekommen wäre, daß sie nicht kritisch betrachtet werden dürfe. Doch im ehelichen Alltag, wo beides zutrifft, geschieht es eben.«

»Das kommt darauf an, wie man zu den Verantwortlichkeiten steht«, sagte Agatha in leisem, fast singendem Ton. »Wollen wir mehr Verantwortung, innigeres Glück, stärkere Belastung? Darauf läuft es doch hinaus.«

»Natürlich wollen wir das«, sagte Kate. »Das ist es, was zählt. Und vor allem, man ist geachtet, als hätte man es.«

»Möchtest du etwa heiraten?« sagte Geraldine überrascht.

»Ich denke, vielleicht sollte ich es mir wünschen. Ich gehöre wohl zu den Leuten, die zu anspruchslos sind. Man sagt mir, ich verlöre mich gern in Büchern, und sich so verlieren können beweist, daß man sich selbst nicht besonders wichtig nimmt.«

»Oh, ich gestehe, an dieser Art von Selbstverleugnung zu leiden«, sagte Geraldine.

»Das muß auch ich gestehen, Miss Dabis«, sagte Mrs. Christy, mit einem Blick zu Harriet. »Instinktiv und fast wie unter einem Zwang neige ich dazu, mich in die Meister vergangener Tage zu versenken, besonders solche, denen ich mich geistig verwandt fühle. Ich finde, wir schulden den Geistern, die uns die Vergangenheit klar sehen lassen, unendlich viel.«

»Eine Stunde mit einem guten Buch«, murmelte Gregory.

»Gregory, ich wußte nicht, daß du hier warst«, sagte Harriet.

»Ich habe es dir aber gesagt, Mutter.«

»Ja, er hat kein Hehl daraus gemacht, Harriet«, sagte Rachel. »Hätte ich es doch gleich bemerkt! Er hat das Seine getan, indem er es uns offen sagte. Er hat gehört, wie wir von der ehelichen Frohn sprachen, aber wie leicht hätten wir weiter ins Detail gehen können. Jede von uns kennt doch die einschlägigen Fälle. Er hatte eine so gute Meinung von uns, und es ist ein Jammer, wenn man jugendliches Vertrauen erschüttert. Ich fürchte, ich bin darin am weitesten gegangen.«

»Ja, das sind Sie«, sagte Gregory voll Dankbarkeit.

»So, nun ist unsere Chance zu Ende«, sagte Rachel. »Ich höre schon die Stimmen der Männer. Ich werde Gregory zum Tee einladen, und Percy wird nicht dabei sein, nur die Mädchen.«

»Da wären wir wieder!« sagte Godfrey. »Gregory, du Schlingel, wir haben dich von Anfang an vermißt, aber wir dachten, sie würden dich fortschicken, falls du unerwünscht wärest. Also hast du das Geplauder der Damen belauscht, nichtwahr?«

»Wirklich nur Geplauder«, sagte Rachel, »und ich fürchte, er hat zugehört.«

»Es war ja nur so kurz«, sagte Gregory. »Man hat uns nicht lange allein gelassen.«

»Allerdings, Gregory, wir können Ihnen kein Monopol auf das zarte Geschlecht einräumen«, sagte Dominic. »Wir älteren müssen uns auch behaupten.«

»Ich habe nichts dergleichen getan«, sagte Gregory.

»Nein, das hat er nicht!« sagte Geraldine, wobei sie lachend in die Runde blickte.

Dominic schritt bedächtig auf Jermyn zu. »Ich hoffe, Jermyn, man wird mich nicht der Eintönigkeit in meinen Erkundigungen zeihen, aber es drängt mich, wieder einmal nach den Fortschritten Ihrer poetischen Höhenflüge zu fragen. Meine starke Anteilnahme entschuldigt wohl die Häufigkeit meiner Grenzüberschreitungen zwischen Ihrer und meiner Welt.«

»Vielen Dank. Es ging in letzter Zeit ziemlich langsam. Immerhin hoffe ich, daß meine Verse in nicht allzu langer Zeit das Licht des Tages erblicken werden. Etwas in seine endgültige Form bringen, ist immer eine gewagte Sache. Danach hat man gleichsam die Schiffe hinter sich verbrannt.«

»Nun, Jermyn, ich hoffe, Sie haben nichts Ernsteres verbrannt als ein bißchen Lampenöl zur Nachtzeit. Aber wenn Sie Ihr Buch vollendet haben – ist es übrigens das gleiche Buch, an dem Sie bei unserer letzten Unterhaltung arbeiteten?«

»Genau das gleiche, und nicht einmal ein ausgewachsenes Buch.«

»Wenn Sie also damit zu Ende sind, haben Sie dann vor, das Ziel anzusteuern, das wohl ebenso Ihrer Mutter wie Ihnen selbst vorschwebt, und sich dem anspruchsvolleren Feld einer richtigen Gelehrtenlaufbahn zuzuwenden?«

»Mein Ziel ist immer das gleiche geblieben.«

»Ja, Jermyn, aber haben Sie bedacht, daß die völlige Hingabe Ihrer selbst in dieser Periode Ihres Lebens eine schwerwiegende Sache ist? Daß Sie nie wieder die unbändige Energie haben werden, die Macht, nach einer gewaltigen Anstrengung sich zu regenerieren, die Ihnen jetzt noch für ein paar Jahre gegeben ist? Oder, wenn ich es etwas persönlicher formulieren darf, die Chance, ihr, die zu erfreuen Ihnen über alles gehen müßte, einen Herzenswunsch zu erfüllen, der Sie nur eine ganz kleine Überwindung kostet. Solche Chancen werden einem nur in der Jugend geboten.«

»Das habe ich mir längst endgültig überlegt. Ich hoffe, meine Mutter wird in jedem Erfolg, der mir etwa zuteil wird, Befriedigung finden.«

Dominic blieb stehen und holte tief Atem, um seiner Gefühle Herr zu werden.

»Harriet, heute abend muß ich unbedingt mit Matthew ein Wort reden«, sagte Sir Percy. »Ich weiß gar nicht, wie lange es her ist, daß ich ein Gespräch mit ihm hatte, und ich möchte nicht, daß Ihr Matthew wie ein Fremdling für mich ist.«

»Mir ist er noch viel fremder«, sagte Harriet, indem sie durch's Zimmer ging, ohne eine Antwort abzuwarten.

Sir Percy verstummte, als wenn er gar nichts gesagt hätte, und Harriet ging weiter auf ihren jüngsten Sohn zu, der auf dem Fußboden saß, den Kopf gegen Agatha gelehnt.

»Gregory, kommst du ein bißchen mit zu einem Gespräch mit deiner Mutter?«

Agatha blickte auf, und ihr Gesicht wechselte den Ausdruck.

»Wir sind auf einer Party, und da unterhält man sich nicht mit der eigenen Familie«, sagte Gregory.

Harriet ging scheinbar gleichmütig weiter in die Halle, wo sie stehen blieb und beide Hände an den Kopf preßte. Matthew war vor ihr hinausgegangen und las gerade einen Brief, der auf dem Tischchen gelegen hatte.

»Die Post ist also gekommen, mein Lieber?« sagte seine Mutter.

»Ja, die Post ist gekommen«, sagte Matthew wie am Ende seiner Geduld. »Und ich lese gerade einen Brief von Camilla. Und ich werde einen Brief lesen, wann es mir paßt, wo es mir paßt und von wem es mir paßt.«

Harriet wich mit angstvoll geweiteten Augen zurück, wandte sich im nächsten Moment unvermittelt der Treppe zu und ging eilig nach oben. Matthew kehrte in den Salon zurück, wo Dominic gerade in ein Gespräch mit Mrs. Christy verwickelt war.

»Sie, Mrs. Christy, mögen meine Kritik gegenüber einem Gast des Hauses für unangebracht halten, aber ich hege nun einmal keine Sympathie für die moderne Art der Konversation. Wenn nun meine Kritik hervorgerufen wurde durch dieses Wortgeplänkel über solch ein Thema wie, ob man sich das Leben nehmen darf, dann möchte ich annehmen, daß unser Gastgeberehepaar mir beipflichten würde.«

Mrs. Christy blickte ängstlich umher und begnügte sich dann, den Umständen entsprechend, mit einer bloßen Handbewegung als Antwort.

»Für mich war es immer ein Beweis für die Gleichheit der

Geschlechter, daß Frauen ebensogut Selbstmord begehen wie Männer«, sagte Geraldine mit einem Anlauf zur Kühnheit.

»Ich habe absolut nichts gegen Selbstmord, nur gegen das Hinterlassen von Briefen«, sagte Mellicent. »Es ist ungezogen, einen Brief zu schreiben und sich zugleich dem Risiko einer Antwort nicht zu stellen.«

»Und warum eigens darauf hinweisen?« sagte Griselda. »Es kommt nicht darauf an, was wir tun, wenn wir nur einen vernünftigen Grund dafür haben.«

Angesichts dieses Ergebnisses seiner kritischen Bemerkung kamen Dominic einige Zweifel.

»Ein sehr befriedigendes Thema«, sagte Rachel. »Es gibt uns das Gefühl, über uns selbst zu sprechen. Wir dürfen eine gewichtige Entscheidung treffen und dabei noch glauben, uns für das bessere Teil zu entscheiden. Ich kann andere Menschen so gut verstehen, mit ihrer Möglichkeit zum Selbstmord, die für mich nicht besteht. Vielleicht habe ich nicht weniger Lebenszeit vor mir als sie.«

»Ich habe mich für das bessere Teil entschieden!« rief Geraldine aus.

»Der Jahre sind nicht so viele, und es gibt noch eine Menge zu tun«, sagte Agatha, um auch ihren Standpunkt geltend zu machen. »Gregory, ist das Ihre Mutter, die da nach Ihnen ruft?«

Harriets Stimme kam aus dem Treppenhaus, unnatürlich gepreßt, flehend, und mit einem zugleich vorsichtig gedämpften und dringlichen Ton.

»Gregory, Gregory! Komm zu mir, komm zu mir. Ich brauche dich, schnell!«

»Was ist nun schon wieder?« sagte Jermyn.

»Nichts. Mutter! Eine ihrer Launen«, sagte Godfrey. »Meine Frau schläft nicht allzu gut«, fügte er zu seinen Gästen gewandt hinzu. »Das bereitet uns allen große Sorge. Mein jüngster Sohn hat die engste Beziehung zu ihr. Sie tut recht daran, nach ihm zu rufen. Wir müssen zufrieden sein, ihr auf die eine oder andere Weise zu dienen.«

XI

Gregory war die Treppe hinauf geeilt und führte seine Mutter in ihr Zimmer zurück.

»Gregory«, sagte sie hastig und atemlos, indem sie seinen Arm umklammerte, ohne ihm in die Augen zu sehen, »ich habe etwas getan, das ich nicht hätte tun sollen. Ich habe etwas eingenommen, das mir schwer schaden wird, das mich von euch wegnimmt, wenn es seine Wirkung tut. Ich ertrage es nicht, jetzt, wo es soweit ist. Ich möchte bei euch bleiben. Ich will mein Leben; ich bin erst sechsundfünfzig; ich dachte, ich wäre alt. Tu etwas, um mich zu retten. Laß augenblicklich Antony holen. Im nächsten Moment könnte es zu spät sein.«

»Willst du sagen, daß du ein gefährliches Mittel genommen hast?« sagte ihr Sohn.

»Ja. Ich habe etwas genommen, das tödlich ist, und seine Wirkung muß aufgehalten werden. Schick sofort nach Antony, wenn du deine Mutter retten willst. Das willst du doch, oder etwa nicht?«

»Was ist denn zunächst zu tun? Hast du die nötigen Vorkehrungen getroffen?«

»Nein, nein, schick nach ihm«, sagte Harriet. »Ich kann damit nicht fertig werden, damit nicht. Ich bin in tödlicher Gefahr, und ich bin allein, ganz allein. Wie einsam sind wir, wenn wir so etwas tun! Ich ahnte es nicht. Hätte ich es nur gewußt. Schick nach ihm, er selbst soll kommen; so hat er es mir gesagt. Ich werde alles tun, was du sagst, augenblicklich – ich möchte es ja – wenn du nur dies für mich tust.«

Gregory stürzte hinunter und in den Salon.

»Mutter fühlt sich sehr krank! Sie möchte schnellstens Dufferin holen lassen. Sie ist in großer Angst. Wie bekommen wir ihn unverzüglich her?«

»Haslam, ich habe die schnellsten Pferde«, sagte Sir Percy, plötzlich wie umgewandelt. »Und an meinem Zügel gehen sie am besten, sie müßten bereit stehen, da wir ohnehin jetzt aufbrechen wollten. Ich werde in kürzester Zeit mit Dufferin zurück sein.

Inzwischen überlassen wir Ihnen das Haus. Rachel, du bleibst am besten hier; vielleicht kannst du von Nutzen sein.«

»Sir Godfrey«, sagte Dominic, »wenn mitfühlende Worte irgend etwas ausrichten könnten, in diesem Augenblick, der so gewaltsam und plötzlich über Sie hereingebrochen ist –«

»Aber Worte können hier nichts ausrichten«, sagte Rachel, indem sie beiseite trat und der Familie Platz machte. »Es ist ganz, wie Sie sagen wollten. Die Wahrheit versteht sich oft von selbst. Sie müssen das doch wissen, da Sie so viel Wahres von sich geben.«

»Ich komme mir so unnütz vor«, sagte Mrs. Christy. »Nichts ist schrecklicher als Hilflosigkeit. Wenn ich das Gefühl hätte, etwas Gutes getan zu haben, könnte ich leichten Herzens gehen.«

»Gehen Sie getrost, und lassen Sie sich von Mr. Spong nach Hause bringen«, sagte Rachel. »Sprechen Sie nicht von Hilflosigkeit, wo Sie so viel tun können. Nichts ist schrecklicher; da haben Sie recht. Mr. Spong, dürfen wir Ihnen Mrs. Christy anvertrauen?«

»Lady Hardisty, es wird mir eine Ehre sein«, sagte Dominic, mit einer leichten Verneigung, offen zugebend, daß seine wohlgesetzte Rede fehl am Platze sein mußte.

»Ich denke, es ist am besten, wenn wir niemand zu unserer Verabschiedung bemühen«, sagte Agatha und ging zur Tür. »Wenn es etwas zu tun gibt, das in unserer Macht steht: wir halten uns bereit.«

»Und zwar voller Ungeduld«, sagte Geraldine, kurz zurückblickend.

»Ich werde Sie nach Hause geleiten und mich ebenso nützlich machen wie Spong«, sagte Bellamy.

»Wie gleich doch die Menschen in solchen Augenblicken sind«, sagte Mellicent, als sie mit ihrer Stiefmutter allein war.

»Es hat sein Gutes, daß wir im Unglück alle hilfreich sind. Ich bewundere die menschliche Natur«, sagte Rachel. »Ich wollte, sie riefen nach mir. Bald wird dein Vater zurück sein und finden, daß ich nicht unentbehrlich bin. Noch ein paar Minuten, dann ist es zu spät.«

»Hast du eine Ahnung, was es eigentlich ist?« sagte Mellicent.

»Nein«, sagte Rachel. »Beim Essen fiel irgendein Wort. Nein, es war nichts; erst der Klang ihrer Stimme erinnerte mich daran. Es war nichts Besonderes, mein Kind. Ich habe nicht die geringste Ahnung.«

Harriet stand ihrer Familie gegenüber, mit dem Ausdruck ernster Entschlossenheit sie alle ruhig fixierend. In der Erkenntnis, daß ihr Verstand normal funktionierte, sah sie mit einem Blick, daß Gregory allen die Wahrheit gesagt hatte. Sie ging zu ihrem Gatten hinüber und stand mit den Händen auf seinen Schultern.

»Godfrey, mein Gatte, wenn dies unser letzter gemeinsamer Augenblick auf dieser Erde sein sollte, sage ich dir von Herzen, daß du äußerst freundlich und gut zu mir gewesen bist. Dies ist das einzige, was ich jederzeit sagen kann. Ich gebe dir das Wort mit auf den Weg als das einzig mögliche Wort von mir zu dir.«

Godfrey, der ihr angestrengt ins Gesicht geblickt hatte, machte Anstalten, etwas zu sagen, nahm dann nur ihre Hand und hielt sie fest.

Harriet ließ sie in seiner und wandte sich ihren Kindern zu.

»Mein Matthew, mein Jermyn, mein Gregory, meine kleinen Jungen und meine erwachsenen Söhne, euch sage ich, daß ihr die Wurzel all meines Glücks gewesen seid. Ich hätte keinen von euch anders haben mögen, kein Wort, das ihr mir gesagt, keinen Blick, den ihr mir geschenkt, nichts von dem, was ihr mir zum Heil oder mir zum Trotz getan habt.« Sie blickte Matthew voll an, dem ihre Worte in erster Linie galten, und während sie ihre andere Hand Gregory reichte, um den Unterschied gebührend zu betonen, gingen ihre Augen weiter zu ihrer Tochter.

»Griselda, mein Liebstes, das Lieblichste, was ich in meinem Leben gehabt habe –« ihre Stimme versagte; sie entzog hastig dem Gatten und dem Sohn ihre Hände und streckte die Arme nach Griselda aus, die sich ihr weinend entgegen stürzte. Godfrey legte die Arme um die beiden, die sich so umschlossen hielten. Jermyn blickte verwirrt, Gregory brach in offenes Schluchzen aus, und Matthew stand, die Augen auf seine Mutter geheftet, als fürchte er, eine Veränderung an ihr wahrzunehmen. Rachel kam eiligen Schritts ins Zimmer, dicht gefolgt von Dufferin.

»Es ist nichts. Es ist nichts, glauben Sie mir. Hören Sie mit dieser tragischen Szene auf, Sie alle. Sie hat nichts genommen, das ihr irgendwie schadet. Harriet, Sie sind so normal und gesund, wie ich es erwartet habe! Sie haben die Tablette genommen und sind dann anderen Sinnes geworden. Dafür wäre es zu spät gewesen, wenn ich Ihnen das gegeben hätte, was Sie von mir verlangten. Natürlich habe ich es Ihnen nicht gegeben, als Sie zu mir kamen und erklärten, Sie könnten für nichts einstehen. Und ich wußte, daß Sie es im Grunde gar nicht wollten; und jetzt wissen Sie es selbst; also werden Sie nicht kommen und erneut danach verlangen. Zu betteln und jammern um das, wovon Sie so viel Aufhebens machten, als Sie dachten, Sie hätten es! Ich hoffe, Sie sehen sich nun mit den Augen der anderen. Sie müssen erkennen, daß Sie keine solche Rolle spielen können.«

»War es nichts Schädliches, was sie genommen hat?« sagte Jermyn.

»Natürlich nicht. Hätte ich ihr das etwa geben können?« sagte Dufferin, vorsichtig zu Harriet hinüberblickend, die in einen Sessel gesunken war.

»Ich bin dankbar, ich bin ja so dankbar«, sagte Harriet. »Ich war dem nicht gewachsen, nachdem ich es getan hatte. Ich wollte leben.«

»Nun, ein andermal werden Sie es vorher wissen«, sagte Dufferin. »Ich wußte es schon diesmal. Wir alle haben dafür volles Verständnis. Mehr oder weniger wünschen wir das alle.«

»Somit haben wir Ihnen zu danken, Doktor!« sagte Godfrey, wie unter Atemnot sprechend. »Wir danken Ihnen aus tiefstem Herzen, daß Sie das große Unglück, das uns bedrohte, abgewendet haben.«

»Nichts hat Sie bedroht, und ich habe nichts abgewendet. Harriet hatte lediglich eine fixe Idee, die das Schicksal vieler solcher Ideen teilte und sich am Ende als ungut erwies.«

»Nun, jedenfalls danken wir Ihnen, daß Sie so weise waren, auf die Wünsche meiner armen Frau einzugehen und sie so vor sich selbst zu bewahren. Sie selbst wird Ihnen danken, wenn sie wieder dazu imstande ist, und wird Ihnen versprechen, daß sie nie wieder von Ihnen oder einem anderen das verlangen wird, was sie neulich Ihnen abverlangt hat. Wenn Sie nämlich eingewilligt und ihr das Mittel gegeben hätten, das über uns alle – ach, wir erschauern bei dem bloßen Gedanken.«

»Ich habe euch allen eine Erinnerung hinterlassen, die ihr sonst niemals gehabt hättet«, sagte Harriet mit schwacher Stimme.

»Du hättest uns eine grausame Wirklichkeit hinterlassen, soweit du überhaupt an uns gedacht hast«, sagte Jermyn.

»Ich fürchte, meine Gedanken an irgendwen anders als mich gingen nicht sehr weit.«

»Fielen also kaum ins Gewicht«, sagte Matthew.

»Nun, einen solchen Augenblick soll einer erst mal durchstehen«, sagte Godfrey, sein normales Gehabe wiederfindend. »Sich vorzustellen, man hätte seine Frau verloren, und das, weil sie das Leben mit einem nicht mehr lebenswert fand! Das ist etwas, womit die meisten Männer, obwohl älter an Jahren als ich, nie fertig zu werden brauchten. Nun, wir sind jetzt darüber hinweg. Harriet wird nicht noch einmal vergessen, was sie uns allen bedeutet. Denn du hast es vergessen, Harriet, das hast du wirklich, meine Liebe.«

»Ja, das habe ich, Godfrey. Ich vergaß es. Ich dachte nur an mich.«

»Das dürfte keine Übertreibung sein«, sagte Matthew.

»Nein, mein Lieber«, sagte seine Mutter.

»Hoffentlich bist du in Zukunft bereit, für uns alle einen Gedanken übrig zu haben, den wir uns dann teilen können?« sagte Jermyn.

»Ja, das bin ich, mein Sohn.«

»Du siehst, Harriet, sie alle sind der Meinung, daß du so etwas nicht wieder tun solltest!« sagte ihr Gatte gleichsam triumphierend.

»Fühlst du dich nun wieder ganz wohl?« sagte Griselda.

»Ja, ganz, mein Kleines.«

»Sie ist völlig erschöpft«, sagte Gregory, »und kein Wunder.«

»Was sie getan hat, kann einen schon erschöpfen«, sagte Griselda mit einem erzwungenen Lachen.

»Du siehst, Mutter, auf diese Weise entdeckst du nur zu bald etwas, das du gar nicht gewollt hast«, sagte Matthew.

»Laß es genug sein, Matthew«, sagte Godfrey. »Ja, meine liebe Harriet, du mußt nun zur Ruhe kommen.«

»Selbstmord zu begehen, das muß einen ganz schön mitnehmen«, sagte Rachel, die der Szene schweigend beigewohnt hatte. »Wenn Menschen das öfter überlebten, gäbe es mehr Zeugen dafür. Wir müssen die normale vorwurfsvolle Haltung einnehmen, nur die kann ihnen schmeicheln, auch Sie haben diese Schmeichelei verdient, Harriet, indem Sie dem Tod ins Auge geblickt haben und diesen Schritt als Ihnen nicht gemäß empfanden, was Ihren Heroismus nur erhöht. Sie müssen mich darin belehren, denn das brauche ich unbedingt. Ich glaube, ich werde ohne dieses Erlebnis sterben, und ich würde ihm lieber ins Auge sehen, ohne zu sterben, wie Sie es fertig gebracht haben. Ich lasse meiner Zunge freien Lauf, und das bei einer denkbar unpassenden Gelegenheit, wo doch eine Freundin einen Selbstmordversuch gemacht hat, aber es bereitet mir Genugtuung, der einzige Gast gewesen zu sein, der das in seinem Herzen gefühlt hat. Sie gingen noch mit dem Gedanken um, als Antony und ich ins Zimmer traten. Das war ganz deutlich.«

»Ja, o ja, das kann man wohl sagen«, sagte Godfrey mit einem unterdrückten Lachen.

»Ist Sir Percy im Haus? Weiß er, daß alles gut ausgegangen ist?« sagte Gregory.

»Antony hat's ihm über die Treppe zugerufen. Er wartet unten mit Mellicent«, sagte Rachel. »Der Gedanke, daß die gute Kunde sie nicht erreicht haben sollte, wäre mir gräßlich; sie ihnen vorzuenthalten, scheint so egoistisch, andererseits bereitet es Genugtuung, wenn man sich den Bericht versagt. Harriet hat irrtümlich etwas eingenommen und geriet in Panik! Und in Wirklichkeit hat sie so viel mehr getan. Sie bringt das größte Opfer von allen. Aber die Menschen sehen nicht, daß der Vorzug, gut informiert zu sein, ein rein geistiges Privileg ist, sie machen daraus ein gesellschaftliches Prestige. Ihr könnt alle hinuntergehen und Percy sagen, daß ich über Nacht hierbleiben werde, weil ich unentbehrlich bin. Steht nicht so da, als wenn Harriet einen von euch brauchte, wo sie doch mich hat.«

»Ja, sie hat recht. Wir können alle gehen«, sagte Dufferin. »Matthew kann mir morgen früh berichten, wie es seiner Mutter geht.«

»Harriet und ich werden uns ein bißchen unterhalten, ehe ich sie zu Bett bringe«, sagte Rachel. »Unser wechselseitiges Interesse dem Tod gegenüber hat unsere Freundschaft noch gestärkt. Wir wollen uns darüber ein bißchen aussprechen. Die Leute werden sagen, es sei tapfer, dem Leben ins Auge zu sehen – wie selbstgerecht und oberflächlich! Als wenn viele, ja nahezu alle, diese Tapferkeit besäßen! Sie reden, als wenn sie beides, Leben und Tod, nie kennengelernt hätten. Harriet ist da ganz anders. Geht nur alle. Wir möchten keine Zuhörer bei unserem intimen Weiberklatsch.«

»Nun aber gemach, redet nur nicht zuviel darüber. Schlagt euch die Sache ein für allemal aus dem Kopf«, sagte Godfrey so obenhin, wie man über Bagatellen spricht, und damit ging er zur Tür. »Verhelfen Sie ihr dazu, Rachel, und wir alle werden Ihnen dafür dankbar sein. Gute Nacht, meine liebe Harriet.« Er kam noch einmal zurück und umarmte seine Frau. »Gute Nacht, auf die ganz natürliche und normale Art. Wir werden keine große Sache daraus machen. Wir wissen, was für dich am besten ist, besser jedenfalls als das. So, Doktor, wenn Sie nicht gewesen wären, böte unsere Familie heute abend ein trauriges Bild.«

»Einer Frau Gift zu geben, das könnte man kaum noch als natürlich bezeichnen«, sagte Matthew. »Das würde sowohl für den Arzt als auch für die Frau eine gefährliche Situation heraufbeschwören. Ich begreife nicht, warum Dufferin ihr überhaupt etwas gegeben hat.«

»Weil sie womöglich von Sinnen gekommen wäre, wenn man

es ihr versagt hätte«, sagte Dufferin leise und nur für Matthew bestimmt. »Sie wissen also jetzt warum, und wenn Sie sich nicht in der Gewalt haben, könnten Sie über kurz oder lang leicht eine ähnliche Erfahrung machen. Davon, daß Camilla zu mir gehört, dürfen Sie sich nicht bei jeder Gelegenheit den Blick trüben lassen.«

»Was höre ich da, Matthew?« sagte sein Vater, sich mechanisch auf jeder Treppenstufe hochreckend. »In was für einem Ton sprichst du, mein Junge? Wie warst du immer auf dem Qui-vive, wenn irgend jemand etwas gegen den Doktor sagte oder vergaß, ihn in den Himmel zu loben. Und jetzt willst du uns zurechtweisen, wenn wir ihm für einen großen Dienst, den er uns geleistet hat, unsere Dankbarkeit bezeugen! Nun, ihr wißt alle nicht, wo euch der Kopf steht, und das ist ja auch kein Wunder. Dufferin wird das verstehen.«

»Er hat völlig recht. Ich hätte ihr überhaupt nichts geben sollen, aber ich hielt es so für am besten«, sagte Dufferin.

»Nun, Hardisty, Sie hatten gewiß bange Minuten.«

»Wir haben uns ermahnt, daß auch die von Nutzen sind, die nur wartend dabeistehen«, sagte Mellicent, »obwohl wir uns nicht erklären konnten, warum.«

»Es war sehr freundlich von Ihnen, uns die gute Nachricht herunterzurufen, Dufferin«, sagte Sir Percy. »Wir danken Ihnen dafür. Uns war sehr unbehaglich, Mellicent und mir, zumal Rachel nicht bei uns war, sondern oben mit Ihnen allen. Ja, unsere arme Harriet und nun dies! Davor muß man sie künftig bewahren. Irrtümlich etwas zu nehmen und in Panik zu geraten! Obendrein etwas ganz Harmloses. Aber wenn es nicht so harmlos gewesen wäre! Rachel muß mit ihr darüber sprechen. Ist sie bereit, mit uns nach Hause zu fahren?«

»Sie hat die Liebenswürdigkeit, über Nacht bei uns zu bleiben«, sagte Godfrey, »und wir nehmen das dankbar an, Hardisty. Wir sind geradezu darauf angewiesen.«

»Oh, Rachel kommt also nicht mit? Ich werde sie morgen früh abholen. Ich werde begierig sein zu erfahren, wie alles steht. Aber ich werde nicht hereinkommen, Sie verstehen. Ich werde draußen auf Rachel warten. Kann ich Sie mitnehmen, Dufferin?«

Godfrey ging stracks in die Bibliothek und warf sich in einen Sessel.

»Nein, so etwas durchzumachen! Was für ein Abend für uns alle! Wir hätten das nicht überlebt, wenn wir darauf vorbereitet gewesen wären. Ich wäre der Sache glatt aus dem Wege gegangen, das verhehle ich nicht. Gregory, mein armer Junge, auf dich kam das schwerste Teil. Ihr alle mußtet, noch so jung, eine stürmische Zeit durchmachen. Ich hätte euch davor bewahren sollen, aber ich hatte nicht die Kraft dazu, es war einfach zu viel für mich. Griselda, mein Hübsches, du siehst ganz blaß und abgespannt aus. Komm zu deinem Vater.« Godfrey zog seine Tochter an sich und tätschelte ihre Hand. »Nun, das war ein Augenblick, als wir entdeckten, daß die ganze Sache ein leerer Schein war! Wir wurden belohnt für das, was wir durchgemacht hatten, es war wie eine Befreiung! Und auch eure Mutter empfand es so. O ja, daran kann kein Zweifel sein. Der Wunsch, uns alle im Stich zu lassen, war nicht so stark, wie sie dachte. Sie war gar nicht so sehr am Ende ihrer Kräfte.«

»Sie fühlte sich mehr erleichtert als jeder von uns«, sagte Jermyn.

»Daraus hat sie auch kein Hehl gemacht«, sagte Matthew.

»Das zeugte von Format«, sagte Gregory.

»Ich gestehe, daß ich eine Sekunde dachte, es sei alles vorbei«, sagte sein Vater. »Einen Moment lang wurde mir das klar. Für einen Atemzug wußte ich, was es bedeutet, ein Witwer zu sein. Ach, eure Mutter hat nicht gewußt, welche Aussicht sie mir da eröffnete.«

»Sie wußte es. Sie richtete ihr ganzes Augenmerk darauf, uns weiterzuhelfen«, sagte Gregory. »Nichts von Reue.«

»Was ihr an Leben noch übrig blieb, verwandte sie darauf!« sagte Griselda. »Das muß man sich nur einmal vorstellen! Ich habe mich immer gefragt, ob das wirklich stimmte, die französische Revolution und so. Jetzt weiß ich es.«

»Daß man so gefaßt sterben kann!« sagte Gregory. »Das heißt, eine große Probe bestehen.«

»Ja, wahrhaftig, Gregory«, sagte Godfrey. »Manche Menschen sind dem gewachsen. Eure Mutter gehört dazu. Sie ist eine hochgemute, hochherzige Frau bei all den Schwächen, die unser Leben zu einer Bürde werden lassen und uns eine Ängstlichkeit einflößen, die unser Leben belastet. Du hast das Richtige getroffen, aber ich glaube bei alledem, ihr lichtester Augenblick war, als Dufferin ihr sagte, das Ganze gründe sich auf nichts. Daran halte ich mich.«

»Die anderen Augenblicke wären nicht so befriedigend gewesen«, sagte Griselda.

»Mein Griselchen, da fühlst du doch ganz anders, unbeschwerter«, sagte ihr Vater.

»Ich möchte auch ein Mädchen sein und ein bißchen beachtet werden«, sagte Jermyn. »Ich könnte es gebrauchen.«

»Ein bißchen Trost«, sagte Gregory.

»Ja, das könnt ihr gebrauchen, meine armen Jungen. Wirklich, meine lieben Söhne«, sagte Godfrey. »Ich wünschte, ihr wärt alle in einem Alter, wo ich euch noch tätscheln und verwöhnen könnte, euch etwas Gutes tun für das, was ihr durchgemacht habt. Aber wir werden den Kopf hoch halten und weitermachen, als wäre nichts geschehen. Schließlich war das Ganze ja nur ein Irrtum.«

»Das war es nicht, Vater«, sagte Matthew.

»Oh, nun ja, er wurde bereut. Aber dennoch ein Irrtum, was sonst?«

»Der Irrtum bestand darin, daß das Zeug harmlos war«, sagte Matthew.

»Nun schön, es war harmlos, nichtwahr?« sagte sein Vater. »Warum also über einen solchen Fall noch lange diskutieren? Das scheint mir wirklich unangebracht. Und wir sind ohnehin total erschöpft.«

»Was mich betrifft: kaum«, sagte Rachel, die ins Zimmer trat. »Ich fühle mich eher angeregt. Percy hat hoffentlich gemerkt, daß ich nicht mit ihm heimfahren konnte. Ich geselle mich zu Ihnen, obwohl ich damit Verrat an Harriet übe. Sie würde wohl kaum erwarten, daß ihr das erspart bleibt. Ich habe es ihr sogar eben ins Gesicht gesagt. ›Meine Liebe‹, habe ich gesagt, als sie befürchtete, nicht schlafen zu können, ›es ist nicht Ihre Schuld, daß Sie nicht in jenem allerletzten Schlaf liegen. Sie sind immer noch wankelmütig. Alles oder nichts – das gilt für Sie.‹ Ich hoffe dennoch, daß sie schlafen wird, sie ist sehr müde. Es gehört viel dazu, sie hinlänglich zu erschöpfen, nichtwahr?«

»Aber sie wird ihren Entschluß nicht noch einmal ändern, oder?« sagte Griselda.

»Nein, nein, mein Kind. Dazu wäre sie wohl nicht imstande.«

»Eine heroische Tat kann man das nicht gerade nennen«, sagte Matthew.

»Das glaube ich auch nicht«, sagte Rachel.

»Nein, nein, stimmen Sie ihm nur nicht bei, Rachel. Sie müssen meine arme Frau verteidigen«, sagte Godfrey, indem er sich zurücklehnte und seine Tochter losließ, ohne sie erst zu fragen.

»Es war weiter nichts als eine Übereiltheit«, sagte Jermyn.

»Doch, es war schlimmer, denn es geschah in voller Absicht«, sagte Matthew.

»Wüßten wir nur, wie ihr unmittelbar davor zumute war, und kennten wir Schritt für Schritt, was in ihrem Geist sie dahin gebracht hat«, sagte Gregory.

»Dahin zu kommen, sollten wir uns nicht unbedingt wünschen«, sagte Jermyn.

»Nun, ich hoffe, es gibt ein paar Dinge, vor denen ihr haltmachen werdet«, sagte Godfrey mit erhobener Stimme, dem fortgeschrittenen Stadium der Angelegenheit Rechnung tragend.

»Ja, davon dürfte es eine ganze Menge geben«, sagte Rachel.

»Ja, ja. Die gibt es, Rachel«, sagte Godfrey und neigte sich vor. »Sie tun recht daran, uns erkennen zu lassen, daß man Harriet aus dem, was sie getan hat, keinen Vorwurf machen kann. Sie ist ein zartes Wesen und geht tapfer gegen ihre Schwäche an. Aber, es ist sinnlos, daß ich hier sitze und mich selbst zur Schau stelle. Wie ihr es nur fertig bringt, den Kopf hochzuhalten! Ich werde mich zurückziehen und euch von meinem Anblick befreien. Sie sagen, Harriet wird schlafen, Rachel? Nun, ich werde um so besser schlafen, wenn ich das weiß. Oh, lacht nur, ihr alle. Lacht. Ich freue mich, daß ihr den Mut dazu habt, ich habe ihn nicht. Ich bin dankbar, daß ihr etwas zum Lachen habt, und freue mich, daß ich es bin, der euch Anlaß dazu gibt. Nochmals, Rachel, ich drücke Ihnen meinen tiefgefühlten Dank aus.«

»Warum ist es natürlicher, daß ihr euch zu eurer Mutter unloyaler verhaltet als zu eurem Vater?« sagte Rachel. »Es sollte doch umgekehrt sein.«

»Er ist hilfloser«, sagte Jermyn. »Und das auszunutzen, wäre nur natürlich.«

»Ritterlichkeit läßt sich nicht erklären«, sagte Griselda. »Ein Gefühl, das ich nie begriffen habe.«

»Erklärt es sich vielleicht daraus, daß wir es Mutter gegenüber nie zeigen konnten?« sagte Gregory. »Zu denken, daß wir ihr gegenübertreten müssen, wo doch einige von uns bestimmt der Anlaß zu dem Ganzen gewesen sind!«

»Wird aber sie uns gegenübertreten können?« sagte Matthew.

»Ich glaube nicht, wenn sie an das Vergangene denkt«, sagte Griselda.

»Wir alle sind völlig schuldlos«, sagte Matthew.

»Das Gefühl, daß wir unmöglich sind, ohne es zu wollen, ist demütigend«, sagte Rachel. »Aber Godfrey, warum kommen Sie zurück, wo Sie uns doch allein gelassen hatten, damit wir schlecht über Sie reden könnten?«

»Das tut ihr also, wie?« sagte Godfrey, indem er quer durchs Zimmer ging, den Blick auf den Kaminsims gerichtet und mit der Hand seinen Hausmantel zusammenhaltend, um schamhaft irgendeine kleine Unordnung zu verdecken. »Da sind sie ja, meine Hemdknöpfe, hinter der Uhr! Mir fiel ein, daß ich sie dort hingelegt hatte. Ich fragte vor dem Dinner, ob ich besser diese tragen sollte, und Griselda stimmte für die einfacheren, die ich dann auch getragen habe. Ich weiß nicht, ob ihr es überhaupt gemerkt habt, vermutlich nicht, das ist das Besondere an ihnen, daß sie nicht ins Auge fallen. Ich glaube, Griselda hatte recht, ich war ganz ihrer Meinung, ich halte nichts davon, wenn ein Mensch sich übertrieben herausputzt. Was meint ihr dazu?« Er hielt sich die Knöpfe vor, wobei er bedenkenlos die ganze Hemdbrust sehen ließ. »Ich glaube nicht, daß sie mein Äußeres irgendwie gehoben hätten, nichtwahr? Ohne sie war der Eindruck eher besser – nicht so bemüht. Ich denke, ich werde sie zu einem Schmuck für Harriet umarbeiten lassen. Obwohl ich dessen noch nicht sicher bin. Vielleicht finde ich eines Tages ein Paar Manschettenknöpfe, die dazu passen. Man weiß nie, was kommt. Und es kann nicht schaden, wenn alles aus einem Guß ist. Also nochmals: Gute Nacht.«

XII

»Im nachhinein hat Mutter wohl doch entdeckt, daß sich ihr Leben um unseretwillen gelohnt hat«, sagte Jermyn am nächsten Morgen. »Daran wollen wir festhalten.«

»Und indem wir hier sind, beweisen wir ihr umgekehrt das gleiche«, sagte Griselda. »So wie wir am Leben hängen, kann es für uns gar keinen Grund zur Klage geben. Mit dieser Tatsache haben wir es zu tun.«

»Griselda, laß nur nicht deinen weiblichen Mut mit dir durchgehen«, sagte Jermyn.

»Hoffentlich hat sie das nicht von Mutter geerbt«, sagte Matthew.

»Eigenschaften überspringen meist eine Generation«, sagte Rachel.

»Aber Mut gehört, was die Mitmenschen betrifft, nicht gerade zu den rücksichtsvollen Eigenschaften«, sagte Matthew.

»Alle Eigenschaften lassen Opfer auf der Strecke«, sagte Rachel. »Denken Sie nur an Wahrhaftigkeit und Gerechtigkeit.«

»Der Rückschlag trat denn auch pünktlich ein«, sagte Gregory.

»Wahrhaftigkeit und Gerechtigkeit kennen keine Rückschläge«, sagte Rachel.

»Immerhin gehört Mut zu den besten Eigenschaften«, sagte Gregory.

»Wir sind sehr zufrieden mit Mutter«, sagte Griselda.

»Seid ihr das, meine Lieben? Das ist wirklich nett von euch und, ich glaube, in mancher Beziehung auch angemessen«, sagte Harriet und tat damit ihre Anwesenheit kund. »Eine gute Botschaft von meinen Kindern, die mich meinen Tag froh beginnen läßt.«

»Und dich, wie wir hoffen, bis an sein Ende begleitet«, sagte Jermyn.

»Daß ihr das hofft, wird mir dabei helfen, mein Lieber.«

»Der vor uns liegende Tag wäre also gesichert«, sagte Matthew.

»Ach, mein Junge, ich muß euch helfen, die Sache zu vergessen«, sagte seine Mutter.

»Harriet, daß Sie Ihre ganze Aufmerksamkeit Ihren Kindern zuwenden, läuft darauf hinaus, Ihrem Gast sein Manko vorzuhalten«, sagte Rachel. »Denn, soviel ich weiß, halten Sie Kinderlosigkeit für ein solches Manko.«

»Ganz gewiß wäre ich ohne sie nur um so ärmer.«

»Um so ärmer – das ist deutlich genug«, sagte Rachel.

»Wünschten Sie denn, Sie hätten Kinder?« sagte Gregory zu Rachel.

»Ich bin nicht sicher. Es heißt, man kann nie sterben, wenn man Nachkommen hat.«

»Das ist wahr«, sagte Harriet.

»Nun, dann war das, was Sie getan haben, ziemlich sinnlos«, sagte Rachel.

»Das ist Vaters Tür. Klingle nach der Dienerschaft, Matthew«, sagte Griselda.

»Braucht Godfrey so viel Aufwartung«, sagte Rachel. »Ich wußte nicht, daß ein Mann heutzutage überhaupt noch natürlich sein kann.«

»Wir holen sie nur zum Morgengebet zusammen«, sagte Gregory.

»Für unsere Dienstboten gibt es eine solche Runde nicht«, sagte Rachel. »Nicht daß wir meinen, sie sind es leid, herbeigeklingelt zu werden, aber sie müssen einen Widerwillen fassen, wenn man es recht bedenkt; Dinge unter Zwang zu tun, ist verächtlich. Und warum sollten sie sich nicht dagegen wehren, anders behandelt zu werden? Sie sehen ganz klar, daß wir gegeneinander wenig rücksichtsvoll sind. Aber Percy ist nicht in seinem Element, wenn er Gebete sprechen soll, und nicht man selbst zu sein, ist bekanntlich etwas ganz Schlimmes. Ich könnte es nicht ertragen, wenn die Mädchen die Achtung vor ihrem Vater verlören. Nicht minder sorge ich mich um ihre Gefühle gegenüber ihren beiden Eltern. Im übrigen haben wir niemand, für den wir beten müßten, wie offenbar Sie für Buttermere.«

Godfrey nahm, in die Runde blickend und anscheinend zufrieden, seinen Platz ein und begann ohne weitere Kraftvergeudung mit seiner Andacht.

»O Herr, wir sind versammelt, um Dich zu grüßen, dankerfüllt in unserm Innersten für Deine Barmherzigkeit, das große Übel von uns abzuwenden, das Dein unerforschlicher Ratschluß über uns verhängt hatte. Wir waren eingetreten in das Tal der Schatten, mit der, die unseren Herzen am nächsten steht, und wir gehen daraus hervor mit ebendiesen Herzen, die erfüllt sind von Dankbarkeit gegen Dich. Mit einer gemeinsamen Stimme danken wir Dir, hoch und niedrig, von mir selbst bis zum Geringsten in meinem Hausstand, alle gleich vor Dir, insofern die Letzten die Ersten sein werden, und ebenso diese unsere teure Freundin unter unserem Dach, der wir unsere Gastfreundschaft gewährt haben, um das abzugelten, was sie – die Du uns gesandt hast, um uns aus dem Dunkel zu helfen. Dies unsere kurzen Worte aus unser aller ganzem Herzen – kurz, gemessen an ihrer Überfülle und an der Überfülle dieser Prüfung.«

Während nun die Familie zum Tisch trat, lächelte Harriet vor sich hin.

»Harriet, meine Liebe, es geht dir besser heute morgen. Du rappelst dich wieder auf die Füße. Du faßt neuen Mut«, rief ihr Gatte mit lauter und dann allmählich schwächer werdender Stimme.

»Sie haben mich ein bißchen lächerlich gemacht, Godfrey«, sagte Rachel.

»Aber meine liebe Rachel, jedes Wort war ehrlich gemeint.«

»Mir kam es nicht so vor«, sagte Rachel.

»Nun, Rachel, Sie bleiben heute noch da, und so hoffe ich, daß Sie nicht mehr diesen Eindruck haben werden«, sagte Godfrey und rückte sich damit endgültig ins beste Licht.

»Ich würde niemals gehen, wären nicht die Anforderungen meines eigenen Lebens. So viel auf einmal habe ich noch nie erlebt. Im allgemeinen läuft solch eine Dinner-Party ganz glatt ab. Godfrey, konzipieren Sie Ihre Gebete im vorhinein?«

»Rachel«, sagte Godfrey, leicht mit der Faust auf den Tisch schlagend, »ich gebe Ihnen mein Wort, daß ich überhaupt nicht daran denke, bis zu dem Augenblick, wenn die Worte von meinen Lippen kommen.«

»Dann gehören Sie also nicht zu den Leuten, deren ganzes Leben ein einziges Gebet ist?« sagte Rachel. »Nicht einmal ein Bruchteil?«

»Nun, das ist eben zufällig so meine Art«, sagte Godfrey bescheiden. »Harriet, versuch ein bißchen mehr zu essen. Gib dir einen Ruck, meine Liebe. Du hast Schweres durchgemacht, schwerer, als du denkst, so schwer, wie es nur je einem sterblichen Weibe zustoßen kann.«

»Ihr Sterblichsein – das war ja gerade der springende Punkt«, sagte Rachel. »Gregory, Sie blicken mich mit wirklich liebevollen Augen an. Ich glaube fast, ich rangiere an erster Stelle unter all Ihren alten Damen.«

»Ich erkläre feierlich, Rachel, daß Sie jünger sind als irgendeine von denen«, sagte Godfrey. »Jünger im Geiste, meine ich.«

»Ich weiß, wie abscheulich Sie es gemeint haben«, sagte Rachel. »Aber da kommen die zwei ältesten von den anderen aufs Haus zu! Gewiß wollen sie sich nach Harriet erkundigen. Wie machen wir es nur, daß sie vor ihnen nicht allzu dumm dasteht?«

»Ich werde einfach die Wahrheit sagen«, sagte Harriet.

»Oh, nein, meine Liebe, da muß ich protestieren«, sagte ihr Gatte.

»Ich meine, ich werde sagen, ich hätte etwas eingenommen, von dem ich hinterher glaubte, es sei schädlich. Aber es erwies sich als harmlos.«

»Das ist gut«, sagte Rachel. »Wir dachten schon, Sie meinten daß Sie nicht lügen könnten. Das wäre absurd nach dem, was Sie gestern fertiggebracht haben.«

»Führen Sie die Damen herein, immer herein«, sagte Godfrey zu Buttermere, ohne dessen Frage abzuwarten. »Es gibt nichts, was uns hindern könnte, unsere Freunde an diesem Morgen zu empfangen.«

»Sieh da, schon haben wir eine Antwort auf unsere Frage!« sagte Agatha, mit ausgestreckter Hand auf Harriet zugehend. »Wir haben uns solche Sorge um Sie gemacht, daß wir unbedingt kommen mußten, uns zu erkundigen. Und da sind Sie, eine Antwort in eigener Person!«

»Das klingt ganz schön vorwurfsvoll!« sagte Geraldine.

»Eine glückliche Fügung, daß Mutter als leibhaftige Antwort genügt«, sagte Griselda leise zu Jermyn. »Vielleicht bedarf es jetzt keiner weiteren Antwort.«

»Ich schäme mich so, alle Welt in solchen Schrecken gesetzt zu haben«, sagte Harriet. »Ich schluckte etwas, das ich im nächsten Moment für etwas anderes hielt, ich bekam einen Schock und fürchte, einige Aufregung verursacht zu haben. Aber es erwies sich als harmlos.«

»Ich bin sicher, daß ich unter solchen Umständen eine Panik verursachen würde«, sagte Geraldine. »Ich glaube, jede Nervenfaser in mir würde zu zerspringen drohen.«

»Sie haben gewiß fürchterliche Augenblicke durchgemacht«, sagte Agatha zu Godfrey.

»Fürchterlich! Das ist es, Mrs. Calkin, fürchterlich. Für ein paar Minuten dachten wir – na, ich will Ihnen nicht sagen, was wir dachten. Aber es gab solche Minuten. Wir haben sie durchgestanden. Wir haben es hinter uns gebracht.«

Er legte seine Hand auf Harriets Schulter, und sie hob die ihre zu ihm empor.

»Ein trauriges Erlebnis auch für Sie in so jungen Jahren«, sagte Agatha, in die Runde blickend.

»Bemitleiden Sie uns ruhig ein bißchen«, sagte Jermyn. »Mutter hat das ganze Mitgefühl gepachtet, und der Rest entfiel auf Vater.«

»Was hat sie denn nun genommen?« sagte Geraldine.

»Etwas, das als giftig etikettiert, aber zum Glück überhaupt nicht giftig war«, sagte Jermyn.

»Oh, was war's denn?« sagte Geraldine.

»Die Schlaftablette, die sie immer nahm, und die war in das falsche Röhrchen gerutscht«, sagte Matthew. »Sie teilt den Dienstboten die Medikamente zu. Gar kein Grund, so etwas künftig in Reichweite zu haben.«

»Wahrhaftig nicht, in diesem Fall«, sagte Rachel. »Nichts, das als ›Gift‹ etikettiert ist, in Reichweite der Familie.«

»Ich gestehe, daß ich darin mit Ihnen übereinstimme«, sagte Geraldine mit einem schuldbewußten Komplizenlächeln. »Ich fürchte, ich bin in diesem Punkt durch und durch konservativ.«

»Nun, wir wollen nicht länger verweilen«, sagte Agatha. »Wir werden sehr viel unbeschwerter, als wir gekommen sind, von hinnen gehen.«

»Das war zu freundlich von Ihnen, Mrs. Calkin«, sagte Godfrey. »Wir empfinden das von Herzensgrund. Wir haben uns noch nicht wieder gefangen heute morgen, aber das werden wir Ihnen nicht vergessen.«

»Ich kann es Ihnen nachfühlen«, sagte Agatha freundlich unter dem Händeschütteln.

»Du hättest höflich widersprechen sollen. Diese Antwort gehörte sich nicht«, sagte ihre Schwester.

Agatha stand da und bot den Anblick langgeübter Nachsicht.

»Werden Sie uns heute nachmittag besuchen?« fragte sie Gregory.

»Ja, tu es, mein Lieber«, sagte Harriet, als Gregory zu ihr hinüberblickte. »Ich bin wirklich froh über diese Abwechslung für dich.«

»Dann werde ich zum Tee kommen, wenn ich darf?« sagte Gregory.

»Harriet, ich begreife Ihre Einstellung nicht, daß Matthew und Jermyn sich nicht schöpferisch betätigen sollten«, sagte Rachel. »Denken Sie nur, was sie im Leben erreichen können, wenn sie so viel in ein paar Minuten zu bewältigen vermögen!«

»Ich bin im Begriff, dieses Gefühl, von mir abzutun. Ich bin nichts weiter als dankbar für sie und ihre Begabungen.«

»Dafür müssen Sie jetzt wirklich dankbar sein«, sagte Rachel. »Ich wäre es jedenfalls an Ihrer Stelle, wie ich es auch an meiner war. Aber Ihre Familie muß nicht zusehen müssen, wie Sie – vor ihren Augen – Ihren individuellen Charakter verlieren. Und, Godfrey, stehen Sie nicht da und brüten über Geraldine nach. Sie sollten Ihren Geist auf nützlichere Dinge richten. Und da kommt schon ein weiterer Besucher, um der Sache auf den Grund zu gehen. Das lohnt sich auch wirklich! Ich frage mich, ob die Leute sich auch nach mir erkundigen würden, wenn ich eine Tablette aus dem falschen Röhrchen genommen hätte – denn das war es ja, wohlgemerkt! – oder ob sie es für ganz natürlich hielten, wenn ich in meinem Alter dahinschiede, oder für eine Gnade oder eine Erlösung, allen zum Guten gereichend, oder für sonstwas, das die Hinterbliebenen der Trauer enthebt. Da kommt Ernest Bellamy! Ach, würde er sich doch nach mir erkundigen im Falle irgendeiner Krankheit, die nicht meine letzte zu sein brauchte! Hoffentlich hat er mich nicht am Fenster gesehen, wie ich diesem Jungmädchentraum nachhing. Er dürfte dafür nachgerade einigen Scharfblick besitzen.«

»Nun, das nenne ich einen Anblick, den zu erleben ich mir immer wünschen würde!« sagte Bellamy in ernstem, bewegtem Ton. »Das Schicksal meint es heute morgen denkbar gut mit mir.«

»Wir sind Ihnen sehr verbunden, Pfarrer«, sagte Godfrey. »Meine arme Frau hat uns in fürchterliche Angst versetzt und sich selbst obendrein. Sie fand da allein nicht mehr heraus. Sie hat etwas genommen, das in Wahrheit eine Schlaftablette war, aber irrtümlich in einem als ›giftig‹ etikettierten Röhrchen steckte, und wir erlebten bange Minuten, bis Dufferin kam und uns aus dieser Misere befreite. Jeder Augenblick dieser Zeitspanne hat sich mir tief eingeprägt und wird mich bis ins Grab verfolgen.«

»Ich hoffe, Sie sind über sich selbst so beschämt, wie es sich gehört«, sagte Bellamy zu Harriet.

»Ja, das bin ich. Ich habe Leid gebracht.«

»Über sich selbst wie auch über andere.«

»Ja. Sie darf glauben, mehr durchgemacht zu haben als jeder andere«, sagte Rachel.

»Oh, da möchte ich nicht so sicher sein, Rachel«, sagte Godfrey.

»Das ist nicht gerade ein Fall, wo zwei Menschen eines Fleisches sind«, sagte Matthew. »Mutter hat den zweifelhaften Vorzug, in äußerster Einsamkeit gelitten zu haben.«

»Matthew, würdest du deine Mutter eher leiden lassen als dich selbst?« sagte sein Vater mit ungläubig erhobener Stimme.

»Natürlich würde er das«, sagte Rachel. »Das ist ja die Crux bei einem Selbstmord, daß kein anderer das Schlimmste für möglich hält.«

»Nun ja, wir können es uns nicht aussuchen«, sagte Godfrey.

»Damit wäre auch wenig geholfen«, sagte Matthew.

»Ich frage mich, was wir von jemand denken würden, der sich für geringer hält als andere. Ich meine das rein theoretisch«, sagte Godfrey, der damit das Thema erfolgreich auf ein anderes Gleis schob.

»In diesem Punkt kann alles nur Theorie sein«, sagte Matthew.

»Mir sind immerhin ein paar gute Beispiele in meinem Leben vorgekommen«, sagte Godfrey mit zuckenden Lidern.

»Können Sie uns eins davon schildern?« sagte Rachel.

»Oh, das sind nicht gerade Dinge, über die man so ohne weiteres spricht.«

»Wenn sie aber passiert wären, würdest du nie von etwas anderem reden«, sagte Griselda.

»Gefühle sind manchmal zu tief, als daß man sie in Worte fassen könnte«, sagte Godfrey.

»Die Gefühle, die wir in Mutters entscheidenden Augenblikken hatten, müssen wir nicht noch einmal durchsprechen«, sagte Jermyn.

»Von den meinen war, glaube ich, noch am wenigsten die Rede«, sagte Rachel. »Führen Sie Mr. Bellamy einmal durch die Stallungen, Godfrey. Um Harriet brauchen wir im Augenblick nicht besorgt zu sein. Im Grunde ist ihr wirklich nichts zugestoßen. Die Gastgeberin hat mit dem scheidenden Gast immer noch ein Wörtchen zu reden, das ist einfach ihre Pflicht. Also, Harriet, das ist immerhin ein Sache, die Sie nicht gleichgültig lassen kann.«

»Sie verdient nicht viel Aufhebens«, sagte Harriet.

»Es ging aber um Leben und Tod.«

»Nur mein Leben oder Tod. Ich habe das zu wichtig genommen.«

»Allerdings, wenn Sie es so gesehen haben. Wir hatten den Eindruck, daß es Ihnen ernst gemeint war.«

»Im Augenblick, ja, nur für einen Augenblick«, sagte Harriet, gleichsam träumerisch.

»Meine Liebe, hatten Sie irgendeine Entschuldigung dafür, daß Sie sich in den Vordergrund schoben, während das doch Ihren Gästen gebührt hätte? Dafür schulden Sie mir eine Erklärung.«

»Ich werde sie irgendwann Gregory geben«, sagte Harriet. »Aber vielleicht auch nicht.«

Rachel blickte sie schweigend an.

»Ist Ihnen die Vorstellung angenehm, daß Griselda einmal Ernest Bellamy heiratet?«

»Ich darf mich gegen die Absichten meiner Lieben nicht sträuben. Das ist mir inzwischen klar geworden.«

»Allerdings, denn das ist wahre Liebe«, sagte Rachel.

»Da bin ich nicht so sicher«, sagte Harriet mit melancholischem Augenaufschlag.

»Doch«, sagte Rachel. »Es ist so unaufrichtig, den Sünder zu lieben und zugleich die Sünde zu verabscheuen.«

Harriet lächelte.

»Aber es kommt mich hart an zu wünschen, daß meine Tochter einen Mann heiratet, der sich von seiner Frau hat scheiden lassen«, sagte sie.

»Wieso, welchen bessern Weg gäbe es, mit einer Tochter zu verfahren? Denkbar weit entfernt von Percys Art, solche Dinge zu behandeln, und das ist die schlimmste.«

»Nur, daß sie in der Stadt wohnen würde, und Antony ist mit uns befreundet. Griselda würde ihr oft begegnen müssen.«

»Nur in leibhaftiger Gestalt«, sagte Rachel, »und dieser Vergleich bekommt einer Frau besser als der mit einem Ölgemälde, zudem gewährt eine Stadt mehr Distanz als ein Eßzimmer.«

»Nun ja, ich muß den Dingen ihren Lauf lassen. Ich habe gemerkt, daß mir die Kraft fehlt, sie zu lenken.«

»Harriet, die Dinge, um die es sich lohnt, Selbstmord zu begehen, erfordern ein bißchen Überlegung. Ich sehe allmählich, daß es für das, was Sie getan haben, keine Entschuldigung gab.«

»Nein, es gab keine. Ich hoffe nur, daß mir vergeben werde.«

»Dafür sehe ich kaum eine Möglichkeit.«

»Ich kann mir nicht gut selbst vergeben.«

»Nun, dann begreifen Sie es wenigstens.«

»Gott ist gütig. Er mildert Urteile durch Barmherzigkeit.«

»Dann spielt es kaum noch eine Rolle. Aber es ist schwer, hier zu etwas anderem als einem Urteil zu kommen. Gott sieht es vielleicht anders, aber ich kann nicht Nachsicht mit einer Freundin haben, die egoistisch alles für sich behält.«

»Sie wissen nicht, wie wenig ich von alledem für mich begehre.«

»Wie kann ich das, wenn Sie sich mir mit keinem Wort anvertrauen.«

»Auch wenn ich es Ihnen begreiflich machen könnte, würde ich das nicht tun.«

»Da habe ich wirklich allen Grund, mich zu beklagen«, sagte Rachel. »Aber da kommt Percy, um mich zu holen! Camilla sitzt mit ihm im Wagen, und er überläßt Johnson die Zügel, um sich ganz ihr zu widmen. Zweifellos will sie sich auch erkundigen. Sie kann nicht wissen, wie wenig angebracht das ist. Und wie primitiv es ist, diese Macht über Männer zu haben! Ich respektiere das bei ihr, und ich respektiere auch bei Percy, daß er darauf anspricht. Glauben Sie, ich hätte mich damit begnügt, Frau in zweiter Ehe zu sein, wenn ich über diese Macht verfügte? Camilla, wenn ich Ihre Mutter wäre, ich müßte stolz auf Sie sein.«

»Mutter hält in diesem Punkt bei mir nicht gerade die Spitze, aber das machen andere wett, genauer gesagt: meine Ehemänner. Mein früherer war schon stolz auf mich, und mein zukünftiger ist es noch mehr. Stolz, stolzer, am stolzesten! Also wird es wohl noch einen dritten geben müssen. Wir hörten, daß Sie auf seien und in guter Verfassung, Lady Haslam, aber Mutter tat es nicht unter dem, daß ich selbst ginge und nachfragte. Sir Percy nahm mich mit, und ich begann gerade, ihn die Kunst, stolz zu sein, zu lehren. Ich mußte ihm versprechen, auch mit ihm zurückzufahren. Sie haben wohl nichts dagegen, Lady Hardisty? Es ist sein Fehler, nicht meiner. Die Leute bitten mich immer, ihnen noch einmal Gesellschaft zu leisten.«

»Dann freue ich mich, daß Percy das getan hat«, sagte Rachel. »Es ist so wenig nett zu sagen, er sei nicht wie andere Menschen, Harriet, ich bemühe mich, Ihnen zu verzeihen, daß Sie mich nicht wie eine Freundin behandeln. Percy braucht das nicht erst mit anzusehen; und sich nach Ihrem Ergehen zu erkundigen, ist einfach ein Witz. Kommen Sie, Camilla, und setzen Sie sich zu Percy. Percy, Camilla wird Ihr Versprechen halten!«

»Oh, was denn?« sagte Sir Percy, sich im Wagen hochrappelnd. »Ich sah dich nicht rechtzeitig, um auszusteigen, meine Liebe. Harriet ist doch wohlauf? Ah, das ist gut zu hören. Nein, ich will nicht erst hinein. Sie hat mich gestern abend hinlänglich gesehen, und wir müssen ihr eine Pause gönnen. Ja, ich sagte Mrs. Bellamy, wir würden sie nach Hause fahren. Wir werden das Vergnügen von Camillas Gesellschaft auf unserer Rückfahrt haben, Rachel.«

»Jetzt hat er mich richtig bloßgestellt«, sagte Camilla. »Ich brachte es nicht über mich, ihn zu verwarnen. Der bloße Anblick seines Gesichts hätte schon zu viel gesagt. Aber ich hoffe, Sie haben gleich gemerkt, daß ich ins Blaue phantasiert habe.«

»Nein, meine Liebe, es klang mir sehr plausibel, aber ich bedaure, daß Sie Percy nicht verwarnt haben, nun müssen Sie mit mir hinten sitzen. Percy braucht nichts zu ahnen, er wäre zu unglücklich darüber, eine Frau enttäuscht zu haben. Dabei meinte er es gar nicht so, es kam nur, weil er so in Sorge wegen Harriet war. Es wird nicht wieder vorkommen. Gregory, gehen Sie hinein zu Ihrer Mutter. Sie wird mich vermissen, und da soll sie nicht allein sein.«

»Ich bewundere Lady Haslam«, sagte Camilla, »obwohl sie für mich nicht die gleichen Gefühle hegt. Zu meiner eigenen Überraschung vergelte ich hier Gutes mit Bösem.«

»Wir alle bewundern sie entsprechend unserer Fähigkeit zur Güte«, sagte Rachel. »In Ihnen habe ich viel Gutes entdeckt, meine Liebe, und ich habe auch gemerkt, daß Percy es gesehen hat. Mir ist Harriet am teuersten von allen.«

Gregory war zu seiner Mutter gegangen und hatte sich zu ihren Füßen niedergelassen.

»Nun erzähl mir einmal alles darüber«, sagte er.

»Worüber, mein Sohn?«

»Über alles, was dich dazu veranlaßt hat. Sag es mir in einfachen Worten, damit ich es verstehe.«

»Wenn das Gefühl mich noch einmal überkäme«, sagte seine Mutter in leisem, nachdenklichem Ton, »dann würde es mich sehr bedrücken, schon einmal versagt zu haben, als ich dazu entschlossen war. Denn der Entschluß war gefaßt. Aber seitdem war mir nicht mehr so besonders danach zumute.« Sie hob den Blick, als suche sie nach einer Erklärung für ihre Gefühle.

»Versprichst du, es mir zu sagen, wenn du es noch mal tun willst?«

»Ich weiß nicht, ob das richtig wäre. Du bist noch so jung, mein armer Junge. Ich habe euch schon zuviel zugemutet.«

»Versprichst du es mir?« sagte Gregory.

»Ja, mein Lieber«, sagte Harriet in wenig überzeugendem Ton.

»Du stehst zu dem, was du versprichst, oder?« sagte Gregory und blickte sie dabei zweifelnd an.

»Ja, wir halten unsere Versprechen«, sagte Harriet. »Aber da kommt dein Vater.«

»Sieh mal einer an, Harriet, da sitzt du doch wahrhaftig mit deinem Sohn!« sagte Godfrey im Ton einer hocherfreulichen Feststellung. »Nun, du bist eben eine Heldin. Ich habe das gleich gewußt, als ich dich zum ersten Male sah, ich spürte, aus welchem Stoff du gemacht warst. Und, Gregory, wie findest du eure Mutter heute morgen?«

»Nicht allzu gut, insofern sie nicht offen über das Dunkel spricht, in das sie hinabgestiegen ist.«

»Aber nein, Gregory, daran wollen wir nicht rühren«, sagte sein Vater, sich gleichsam schüttelnd. »Das möge dem Vergessen anheimfallen. Als wenn es gar nicht geschehen wäre. So sehe ich es, und so soll es für jeden von uns sein, vor allem für eure Mutter. Sie hat ganz recht, dir nichts darüber zu erzählen, eine weise Entscheidung, der wir wohl vertrauen können. An dir ist es jetzt, ihr beim Vergessen zu helfen, es aus ihrem Gedächtnis zu tilgen, und dazu mußt du es erst einmal selbst vergessen. Vergiß es, Gregory. Hilf deiner Mutter, indem du dich selbst in diesem Punkt beherrschst.«

Harriet hob den Blick und ließ ihn auf ihrem Gatten und ihrem Sohn ruhen, gleichsam den Unterschied zwischen ihnen beiden abwägend.

»Vergiß es, Gregory, vergiß es«, wiederholte Godfrey, indem er, die Hände in den Taschen, auf dem Absatz eine Wendung vollführte, als fühle er sich von dem normalen Druck befreit, der ihn angesichts seiner Frau immer befiel. »Vergessen, das ist es, woran wir denken müssen.«

Harriet begann leise zu lachen.

»Oh, also das tust du mir an, Harriet!« sagte Godfrey, in seiner Wendung innehaltend und sich aus der Hüfte über seiner Frau beugend. »Lachst über deinen armen alten Gemahl, weil er mit seinem Rat nur das Beste für dich will! Und dieser Junge unterstützt und bestärkt dich noch darin! Unerhört, was für eine Frau, was für einen Sohn man hat! Frau und Sohn man hat – Frau und Sohn!« Indem er sprach, drehte er sich im Takt dieses Refrains.

Harriet und Gregory lachten gemeinsam, und Harriet schien sich dieses Gelächters gar nicht erwehren zu können.

»Nun, ihr seid auch ohne mich im Augenblick genügend heiter gestimmt. Ich brauch' nicht dazubleiben, um die Zielscheibe abzugeben. Nicht, daß ich nicht froh wäre, dir irgend etwas zu bedeuten, meine Liebe. Wenn du mich brauchst, laß mich holen, wo ich gerade bin – in den Stallungen oder im Park oder in der Bibliothek, und schon werde ich bei dir sein.«

»Orte in der Reihenfolge der Wahrscheinlichkeit«, sagte Gregory trocken.

Seine Mutter lachte wieder, und ihr Lachen wollte nicht aufhören und schüttelte sie.

»Du kämest besser mit nach oben und legtest dich nieder«, sagte Gregory, die Hand ausstreckend. »Es war sehr unklug, heute morgen überhaupt aufzustehen. Wir hätten daran denken sollen.«

Harriet blickte auf die ausgestreckte Hand, als wäre sie sich des Zweckes gar nicht bewußt, reichte ihm dennoch die ihre und erhob sich. Sie strauchelte beim Hinaufgehen und begann wieder hysterisch zu lachen. Gregory half ihr aufs Bett und suchte dann seinen Vater bei den Stallungen.

»Ich bin mir über Mutter nicht klar heute morgen. Natürlich ist da eine Reaktion auf das, was sie gestern durchgemacht hat, aber ich begreife ihren Zustand nicht. Sie benimmt sich in einer Weise, die gar nicht zu ihr paßt, und scheint sich nicht mehr in der Gewalt zu haben. Das hat doch wohl nichts zu bedeuten?«

»Was es bedeutet, Gregory«, sagte sein Vater, mit der Hand über einen Pferderücken streichend. »Es bedeutet, daß deine Mutter eine wunderbare Frau ist und daß sie unser Gemüt nicht länger belasten, sondern wieder gutmachen will, was wir durch sie gelitten haben. Ah, wenn es einen gibt, der deine Mutter versteht, dann ich. Und wenn bei einem seine Bitterkeit in Bewunderung umschlägt, dann bei mir, ich bin es, der diese Bewunderung hegt.«

»Ja, aber hast du sie heute morgen richtig beobachtet?«

»Nein, Gregory, das nicht. Ich habe meine Neugier in Schranken gehalten und absichtlich keine besondere Besorgnis gezeigt. Mir scheint, das gehört zu der Achtung, die wir ihr schulden.«

»Wir schulden ihr noch ganz anderes«, sagte Gregory.

»Ja, Gregory, ja. Und was wir ihr schulden, wird ihr im Übermaß zuteil werden. Meine Hübsche, meine Liebe« – Godfrey sprach jetzt mehr zu seiner Stute – »du weißt nicht, was es heißt, umhergestoßen und nicht in Frieden gelassen zu werden, wo du doch dein Bestes tust, nichtwahr? Nein, du weißt es nicht. Eher sollte ich und jeder in meinem Hause es wissen als du, meine Allerliebste.«

»So ganz nach Wunsch ergeht es einem selten.«

»Nein, aber ihr soll es zuteil werden, ihr«, sagte Godfrey, den Gesichtskreis irrtümlich in seinem Sinne verengend. »Alles soll sie haben, was ihr Herr und Meister ihr geben kann.«

»Deine Wohltätigkeit scheint echt zu sein, nur erstreckt sie sich nicht besonders weit.«

»Oh, ich hatte schon immer ein weiches Herz, Gregory«, sagte Godfrey im Ton entwaffnender Offenheit. »Jedes Lebewesen, ob Mann, Frau, Kind oder Tier, kann bei mir auf Gegenliebe rechnen.«

»Dessen bin ich sicher«, sagte Gregory.

»Ach, du bist ein guter Junge, Gregory, ein lieber Sohn. Deine Eltern haben allen Grund, sich das klar zu machen. Dein Vater braucht ein bißchen Verständnis und Mitgefühl. Er hat alles in allem nicht viel im Leben gehabt, wofür er dankbar sein müßte. Man kann nur staunen, an was alles ein Mann sich gewöhnen und was ihn bedrücken kann. Ich möchte dir nicht mein Leben wünschen, Gregory.«

Gregory blickte seinen Vater an, und ein liebevolles Lächeln kam auf seine Züge.

»Ich weiß nicht, wer größer von euch beiden ist, du oder Mutter.«

»Ah, deine Mutter ist größer, Gregory«, sagte Godfrey mit

sonorer Stimme und ohne das hochgegriffene Epitheton zu verschmähen. »Daran darfst du nie zweifeln.«

»Hin und wieder kommen mir aber Zweifel.«

»Verwirf sie, mein Junge«, sagte Godfrey mit einer pathetischen Handbewegung von seinem Pferd zu seinem Sohn. »Zweifle nicht. Dein Vater fordert das von dir.« Er wandte sich um und verließ den Stall mit betont festen Schritten.

XIII

Harriet ließ von ihrem Zimmer aus bestellen, daß sie für sich bleiben möchte, da sie hoffe, etwas Schlaf zu finden. Gegen Abend besuchte Godfrey seine Frau, und sie beschlossen, daß sie zum Dinner herunter kommen sollte. Als die Familie sie im Salon erwartete, erschien Buttermere.

»Sind Anstalten getroffen, um Lady Haslam herunter zu bringen, Sir Godfrey?«

»Lady Haslam herunter bringen? Was wollen Sie damit sagen? Sie herunter bringen? Kann sie nicht herunter kommen?«

»Meinen Sie, sie kann nicht aus eigener Kraft gehen?« sagte Gregory, rasch aufblickend.

»Ich weiß nicht, ob sie das kann, Sir.«

»Also, was ist nun eigentlich los, Buttermere«, sagte Jermyn, indem er sich zurücklehnte und nervös auf dem Tisch trommelte.

»Ich habe den Eindruck, daß es sich so verhält, wie ich gesagt habe, Sir.«

»Wie ging es ihr, als du sie gesehen hast, Vater?« sagte Matthew.

»Ich meine, ganz wie immer. Sie lag auf dem Bett, als wolle sie nicht gestört werden. Ich störte sie so wenig wie möglich. Wir wechselten ein paar Worte, und ich ging wieder.«

»Hat man Ihnen gesagt, daß sie nicht allein gehen kann? Und wenn ja, wer hat es Ihnen gesagt?« sagte Jermyn zu dem Butler.

»Ich wurde von Catherine dahingehend informiert, daß man zu diesem Schluß gekommen sei, Sir.«

Catherine war das Hausmädchen, das auch Harriet aufwartete,

deren geringe Ansprüche an Bedienung keine eigene Kammerzofe erforderlich machten. Der Vater und die Söhne wechselten einen Blick, und dann gingen Jermyn und Gregory hinauf zu ihrer Mutter. Sie fanden sie in einem steifen Sessel sitzend, die Ellbogen auf die Armlehnen gestützt. Das Hausmädchen machte sich besorgt im Zimmer zu schaffen, nicht gewillt, die Lady allein zu lassen. Es blickte erwartungsvoll auf, gefügig wie ein Kind, dem man zu Hilfe kommt.

»Was ist, kannst du nicht allein hinunter gehen?« sagte Jermyn.

»Sie scheint nicht ganz sicher auf den Füßen, Sir«, sagte das Mädchen, »und sie spricht viel weniger als sonst. Seit dem Morgen war sie nur für eine Stunde ganz wach. Die Aufregung von gestern war zuviel für sie.«

»Nun, komm mit uns zum Dinner, Mutter«, sagte Gregory.

Harriet hob mit einem Lächeln die Arme, damit die Söhne sie darunter fassen könnten. Sie stand mit ihrer Hilfe auf und bewegte sich zwischen ihnen die Treppe hinunter, aber sie achtete nicht auf ihre Schritte, fiel ständig strauchelnd in Hilflosigkeit zurück, so daß die Söhne ihr ganzes Gewicht stützen mußten.

»Harriet, meine Liebe, was ist denn das?« sagte ihr Gatte, die Tür zum Eßzimmer aufhaltend.

Harriet lächelte wieder, ging mit hängendem Kopf an ihren Platz und setzte sich, immer starr vor sich hinblickend. Gregory und Griselda beobachteten sie mit entsetzten Augen.

»Was hat sie denn?« sagte Godfrey.

»Ich weiß nicht. Was du siehst. Mehr wissen wir auch nicht«, sagte Jermyn. »Catherine sagt, daß sie den ganzen Tag geschlafen hat.«

»Ich habe nicht geschlafen«, sagte seine Mutter, nur eben den Kopf schüttelnd.

»Was hast du denn getan, meine Liebe?« sagte Godfrey.

»Nicht geschlafen. Nur so auf dem Bett«, sagte Harriet und blickte ihn ruhig an.

»Oh, ja, du lagst im Bett, nichtwahr?« sagte ihr Gatte.

»Nicht im Bett. Auf dem Bett«, sagte Harriet.

»Ich bin zweimal hereingekommen, um nach dir zu sehen, aber du hast mich nicht bemerkt«, sagte Gregory.

»Doch, ich sah dich«, sagte Harriet, vor sich hin lächelnd. »Ich hörte dich, und dann sah ich dich. Du dachtest, ich hätte dich nicht gesehen.« Sie wurde von einem neuen Lachen geschüttelt, das sich gar nicht beruhigen wollte.

»Sie ist nicht bei sich«, sagte Matthew. »Willst du denn überhaupt nichts essen, Mutter?«

Harriet blickte ihn an, wie um zu sprechen, verhielt aber nur mit starrem Gesichtsausdruck.

Godfrey stand auf und trat neben sie, nahm ihre Suppe und begann sie damit zu füttern. Sie öffnete ein paar Mal den Mund, hörte dann aber auf und starrte nur ins Weite. Ihr Gatte, aufs höchste erregt und kaum wissend, was er tat, nahm selbst einen Löffel Suppe, und Harriet wandte sich und beugte sich zu ihm hin, unwillig, daß man ihr etwas entzog.

»Sie ist krank. Wir können Buttermere nicht hereinkommen lassen«, sagte Godfrey, weiter mechanisch den Löffel bewegend, wobei er sich dabei ertappte, so zu sprechen, als ob seine Frau ihn nicht hören könne.

»Buttermere!« sagte Harriet, zu ihrem Gatten gewandt mit einem Verschwörerlächeln.

»Wir müssen sie hinauftragen«, sagte Matthew. »Du und ich, wir sind am kräftigsten, Vater.«

»Ja, ja, du und ich«, sagte Godfrey, gleichsam erleichtert von der Aussicht, mit seinem Sohn zu wetteifern. »Komm, meine Liebe, laß dir in diesen anderen Sessel helfen. Darin können wir dich besser tragen. Ja, in dem hier sitzt du gut und sicher.«

Harriet blickte auf den Sessel und dann auf den Tisch.

»Wir werden dir dein Dinner hinaufbringen lassen«, sagte Gregory.

»Mein Dinner?« sagte Harriet, immer noch mit einem Blick auf den Tisch.

»Sie hat Hunger. Sie hat seit dem Frühstück fast nichts gehabt«, sagte Jermyn.

»Hunger!« sagte Harriet, als sei sie zugleich betroffen und erheitert von der Vorstellung.

»Ja, ja, meine Liebe. Wir werden dich hinaufbringen, und Catherine wird sich deiner annehmen und darauf sehen, daß du alles hast, was du brauchst. Es geht dir heute abend nicht so gut. In deinem Zimmer wirst du dich besser fühlen, und morgen früh bist du wieder ganz da.«

Harriet lächelte in ihrem Tragestuhl, bewegte die Hände gleichsam im Takt und schien bekümmert zu sein, als sie niedergesetzt wurde. Godfrey brachte sie zu Bett, mit allem versorgt, und kehrte zu seinen Kindern zurück.

»Oh, ihr habt auf mich gewartet, das ist nett von euch«, sagte er mit kraftloser Stimme. »Ihr wolltet euren Vater bei seinem Dinner nicht allein lassen. Mutter scheint mit ihrem auch zurechtzukommen, so gut es eben geht. Immerhin, ich glaube, wir sollten besser Dufferin kommen lassen.«

»Es wäre klüger, bis morgen zu warten. Nach der Nacht kann er besser urteilen. Es ist ja nicht dringend«, sagte Matthew.

»Du hältst es nicht für so dringend, mein Junge? Nicht so ernst, meinst du? Nun, du verfügst über einige Kenntnisse«, sagte sein Vater. »Wir werden uns auf dich verlassen. Hast du von dir aus eine Meinung dazu?«

»Nichts Definitives. Dufferin wird mehr wissen. Aber ich halte es möglicherweise für ernst. Ich meinte nur, daß dies nicht ein Fall ist, in dem jede Minute zählt.«

Godfrey lehnte sich in unverhohlener Schwäche zurück.

»Du solltest lieber etwas essen, Vater«, sagte Griselda. »Wir wollen dich ebensowenig krank wie Mutter.«

»Mein liebes Kind!« sagte Godfrey, sich aufraffend. »Ich möchte sehr viel eher krank sein, als daß sie krank ist. Das kann ich dir versichern.«

»Dieser Tausch steht nicht in deiner Macht. Das wäre eine Sache zwischen euch beiden«, sagte Matthew.

»Dich wird es am meisten mitnehmen, mehr als jeden anderen, wenn es an dem ist«, sagte Jermyn.

»Jermyn!« rief sein Vater in völlig verändertem Ton aus. »Mein lieber Sohn, ich zweifle keinen Augenblick an deiner Sorge um mich. Ich weiß aus eigener Erfahrung, wie aufgeregt manche Menschen reagieren würden. Ich bin eben älter und gesetzter. Alle unsere Gefühle verstehen sich einfach von selbst.«

»Glaubst du, daß sie heute nacht schlafen wird, Matthew?« sagte Griselda.

»Das kann er nicht wissen, meine Liebe. Das weiß keiner von uns«, sagte Godfrey. »Aber morgen früh werde ich's sagen können. Ganz gewiß. Ich werde jede Stunde nach ihr sehen.«

Am nächsten Morgen ließ Godfrey sagen, daß keine Andacht gehalten würde, womit er zu verstehen geben wollte, daß es unmöglich sei, sich darauf zu konzentrieren. Er kam später als sonst zum Frühstück und wirkte bedachtsamer, mit anderem beschäftigt als mit der täglichen Routine.

»Also, seid ihr alle heute morgen der gleichen Meinung wie ich? Ich finde sie nicht viel verändert. Das könnte ich nicht behaupten.«

»Ihre Geistesabwesenheit ist nahezu eine Trance«, sagte Matthew. »Sie schien den größten Teil der Nacht zu schlafen. Ich ging um drei und um fünf zu ihr hinein. Gregory und Griselda meinten, sie hätte geschlafen. Es sei denn, daß sie nur in einem Koma lag, mit geschlossenen Augen. Was meint denn ihr?«

»Nun, ja, ich kann kaum viel sagen. Ich war zu erschöpft«, sagte sein Vater, indem er, etwas verlegen, mit gesenktem Blick seinen Stuhl zurückzog.

»Wann in der Nacht hast du sie zuerst gesehen?« sagte Matthew. »Ich traf Gregory gegen drei in ihrem Zimmer. Bis dahin war ich noch nicht bei ihr gewesen.«

»Ja, ja, ihr werdet schon recht haben. Ich glaube, ihr Zustand unterscheidet sich nicht allzusehr von einer Trance. Eine Trance, ein Koma, eine Art von Betäubung, so würde ich es nennen.«

»Ich möchte aber wissen, wie es allmählich zu dieser Veränderung kam.«

»Da kann ich kaum etwas sagen. Ich schlief den tiefen Schlaf der Erschöpfung. Ihr habt also eine entschiedene Veränderung festgestellt? Das meintet ihr doch?«

»Ja, mittlerweile zweifellos. Aber ich möchte Dufferin sagen können, wann es angefangen hat. Wann hast du sie zuerst gesehen?«

»Als ich sie eben jetzt sah, meinte ich auch eine entschiedene Veränderung festzustellen«, sagte Godfrey.

Griselda konnte nicht umhin aufzulachen.

»Ich wünschte, mir wäre nach Lachen zumute«, sagte ihr Vater und blickte sie mit gerunzelten Brauen an.

»Ich weiß, wie sehr du das wünschtest«, sagte Jermyn, »denn ich bin in der gleichen Situation. Die Gelegenheit ist nicht dazu angetan, daß eine durchgeschlafene Nacht das Selbstvertrauen hebt.«

»Nein, das ist sie freilich nicht, und das trifft leider auf mich zu«, sagte Godfrey, nun wieder mit volltönender Stimme. »Ich habe geschlafen wie ein Genesender nach langer Krankheit, ja, so war es. Von einer solchen Strapaze erholt man sich nicht so leicht. Jedes Gramm meiner Energie war aufgebraucht. Ich hatte nach alledem nicht einmal mehr genügend Kraft, meinen Kopf vom Kissen zu heben. Man hätte ebensogut sagen können, ich und nicht eure Mutter läge in Trance, wenn da auch ein Unterschied besteht.«

»Leider ein grundlegender Unterschied«, sagte Matthew.

»Leider? Nun, ich weiß nicht, was du damit sagen willst. Ich sollte meinen, du wärest froh, daß von deinen Eltern wenigstens einer in gutem Stand ist. Wie gefiele es dir in unserer jetzigen Lage ohne mich am Steuer oder irgendwo im Hintergrund, aber stets verläßlich?«

»So absolut verläßlich wie überall«, sagte Matthew.

»Nun ja, nimm es, wie du willst. Irgendwo im Hintergrund – sagte ich das nicht? Es ist doch gut, daß wenigstens ein paar von uns eine ruhige Nacht hatten und heute morgen nicht mit den Nerven herunter sind. Welche Maßnahmen willst du also treffen, Matthew, da du der Steuermann bist und nicht ich?«

»Ich habe gedacht, ich gehe nach dem Frühstück und hole Dufferin.«

»Ja, tu das, mein Junge. Du bist wirklich unser Steuermann. Wenn überhaupt zwei Menschen für uns die Dinge wieder zurechtrücken können, dann du und unser Freund, der Doktor.«

»Wir können nur sagen, wo es nicht stimmt«, sagte Matthew.

»Ah, gut, das ist schon halb gewonnen«, sagte sein Vater, »zu wissen, wo es nicht stimmt. Die Dinge ins Lot zu bringen, ist dann nur noch ein kleiner Schritt.«

»Wir könnten viel vollbringen, wenn das so einfach wäre«, sagte Matthew.

»Du bist ernstlich besorgt, mein Sohn?«

»Ja, das bin ich, Vater.«

Godfrey erhob sich und durchmaß den Raum mit großen Schritten, in unverhohlenem Hader mit dem Schicksal. Als der Wagen zurückkam, ließ er, dem nun fälligen Gefühl Rechnung tragend, einen scheinbar erleichterten Seufzer hören.

»Nun, was immer uns bevorstehen mag, wir werden es jetzt erfahren. Die Zeit der bangen Erwartung ist überstanden. Und die ist das Schlimmste daran. Wirklichkeit ist nichts dagegen. Wir spüren: Das Schlimmste liegt hinter uns.«

Er begleitete Dufferin und Matthew zu Harriets Zimmer, Griselda und die jüngeren Brüder blieben unten.

»Was möchtet ihr lieber, daß Mutter oder daß Vater krank wäre?« sagte Gregory, um ihnen die Wartezeit zu verkürzen. »Ihr möchtet alle, daß Vater krank wäre und ihr so eine Weile Ruhe vor Mutter hättet.«

»Das ist deutlich genug«, sagte Jermyn.

»Und ich möchte lieber, es würde sich an Vater bewahrheiten«, sagte Gregory. »Also rangiert Mutter höher.«

»Dazu müßte auch Matthew gehört werden«, sagte Griselda.

»Warum hat Matthew eigentlich einen Haß auf Mutter?« sagte Gregory.

»Das mußt du wissen, da du doch alles weißt«, sagte sein Bruder.

»Weil sie ihn nicht bewundert«, sagte Gregory.

»Sie bewundert keinen von uns«, sagte Griselda.

»Doch, das tut sie«, sagte Gregory. »Dich und mich. Und bis zu einem gewissen Grade auch Jermyn.«

»Dich liebt sie am meisten«, sagte Griselda.

»Liebe zählt nicht so viel wie Bewunderung«, sagte Gregory. »Sie liebt Matthew. Kinder hassen ihre Eltern, von denen sie geliebt, aber nicht bewundert werden.«

»Und Eltern hassen Kinder nicht?« sagte Griselda.

»Kinder bewundern nie ihre Eltern«, sagte Gregory. »Eltern haben nun einmal nichts Tieferes zu bieten als Liebe.«

»Aber du bewunderst Mutter«, sagte Jermyn.

»Ja, und manchmal auch Vater«, sagte Gregory. »Aber ich bin darin anders als andere Leute.«

»Nicht so sehr, wie du denkst«, sagte Jermyn.

»Nein, das wäre kaum möglich, aber dennoch anders«, sagte Gregory. »So sehr anders, daß mir diese Augenblicke nicht wie Stunden vorkommen. Sie waren nicht wie Stunden. Schon sind sie vorbei, und ich habe euch darüber hinweg geholfen.«

Die drei Männer kamen von oben herunter, Godfrey schritt voran.

»Also, Doktor, wir sind hier zusammen und gefaßt auf das, was Sie uns zu sagen haben. Wir wissen, daß Sie uns von Herzen gern verschonen würden, aber wir bitten Sie, uns die Wahrheit zu sagen, die reine Wahrheit und nichts als die Wahrheit. Stark im Glauben, der uns mit ihr dort oben verbindet, werden wir es mit Würde tragen. Sie brauchen nicht zu befürchten, daß auch nur ein Wimpernzucken unsere Gefühle verrät.«

»Es handelt sich um einen geistigen Zusammenbruch«, sagte Dufferin. »Sie hat mit ihren Erbeigenschaften zu kämpfen. So geriet sie schrittweise in eine Nervenkrise, und das verschlimmerte die Sache nur. Die Klimax trat ein, als sie zu dem Entschluß kam, ihrem Leben ein Ende zu bereiten. Schon der Entschluß an sich bedeutet eine fürchterliche Anstrengung, die sie in ihrem Zustand nicht bewältigen konnte. Nur an wenige Menschen werden im Leben solche Anforderungen gestellt. Und dann der Schock, zu erkennen, daß sie dem, was sie getan hatte, gar nicht gewachsen war – das ging über ihre geistige Kraft. Ihr vermeintlich letzter und dieser schlimmste Augenblick fielen zusammen. Wir können nicht ermessen, was das für sie bedeutete. Es ist nicht an uns, darüber Vermutungen anzustellen.«

»Besteht Hoffnung, daß sie wieder gesund wird?« sagte Griselda.

»Ja, große Hoffnung, ich möchte fast von einer Gewißheit sprechen. Es wird Zeit brauchen, möglicherweise Jahre, aber das glaube ich auch wieder nicht. Wir werden sie an einen ihr zuträglichen Ort bringen lassen. Es ist besser für sie und am Ende auch angemessener. Wenn Sie es sich recht überlegen, werden Sie das einsehen. Der Gehirnspezialist wird morgen kommen, aber er kann Ihnen nur dasselbe sagen.«

»Nein, Doktor, nein, da verweigere ich meine Zustimmung«, sagte Godfrey. »Ich dulde nichts, das mein Zutrauen zu Ihnen im geringsten zweifelhaft erscheinen lassen könnte. Ich vertraue Ihnen voll und ganz. Und ich werde nicht zulassen, daß darauf ein Schatten fällt.«

»Keine Rede davon, das ist durchaus üblich. Geisteskrankheit ist nicht gerade mein Fach. Sie können Ihr Vertrauen beweisen, indem Sie mir freie Hand lassen. Der andere Arzt wird kommen und Ihnen sagen, was ich schon gesagt habe.«

»Das wird er, Doktor«, sagte Godfrey. »Wir brauchen ihm nicht erst unser Ohr zu leihen, aber Sie mögen mit uns nach Ihrem Willen verfahren. Wir fügen uns jeder Ihrer Entscheidungen, wie immer die ausfallen mögen.«

»Ihre Mutter leidet nicht wirklich, das wissen Sie«, sagte Dufferin mit einem Blick zu Griselda. »Sie wird auch körperlich und geistig nicht leiden, wenn sie sich zu erholen beginnt, wovon ich überzeugt bin. Sie wird auch die Art ihrer Krankheit nicht kennen, bis sie wieder genesen ist. Ihr Leiden liegt hinter ihr. Sie haben sie ja danach gesehen und mit ihr gesprochen.«

»Sie geben uns allen Trost, Doktor«, sagte Godfrey. »Sie sprechen uns ermutigend an. An Ihnen ist es, beides zu heilen, Körper und Geist. Dafür wissen wir Ihnen Dank.«

»Ihr Dank kommt etwas vorschnell«, sagte Dufferin, sich verabschiedend. »Und ich werde Harriet nicht heilen. Dazu kann ich nichts tun, aber ich hoffe, die Zeit und ihre eigene Widerstandskraft werden es schaffen.«

»Das hoffen wir mit Ihnen, Doktor. Und sei die Hoffnung auch unbegründet, so danken wir Ihnen doch, daß Sie sie uns gegeben haben. Also, Kinder, wenn ich euch nicht hätte, wäre ich heute ein einsamer Mann. Wir müssen unverzagt diese Probe bestehen, die uns auferlegt ist, wie der Stahl in der Flamme.«

»Mutter als Brennstoff – das ist hart«, sagte Jermyn.

»Oh, ja, und sie zuckte nicht zurück«, sagte sein Vater.

»Doch, das tat sie, gottseidank, möchte ich sagen. Andernfalls wäre die Erinnerung an sie unerträglich«, sagte Jermyn.

»Im Augenblick ist sie von uns am glücklichsten dran«, sagte Matthew.

»Das ist sie, Matthew, und das tröstet uns«, sagte Godfrey.

»Ich finde, daß sie am allerwenigsten glücklich ist«, sagte Griselda.

»Du sprichst es aus, Griselda. Als einzige hast du es gewagt«, sagte ihr Vater. »Da dürfen wir nicht zurückstehen, meine Söhne. Wir müssen uns als Männer erweisen.«

»Wie entsetzlich, wenn uns das gelingen sollte!« sagte Gregory.

»Ah, wir können nicht nach dem Äußeren gehen. Das Herz hat sein gerüttelt Maß an Leid«, sagte Godfrey einfältig. »Und es besteht noch ein Funken Hoffnung. Der Spezialist ist herbeordert. Es ist noch nicht ausgemacht, daß wir von ihm nicht eine bessere Auskunft bekommen. Je größer der Mann, desto weiter der Gesichtskreis.«

»Du hast dich also doch noch entschlossen, ihm ein Ohr zu leihen?« sagte Matthew.

»Wozu in aller Welt diesen Ton anschlagen?« sagte Godfrey und fuhr förmlich zu ihm herum. »Wie sollte ich dadurch die Gefühle eines alten Freundes verletzen? Was für einen Grund hätte ich dazu? Dufferin ist uns immer ein guter Freund gewesen.«

»Niemand kann dir Undankbarkeit vorwerfen«, sagte Gregory.

»Nein, niemand«, sagte Godfrey mit einem erleichterten Seufzer. »Wenn es irgend etwas gibt, das ich einem, der meiner Frau geholfen hat, zuliebe tun kann, dann ist das geschehen.«

»Um welche Zeit kommt der Spezialist morgen?« sagte Griselda.

»Ich weiß nicht«, sagte Godfrey. »Ich brauche es auch nicht zu wissen. Es ist ganz gleich. Wann immer er kommt, ich werde ihn erwarten.«

»Wir alle werden es«, sagte Matthew.

»Nun, das habe ich nicht bestritten. Ich hoffte es nur. Etwas anderes wäre mir gar nicht in den Sinn gekommen.«

»Du hast es aber nur für dich selbst festgestellt«, sagte sein Sohn.

»Du ebenfalls, oder etwa nicht? Wann willst du endlich aufhören, versteckte Andeutungen zu machen und dich von deiner schlechtesten Seite zu zeigen? Wir wissen, du bist überanstrengt und tief besorgt, mein armer Junge. Du erkennst besser als wir die wahre Bedeutung dieses Unglücks. Ich möchte behaupten, daß keiner von uns das durchgemacht hat, was du durchmachst. Komm, blick nicht drein, als fühltest du dich unverstanden.«

»So leicht bin ich auch nicht zu verstehen«, sagte Matthew mürrisch. »Keiner hier sonst denkt daran, nach dieser Erschütterung sein Leben zu ändern. Als ich Mutter so liegen sah, glaubte ich einen Wink zu bekommen, was ich nach ihrer Meinung tun sollte. Ich sehe jetzt, was sie schon immer hat sagen wollen. Ich werde wohl nach London gehen und dort mein Leben in die Hand nehmen. Dann kommt sie eines Tages zurück und findet, daß ihr schwarzes Schaf nun das weißeste in der Hürde ist.«

»Mein lieber Junge!« sagte Godfrey und ging mit etwas unsicherem Schritt auf ihn zu, wie um auszudrücken, daß er glaube, nicht recht gehört zu haben. »Ich weiß nicht, was ich da sagen soll. Wenn die Worte mich nicht im Stich ließen, so gewiß mein Geist. Es gibt nicht viele Dinge, die Mutters Krankheit für mich wettmachen könnten, aber es versöhnt mich mit unserer Trennung zu wissen, daß du die Zeit dazu benutzt, ihr eine freudvolle Heimkehr zu bereiten. Das also waren deine Gedanken, während du ein wenig überreizt und unmutig wirktest! Dein Herz war übervoll, und ich hatte keinen Schimmer, was tief in dir vorging. Wenn einer dich versteht, jetzt da du dich ausgesprochen hast, dann ich, dein Vater.«

»Ich habe das Gefühl, daß ich das Faß zum Überlaufen brachte, als ich sie an jenem Morgen vom Frühstückstisch vertrieb und sie zu Dufferin ging, um das vermeintlich Gewünschte zu erlangen«, sagte Matthew, aufblickend und jetzt mitteilsamer werdend. »Ich wußte nicht, wie krank sie war, und dabei hätte ich als erster es wissen müssen. Ich mache mich besser daran und studiere die Sachen, über die ich Bescheid wissen müßte. Alles andere kommt später, wenn es überhaupt kommt.«

»Lieber Junge, mein Herz schmerzt und jubelt zugleich. Die Zunge klebt mir am Gaumen und will nichts sagen. Da bin ich nun nichts ahnend mit dir zur Seite meinen Weg gegangen, tief bekümmert und von Gewissensbissen geplagt! Ich habe deinen Charakter nicht richtig eingeschätzt. Du und ich, wir gehen von nun an zusammen.«

Godfrey nahm Matthew beim Arm und ging mit ihm aus dem Zimmer, indem er seinen Vorsatz nicht nur im übertragenen Sinne, sondern buchstäblich wahr machte.

XIV

»Nur ruhig, meine Liebe, nur ruhig, mein Bestes, du wechselst nur von einem Hafen in einen anderen hinüber«, sagte Godfrey, während er dem Stuhl folgte, in dem seine Frau – bei vollem Bewußtsein, aber keinen erkennend – zum Hause hinaus getragen wurde. »Bald haben wir dich daheim, denn daheim ist dort, wo dein Gatte dich jeden Tag besuchen wird. Nein, kein Abschied. Ich werde gleich morgen früh hinüberkommen und dich besuchen.«

Godfrey beugte sich flüchtig über Harriets Hand, während ihre Augen blicklos auf ihm ruhten, und wandte sich ostentativ sogleich wieder dem Hause zu, um den hohlen Abschied möglichst bedeutungslos erscheinen zu lassen. Der Wagen mit Harriet, Gregory und einer Krankenschwester rollte die Auffahrt hinab. Der Vater ging eilenden Schritts zur Bibliothek und riß nahezu heftig die Tür auf.

»Mein armes Kind, meine armen Jungen, ich fürchte, ihr seid tief bestürzt. Dieser Anblick wäre euch besser vorenthalten worden. Wie entsetzlich mußte es für euch sein, mit anzusehen, wie eure Mutter in ihrer Hilflosigkeit von zu Hause weggebracht wurde. Dieser Eindruck mag euch wohl bis an euer Grab verfolgen. Ich hätte euch einschließen und alles allein auf mich nehmen sollen. Das habe ich auch getan, soweit es in meinen Kräften stand. Ich brachte euch hier in Sicherheit und nahm die ganze Sache auf mich. Aber je mehr man getan hat, desto mehr wünscht man doch darüber hinaus getan zu haben. Ich kann euch versichern, daß ich mich dabei ertappt habe, mir Vorwürfe zu machen.«

»Wären Sie bereit, Besuch zu empfangen, Sir Godfrey?« sagte Buttermere in gedämpftem Ton, während er den Kopf bloß zur Tür hereinstreckte, statt sie, seiner sonstigen Gewohnheit nach, weit aufzureißen. »Mr. Bellamy kommt soeben die Auffahrt herauf.«

»Ja, ja. Führen Sie ihn nur herein. Wir haben keine Geheimnisse«, sagte sein Herr mit entsprechend klarer Stimme. »Wir sind durchaus gefaßt, unsere Freunde zu sehen. Griselda, es ist nur der Pfarrer. Wieso läufst du denn weg?«

»Ich glaube, Mutter sah es nicht gern, daß ich ihm allzu oft begegnete«, sagte Griselda, indem sie dem Vater ihre Hand entzog und aus dem Zimmer entwich.

»Ah, ihr Vater kann ihr das nachfühlen«, sagte Godfrey mit einem Seufzer. »Die Parole ist jetzt, wie ich sehe, in allem nach ihren Wünschen zu leben. Nun gut, auch ich werde mir das zur Richtschnur nehmen, bis sie zu uns zurückkehrt. Und dann werden wir uns doppelt anstrengen, das versteht sich. Und hier der

Pfarrer, der uns besuchen will! Vermutlich aufgrund der letzten Ereignisse. Wie sich das so schnell herumsprechen kann, ist mir schleierhaft. Nun, schließlich haben wir nichts getan, dessen wir uns schämen müßten. Kaum jemand hat weniger an sich gedacht, als ich in dieser letzten Woche. Ja, Pfarrer, Sie finden uns heute als eine zerbrochene Familie vor. Meine Frau muß für eine Weile fern von uns sein. Ohne Zweifel haben Sie davon gehört. Es mag nicht lange dauern, aber für den Anfang trifft es uns hart.«

»Haslam, ich schlage alles, was man so über pastorale Pflichten denkt, in den Wind, aber der dringende Wunsch, Sie als einen Freund zu besuchen, hat mich hergenötigt. Sie wissen, wie sehr ich zu Ihrer Frau aufgeblickt habe, wie sehr ich mir als der Schwächere und Geringere vorkam. Sie können es nicht ungerechter finden als ich, daß ich bei Kräften, aber zu nichts nütze bin, während sie brachliegen muß.«

»Mein lieber junger Mann, wir wissen Ihre Worte wohl zu würdigen. In diesem Augenblick sind sie Balsam auf unsere Wunden. Wer solcher Worte fähig ist, den werden wir niemals als unnütz apostrophieren.«

»Es hat Sie alle schwer getroffen«, sagte Bellamy, in die Runde blickend. »Ist Griselda mehr erschüttert, als es den Umständen entspricht?«

»Ach, wie am Boden zerschmettert«, sagte Godfrey gefühlvoll. »Sie ist so völlig niedergeschlagen, daß sie sich auf ihr Zimmer begeben mußte. Mit ihr verglichen hat keiner von uns auch nur ein Bruchteil oder Spürchen davon durchgemacht. Nun ja, in gewissem Sinne vererbt eine Mutter alles ihrem einzigen Töchterchen.«

»Ich werde mich morgen wieder nach ihr erkundigen. Doch heute danke ich Ihnen, daß ich mein Wort sagen und das Meine tun durfte. Matthew, Sie beneide ich im Augenblick am meisten. Sie können etwas tun. Ich wünschte mir eine so männliche Aufgabe im Leben.«

»O ja, wenn das einem zukommt, dann diesem Jungen, Pfarrer«, sagte Godfrey halb schuldbewußt. »Wenn ich Ihnen sagen dürfte, was er sich vorgenommen hat, Sie würden ebenso zu Tränen gerührt sein wie ich.«

»Dann verschone Bellamy damit«, murmelte Matthew.

»Ja, und auch zu deinem eigenen Besten, mein Junge«, sagte Godfrey, zärtlich begütigend. »Du brauchst dich nicht unbehaglich zu fühlen. Dein Vater wird dich nicht verraten. Für eben dies wünschst du eben jetzt keine Öffentlichkeit. Kein Wunder, und das ehrt mich nur. Ich würde dein kleines Geheimnis niemals preisgeben. Dazu ist es in meinen Augen zu bedeutend. Ich will nur sagen, daß ich dich beneide. Ich möchte, es gäbe auch für mich ein Opfer, das ich deiner Mutter bringen, Ziele und Hoffnungen, die ich um ihretwillen aufgeben könnte.«

»Sir Percy und Lady Hardisty!« meldete Buttermere bei weit geöffneten Türen, als wollte er sagen, wenn schon empfangen werden soll, dann auch richtig, im übrigen ahnte er nicht, welchen guten Dienst er damit erwies.

»Percy und Rachel? Müssen Sie schon gehen, Pfarrer? Aber wie ist es denn bis zu Percy und Rachel gedrungen? Anscheinend braucht etwas nur zu passieren, und schon ist es an allen vier Weltecken bekannt. Gute Nachrichten reisen nicht so schnell. Das hätte längst einmal gesagt werden müssen, falls es noch niemand gesagt hat. Es müßte ein Sprichwort sein. Wenn es noch keins war, dann habe ich also eins geprägt.« Godfrey legte seine Hand auf Bellamys Arm, als wollte er sich für seine eitle Gedankenspielerei entschuldigen. »Da kommen Percy und Rachel, wie vom Himmel gesandt! Und rede sie bitte mit Lady Hardisty an, Gregory, wenn's recht ist und auch wenn es dir nicht recht ist. Etwas anderes will ich nicht hören. Ich habe zuviel durchgemacht, um mich noch über Kleinigkeiten ärgern zu müssen. Wie geht es Ihnen, Rachel? Und Ihnen, Hardisty? Das ist nett von Ihnen.«

»Haslam, mein guter alter Freund!« sagte Sir Percy. »Ich mußte mich selbst überzeugen, wie es Ihnen allen geht. Sie werden das verstehen, oder nicht?«

»Er mußte wirklich, Godfrey«, sagte Rachel, »und Sie bemühen sich nicht einmal, das zu verstehen.«

»Nun ja, Sie sehen selbst, Hardisty. Wir sind beisammen und bemühen uns, einander beizustehen. Mehr können wir nicht tun.«

»Natürlich nicht. Das ist ganz in Harriets Sinne«, sagte Rachel.

»Und meine kleine Griselda?« sagte Sir Percy.

»Ich höre sie eben herunterkommen«, sagte Rachel. »Wir sind die einzigen Eindringlinge, denen sie gegenübertreten kann. Habt ihr anderen gute Miene zu Mr. Bellamys Besuch gemacht? Und sie hat uns als einzige herzlich begrüßt. Das werde ich ihr vergelten, indem ich ein paar Tage den Haushalt führe. Sie können nicht in einem Augenblick lernen, Vater- und Mutterstelle zugleich einzunehmen, Godfrey. Ich muß Harriets Platz ausfüllen.«

»Rachel, das ist ein herzerquickendes Wort. Das gibt mir neuen Mut. Ich war schon verzweifelt, was ich für meine armen Kinder tun könnte.«

»Ich habe erwartet, daß Sie zuviel davon hermachen würden. Die Menschen sind dafür bekannt, daß sie im Unglück die Freundlichkeit übertreiben, gerade wenn sie es scheinbar für selbstverständlich halten. Dadurch daß wir gezwungen sind, aus dem Unglück unserer Freunde Vorteil zu ziehen, bekommen Freundesdienste so einen fatalen geschäftlichen Anstrich. Ich habe gehört, daß das zu anderen Zeiten als Selbstverständlichkeit hingenommen wird, aber ich kann nicht recht glauben, daß das wirklich vorkommt. Percy, dir steht es nicht zu, Harriets Platz einzunehmen, und schließlich muß sich jemand weiter um die Erziehung von Polly kümmern. Mellicent hat sich noch nicht davon erholt, daß sie ihre Erziehung selbst besorgen mußte. Sag ihnen nur, wie sehr du sie um dieses echten Erlebnisses willen achtest, und im übrigen verabschiede dich.«

»Ah, ein echtes Erlebnis, ich kann mir darüber kein Urteil erlauben«, sagte Sir Percy und wandte sich zum Gehen, ohne allen förmlich Aufwiedersehen zu sagen.

»Sei gerecht gegen dein früheres Leben, mein Lieber«, sagte seine Frau. »Hier hast du Gelegenheit, heimzugehen und dich noch einmal zurückzuversetzen. Mit mir kannst du erst nach der Wohltätigkeitsparty rechnen.«

»Was für eine Wohltätigkeitsparty?« sagte Godfrey.

»Die Wohltätigkeitsparty, die Harriet und Gregory veranstalten, um Geraldine Dabis eine Freude zu machen und um Kleider für die Armen zu nähen. Gregory redet alle Leute beim Vornamen an, und Harriet schneidet zu. Es wundert mich nicht, daß gerade Harriet den Zusammenbruch hatte. Ich kann nicht zuschneiden. Nicht daß ich persönliche Risiken scheute, wo Harriet krank ist, aber ich bin fürs wirkliche Leben sehr schlecht gerüstet. Geraldine würde ja so eifersüchtig sein, wenn sie das wüßte. In anderer Beziehung will ich gern Harriets Stelle einnehmen, da ist weiter nichts dabei. Percy, wenn du jetzt gleich gehst, kollidierst du nicht mit Dominic Spong. Ich erkenne ihn mit meinen weitsichtigen alten Augen. Altsein ist ein großer Nachteil. Wie aufdringlich von ihm, dieser Kondolenzbesuch! Man durchschaut so leicht, was man selbst tut. Wir wollen uns nicht Lebewohl sagen, das sähe so aus, als dächten wir nur an uns.«

»Sagen Sie lieber *au revoir*, Lady Hardisty«, sagte Dominic, der nun an Sir Percys Stelle erschien und einen Moment bei Rachel stehenblieb, die Augen taktvoll von der Familie abgewandt. »Sie hier zu treffen, nimmt mir eine große Gewissenslast ab. Sir Godfrey, auf die Gefahr hin, zudringlich zu erscheinen, nötige ich Ihnen meine Gegenwart auf, in dem Gefühl, daß wenn in irgend jemandes Herzen eine verwandte Saite schmerzlich angerührt worden ist, so in dem meinen.«

»Es ist gut, Spong, gut. Wir wären schlimm daran ohne unsere Freunde, die an uns denken.«

»Ohne mir in dieser Beziehung einen Platz an der Seite von Lady Hardisty anmaßen zu wollen, meine ich doch, daß ein mitfühlendes Wort von Mann zu Mann bei einer solchen Gelegenheit angebracht ist. Ich vergesse nicht, Sir Godfrey, Ihre Freundlichkeit mir gegenüber, und nicht nur die Ihre, als mich das Schicksal traf.«

»Ja, Spong, ja, vielen Dank, vielen Dank. Und ich gehe noch weiter und rechne auf Sie bei unserem Familien-Dinner heute abend. Sie werden uns das nicht abschlagen, wie Hardisty. Allerdings konnten wir wohl nicht mehr von ihm verlangen, als was er bei uns zurückgelassen hat.« Dominic bekräftigte das mit einem Lächeln zu Rachel hin. »Aber von Ihnen erwarten wir mehr in Ihrer eigenen Person.«

»Sir Godfrey, es ist leider wahr, daß ich, so wie die Dinge liegen, nur mich als oft unzulänglichen Mittler anzubieten habe. Ich fürchte allerdings, daß ich Sir Percy Hardisty nur notdürftig werde ersetzen können.«

»Wir reden nicht von Ersatz. An Ihnen selbst ist uns gelegen«, sagte Godfrey.

»Nein, Sir Godfrey«, sagte Dominic, den Kopf schüttelnd, als hätte er sich noch zu wenig gegen die Gastfreundschaft gesträubt. »Es wäre mir nie in den Sinn gekommen, an einem Abend bei Ihnen einzubrechen, da nach Ihrer aller Gefühl nur eine einzige Ihren Familienkreis vervollständigen könnte. Ich würde mich zu allerletzt für geeignet halten, diesen Platz auszufüllen.«

»Der Platz ist bereits ausgefüllt. Ich bin hier an Stelle von Lady Haslam«, sagte Rachel. »Aber wollen Sie nicht als Freund dableiben? Stellvertretend für Lady Haslam, lade ich Sie ein.«

»Wenn Sie es so sagen, Lady Hardisty, bleibt mir nichts anderes übrig als anzunehmen.«

»Großartig«, sagte Godfrey.

»Eine große Freundlichkeit Ihrerseits und ein Privileg für mich, Sir Godfrey«, sagte Dominic, indem er es noch einmal in die ihm passend erscheinenden Worte faßte.

»Schön, aber wir müssen uns zum Dinner herrichten«, sagte Rachel.

Dominic trat auf sie zu.

»Lady Hardisty, ich habe nichts bei mir, um mich ›herzurichten‹, da ich ja auf die Einladung nicht gefaßt war und dementsprechend unvorbereitet kam, aber wenn ich die Gelegenheit haben dürfte, mich, wie man sagt, etwas aufzufrischen, würde ich mich in Ihrer Gegenwart weniger unbehaglich fühlen.«

»Matthew wird sich Ihrer annehmen. So würde es auch seine Mutter haben wollen und nicht zulassen, daß sein Vater heute den Gastgeber machen muß.«

»Ich lasse mich nur zu gern der freundlichen Fürsorge von Matthew anvertrauen, unserem zukünftigen Gastgeber in diesem Hause, oder sollte ich besser sagen: unserem zur Zeit stellvertretenden Gastgeber, denn wenn ich auch der Hausjurist bin und als solcher an die kommenden Generationen denken muß, so liegt es mir doch fern, vorschnell in den Ruf auszubrechen: ›Der König ist tot. Lang lebe der König.‹«

»Warum haben Sie Spong zum Dinner eingeladen und nicht Sir Percy?« fragte Jermyn Rachel auf der Treppe.

»Weil Mr. Spong zum Dinner gekommen ist und Percy nicht«, sagte Rachel. »Gregory, sagen Sie Buttermere, daß wir nichts Besonderes zum Essen wünschen. Ich bin sicher, daß Mr. Spong in Griseldas und meiner Gegenwart ohnehin eine so profane Tätigkeit wie Essen ablehnen wird. Ich gedenke nicht den Platz deiner Mutter einzunehmen, Griselda, höchstens den Platz deines Vaters etwas geräumiger decken zu lassen. Nicht, weil ich nicht alles für deinen Vater tun würde, sondern weil so manche Dinge bei mir einer vergangenen Romantik angehören.«

»Schön, wir müssen also an diesem ersten Abend unseres neuen Lebens nicht allein sein«, sagte Godfrey, als man sich im Salon versammelte. »Es ist für Ersatz gesorgt.«

»Ich bin sicher, Sir Godfrey«, sagte Dominic, »daß weder Lady Hardisty noch ich uns gern in diesem Licht sehen würden.«

»Mir macht das nichts aus, ich bin mit diesem Vorsatz hergekommen«, sagte Rachel. »Sie haben Glück, daß Sie ein Zufallsgast sind, Mr. Spong. Das macht sich besser und zeugt von Feingefühl.«

»Lady Hardisty, es lag mir fern, einen solchen Vergleich zu ziehen. Wenn aber nun Miss Griselda sich dazu verstehen kann, einen so viel älteren Tischherrn zu akzeptieren, so werde ich mich glücklich schätzen und mein Bestes tun, um den Abstand zwischen uns zu überbrücken.«

Im Speisezimmer entstand ein verlegenes Zögern wegen Harriets Platz, den Buttermere mangels näherer Anweisungen mit Bedacht gedeckt hatte.

»Sir Godfrey«, sagte Dominic in dem Bestreben, die Situation zu klären, »ich glaube, wir sind uns alle darüber einig, diesen Platz lieber unbesetzt zu lassen.«

»Ich sehe es als meine Pflicht an, das zu verhindern«, sagte Rachel, indem sie den Platz einnahm und ihren Fächer auf den Tisch legte.

»Lady Hardisty, ich würdige Ihre Haltung. Sie übertreffen mich«, sagte Dominic und starrte sie aus Augen an, die aus mehrerlei Gründen immer größer zu werden schienen.

»Ich tue nichts Besonderes, aber es ist besser für alle, wenn sie den Platz nicht leer sehen.«

»Lady Hardisty, meine Auffassung war die primitivere männliche. Ich verneige mich vor der tieferen weiblichen Einsicht in diese Dinge.«

»Ah, Sie geben uns ein Beispiel, Spong«, sagte Godfrey, als sein Gast plötzlich in ein rasches Murmeln verfiel, das er, seine unangebrachte Hast zügelnd, laut ausklingen ließ, und dann verlegen zum Fenster blickte.

»Das war nicht entfernt meine Absicht, Sir Godfrey.«

»Richtig. Er konnte nicht wissen, daß wir es so aufnehmen würden«, sagte Matthew.

»Er hat wahren Mut gezeigt«, sagte Jermyn.

»Ja, aber so offenkundig«, sagte Griselda. »Das ist nicht nett gegen andere.«

»Es war seit je der Brauch bei meiner Frau und mir«, sagte Dominic, »zu Anfang und Ende einer Mahlzeit Segen und Dank zu sprechen. Wenn das unterbliebe, hätte ich, das gebe ich zu, rein materiell weniger Freude am Essen.«

»›Rein materiell‹ ist gut gesagt«, meinte Godfrey. »Natürlich ist es klüger, das Beten nicht zu vergessen.«

»Ich gestehe«, sagte Dominic ein wenig schroff, »daß ich diese Gebete nie vergesse, was auch immer dem entgegenstehen mag.«

»Nichts steht ihnen hier entgegen, Spong«, sagte Godfrey. »Außerdem halte ich es für eine sehr gute Art, wenn wir für das uns Gegebene unsere Dankbarkeit bezeugen, ohne uns dessen zu schämen. Wir kennen das Gebet bei feierlichen Anlässen, ich weiß eigentlich nicht, warum wir es aufgegeben haben, wenn wir unter uns sind.«

»Nicht weil Sie sich schämten, es auch vor Gästen zu tun«, sagte Rachel, »obwohl man sagt, daß es gerade im Familienkreis besonders schwierig ist, sich in seinem wahren Licht zu zeigen.«

»Es war wohl, denke ich, nichts weiter als ein Wandel der Mode«, sagte Godfrey.

»Das dürfte kaum die rechte Sphäre sein, Sir Godfrey, um das Diktat der Frau Mode minutiös zu befolgen«, sagte Dominic, als sei die Position des Hausherrn hinreichend gefestigt, um einen leichten Plauderton zuzulassen.

»Für mich besteht der einzige Sinn der Mode darin, daß man sie mitmacht«, sagte Griselda.

»Nein, Miss Griselda, das betrifft nur die Natur der Sache an sich.«

»Ich wollte, ich könnte ein Wort wie ›minutiös‹ mit dieser Selbstverständlichkeit gebrauchen«, sagte Gregory.

»Gregory«, sagte Dominic, »darf ich fragen warum?«

»Wegen des Effekts von moderner Lektüre, den es macht«, sagte Gregory.

»Im ersten Moment fand ich das auch«, sagte Rachel. »Aber dieser Effekt würde nicht zu der Atmosphäre passen, die zu schaffen ich bemüht bin.«

»Da bin ich ganz Ihrer Meinung«, sagte Dominic, »daß Sie es nicht nötig haben, in dieser Domäne mit mir zu wetteifern.«

Gregory und Griselda lachten.

»Es hat den Anschein, Sir Godfrey«, sagte Dominic gutmütig kichernd, »als ob diese jungen Leute es darauf anlegten, alte Käuze wie Sie und mich lächerlich zu machen. Nicht daß wir Lady Hardisty in diese Kategorie einschließen müßten.«

»Die jungen Spaßvögel! So darf ich sie wohl nennen«, sagte Godfrey.

»Wir mißgönnen es ihnen nicht, Sir Godfrey, dieses jugendliche Sich-ausleben, und sei es auf unsere Kosten. Wir wissen ja, daß sie keinen Augenblick den Anlaß vergessen, der Lady Hardisty und mich hergeführt hat.«

»Ich dachte nun gerade, sie hätten es für einen Augenblick vergessen«, sagte Rachel. »Sie haben sich redlich darum bemüht, die armen Kinder.«

»Diese Apostrophierung werden sie Ihnen kaum danken, glaube ich«, sagte Dominic mit einem etwas mühsamen Lächeln. »Nach den Erfahrungen mit jungen Menschen dürfen wir als sicher annehmen, daß ihnen der Ausdruck nicht gefällt.«

»Lassen Sie mich ganz aus dem Spiel«, sagte Rachel. »Ich kann den Anlaß nicht vergessen, aber die Erinnerung an Anlässe hat noch keinen Menschen besser gemacht. Wie rücksichtsvoll von den Menschen, die Anlässe zu vergessen und zum Wohle anderer auf die tiefen Gefühle, die man von ihnen erwartet, zu verzichten.«

»Was immer Sie sagen, Rachel, wir sind dankbar, Sie heute abend bei uns zu haben«, sagte Godfrey. »Wir danken Ihnen so sehr, daß darüber alles andere unwichtig wird und in unserer Dankbarkeit aufgeht.«

Dominic blickte, als fühle er sich irgendwie vor Rachel zurückgesetzt, ohne es indessen erklären zu können.

»Ich möchte aber nicht, daß auch die Wohltätigkeitsparty darin untergeht«, sagte Rachel. »Es ist entschieden wichtig, daß die Teilnehmerinnen nicht das Vergnügen haben, Gregory allein die Sache übernehmen zu sehen. Warum sollten sie sich amüsieren dürfen, wenn Harriet nicht dabei sein kann? Sie könnten womöglich den Anlaß vergessen. Mr. Spong hat mich auf den Gedanken gebracht, und den könnte ich nicht ertragen.«

»Ich würde ohnehin nicht dabei sein«, sagte Gregory treuherzig. »Nun, da Mutter krank ist, werde ich den Verkehr mit Mrs. Calkin und ihren Schwestern einschränken. Sie war ängstlich bestrebt, daß ich mich mit jungen Leuten meines Alters anfreunden sollte, und ich hoffe in dem von ihr gewünschten Sinne Fortschritte zu machen, ehe sie zurückkehrt.«

»Ja, so stehen die Dinge hier, Rachel!« sagte Godfrey nach einem langen stirnrunzelnden Blick auf seinen jüngsten Sohn.

»Harriets Kinder denken an nichts anderes, als wie sie ihr gefällig sein und wie jeder sein Leben, bis sie zurückkehrt, ihren Wünschen angepaßt haben könnte. Das ist ihr einziges Bestreben und ihr Ziel. Da wäre erstens Griselda, die vor dem Pfarrer Reißaus nimmt und bei der bloßen Idee einer Annäherung davonrennt wie ein Hase, nur weil er als Schwiegersohn nicht nach Mutters Geschmack war! Und Matthew gibt seine Forschungen auf, ohne mit der Wimper zu zucken, weil sie der Ansicht war, persönliche Ambitionen müßten hinter nützlicher Arbeit für die Allgemeinheit zurückstehen. Seine schönen Ambitionen, der arme Junge! Und da ist schließlich und nicht zuletzt Gregory, ich meine unseren lieben Jüngsten, der seine alten Damen verächtlich über die Schulter ansieht, entschlossen, sie nicht mehr zu besuchen, denn es war eine Marotte seiner Mutter, die in ihrer Weisheit sehr wohl wußte, ihm würde der Umgang mit Gleichaltrigen eher gut tun! Wenn das keine Kinder sind, auf die man stolz sein kann, dann weiß ich nicht, worauf man stolz sein soll. Würden Sie nicht auf Kinder dieses Schlages stolz sein, Rachel?«

»Kinder dieses Schlages könnten nicht die meinen sein, Godfrey. Von alledem, was Sie erwähnen, ist nichts in mir, das sie von mir geerbt haben könnten. Zum Beispiel könnte ich mich niemals mit Menschen meines Alters anfreunden. Die schwinden zu rasch dahin. Ich hasse Menschen, deren goldene Schalen zerbrochen sind.«

»Ich hoffe, Lady Hardisty, wir sollen daraus nicht schließen, daß Lady Haslams Fall von dieser Art ist«, sagte Dominic einigermaßen bestürzt.

»Nun, Spong, und was halten Sie von diesen meinen Kindern, nachdem ich Ihnen gesagt habe, was ich an ihnen habe?«

»Sir Godfrey«, sagte Dominic, »ich achte und ehre Ihre Kinder um dieses Opfers willen, das mir als ein Tribut an ihre ureigene Mannhaftigkeit erscheint, obwohl manche Leute eine entgegengesetzte Ansicht vertreten würden, und Miss Griselda, dessen bin ich sicher, steht nicht hinter ihnen zurück in ihrer weiblichen Sphäre, die keine geringeren Ansprüche stellt als jene augenfälligere männliche. Sir Godfrey, ich achte und ehre Ihre Söhne und Ihre Tochter.«

»So, und was sagen Sie dazu, Rachel?« sagte Godfrey mit leicht bebenden Lippen.

»Ich sage alles und jedes«, sagte Rachel. »Und ich werde Ihre Kinder jetzt alle mit mir in den Salon nehmen. Nach dem, was Mr. Spong gesagt hat, werden sie gegen die ›weibliche Sphäre‹ kaum etwas einzuwenden haben.«

»Einen Moment, Sir Godfrey!« sagte Dominic und hob mehr zu seinem Gastgeber als zu dem weiblichen Gast beschwörend die Hand. »Ist Jermyn von dem Privileg, den Wünschen seiner Mutter zu willfahren, ausgenommen? Ich würde ihm das ebenso hoch anrechnen wie seinen Brüdern.«

»Oh, ich möchte behaupten, daß er bald folgen wird, ich lese es geradezu aus seinem Blick«, sagte der Vater ohne Verlegenheit. »Ich möchte mich dafür verbürgen, daß Jermyn nicht zurückstehen wird.«

»Dieses Vertrauen werde ich nicht enttäuschen«, sagte Jermyn. »Ich werde mehr auf praktische Arbeit bedacht sein und weniger meinen eitlen Bemühungen frönen.«

»Und ich werde nicht anstehen, das von Herzen gutzuheißen«, sagte Dominic, »und zu gratulieren. Mein Glückwunsch ist der Tribut, den ich zolle.«

»Nun steht nicht herum für weitere Schmeichelreden«, sagte Rachel. »Kommt mit ins andere Zimmer und schließt beide Türen. Euer Vater wird nicht so rasch zu bremsen sein. Ihr habt viel durchgemacht heute, meine Lieben. Wir sind aus dem Regen in die Traufe gekommen. Ich habe meine Mutterstelle sehr schlecht behauptet und mich nicht schützend genug vor euch gestellt.«

»Mr. Spong wird doch nicht über Nacht bleiben, oder?« sagte Griselda.

»Nein, mein Kind. Ich bin die Hausfrau, und ich kann es nicht einrichten.«

»Es ist ein Segen, daß Sie bei uns sind«, sagte Gregory.

»Ja, das ist es. Aber dürfen Sie denn alten Damen Ihre Wertschätzung bezeugen, Gregory?«

»Ungeheuer großzügig von Vater, daß er ihm das durchgehen läßt«, sagte Matthew.

»Nun, er lobt euch alle gerade so viel, wie es ihm von anderen gesagt wird«, sagte Rachel. »In diesem Punkt habe ich nicht viel geleistet. Es wirkt so mißgünstig, wenn man nicht imstande ist, die Menschen ins Gesicht zu loben. Sie hinter ihrem Rücken zu loben, ist witzlos, weil man es ihnen vorenthält. Ich möchte darin mehr wie Mr. Spong sein.«

»Wird man mir gestatten, Lady Hardisty, den Spieß umzukehren und meinerseits dem sehnlichen Wunsch nach einer größeren Ähnlichkeit mit Ihnen Ausdruck zu geben?« sagte Dominic, der unbemerkt mit Godfrey ins Zimmer getreten war.

»Das gilt selbstverständlich für uns alle«, sagte Godfrey.

»Sir Godfrey, Komplimente laufen mir nicht so oft über den Weg, als daß ich mir leisten könnte, eins zu ignorieren. Und gerade die Komplimente, die wir theoretisch gar nicht verdienen, gehen uns um so lieblicher ein.«

»Warum bist du überhaupt so plötzlich hier hereingekommen?« sagte Matthew zu seinem Vater.

»Oh, nun, es wurde mir einfach zuviel, mit allem, was auf mir lastet, dort drinnen zu sitzen. Es ist ja auch keiner von euch bei mir geblieben, nichtwahr? Ich habe es keine Minute länger ausgehalten, und das ist die Wahrheit.«

»Sir Godfrey, ich glaube, für mich ist der Augenblick gekommen, mich aus Ihrem gastlichen Hause zurückzuziehen«, sagte Dominic, als merke er plötzlich, daß er an einer Aufgabe, die er gut erfüllt zu haben glaubte, gescheitert sei. »Es bleibt mir nur, mich für Ihren Willkomm zu bedanken und mich zurück an meinen einsamen Kamin zu begeben, um dort ganz wie Sie über das nachzubrüten, was ich verloren habe. Dabei muß es mir zum Trost gereichen, daß für Sie der Verlust nur ein vorübergehender ist.«

»Oh, vielen Dank, Spong. Und mein ganzes Mitgefühl begleitet Sie«, sagte Godfrey, indem er eine Hand ausstreckte, sich aber erst einen Augenblick danach ganz emporraffte. »Matthew wird Sie hinausgeleiten. Matthew, würdest du bitte Mr. Spong zum Wagen bringen. Wir werden für Mr. Spong anspannen lassen. Ich sage ganz offen, daß ich am Ende meiner Kraft bin und kein guter Gesellschafter mehr, für wen es auch sei.«

»Das sind Sie wahrhaftig nicht«, sagte Rachel. »Sie benehmen sich Harriets unwürdiger als jeder andere von uns.«

»Oh, tue ich das? Nun, dann bin ich eben so. Mein Geist ist zu sehr von ihr erfüllt, um mich auch noch ihrer würdig zu zeigen. Damit müssen sich die Leute eben abfinden.«

»Ja, das werden sie«, sagte Rachel. »Sie werden bald aufhören, von einem Freund als einem ausgezeichneten Gastgeber zu sprechen.«

»Wieso, hat das jemals irgendwer von mir gesagt?« Godfrey richtete sich auf, sank aber wieder in sich zusammen. »Nun, es ist mir auch ganz gleich, ob jemand das gesagt hat oder nicht.«

»Dein Geist ist keineswegs ganz von Mutter erfüllt«, sagte Gregory. »Ichsucht hat sich eingeschlichen.«

»So, hat sich eingeschlichen?« sagte Godfrey. »Nun, es wäre auch komisch, wenn mir in diesen Tagen nicht manchmal der Gedanke an mich gekommen wäre. Also, wir werden den armen alten Spong irgendwann wieder zum Dinner einladen, und ich werde mich bemühen, umgänglicher zu sein.«

»›Der arme alte Spong‹?« sagte Jermyn. »Er ist doch jünger als du, nichtwahr?«

»Ich weiß nicht, wirklich nicht«, sagte sein Vater. »Ich weiß überhaupt nichts von ihm.«

»Er sieht aber so aus«, sagte Rachel.

»Wirklich?« sagte Godfrey, indem er sich wieder aufrichtete und jetzt diese Haltung beibehielt. »Sieht Spong jünger aus als ich? Sehe ich älter aus als Spong? Ihr wißt ja, daß ich das nicht gedacht hätte. Schließlich, ich kann nicht erwarten, daß die gegenwärtigen Umstände nicht ihre Spuren bei mir hinterlassen. Ich bin kein Übermensch, wenn ich auch für mein Alter noch jung ausgesehen habe. Bald werdet ihr einen jämmerlichen alten Mann als Vater haben. Anscheinend meint ihr, es wäre jetzt schon soweit. Also, ich gehe und werde möglichst eine Nacht durchschlafen, andernfalls bin ich morgen nur noch ein Wrack. Und ihr würdet nicht zögern, es mir zu sagen. Ah, ihr wartet nur darauf, es an die große Glocke zu hängen. Rachel, ich bitte um Entschuldigung wegen meines unterdrückten Gähnens in Ihrer Gegenwart.«

»Du siehst das sehr optimistisch«, sagte Griselda.

»Mein liebes Kleines, du bist natürlich besser!« sagte Godfrey, schon auf dem Wege zur Tür. »Rachel hier zu haben, tut dir unendlich gut.«

»Ich frage mich, warum Vater und Mutter eigentlich geheiratet haben«, sagte Gregory.

»Diese Dinge lassen sich nicht erklären«, sagte Rachel. »Ich frage mich das selbst, wenn ich auf das Porträt meiner Vorgängerin blicke. Oder auch nicht: denn da habe ich die ganze Erklärung vor mir. Wann werdet ihr die Photographie eurer Mutter in die Stadt bringen, um sie vergrößern zu lassen?«

»Ich dachte morgen«, sagte Gregory. »Ich wollte selbst damit hingehen und das Bild hernach Vater überreichen. Als Überraschung.«

»Eine gute Idee, es Vater zu schenken. Es wird eine schöne Überraschung sein«, sagte Matthew. »Wir sollten besser seinem Beispiel folgen und auch zur Ruhe gehen. Der Tag wird mit der kleinen Andacht beginnen, und die ist für ihn am wenigsten anstrengend.«

Godfrey war als erster zu diesem Zeremoniell an seinem Platz und saß mit der aufgeschlagenen Bibel vor sich, wobei er ein oder zweimal die Lippen bewegte, während die anderen ihre Plätze einnahmen. Nur dies ließ darauf schließen, daß er um eine besonders kraftvolle Konzeption bemüht war, und als er danach an den Frühstückstisch kam, wirkte er einigermaßen kühl und abwesend.

»Es war eine feinsinnige Anerkennung meines Einspringens für Harriet, mich gar nicht zu erwähnen«, sagte Rachel. »Aber ob es auch klug war dem Personal gegenüber, gar nicht um die rechte

Führung und Anleitung zu bitten? Brauchen sie das nicht gerade jetzt, da Harriet fort ist?«

»Ich habe einfach so gesprochen, wie es mir aus dem Herzen kam.«

»Und für das Dienstpersonal kamen Ihnen keine Worte aus dem Herzen?« sagte Rachel.

»Buttermere lauscht«, sagte Jermyn, als die Tür sich leise schloß.

»Godfrey, Sie dürfen nicht so in den Tag hinein leben. Sie müssen an Buttermere denken. Und ausgerechnet ich habe das getan, das Unaussprechliche. Nun, das Gute daran ist eben, daß man nicht darüber sprechen kann.«

»Nur ein kleiner Zufall, Rachel. Buttermere wird es verstehen.«

»Buttermere ist unmöglich. Daß er seine Augen überall hat und lauscht, schön, aber daß er auch noch versteht! Und jetzt weiß er, daß wir bei uns niemand haben, der uns aufwartet. Er wird merken, daß wir arm sind. Dabei habe ich mich so bemüht, jene Art von Schäbigkeit zu kultivieren, mit der man überall durchkommt. Nur bei Percy wirkt das ganz natürlich. Und jetzt weiß Buttermere, wie es damit steht.«

»Ah, Rachel, ich weiß nicht, wie wir heute morgen daran wären, ganz auf uns gestellt. Wir zittern vor dem Moment, wenn Sie uns verlassen. Zittern davor. Das ist es: zittern.«

»Ein ausgezeichnetes Wort«, sagte Gregory.

»Eben, genau das, was ich damit sagen will. Zittern davor, beben zurück, schrecken zurück. Erbleichen, ducken uns, zucken zusammen, verkriechen uns. Schrumpfen ein! Ich will Ihnen sagen, wovor ich zittere, Rachel, nämlich vor dem Weg, den meine Kinder einschlagen werden. Ich sehne den Tag herbei, da ich ihre Mutter bei der Hand nehmen und sie auf die Größe des Opfers hinweisen kann, das ihre Kinder ihr gebracht haben. Dieser Tag steht wie ein Leuchtfeuer vor mir. Ich würde gern von Ihnen ein Wort dazu hören, Rachel.«

»Ich weiß, daß ich Sie gestern enttäuscht habe«, sagte Rachel. »Aber mein Sinn hat sich über Nacht nicht gewandelt.«

»Ah, ja, so ist es damit. Wir müssen nicht darüber sprechen. Die Tränen würden uns kommen.«

»Und doch wollten Sie, daß ich darüber spräche. Und Buttermere würde zusehen. Eltern sind eben bereit, jeden für ihre Kinder zu opfern.«

»Ja, so ist es, Rachel«, sagte Godfrey. »Nun, sagen Sie uns, wie lange Percy Sie uns überlassen wird.«

»Bis nach der Wohltätigkeitsparty. Ich muß begründen, warum sie nicht wieder stattfinden wird. Ich muß Rache an den Frauen nehmen, die für Harriets Krankheit arbeiten. Alle wohlauf und kräftig – und Harriet krank!«

»Die können nichts dafür«, sagte Godfrey.

»Doch«, sagte Rachel. »Ich bin sicher, daß sie auf sich selbst gut achtgeben.«

»Wer wird denn zu der Wohltätigkeitsparty kommen?« sagte Jermyn.

»Die drei von Gregory, nur um Gregory zu sehen, und meine beiden Mädchen, weil ich sie mitbringe, und Mrs. Christy, um zu arbeiten, und Camilla, weil es eine Art von Ausflug ist und weil es nach Kühnheit aussieht, irgendwohin zu gehen, wo sie Mr. Bellamy begegnet, was schließlich einen besseren Effekt macht als die übliche Wehleidigkeit. Und dann noch ein paar andere, die nur einen Namen haben.«

»Und anscheinend nicht einmal den«, sagte Jermyn. »Denn wahrlich ›Von dem, der nicht hat, wird genommen werden, sogar das, was er hat.‹«

»Ja, so ist es«, sagte Rachel. »Und diese Party ist alles, was Geraldine hat. Du wirst natürlich nicht kommen, Griselda?«

»Ach, Rachel, nur eine Frau kann Mutter sein, niemand sonst«, sagte Godfrey.

»Wahr gesprochen«, sagte Gregory.

»Ist denn die Party nicht notwendig?« sagte Jermyn.

»Doch, um die Armen zu kleiden«, sagte Rachel. »Eure Mutter hat sie eingeführt, und wir geben sie auf. Alles hängt davon ab, wie man es ansieht. Erinnern Sie mich, daß ich pünktlich sein muß,

Godfrey, damit nicht Agatha sich auf Harriets Platz mogelt. Ich fürchte, sie denkt, daß nicht ich, sondern sie Harriet am nächsten steht.«

XV Agatha schritt scheinbar gedankenverloren auf Harriets Platz zu, machte halt und lächelte die, die den Platz innehatte, gleichsam sich besinnend, an, worauf sie ihre Handschuhe auf den Nachbarsessel legte, ihren Mantel öffnete und zu sprechen begann.

»Was sind das für herzbewegende Neuigkeiten über die arme Lady Haslam. Als ich sie gestern morgen sah, fürchtete ich schon, es könnte mehr dahinterstecken, als es den Anschein hatte. Am Tag nach dem Dinner war ich bei ihr zu Hause, und sie hat mir ein bißchen von sich erzählt. Es muß alles sehr plötzlich gekommen sein.«

»Vielleicht auch nicht, wenn mehr dahintersteckte, wie Sie sagen«, erwiderte Rachel. »Ich glaube, wir alle haben uns in diesem Fall auf den Anschein verlassen.«

»Welcher Art waren denn ihre Symptome?« sagte Geraldine.

»Ich bin sicher, daß Lady Haslam nicht dazu neigt, Symptome zu haben«, sagte Kate. »Da müßten wir alle eher welche haben.«

»Anscheinend hat sie uns in diesem Punkt überholt«, sagte Geraldine. »Ich bekenne mich schuldig, von Zeit zu Zeit ein Opfer von Symptomen zu werden. Wir können nicht alle von der glücklichen, zähen Konstitution sein, die keinen Anlaß zu Besorgnis gibt.«

»Dann besteht zwischen Ihnen und Lady Haslam im Augenblick eine gewisse Ähnlichkeit«, sagte Rachel.

»Das habe ich schon gespürt, diese grundlegende Beziehung zwischen ihr und mir!« sagte Geraldine, der dieser Vergleich sehr zu behagen schien.

»Ich jedenfalls hoffe, nie irgendwem Grund zu Besorgnis zu geben«, sagte Agatha.

»Wir werden dich bedauern, wenn du stirbst!« sagte Geraldine. »Das gehört nämlich zu den Vorrechten der Ältesten, bedauert zu werden und nicht selbst etwas bedauern zu müssen.«

»Wir können nicht voraussehen, was uns die Zukunft bringt«, sagte Agatha. »Da ist alles möglich.«

»Sogar der Tod von Geraldine, wie Agatha meint«, sagte Rachel.

»Im Endeffekt, ja«, sagte Mellicent.

»Ich glaube nicht, daß Agatha es so gemeint hat«, sagte Rachel.

»Oh, nein, gewiß nicht!« sagte Polly, in die Hände klatschend.

»Sie wohnen zur Zeit im Haus, nichtwahr?« sagte Geraldine zu Rachel.

»Es muß ein großer Trost sein, Sie da zu haben«, sagte Agatha wie jemand, der großzügig auf Vorrechte verzichtet.

»Konnte Lady Haslam vor ihrem Weggang nicht Weisungen hinterlassen?« sagte Geraldine.

»Ich bin sicher, daß die Damen Hardisty und Haslam einander ohne viel Worte verstehen«, sagte Kate.

»Lady Hardisty, wir fürchteten schon, zu spät zu kommen«, sagte Mrs. Christy. »Und wir sind so erleichtert, daß Sie noch nicht angefangen haben. Dies ist eine Gelegenheit, bei der wir zu allerletzt uninteressiert scheinen möchten. Ich habe immer zu Camilla gesagt, daß Sie die einzige sind, die ich an Lady Haslams Stelle zu sehen wünschte. ›Wenn Lady Hardisty‹, sagte ich, ›Lady Haslams Stellvertreterin ist, dann kann ich getrost zu der Nähstunde gehen, denn sie wird, ganz in ihrem Geiste, denen gewidmet sein, die ärmer sind als wir.‹«

»Gibt es denn jemand Ärmeres?« sagte Camilla. »Wir sollten die Sachen, die wir genäht haben, für uns behalten.«

»Ich frage mich, ob wir wirklich so viel Interesse für die Armen empfinden«, sagte Geraldine. »Ich versuche es mir einzureden, aber ich habe den Verdacht, daß ich sie mir auf einer ganz anderen Ebene vorstelle.«

»Für Leute auf unserer Ebene brauchten wir keine Nähparty«, sagte Mellicent.

»Ich sehe schon, wir sollten die Party besser aufgeben«, sagte Rachel.

»Und was wird mit Lady Haslams Idee?« sagte Agatha.

»Auch die besten von uns machen Fehler«, sagte Kate mit einem vertraulichen Seitenblick zu Rachel.

»Indem wir es aufgeben, beweisen wir, daß Lady Haslam eine der besten ist«, sagte Rachel. »Denn wenn wir daran festhielten, hätte sie ja keinen Fehler gemacht.«

»Wir wollen auch nicht daran festhalten, dessen bin ich sicher«, sagte Agatha. »Wir arbeiten ja nicht zu unserem Vergnügen.«

»Ist es nicht ein Vergnügen, für die zu arbeiten, die ärmer sind als wir?« sagte Rachel. »Lady Haslam scheint sich wirklich geirrt zu haben.«

»Habe ich nicht so etwas gehört, daß der älteste Sohn nach London geht?« sagte Agatha, mehr boshaft als fragend.

»Ich kann nicht bestätigen, ob Sie das gehört haben«, sagte Rachel.

»Er soll doch einen besonderen Grund dafür haben, nichtwahr?« sagte Agatha. »Gewissensbisse wegen des Verhältnisses zu seiner Mutter. So etwa wurde es mir angedeutet.«

»Oh, dann haben Sie also etwas gehört?« sagte Rachel.

»Ich hörte definitiv, daß es so sei. Eines Morgens hat es eine Art Szene gegeben, die damit endete, daß Lady Haslam das Zimmer verließ. Und da mußte sich, so scheint mir, ein Schuldbewußtsein einstellen, als ihre Krankheit kurz darauf ausbrach.«

»Aber ganz sicher wären Sie erst, wenn Sie davon hörten, ›definitiv‹ hörten, wie Sie sagen.«

»Natürlich nimmt man solchen Dienerklatsch nicht ganz ernst. Aber die Haslams haben anscheinend in diesem Punkt keine glückliche Hand. Ich bin oft dankbar, daß ich mir keine sogenannte perfekte Dienerschaft halten kann.«

»Dankbarkeit hilft uns über manche Schwierigkeiten im Leben hinweg, aber sie auf so etwas anzuwenden, ist mir nie in den Sinn gekommen. Doch über Söhne, die von Hause fortgehen, wissen Sie natürlich Bescheid.«

»Sie gehen nicht immer aus den gleichen Gründen fort. Meiner zum Beispiel ging, um seine Karriere zu machen.«

»Genau das ist auch bei Matthew der Fall«, sagte Rachel. »Ich erinnere mich jetzt. Also gehen sie doch manchmal aus den gleichen Gründen. Und nicht aus dem von Ihnen angeführten Grund, wie ich mit Genugtuung feststelle.«

»Sollten wir nicht langsam mit der Näharbeit anfangen?« sagte Agatha.

»Ich weiß nicht«, sagte Rachel. »Ich sehe nur, daß Sie nicht angefangen haben. Ich habe nicht oft teilgenommen, ich bin nur heute hier, um Lady Haslams Platz einzunehmen.«

»Nicht unbedingt in ihrem Geiste«, sagte Agatha.

»Ich meinte auch nicht im Geiste«, sagte Rachel.

»Jedenfalls sitzen Sie auf ihrem Platz«, sagte Geraldine.

»Ja, so meinte ich es«, sagte Rachel.

»Sind unsere Sachen in dem Schubfach?« sagte Agatha.

»Ich werde sie hervorholen, Lady Hardisty«, sagte Mrs. Christy in beflissenem Gehorsam und eilte auch schon quer durchs Zimmer. »Mir macht es nichts, was ich tue. Für mein Gefühl gibt Nützlichkeit allen Dingen und Verrichtungen ihre Würde. Da stimme ich ganz mit Lady Haslam überein. Komm und hilf mir, die Sachen herumzureichen, Camilla.«

»Nein, ich bin nur eine bescheidene Dienerin und kann dieser Würde nie teilhaftig werden. Mir liegen mehr die gestickten Sachen, Mutter, nicht die Unterröcke. Für diese Tracht habe ich gar nichts übrig, obwohl mir das von Rechts wegen zukäme.«

»Ja, ich glaube, es war eine gute Idee von Lady Haslam, daß manche Sachen mit Stickerei verziert werden sollten«, sagte Mrs. Christy. »Darin drückt sich ein wahres Mitgefühl mit jenen aus, die vom Glück weniger begünstigt sind als wir, ein Verständnis dafür, daß vielleicht auch sie für ein bißchen Schönheit im Leben empfänglich sind. So etwa ging sie an die Sache heran, und damit stimme ich restlos überein.«

»Arme Mutter, du klammerst dich an deine Illusionen«, sagte ihre Tochter.

»Ich bestimme, daß alles mit Stickerei verziert werden soll«, sagte Rachel.

»Auch die Schürzen?« sagte Geraldine, eine emporhaltend.

»Waren sie nicht schon immer bestickt?« sagte Rachel. »Wie typisch von Lady Haslam, einen Fehler wieder gutzumachen! Ja, sie müssen alle bestickt werden.«

»Besonders diese Waschschürzen!« sagte Kate.

»Ja«, sagte Rachel. »Waschen ist so strapaziös für die Kleider.«

»Ist dieses Stück fertig, Mater?« sagte Polly, indem sie ihrer Stiefmutter ein Gewand zuwarf.

»Ja, mein Liebes, nur noch die Stickerei.«

»Ich kann nicht sticken«, sagte Polly.

»Aber das mußt du. Schließlich arbeitest du für die Armen.«

»Das Zuschneiden der Sachen ist mehr ein Problem als das Besticken«, sagte Agatha, indem sie ein Stück fertig machte.

»Das müssen wir lassen, solange Lady Haslam nicht da ist«, sagte Rachel. »Die Sachen können nicht zugeschnitten, sondern nur bestickt werden.«

»Damit bleibt uns nicht viel zu tun«, sagte Geraldine.

»Nicht einmal mehr für diese neunzig Minuten?« sagte Rachel mit einem Blick auf die Uhr.

»Werden wir denn ab heute keine Nähstunden mehr haben?« sagte Geraldine mit gerunzelten Brauen.

»Das können wir nicht, weil Lady Haslam krank ist«, sagte Rachel.

»Natürlich nicht«, sagte Kate.

»Und was wird mit den Leuten, die die Sachen brauchen?« sagte Geraldine.

»Die können sich so behelfen«, sagte Camilla. »Ich habe mich davon überzeugt.«

»Sollten wir überhaupt die Armen für bedürftig halten?« sagte Rachel. »Widerspricht das nicht dem Sinn der Stickerei?«

»Ich halte den Gedanken mit der Stickerei überhaupt für verfehlt«, sagte Agatha, scheinbar all ihren Mut zusammennehmend. »Es ist nichts dagegen einzuwenden, daß man nützliche Dinge macht für die, die sie gebrauchen können. Es ist unsere Pflicht, ebenso stetig weiterzuarbeiten, als wenn Lady Haslam noch bei uns wäre. Sie ist nur ein einfaches Mitglied unserer kleinen Gesellschaft und würde auch als deren Begründerin nicht wünschen oder zulassen, daß wir in ihr etwas anderes erblickten.«

»Oh, dann hüten wir uns doch, etwas zu tun, was sie nicht zulassen würde«, sagte Rachel. »Was hätte es sonst für einen Sinn, daß ich an ihrer Stelle hier bin?«

»Also müssen wir verschiedene Dinge überlegen, wenn wir vorhaben weiterzumachen«, fuhr Agatha ungerührt fort.

»Aber wir müssen ja gar nicht weitermachen!« sagte Geraldine, gleichsam erschrocken über ihre eigene Kühnheit.

»Jedenfalls nicht in Lady Haslams Haus«, sagte Agatha. »Darin stimme ich ganz mit Lady Hardisty überein. Es wäre ungehörig und würde zu keiner von uns passen. Damit müssen wir warten, bis sie wieder in ihr Haus zurückgekehrt ist. Aber in der Zwischenzeit sollten wir mit unserer Arbeit für die, die darauf angewiesen sind, fortfahren. Ich weiß nicht, ob irgend jemand es freiwillig übernehmen will, die Zusammenkünfte abzuhalten? Natürlich müssen wir auch das Zuschneiden in Betracht ziehen. Meldet sich jemand freiwillig für eins oder für beides?«

»Ich glaube, Sie und ich wohnen zu weit ab, Lady Hardisty«, sagte Mrs. Christy.

»Ich dachte mir schon, daß wir irgendwie verhindert sein würden«, sagte Rachel.

»Einige von uns wohnen natürlich näher«, sagte Agatha.

»Schneiden Sie nicht selbst zu, Mrs. Calkin?« sagte eins der Mitglieder. »Ich bin sicher, Sie schon dabei gesehen zu haben.«

»Ich habe so vielerlei in meinem Leben tun müssen, daß mir auch das nicht erspart geblieben ist. Und alles, was ich tun kann, stelle ich natürlich in den Dienst der Gemeinschaft. Das versteht sich von selbst. Aber höchstwahrscheinlich haben andere darin mehr Praxis.«

»Höchstwahrscheinlich nicht«, sagte Rachel, »da Sie doch nicht ohne das auskommen konnten. Die meisten von uns sind offenbar mit weniger ausgekommen. Und wenn all ihr Tun der Gemeinschaft dient, daß heißt, wenn sich das wirklich von selbst versteht – und das begegnet mir hier zum ersten Mal in meinem Leben –, dann sollte die Gemeinschaft es auch ohne weiteres annehmen. Da es sich von selbst versteht, braucht sie sich nicht im geringsten verpflichtet zu fühlen. Ich wünschte, alle Dienste würden so selbstlos angeboten.«

»Nun, wir wollen erst einmal die anderen hören«, sagte Agatha mit gefalteten Händen und einer Miene, als wolle sie die Sache keinesfalls übereilen.

»Ich meine, wir sind im höchsten Maße dankbar«, sagte jemand.

»Das brauchen Sie nicht, wie Sie sehen«, sagte Rachel.

»Nein, wirklich nicht«, sagte Agatha.

»Mir scheint, es ist an uns, da wir schließlich zu dritt sind«, sagte Geraldine.

»Gute Eigenschaften treten gleich familienweise auf«, sagte Rachel.

»Nein, es soll nicht uns dreien zufallen. Überlassen wir es allein Agatha«, sagte Kate.

»Sie sind ja auch nur eine Halbschwester, meine Liebe«, sagte Rachel.

»Wir werden aber dabei sein müssen«, sagte Geraldine, gleichsam geistesabwesend.

»Das ist keineswegs notwendig, wenn du es nicht selbst willst«, sagte Agatha. »Wenn ich etwas auf mich nehme, will ich keinen mit hineinziehen. Das wäre höchst unvernünftig. Also, sollen wir sagen: heute über eine Woche bei mir zur gleichen Zeit? Und wie üblich Tee nach den zwei Stunden Arbeit? Ich glaube nicht, daß sich an dem Brauch von Lady Haslam irgend etwas verbessern läßt.«

»Ja, das wollen wir festhalten«, sagte Rachel. »Was mich betrifft, so wissen Sie, daß ich nicht zuschneiden kann, andererseits haben Sie es für richtig gehalten, mir das mit der Stickerei auszureden, so daß ich am besten nur einfach zum Tee komme.«

»Das ist sehr liebenswürdig, wenn wir schon nicht mehr von Ihnen haben können«, sagte Agatha in herzlichem Ton.

»Jedenfalls besser, als wenn Sie sich unnütz mit Arbeit plagen«, sagte Geraldine und ging damit einen Schritt weiter. »Wird Gregory auch zum Tee kommen?«

»Ich glaube, eher nicht, da ja seine Mutter nicht dabei sein kann«, sagte Rachel.

»Das verstehe ich vollkommen«, sagte Agatha. »Ich weiß, wie meinem Sohn zumute sein würde, wenn er meinen Platz unbesetzt fände. Gregory wird uns lieber besuchen, wenn wir allein sind. Das ist ihm bereits zu einer lieben Gewohnheit geworden, die er ganz von selbst aufgenommen hat. Ich werde mich jetzt doppelt bemühen, alles für ihn zu tun, was ich kann. Ich nenne ihn immer meinen Jungen, wenn mein eigener fort ist.«

»Das möchte ich auch einmal sein, Mrs. Calkin«, sagte der Gemeindepfarrer, indem er gleichsam flehend in die Runde blickte, ehe er seinen Hut einer der höflich beflissenen Damen überließ. »Sie werden sagen, ich sei dafür zu alt und Sie wünschten sich Gregory als Ihren Jungen, nicht mich. Und so bleibe ich denn allein mit meinem Wunsch, irgend jemandes Junge zu sein.«

»Dazu sind Sie in einer viel zu verantwortlichen Position«, sagte Agatha.

»Wenn es nur so wäre«, sagte Bellamy, indem er seine Teetasse nahm und der Spenderin ein strahlendes Lächeln schenkte. »Ich hätte nichts dagegen, kein Junge zu sein, wenn mir zum Ausgleich die Vorteile eines Mannes geboten würden. Aber ein Pfarrer geht zu einer Hochzeit und verheiratet andere Leute miteinander! Er wäre nicht einmal imstande, sich selbst zu beerdigen, obwohl das Beerdigen zu seinem Beruf gehört. Er geht zu einer geselligen Nähstunde und arbeitet überhaupt nicht mit! Er trinkt den Tee, den jemand anderes bereitet hat.« Mit einem neuerlichen Lächeln hielt er seine Tasse einer Hand hin, die nur darauf wartete, sie wieder zu füllen. »Nun, ich weiß, was ich machen werde. Ich werde nähen lernen.«

»Auch zuschneiden?« rief Geraldine.

»Zuschneiden und Knopflöcher machen und Kreuzstich. Das ist dann wirkliche Arbeit, die mir helfen wird, mich als Mitglied der menschlichen Gesellschaft auszuweisen.«

Er ignorierte die Heiterkeit, die diese Idee bei den derart beschäftigten Damen auslöste, und wandte sich Kate zu, mit der er sich offenbar anzufreunden wünschte.

»Ein Geistlicher ist ein Clown, Miss Kate, und sehr viel geringer zu achten als einer auf der Bühne. Der bringt die Leute zum Lachen, von Berufs wegen, und was könnte es Nützlicheres geben? Ein Pfarrer amüsiert die Menschen, weil er ein Mann unter lauter Frauen ist. Ein Mann unter Männern und eine Frau unter Frauen, das ist ganz natürlich. Wer da glaubt, daß Frauen nicht gern mit Frauen umgehen, weiß nichts vom Leben, und kein Mensch käme auf den Gedanken, daß Männer sich nicht gern unter Männern bewegen. Eine Frau unter Männern erweckt Mitgefühl und menschliches Interesse. Aber ein Mann unter Frauen ist einfach – nun ja, ich weiß – ein Faden, der sich durch ihr Leben zieht. Ich möchte lieber ein gewöhnlicher Mann sein als ein solcher Faden. Ein Faden, das paßt wirklich auf mich.«

»Zumal da Sie sich mit der Näherei einlassen wollen!« rief Geraldine aus einiger Entfernung.

»Ich wünschte, eine Frau würde von mir den rechten Gebrauch machen. Vielleicht tauge ich dazu, einen Riß in ihrem Leben zuzunähen. Glauben Sie, Griselda würde mich in diesem Sinne gebrauchen, Miss Kate? Lady Haslam wünschte sich einen stärkeren Faden für sie, und einen, der noch nicht verbraucht wäre.«

»Das muß schon ein starker Faden sein, der sich zweimal gebrauchen läßt«, sagte Kate offenherzig.

Geraldine, mit einem überraschten Blick auf Bellamy und ihre Schwester und nahezu konsterniert über ihr vertrauliches Gespräch stand auf und beendete abrupt die Party.

Rachel traf Godfrey in der Halle.

»Nun, hatten Sie Erfolg mit der Nähstunde?«

»Nein«, sagte Rachel.

»Was stimmte denn nicht?« sagte Godfrey.

»Mein persönliches Ich«, sagte Rachel. »Es wurde zerfetzt. Im Endeffekt steht Agatha Harriet am nächsten. Schlimmer noch, Sie hat sich an Harriets Stelle gesetzt.«

XVI

»So, mein Lieber, willkommen, willkommen«, sagte Godfrey, als er sechs Monate, nachdem seine Frau ihn hatte verlassen müssen, sein Speisezimmer betrat. »Je öfter wir Sie sehen, desto willkommener sind Sie uns.«

»Dann muß ich mittlerweile reichlich willkommen sein«, sagte Bellamy. »Aber nicht für Buttermere. Er blickte mich ganz versteinert an, weil er noch ein Gedeck auflegen mußte.«

»Ihr Platz ist gedeckt wie immer, Sir«, sagte Buttermere.

»Ihre unehrerbietigen Worte, Buttermere, werden Ihnen noch leid tun. Wenn ich erst meine Prinzessin ins Pfarrhaus gebracht habe und wir glücklich sind und selbst Gastfreundschaft üben, dann wird Sie angesichts unserer leeren Plätze Wehmut ergreifen. Also machen Sie das Beste aus einem Kapitel, das bald abgeschlossen sein wird.«

»Es ist müßig, sich weitere Gedanken zu machen, wenn die Dinge einfach getan werden wollen, Sir.«

»Ja, wir werden das Kapitel abschließen, Ernest«, sagte Godfrey, indem er sich mit Vorbedacht einschaltete, um eine Kluft zu überbrücken. »Es war eins der glücklichsten in unserem Leben. Ich würde mir kein glücklicheres wünschen, wenn das überhaupt möglich wäre. Natürlich, etwas vermißt man immer. Aber dabei wollen wir nicht weiter verweilen. Es wirkt einigermaßen habgierig, fast kleinlich, wenn wir auf unser Recht pochen, daß alles nach unseren Wünschen gehen soll. Das wollen wir mal für eine Weile auf sich beruhen lassen. Aber ich wurde dadurch in meinem Willkommensgruß an Sie unterbrochen, und den möchte ich mir um nichts in der Welt nehmen lassen. Es freut mich ebenso, Sie zu sehen wie jedes andere meiner Kinder.«

»Deren ständige Gegenwart nachgerade langweilig ist«, sagte Griselda.

»Na, na, Grisel! Was wollen Sie mit so einem Mädchen machen, Ernest?« sagte Godfrey.

»Nichts. Sie wird's mit mir machen.«

»Worauf Sie sich verlassen können. Erst machen sie es mit uns, und später natürlich erst recht, bis zum Ende.«

»Nun, zunächst haben wir es lediglich mit dem Anfang zu tun«, sagte Bellamy.

»Ja, der Anfang wird uns allen zuteil«, sagte Godfrey. »Alles Spätere kann uns darüber nicht hinwegtäuschen.«

»Darf ich fragen, wie es Griseldas Mutter geht?« sagte Bellamy.

»Mein Bester, ich beantworte die Frage nur zu gern, wenn sie in diesem Sinne gestellt wird und nicht, als ob ich irgendwie dafür verantwortlich wäre, daß sie krank ist. Das zu wünschen, stünde mir am allerwenigsten an, nichtwahr? Manche Leute lassen mich deutlich ihr Unbehagen fühlen, daß ich so weitermache und mein Bestes tue, statt im Büßergewand dazusitzen, mit anderen Worten, daß ich die Lehren meiner Frau befolge, statt sie zu mißachten. Ich will nicht entscheiden, welches der bessere Weg ist. Ich bestehe nicht auf meinem. Wahrscheinlich halten jene ihn nur für den zweitbesten.«

»Nun, Ernest gehört nicht zu denen. Also kannst du ihm antworten«, sagte Griselda.

»Ja, so steht es nun mal, Ernest. Ich darf meine Frau zur Zeit nicht besuchen. Dufferin hat es verboten, und ich soll daraus schließen, daß es ihr besser geht. Möglicherweise verhält es sich so, eine andere Auskunft wäre allerdings für mich ermutigender. Aber ich habe mich nach Kräften bemüht und den Leuten ins Gesicht gesehen, und so Gott will, werde ich weitermachen, wie ich angefangen habe.«

»Hoffentlich nicht mehr lange allein.«

»Das hoffe ich auch, Ernest, aber ich sehe meinen Weg nicht klar vor mir. Ich habe keine rechte Überzeugung, die mir weiterhülfe. Manchmal drängt es sich mir auf, daß dies nur der Anfang ist. Nun, ja, das Gute daran ist, daß die Gewißheit uns nur ganz unmerklich zuteil wird und wir auf das Schlimme schonend vorbereitet werden. Aber das ist ein deprimierendes Thema, von dem ich zu Ihnen nicht weiter reden will. Wir wollen zu erfreulicheren Dingen übergehen. Ich glaube schon, daß ich diesen geselligen Wohltätigkeitsabend für Ihre Kirche unterstützen kann, ich meine, die finanzielle Seite regeln.«

»Was für eine liebenswerte Geste!« sagte Bellamy. »Es ist so herzerfreuend, einmal nicht hören zu müssen, daß die Wohltätigkeit im eigenen Hause beginnt, als wäre das ein Grund, sie nicht auf die örtliche Kirche auszudehnen!«

»Ja, ich sehe mich dazu in der Lage. Ich habe mit Spong gesprochen, und er hat es mir bestätigt. Um ehrlich zu sein, er konnte nicht gut anders, weil ich es ja selbst sehe. Ich bekomme allmählich einen Blick für geschäftliche Dinge. Doch wir wollen nicht über Spong reden, ich habe ihn zum Lunch eingeladen, und er kann jeden Augenblick kommen. Er guckte ganz schön, der alte Spong, als ich ihm sagte, ich hätte es übernommen, einen Theaterabend zugunsten einer Kirche zu finanzieren. Er schien darin einen Widerspruch zu sehen. Das mit der Kirche schluckte er ohne weiteres, aber das mit dem Theaterstück wollte ihm nicht eingehen. ›Kommen Sie, Spong‹, sagte ich, ›alles, was für einen guten Zweck getan wird, dient allein diesem Zweck.‹ Ich erzählte ihm ein bißchen von Ihren Ideen, und da sagte er nichts mehr. Ich glaube, er hat eingesehen, daß ich fest entschlossen war. Es entwickelt sich also alles ganz so, wie Sie es sich gedacht haben, Ernest?«

»Mein Leben ist in völliger Harmonie«, sagte Bellamy. »Vielleicht deshalb, weil ich einen Gönner habe. Ich glaube, Pfarrer hatten seit je einen Gönner nötig.«

»Nun, nun, mein Lieber, einen Gönner! Davon weiß ich nichts. Sie sollen mein Sohn werden, das wissen Sie.«

»Ja, allerdings. Mein ganzes Leben ging in diese Richtung. Es ist nur noch ein Vorzug mehr von Griselda, daß sie Eltern hat, die ihrer würdig sind.«

»Ja, ja, mein Lieber, Sie denken doch offenbar an ihre *beiden* Eltern, nichtwahr?«

»Das scheint mir doch mehr eine Umkehrung der alten Ordnung zu sein, Sir Godfrey«, sagte Dominic, der sich lächelnd am Tisch einfand, »und demnach ist es nicht mehr eine Frage, ob Kinder ihrer Eltern würdig sind, sondern ob Eltern diese Bedingung ihren Kindern gegenüber erfüllen.«

»Wie dem auch sei, die alte Ordnung gehet dahin«, sagte Godfrey, indem er den grundsätzlichen Wandel zugab.

»Oh, ich gehöre zu denen, Sir Godfrey, die das Schwinden eingebürgerter Verhältnisse von Herzen bedauern.«

»Camilla, meine Liebe!« sagte Godfrey. »Wir hatten Sie schon aufgegeben. Wie geht's denn?«

»Reichlich verwirrt im Augenblick. Indem ich von meinem bis vor kurzem Zukünftigen meinem nunmehr künftigen Ehemann eine Bestellung ausrichte, sehe ich mich unerwartet meinem ehemaligen Gatten als Tischgenossin gegenüber! Und dazu unserem gemeinsamen Rechtsberater, der die sogenannten unerquicklichen Details des Falles kennt. Ich bin sicher, daß ich mich auf Mr. Spong verlassen darf und daß die Akten geschlossen sind. Matthew, Antony ist zu einem Patienten gerufen worden und wird heute nicht zu Hause arbeiten. Er schickte die Nachricht an meine Mutter, da er wußte, daß ich hierher kommen würde. So benutzt er mich jetzt zu allem möglichen, wo ich meinem früheren Zweck nicht mehr dienen kann. Ernest, es ist mir äußerst sympathisch, dir hier als einem Bruder zu begegnen. Wir bemühen uns wirklich auf alle Weise, ein Fleisch und Blut zu werden. Matthew, wenn du mich so finster anblickst, kann ich nicht länger deine künftige Frau sein. Dann bin ich nur noch deine Sklavin, eine Leibeigene, eine Squaw.«

»Ich hoffe, Sir Godfrey«, sagte Dominic, »daß das Ihres ältesten Sohnes Vorstellung von einer Lebensgefährtin ist.«

»Nun, sind Sie gar nicht um meinetwegen gekommen, Camilla?« sagte Godfrey, ohne sich von Dominic ablenken zu lassen. »Haben Sie nicht ein Wort für Ihren künftigen Schwiegervater? Zähle ich in Ihren Augen denn nicht als Mann neben Matthew?«

»Teurer Sir Godfrey, ich bin ausdrücklich hergekommen, um mich an Ihrem Anblick zu erfreuen. Ich mußte eine Verbindung nach der anderen eingehen bis zu der, die mir Sie bescherte.«

»Vater, laß Camilla endlich essen. Sie ist ohnehin im Rückstand«, sagte Matthew.

»Mutter war immer der Meinung, daß mein Zuspätkommen sich nachteilig auf meinen Charakter auswirken würde. Die Scheidung war nichts dagegen. Und die zweite ist für andere Leute nicht gar so unerfreulich. Sie garantiert ihnen ein diebisches Vergnügen statt einer Gerichtsverhandlung.«

»Reichlich zynisch würde ich das nennen«, sagte Dominic gleichsam tonlos und ungewiß, wie er der Sprecherin begegnen sollte.

»Ich bin als Zynikerin bekannt«, sagte Camilla.

»Jedenfalls sehr zu Unrecht«, sagte Godfrey.

»Aber es ist fabelhaft, das herausgefordert zu haben«, sagte Jermyn.

»Wie soll ich das verstehen, Jermyn«, sagte Dominic. »Daß es Ihr Ziel und Ehrgeiz ist, als Zyniker zu gelten?«

»Ich bin ein ganz normaler junger Mann«, sagte Jermyn.

»Jermyn, du kannst nicht erwarten, daß wir das unterschreiben.«

»Nein. Ich wäre natürlich entsetzt, wenn ihr das tätet.«

»Sir Godfrey, Offenheit ist nicht gerade eine Eigenschaft, die der modernen Generation abgeht.«

»Das glaube ich auch nicht. Und ich darf sagen, daß ich das dankbar empfunden habe«, sagte Godfrey. »Meine Kinder enthalten ihrem Vater nichts vor.«

»Ein größeres Kompliment gibt es nicht«, sagte Dominic.

»Allerdings. Das Vertrauen meiner Söhne und meiner Tochter geht mir über alles. Wenn es nur etwas gibt, das ich für sie tun kann, betrachte ich mich schon als belohnt.«

»Matthew, haben Sie schon ein Haus gefunden, in dem Sie

Ihren Ehestand beginnen wollen?« sagte Dominic, als hätten Godfreys Worte diese Gedankenverbindung hergestellt. »Ich nehme an, daß der wissenschaftliche Erfolg, der in gewissem Maße Ihrem Bemühen zuteil geworden ist, die Frage erledigt, ob Sie Ihr Wirkungsfeld erweitern sollten. Ich gebrauche diese wertenden Ausdrücke nicht im geringsten im Sinne einer Kritik. Ich weiß, wie selten man auf dem Gebiet, das Sie sich erwählt haben, einen Fund macht.«

»Wir haben uns einige Häuser in der Stadt angesehen«, sagte Matthew. »Mein Vater wird eins nehmen, von dem ich es nicht weit zu meiner Arbeit habe.«

»Es überrascht mich, Matthew, wie es zweifellos auch Sie überrascht, daß Sie einen so großzügigen Vater haben.«

»Gemach, Spong, kein Wort weiter davon!« sagte Godfrey mit erhobener Hand. »Ich sage ganz offen, daß ich, je mehr ich merke, was in solcher literarischen und naturwissenschaftlichen Arbeit steckt, vor meinen Söhnen den Hut ziehe.«

»Zu dieser Attitüde, Sir Godfrey, haben sich unsere Eltern nicht allzu bereitgefunden. Matthew« – Dominic schien sich wieder ernst fassen zu wollen – »ich habe Sie zu dieser unmittelbar bevorstehenden Veränderung in Ihrem Leben noch nicht angemessen beglückwünscht. Eheliches Glück ist das höchste, das man sich für einen Mann erwarten kann.«

»Also darf er auf die andere Art nicht glücklich sein?« sagte Camilla.

Mit einem flüchtigen Blick zu Camilla fuhr Dominic im gleichen Ton fort. »Was mich betrifft, so bin ich sehr glücklich gewesen. Ich kann nicht mehr tun als zu hoffen, daß Ihre Zukunft ebensoviel für Sie bereithält, wie meine Vergangenheit für mich.« Noch ein Blick auf Camilla ließ ihn ob der Unwahrscheinlichkeit seiner Prognose erblassen.

»Vielen Dank«, sagte Matthew.

»Ich vermute, Sir Godfrey«, sagte Dominic, sich humorvoll fassend, »die heutige Jugend tendiert zu einer – sozusagen – lakonischen Ausdrucksweise.«

»Mr. Spong mißgönnt mir ein Dach über dem Kopf«, sagte Camilla. »Er meint, ich solle bleiben, was ich bin: ein Geschöpf von der Straße. Er sollte eigentlich mehr Mitgefühl mit seinen gefallenen Schwestern haben. Ich bemühe mich, in ihm einen Mann und Bruder zu sehen, aber sein Augenausdruck war alles andere als brüderlich. Und das sogar in mehr als nur einem Sinne.«

Dominic wandte sich Bellamy zu, als hätte er diese Worte nicht gehört, jedoch mit einem Hauch von Sympathie, den sie ihm eingeflößt hatten.

»Wie ich höre, Mr. Bellamy, sind Sie dabei, zum Besten der Restaurierung Ihrer Kirche einige theatralische Darbietungen zu inaugurieren. Kirchliche Architektur ist ein Gegenstand, der mir sehr am Herzen liegt. Darf ich Ihnen zu der Erwartung gratulieren, daß eine angemessene Summe für Ihre Pläne dabei herausspringt?«

»Ja, ich glaube, das dürfen Sie. Mein künftiger Schwiegervater will noch eine weitere angenehme Verwandtschaftsbeziehung auf sich nehmen und ist im Begriff, wie eine gute Fee bei dem Unternehmen Pate zu stehen. Er finanziert die Sache, so daß alle Einnahmen Reingewinne sind. Und unsere Damen werden Kostüme für das Stück nähen statt Kleider für die Armen. So wirken Dinge und Menschen gemeinsam für das Gute.«

»Sie dienen also indirekt dem gleichen Zweck«, sagte Dominic etwas unsicher.

»Reichlich indirekt«, sagte Camilla. »Denn man kann die Armen ja nicht in kirchliche Architektur kleiden.«

»Die ist gleichsam ein Schönheitspflaster fürs Leben, Mrs. Bellamy.«

»Aber kein Pflaster für die Löcher in ihren Kleidern.«

Dominic zeigte sich höflich amüsiert und versuchte, mit Godfrey einen verständnisvollen Blick zu tauschen.

»Ich werde jetzt gehen, Haslam«, sagte Bellamy. »Und ich werde auch nicht zum Tee wiederkommen. Ich weiß, Sie erwarten Gäste. Wenn meinen hübschen Pfarrkindern meine Gegenwart allzu vertraut wird, ist es mit meinem Anschein von Nützlichkeit aus. Sagen Sie ihnen von mir, daß Kostüme nie so gründlich genäht sein müssen und sie sich also beeilen können.«

»Sir Godfrey, bin ich derjenige, dem diese Botschaft aufgehalst wird?« sagte Dominic.

»Ach, kommen Sie ruhig zum Tee, Spong, kommen Sie nur«, sagte Godfrey, sich zurücklehnend.

»Jermyn«, sagte Dominic, indem er sich unmerklich von Godfrey abwandte, als seien seine Worte nur ganz beiläufig gemeint gewesen, »ich habe mit Genugtuung gehört, daß unser langwährendes Interesse für Sie durch ein Ergebnis belohnt werden soll, mit anderen Worten, daß in Kürze ein Band mit Gedichten unter Ihrem Namen herauskommen wird. Es muß eine große Freude für Sie sein, Jermyn, Ihrem Vater auf diese Weise die Geduld und das Vertrauen, mit dem er dieses Gelingen erwartet hat, vergelten zu können. Darf ich Ihnen meinen aufrichtigen Glückwunsch aussprechen und daran die Hoffnung knüpfen, daß diesem Buch alsbald viele weitere folgen werden?«

»Ich danke Ihnen vielmals. Der Glückwunsch dürfte allerdings insofern verfrüht sein, als Sie ja das Buch noch nicht gelesen haben.«

»Viele weitere! In rascher Folge!« sagte Gregory.

»Nein, Jermyn«, sagte Dominic, den Kopf schüttelnd, »ich würde mich nie zum Richter über ein dichterisches Produkt aufwerfen. Ich bin bereit, den Urteilsspruch der Öffentlichkeit anzunehmen, oder jedenfalls das Urteil der Kritiker Ihres Werkes, das zweifellos zu Ihren Gunsten ausfallen wird. Ich habe eine hohe Meinung von dem Nutzen der Dichtung zur Verbesserung des Lebens, und wie immer manche darüber als männliches Betätigungsfeld denken mögen, nach meiner Überzeugung gebührt den Dienern unserer Mußestunden ebensoviel Dank wie denjenigen, die auf härterem Felde für uns tätig sind. Ich werde mich glücklich schätzen, wenn ich ein Exemplar bekomme, falls Sie eins erübrigen können, und noch glücklicher, wenn Sie mir eine freundliche Widmung auf das Vorsatzblatt schreiben.«

»Vielen Dank. Aber das Buch wird erst in einigen Monaten erscheinen«, sagte Jermyn.

»Erst in einigen Monaten? Hat es irgendeine Verzögerung gegeben?«

»Nein. Das ist so die übliche Frist bis zum Erscheinen.«

»Es überrascht mich, Sir Godfrey, daß die Anklage der Saumseligkeit, die gewöhnlich gegen uns Juristen vorgebracht wird, mit Erfolg oder jedenfalls zu Recht auf die Verleger angewendet werden kann. Jermyn wird schon ein gutes Stück in seinem zweiten Buch vorangekommen sein, ehe die Welt Gelegenheit hat, seinem ersten den gebührenden Beifall zu zollen.«

»Oh, da steckt mehr dahinter, Spong«, sagte Godfrey.

»Werden Sie einen guten Profit aus dem Buch ziehen, Jermyn?« fragte Camilla mit Unschuldsmiene.

»Nein, überhaupt keinen. Vater bringt es für mich heraus. Das geschieht oft mit literarischen Erstlingen.«

»Ist das wirklich so, Jermyn«, sagte Dominic.

»Ja, ich glaube, besonders wenn es sich um Gedichte handelt«, sagte Jermyn.

»Also noch Unkosten zu der schon geopferten Zeit?« sagte Dominic.

»Oh, nein, Spong, Sie sind da nicht richtig im Bilde. Ich war's auch nicht«, sagte Godfrey lachend.

Dominic stand auf und verabschiedete sich, bemüht durch schweres Atmen seine jetzige verantwortliche Stellung gegenüber dem Hause zu betonen.

»Ach, Spong ist ein alter Knicker«, sagte Godfrey, fast ein wenig verlegen. »Ich weiß nicht, ob er sich einbildet, das Familienoberhaupt zu sein und meine Stelle euch allen gegenüber einzunehmen. Eure Mutter hat doch mir und nicht Spong die Verantwortung für alles überlassen, nichtwahr? Wo soll das hinführen, wenn Anwälte Vater und Mutter und Hausjurist in einer Person sein wollten. Ihr seht ziemlich niedergeschlagen aus, meine armen Jungen, und das überrascht mich nicht. Ein schöner Dämpfer für euch, das so um die Ohren geschlagen zu bekommen.«

»Eine hübsche, anschauliche Metapher!« sagte Gregory.

»Oh, wirklich? Ich habe es auch so gemeint, eben das war mein Gedanke. Nun, gut daß wir heute nachmittag Gäste haben, das wird uns helfen, den üblen Nachgeschmack von Spong loszuwerden. Unter den vielen anderen fällt er nicht weiter auf, obwohl ich verdammt sicher bin, daß er aufkreuzen wird. Nicht daß ich gern in dieser Weise über einen alten Freund spräche. Aber das entschuldigt mich wohl. Der arme alte Spong! Ich glaube, zwischen ihm und uns ist doch ein gewaltiger Unterschied, und das freut mich denn auch. Unsere Freunde meinen es gut, wenn sie sich um uns scharen, da wir doch so ganz auf uns selbst gestellt sind. Wir haben kaum noch einen Tag für uns allein.«

Der Nachmittag war dazu angetan, Godfreys Worte zu illustrieren.

»Ich finde, wir sind wirklich zu oft hier«, sagte Agatha. »Als ob wir gar kein eigenes Zuhause hätten.«

»Nun ja, Mrs. Calkin, ich weiß, wie sehr Sie Jugend um sich zu schätzen wissen. Wie sollte ich mit so vielversprechender Jugend in meinem Haus dieses Gefühl nicht teilen. Sie finden Gregory dort drüben als bereitwilligen Gesprächspartner.«

Seit Harriets Weggang hatten sich Godfreys Gastgebermanieren leicht gewandelt.

»Händeschütteln scheint sich wirklich zu erübrigen«, sagte Geraldine. »Man vergißt ganz, daß wir nur Gäste sind.«

»O ja, Miss Dabis, sofern das für Sie einen Unterschied macht.«

Agatha setzte sich mit verändertem Gesichtsausdruck in Bewegung, ging mit freundlich unbeschwertem Lächeln an Gregory vorbei und auf Dominic zu.

»Wir sind uns in letzter Zeit hier schon mehrmals begegnet, nichtwahr, Mr. Spong?«

»Ja, das sind wir«, sagte Dominic, ihr feierlich beipflichtend.

»Es ist wie eine Ironie des Schicksals, daß Lady Haslam, die doch die Grundlage dazu gelegt hat, nicht hier sein kann, um die weitere Entwicklung ihrer Kinder mitzuerleben.«

»Mrs. Calkin, angesichts dieser Lage der Dinge können wir nur einfach dastehen und sagen ›Gottes Wege sind nicht unsere Wege‹.«

»Es war so tröstlich für mich, daß Sir Godfrey sich wieder gefangen hat. Ich wagte kaum zu hoffen, daß er es schaffen würde.«

»Ja. Mrs. Calkin, das müssen wir mit größter Dankbarkeit registrieren«, sagte Dominic mit einem flüchtigen Seitenblick auf Godfrey, den er sogleich wieder zurückzog. »Und an eins, Mrs. Calkin, müssen wir dabei immer denken. ›Nur das Herz kennt seine eigene Bitternis.‹«

»Ja, das müssen wir uns vor Augen halten. Daran brauchten Sie mich gar nicht erst zu erinnern«, sagte Agatha in verändertem, beherrschtem Ton. »Das trage ich tief in mir als wesentliche Erkenntnis. Nach dem, was ich durchgemacht habe, versteht sich das von selbst.«

Es entstand eine Pause.

»Mrs. Calkin, erlauben Sie mir, Ihnen zu danken für das, was Sie für den Jüngsten des Hauses getan haben. Als Rechtsberater und als Freund des Hauses, wie ich wohl sagen darf, fühle ich mich Ihnen persönlich verpflichtet.«

»Ich habe mich bemüht zu tun, was in meinen Kräften stand. Das war das mindeste, so schien mir.«

»Es muß wunderbar sein«, spann Dominic den Gedanken fort, »wenn man für einen Jungen, der an der Schwelle zur Männlichkeit steht, Mutterstelle einnimmt.«

»Ja, wie Sie sich denken können«, sagte Agatha, nun wieder in ihrem Element und scheinbar nur widerstrebend bereit, es zuzugeben, »ich glaube schon, daß ich das für ihn war. Er kommt zu mir mit seinen Kümmernissen und Zweifeln, als hätte er nie eine andere leitende Hand gespürt. Es ist, wie Sie sagen, etwas Großartiges – und desto besser, je mehr man sich das klarmacht –, die Schritte eines jungen Mannes an dem kritischen Punkt zu lenken und das Gefühl zu haben, daß man ihm auf diese Weise sein edelmütiges Vertrauen vergilt. Jedesmal wenn ich ihn hereinkommen sehe, so herzlich und zutraulich, sage ich mir ›Tue ich auch alles, was ich vermag, um diesem jungen Menschen zu vergelten, was er mir so spontan entgegenbringt?‹«

Dominic quittierte diese weitgehende Bestätigung mit einem leichten Kopfschütteln.

»Er ist so ein lieber Junge und so enttäuscht, wenn er eine von uns nicht antrifft«, sagte Geraldine.

Dominic schwankte, welcher der Schwestern er sich zuwenden sollte.

»Eine mütterliche Erfahrung setzt sich immer durch«, sagte Agatha, »weil das nun einmal so ist.«

»Immer diese tröstlichen Illusionen!« sagte Geraldine.

»Miss Dabis«, sagte Dominic in besorgtem und bestürztem Ton, »niemand hat je bezweifelt, daß alleinstehende Frauen über ebenso wertvolle und zweckdienliche Möglichkeiten verfügen wie ihre verheirateten Schwestern. Ich dachte, diese Erkenntnis wäre mittlerweile Allgemeingut.«

»Wieso, hat das jemand in Frage gestellt?« sagte Geraldine.

»Doch, damals, als ich noch allein stand«, sagte Rachel, »ehe jene Erkenntnis Allgemeingut war, wissen Sie.«

»Lady Hardisty, ich glaube, Sie wollen uns, wie der Volksmund sagt, auf den Arm nehmen«, sagte Dominic, »und ich kann nicht für meine Person Vergeltung üben, weil man mir nicht vorwerfen könnte, diese Attitüde einer Lady gegenüber bildlich oder buchstäblich je eingenommen zu haben.«

»Griselda, gieß den Tee ein«, sagte Rachel, »und gib Mr. Spong etwas zum Weiterreichen, ehe er seine wahre Natur enthüllt. Es ist erstaunlich, wieso jeder eine wahre Natur hat, auch wenn man das gar nicht für möglich hält. Ich glaube, echte Naturen sind in diesem Punkt wahrhaftiger.«

»Ah, meine kleine Gastgeberin, Sie sorgen also für uns alle?« sagte Godfrey, die Beine übereinander schlagend.

»Es ist so schmerzlich für mich, dieses Haus ohne seine Herrin zu erleben«, sagte Agatha, indem sie sich neben Rachel aufbaute und in ihrer Tasse rührte. »Sie ist mir jeden Moment gegenwärtig, wenn ich hier bin. Daß alles weitergehen muß und auch weitergeht, ist gewiß ein Grund zur Dankbarkeit, aber eben daß es weitergeht, bereitet einem nahezu Herzweh.«

»Wirklich nahezu«, sagte Rachel. »Das ist sehr feinsinnig gesagt. Wir wollen uns erinnern, daß die Dinge weitergehen, nachdem wir tot sind, daß die Menschen wieder glücklich sind, nichts weniger als dies, während wir überhaupt nichts sind. Und dennoch hilft da auch kein Herzweh.«

»Ich glaube, wir sollten keins verspüren. Wir können während unseres Hierseins doch nichts für die tun, die vor uns dahingegangen sind.«

»Dachten Sie daran, was wir vorher für sie tun könnten, indem wir ihnen bewiesen, daß wir nachher nie wieder glücklich sein würden?«

»Das würden sie nicht spüren, obwohl wir unsererseits stark dazu neigen, ihnen dieses Gefühl entgegenzubringen«, sagte Agatha und fuhr wie im Selbstgespräch fort:

»›Viel besser man vergißt und lächelt,
als daß man eingedenk und traurig ist.‹

Ich glaube fest, dies würde – nein, dies ist meines teuren Gatten Einstellung zu meinem Leben.«

»Die Menschen gewinnen so ungemein, wenn sie erst einmal tot sind«, sagte Rachel. »Das sehen wir, wenn wir unsere eigenen Gefühle damit vergleichen. Und natürlich dürfen Dichter in ihren Gedichten nicht unter dieses Niveau gehen. Was sie ja auch nicht tun, oder?«

»Es ist von Christina Rossetti, der großen Dichterin«, sagte Agatha, vor sich niederblickend.

»Nun, ja, Dichter schreiben im allgemeinen, als wenn sie tot wären. Sie sehen, Christina Rossetti hat die gleichen Gefühle wie Ihr Gatte. Nur wir normalen Menschen haben nahezu Herzweh, weil Menschen nicht gedenken und nicht so traurig sind, wie wir es von ihnen erwarten.«

»Eben auf dieses Nichtgedenken läuft es hinaus«, sagte Agatha, ihren Worten gleichsam Nachdruck verleihend. »In diesem Falle kann es geschehen, daß die Abwesende heimkehrt und selbst sieht, wie alles ohne ihre leitende Hand weitergegangen ist. Ein herzerschütternder Gedanke.«

»Sie erwecken den Anschein, als wenn das alles gestoppt werden müßte. Vielleicht könnten Sie Gregory davon abhalten, der Nähstunde beizuwohnen? Ich habe zu wenig Einfluß auf ihn.«

»Nein, nein. Das könnte ich nicht. Ganz gewiß nicht. Er kommt aus eigenem Antrieb und zu seiner eigenen Befriedigung.«

»Befriedigung! Das Wort klingt gräßlich. Aber ich stimme Ihnen bei. Wenn sich nichts dagegen tun läßt!«

»Ich meinte nur, in ihrem eigenen Hause. Irgendwie komme ich nicht darüber hinweg, daß ihre Abwesenheit so gar keinen Unterschied macht. Ich fühle mich fast ein wenig enttäuscht.«

»Natürlich ist es furchtbar, andere glücklich zu sehen«, sagte Rachel.

»Ich glaube, Sie wissen recht gut, daß das nicht meine Meinung war.«

»Das meine ich auch immer.«

»Man trifft nicht immer das Richtige, wenn man von sich auf andere schließt.«

»Ich habe stets gefunden, daß man sich darauf absolut verlassen kann.«

»Das soll wohl ein Scherz sein«, sagte Agatha mit einem nachsichtigen Lächeln, »oder jedenfalls halb Scherz und halb Ernst. Ihr Sinn für Humor ist gar zu übermächtig.«

»So? Ich dachte, er wäre fein entwickelt.«

»Nun, jedenfalls geht er mit Ihnen durch!«

»Geht mit mir durch!« sagte Rachel. »Dann muß er wohl übermächtig sein.«

»Seid ihr beide beim Streiten?« sagte Geraldine.

»Nein, zu einem Streit gehören immer zwei«, sagte Rachel.

»Über was diskutiert ihr denn so tiefgründig?«

»Über meinen Sinn für Humor. Ihre Schwester beschreibt ihn gerade.«

»Oh, Sinn für Humor! Ich möchte meinen, daß man sich damit nicht beliebt macht«, sagte Geraldine.

»Humor braucht nicht unfreundlich gemeint zu sein«, sagte Agatha.

»Nicht vielleicht doch ein bißchen?« sagte Rachel.

»Man schießt leicht Pfeile ab, ohne es recht zu wissen«, sagte Geraldine. »Und wenn man ein ganzes Bündel davon hat, läßt sich hinterher schwer sagen, welche eine Spitze hatten und welche nicht.«

»Alle großen Beispiele von Humor sind gemischt mit Zartgefühl und Toleranz«, sagte Agatha.

»Ja, das meinte ich eben. Nur damit gemischt. Und auch mit ein bißchen Boshaftigkeit«, sagte Rachel.

»Kann es etwas Schlimmeres geben als Toleranz?« sagte Mrs. Christy, die Hand hebend. »Echte Gegnerschaft, dagegen habe ich nichts. Sie fordert meinen Widerstand heraus, ja spannt vielleicht sogar die Kräfte an, die uns schließlich auch mitgegeben sind. Aber Toleranz bedeutet keine Wertsteigerung des eigenen Ichs, befähigt uns nicht zum persönlichen Einsatz im Kampf.«

»Gewiß hätte ich es lieber mit einem offenen Gegner zu tun«, sagte Kate.

»Wie können Sie das wissen, ohne die Erfahrung gemacht zu haben?« sagte Rachel. »Niemand von uns hat je eine solche Gegnerschaft erlebt.«

»Oh, ich doch«, sagte Agatha, aus dem Fenster blickend.

»Sie meinen doch nicht etwa mich, oder?« sagte Rachel.

»Nein, aber damit beweisen Sie, daß Sie sich häßlich benommen haben«, sagte Agatha, gleichsam mit strafend erhobenem Zeigefinger.

»Um zusammenzufassen: Ich helfe gern wahren Freunden und mache gern ausgesprochene Feinde zunichte!« sagte Geraldine, indem sie ihre Hand und auch ihre Stimme mit einem Blick auf Mrs. Christy sinken ließ. »Für alles was dazwischen ist, habe ich keine Verwendung.«

»Und wiederum, wie können Sie das wissen, ohne es versucht zu haben?« sagte Rachel. »Ich wüßte niemand, der je einen Freund gefördert hätte.«

»Oh, gewiß doch«, sagte Agatha. »Ich habe viele Beispiele dafür erlebt.«

»Ich nie«, sagte Rachel. »Niemand hat je irgend jemand, den ich kannte, gefördert.«

»Wir müssen die Dinge nicht allzu persönlich nehmen«, sagte Agatha, wiederum nachsichtig lächelnd.

»Nein, aber persönlich genug«, sagte Rachel. »Man sollte uns zu unserm Teil auch fördern.«

»Vielleicht sind wir nicht alle gleich empfänglich dafür«, sagte Jermyn. »Wir müssen Nachsicht üben.«

»Das ist gemein, Nachsicht zu üben für etwas so Schlimmes wie, daß man uns vernachlässigt«, sagte Griselda.

»Nun, hätten die Damen nicht auch ein Wort für uns übrig?« sagte Godfrey. »Wenn es schon kein erbauliches Gespräch ist, dann frage ich mich, was Sie eigentlich wollen.«

»Wahrscheinlich keine Unterbrechung ihrer sehr lebhaften Unterhaltung, Sir Godfrey«, sagte Dominic.

»Wir sprechen darüber, wie man Freunde fördern soll«, sagte Geraldine, sich sogleich den Herren zuwendend. »Lady Hardisty sagt, kein Mensch tue das je. Wir wollen die Sache dem gründlicheren, männlichen Urteil unterbreiten.«

»Nun ja, die Menschen müssen selbst für ihr Weiterkommen sorgen«, sagte Sir Percy.

»Ganz wie ich gesagt habe«, sagte Rachel.

»Im allgemeinen tun sie ihr Bestes«, sagte Jermyn.

»Und man kann ihnen nicht viel vorwerfen«, sagte Matthew.

»Matthew, es käme niemand in den Sinn«, sagte Dominic, »daß Sie und Jermyn wegen Ihrer jüngst so erfolgreichen Bemühungen im geringsten zu tadeln wären.«

»Es geht doch darum, ob Menschen sich für andere bemühen?« sagte Matthew.

»Nein, Matthew«, sagte Dominic, den Kopf schüttelnd, »aufgrund eines Lebens, das vorwiegend mit den Beziehungen der Menschen untereinander zu tun hatte, muß ich sagen, daß ich das nur selten erlebt habe.«

»Ich habe es nie erlebt«, sagte Rachel.

»Aber ich«, sagte Agatha. »Mir sind viele Beispiele von edelmütigen Anstrengungen für andere untergekommen. Einige davon habe ich sogar selbst veranlaßt und bin dabei auf große Bereitwilligkeit gestoßen. Ich habe tiefes Zutrauen in die guten Fähigkeiten der Menschennatur.«

»Das müssen Sie wohl«, sagte Rachel.

»Ach ja, Sie bringen das Beste in den Menschen zum Vorschein, Mrs. Calkin«, sagte Godfrey.

»Nun, es ist mir so zugeflossen«, sagte Agatha.

»Ziemlich gewagt, Menschen zu Anstrengungen für andere zu veranlassen!« sagte Rachel. »Wir wissen nicht, was passieren kann, wenn wir unbekannte Fähigkeiten in Bewegung setzen. Percy, wir wollen gehen. Buttermere fühlt sich zu allzu großen Bemühungen für andere veranlaßt. Wenn ich auch nicht glaube, daß Mrs. Calkin es in diesem Sinne gemeint hat. Aber da würde sie kaum solche wunderbaren Ergebnisse erzielt haben.«

Agatha ging auf Sir Percy zu, der allein stand, um mit ihm vor dem Abschied noch einen kleinen Meinungsaustausch zu haben.

»Ihre Frau und ich sprachen soeben über unsere Gefühle als Gäste in diesem Hause ohne Hausherrin. Ich habe den Eindruck, sie fand, daß ich ein bißchen zu viel davon hermachte, und ich bin durchaus bereit, das zuzugeben. Es steht mir so unerbittlich klar vor Augen, dieses Auseinandergerissenwerden zweier Ehegatten. Wenn man das erst einmal für sich und in seinem Innersten begriffen hat, trägt man es ein für allemal in sich.«

»Ja, ja, ohne Zweifel«, sagte Sir Percy zerstreut.

»Ich vergaß für einen Augenblick, daß Sie ja in ihrem frühreren Leben die gleiche Erfahrung gemacht haben«, sagte Agatha, ihre Hand auf seinen Arm legend. »Davon muß, ungeachtet alles Späteren, viel zurückgeblieben sein, um Sie meine Worte ganz verstehen zu lassen.«

»Ja, ja, da war so allerlei«, sagte Sir Percy, auf die Hand hinunterblickend.

»Mein Gatte und ich hatten nur die eine Erfahrung miteinander«, sagte Agatha mit leiser, bewegter Stimme. »Nur die haben wir miteinander geteilt.«

»Fragen Sie Percy nur nicht über seine erste Ehe aus, liebe Mrs. Calkin«, rief Rachel, die schon an der Tür stand. »Das geht ihm zu nahe, um darüber zu reden, und ich tue alles, was ich kann, um ihm Ersatz zu bieten. Er wird Ihnen von seiner zweiten Ehe erzählen im Austausch für das, was er über Ihre Ehe gehört hat.«

»So, meine Lieben, da hätten wir also einen Abend ganz für uns«, sagte Godfrey. »Das kommt in diesen Tagen nicht oft vor. Die Leute haben sich in wahrhaft herzerquickender Weise um uns geschart, sie standen wie ein Mann um unser gefallenes Banner. Aber ein Abend ganz unter uns soll mir willkommen sein. Ich werde nicht das kleinste Bedauern und nicht die geringste flaue Stimmung aufkommen lassen. Außerdem haben wir bald diese kleine Theateraufführung, um uns aufzumuntern und unsere Gedanken von uns abzulenken. So etwas brauchen wir jetzt. Ich habe euch vor Anfällen von Schwermut bewahrt. Ich habe das für richtig gehalten. Das wäre auch eurer Mutter Wunsch gewesen, und in diesem Sinne habe ich gehandelt. Wenn ich ihr erzählen könnte, was ihr vollbringt, wäre die Schale meines Glückes voll. Ich bin überzeugt, daß alles ihre ganze Billigung fände, wenn sie gesund an Körper und Geist zu uns zurückkehrte. Aber wir dürfen hinieden nicht erwarten, daß all unsere Wünsche in Erfüllung gehen.«

XVII

»Also, die Vorstellung war ein Erfolg, Ernest?« sagte Godfrey, vor dem kleinen Theater wartend, das Bellamy in der Stadt gemietet hatte, oder richtiger: er selbst durch Bellamy hatte mieten lassen. »Haben sich Ihre Hoffnungen erfüllt? Hat es sich für Sie gelohnt, daß ich Ihnen Unterstützung gewährt und Ihren Darstellern die erwünschte Chance gegeben habe? Ich muß sagen, sie haben sich wacker gehalten. Eine erstaunliche Leistung. Ich beglückwünsche mich, ihnen allen dies ermöglicht zu haben;

ich glaube mir das leisten zu können. Und worüber ich mich bei mir am meisten wundere, ist, wie ich all mein Leben das Theater ablehnen konnte. Das frage ich mich, während ich hier stehe. Ich stelle mich selbst deswegen zur Rede. Denn es scheint, daß ein Schauspiel einem in der kurzen Zeit mehr geben kann, als irgend sonst etwas, das ich kenne. Ich habe während dieser drei Stunden in einer anderen Welt gelebt. Sie mögen mich auslachen, aber das ist die Wahrheit. Und jetzt schlage ich vor, daß Sie alle mitkommen und den Abend in meinem Haus verbringen. Ich hoffe, das bedarf nicht erst einer langen Erörterung. Rachel, darf ich mit Ihrer Unterstützung rechnen?«

»Ganz gewiß«, sagte Rachel. »Das versteht sich ohne weiteres.«

»Ich bin froh, daß Sie das sagen, Rachel. Das ist mir eine wirkliche Freude. Ich sehe, daß das Leben doch noch etwas für mich in petto hat, wenn ich solche Worte von meinen Freunden höre. Also, steigen wir in die Wagen. Sitzen werden nur die wenigsten können. Aber wir werden alle zusammenrücken und heimfahren. Ich hoffe, das leuchtet Ihnen allen ein.«

»Eine verwegene Hoffnung, glaube ich«, sagte Jermyn.

»Wir bleiben ja nicht über Nacht!« sagte Geraldine.

»Sie sind wirklich ein Leuchtturm in unserer Mitte, Sir Godfrey«, sagte Mrs. Christy.

»Wir sind im Begriff, uns einigermaßen lächerlich zu machen«, sagte Matthew. »Wir tun, als ob niemand außer uns Essen und Trinken zu Hause hätte.«

»Nun, dessen wird keiner so bald bedürfen«, sagte Griselda. »Womöglich ist auch überhaupt nichts da zum Anbieten.«

»Immer sachte«, sagte Godfrey. »Ich weiß gar nicht, ob wir damit besonders viel für unsere Freunde tun. Aber ich bin schon froh, wenn wir ihnen zu einer kleinen Abwechslung verholfen haben. Das scheint mir doch wohl angebracht. Und von ihnen kommt uns ein gut Teil zugute. Nun, verteilen wir uns auf die Wagen. Mrs. Calkin, Sie müssen unbedingt mit mir fahren.«

»Sir Godfrey«, sagte Dominic ernst und eindringlich, »ich muß

Einspruch gegen meine neuerliche Teilnahme an Ihrer Party erheben. Ich habe schon zu oft wie ein Dämpfer bei Ihren frohgemuten Gesellschaften gewirkt, und bei dieser Gelegenheit müssen Sie mir erlauben, die Einladung abzulehnen.«

»Nein, nein, Spong, geben Sie nicht ein solches Vorbild«, sagte Godfrey.

Dominic stand unschlüssig und wie in tiefen Gedanken.

»Wenn ich als Vorbild genommen werden soll und damit andere an der Ausübung ihres freien Willens hindere, dann kann ich mich natürlich nicht als frei in meinen Entschlüssen betrachten«, sagte er und beugte den Kopf, um in den Wagen einzusteigen.

»Ja, so ist es recht, Spong. Ich wußte, daß Sie die richtige Entscheidung treffen würden.«

»Ich glaube, Mr. Spong ist in diesen Wagen eingestiegen, weil ich darin saß«, sagte Camilla.

»Mrs. Bellamy, ich bin nicht so ungalant, die Richtigkeit einer solchen Vermutung abzustreiten.«

»Eigentlich inkonsequent von Sir Godfrey, uns nicht alle bei sich zu beherbergen«, sagte Kate.

»Miss Dabis, wir dürfen nicht zu viel verlangen«, sagte Dominic ganz ernsthaft.

Camilla brach in ein lautes Gelächter aus.

»Miss Dabis«, sagte Dominic, »ich gebe zu, daß meine Übereiltheit ein Fehler war. Aber ich bin auch sicher, daß keiner von uns einen Mißgriff bedauert, der uns solch eine schallende Heiterkeit beschert hat.«

»Mr. Spong wagt nicht einmal, mich beim Namen zu nennen«, sagte Camilla. »Er empfindet ihn als zu kurzlebig und zu prekär. Er zieht es vor, die ganze Frage meiner Namen taktvoll zu übergehen.«

»Nun also, da wären wir!« rief Godfrey von seinem Wagen aus. »Angelangt an unserem vorbestimmten Halteplatz. Ich hoffe, daß keiner von uns vor Morgengrauen von hier scheiden wird.«

»Wir sollen uns, wie man so sagt, eine Nacht um die Ohren

schlagen«, sagte Dominic während er ausstieg und Camilla aus dem Wagen half.

Buttermere stand in der erleuchteten Tür und sprach seinen Herrn an, als der eben hinein wollte.

»Dr. Dufferin ist da und wartet auf Sie, Sir Godfrey. Er wußte nicht, daß Sie alle aus waren, und kann morgen wiederkommen, wenn Ihnen das besser paßt.«

»Nein, nein, ich will ihn sprechen. Ich werde mich erkundigen, ob er irgendwelche Schwierigkeiten hat und ob ich etwas für ihn tun kann«, sagte Godfrey, indem er mit rudernden Armen der Bibliothek zustrebte. »In den Salon mit euch allen, und macht es euch bequem. Ich glaube, das werdet ihr schon, dessen darf ich wohl sicher sein. Also, Antony, mein Lieber, worin kann ich Ihnen zu Diensten sein? Heraus damit, ohne Umschweife. Sie haben so viel Gutes für mich und die Meinen getan, daß ich schon ein arger Knicker sein müßte, es nicht unverzüglich zu vergelten. Ich sehe nachgerade einen Vorzug darin, so manchem Ersuchen meiner Freunde nachzukommen. Das war ein Trost für mich in meiner Witwerschaft, denn darauf läuft es wohl allmählich hinaus. Doch solange ich etwas für andere tun kann, sehe ich meine Tage nicht als verloren an.«

»Darüber eben wollte ich mit Ihnen sprechen. Es wird keine Witwerschaft werden, Haslam. Ich habe gute Nachrichten für Sie, die allerbesten. Ich habe Sie schon maßvoll vorbereitet, aber ich weiß nicht, ob Sie es gewagt haben, meine Worte richtig zu deuten. In letzter Zeit habe ich Sie von Harriet ferngehalten, weil es ihr besser ging, nicht schlechter, weil es ihr zusehends besser ging. Ich habe die Wahrheit hinausgezögert, um das Risiko einer überstürzten Genesung zu vermeiden und um Ihnen beiden die Erinnerung an Begegnungen zu ersparen, bei denen sie geistig nicht ganz da gewesen wäre. Als sie Sie überhaupt nicht erkannte, war das anders. Jetzt wird sie wieder ganz bei sich sein, sobald sie sich an diesen normalen Zustand gewöhnt hat. Sie hat schon nach Ihnen allen gefragt.«

»Doktor«, sagte Godfrey, »Sie nehmen mir einen Stein vom

Herzen. Ich war in den letzten Monaten tief bekümmert und wie leblos. Bei aller Freude an der Vielfalt meines Lebens war ich innerlich abgestorben. Wenn ich meine Frau von Zeit zu Zeit sehen kann, öffnet sich mir wöchentlich oder täglich eine Aussicht, je nachdem es mir vergönnt wird. Und in meiner Dankbarkeit für das Gewährte werde ich meine Wünsche nicht überspannen.«

»Aber nein, es steht viel besser«, sagte Dufferin. »Sie mögen wünschen, was Sie wollen. Sie dürfen sich auf das Bestmögliche gefaßt machen. Harriet muß sich nur noch über ihre Krankheit hinwegsetzen, und dann kann sie nach Hause zurückkehren.«

»Nein, nein, Doktor«, sagte Godfrey. »Da wollen wir Sie nicht beim Wort nehmen. Gar zu viel müssen Sie nicht versprechen. Sie werden unsere Hoffnungen nicht wecken, um sie dann zu zerstören, dazu kennen wir Sie zu gut. Wir verlangen das Unmögliche auch nicht von Ihnen. Das wäre ein Risiko, das wir nicht eingehen dürfen. Wir machen Ihnen das Unvermeidliche nicht zum Vorwurf, das kann Ihnen wirklich nicht zur Last gelegt werden. Wir vergessen uns nicht soweit, die vollständige Erfüllung unseres Lebens zurückzuwünschen, womöglich auf Kosten des ihrigen. Ich spreche in meinem und meiner Kinder Namen. Lassen wir sie noch, wo sie ist, gut behütet, wohl versorgt und in sicherer Geborgenheit.«

»Nichts davon gilt mehr, ich könnte keine bessere Nachricht für Sie haben. Schon recht, daß ich mich nicht gleich klar ausgedrückt habe, aber jetzt darf ich es. Harriet kann bald nach Hause. Sie ist wieder ganz bei sich.«

»Will sie es denn auch? Ist sie von selbst darauf gekommen? Hat sie davon gesprochen?«

»Es ist ihr eingefallen, sobald sie wieder normal war. Sie hat nicht viel gesagt. Sie nimmt es als selbstverständlich an.«

»Aber natürlich, Doktor, das ist es ja auch. So also stehen die Dinge. Wir nehmen unser Leben wieder auf, unser altes Leben. Wir schreiten voran, entschlossen, gefaßt und aus tiefstem Herzen froh. Ich will meinen Kindern die Kunde bringen, meinen Gästen und meinen Kindern das freudige Ereignis ankündigen. Und Sie sollen Ihr Teil bekommen. Ich werde sagen, daß wir das allein Ihnen verdanken und keinem anderen. Sie kommen mit und hören selbst, wie ich unseren gemeinsamen Freunden von Ihrem Erfolg berichte. Ich kann es ihnen keinen Augenblick länger vorenthalten.«

»Nein, ich werde heimgehen. Mich brauchen Sie dazu nicht. Ich sehe Sie bald, wenn ich Sie zu Harriet führe.«

»Meine lieben guten Freunde«, sagte Godfrey, indem er die Tür zum Salon aufriß, »freut euch mit mir! Meine Leidenszeit ist vorüber! Meine Frau wird wieder unter uns sein, völlig wiederhergestellt! Ganz plötzlich war es soweit. Man dachte, wir hätten nicht die Kraft, uns zu gedulden. Mein Herz ist zum Überlaufen voll, mir fehlen die Worte. Ich bitte nicht darum, ich weiß, ihr könnt es mir nachfühlen.«

Godfreys Kinder scharten sich sogleich um ihn.

»Hat Antony es dir gesagt? Ist es ganz sicher?« sagte Griselda.

»Ganz sicher, meine Tochter. Ich würde eure Hoffnung nicht wecken, nur um sie zu zerstören.«

»Wenn das so ist, muß es schon eine Weile festgestanden haben«, sagte Matthew. »Da gibt es keinen Zweifel. Gar keinen!«

»Hat Antony es dir eben gesagt? Wird es sehr bald sein?« sagte Jermyn.

»Es wird sehr bald sein, wenn Dufferin sagt, daß es überhaupt sein wird«, sagte Matthew. »Alles ist zum guten Ende gekommen. Die ganze Sache ist überstanden.«

»Weiß Mutter von alledem?« sagte Gregory.

»Mein lieben Kinder«, sagte Godfrey, »es gibt nur die eine Antwort auf all eure Fragen: ›Ja!‹ Das Kapitel unseres Verwaistseins ist abgeschlossen. Eure Treue und euer mutiges Vertrauen sollen belohnt werden. Unsere Freunde werden uns unsere unbesonnenen Worte freudigen Erschreckens verzeihen. Denn unsere Herzen sind nur auf einen einzigen Ton gestimmt. Sie werden uns Gute Reise wünschen auf dem Weg, der sich vor uns auftut, ein Weg, der für uns altbekannt und neu zugleich ist.«

»Gute Reise geht immer mit Trennung einher«, sagte Rachel. »Wir wollen unverzüglich aufbrechen. Ich freue mich um meiner selbst willen. Damit will ich mir keine Ehre antun, sondern Harriet dermaßen ehren, daß ich mich ihr zum Opfer bringe und mich somit wiederum in ein augenblicklich vorteilhaftes Licht rücke. Percy, sage nur nichts, wenn du dich nicht auch zum Opfer bringen kannst. Godfrey wird verstehen, daß ich für uns beide gesprochen habe.«

»Ja, ja, für uns beide. Die alten Zeiten kehren wieder. Das freut mich vor allem für mich und zuallererst für Sie alle«, sagte Sir Percy, im Abgehen seine Worte überstürzend.

»Camilla, wir werden so verfahren, als verführe man mit uns«, sagte Mrs. Christy. »In diesem Augenblick freudiger Spannung wollen wir uns nicht in leeren Worten ergehen. Sir Godfrey, ich gehöre zu denen, deren geheimsten Wünschen letzthin ihre wahre Erfüllung versagt blieb. Sie wurden mehrfach an den ihnen eigenen Wendepunkten durchkreuzt. Lady Haslam kann keinen Willkomm haben, der mehr in Einklang mit der sie umgebenden Atmosphäre stünde.«

»Das glaube ich auch, anders wäre es im Augenblick zu fürchterlich«, sagte Camilla, schon auf der Türschwelle und ihre lauten Abschiedsworte mit einem Handwinken begleitend. »Leben Sie wohl, teurer Sir Godfrey. Lebe wohl, mein Matthew. Es war mir nicht recht, daß deine Mutter keine Gelegenheit hatte, gegen unsere Verlobung Einspruch zu erheben. Sie muß das jetzt nachholen. Ich kann nicht dulden, daß ihr irgend etwas verwehrt wird. Laß mich wissen, ob wir uns je wiedersehen dürfen. Auf ihre Wünsche kommt es zuallererst an.«

»Nur ein Händedruck und ein paar Worte«, sagte Agatha zum Hausherrn. »Erst gestern habe ich gesagt, wie traurig es mich berührt hat, dieses Haus ohne seine Herrin zu sehen, und daß die Dinge recht und schlecht, sozusagen steuerlos, weitergehen mußten. Ich sagte das hier in diesem Raum, als wär's erst einen Augenblick her. Und nun dieses Zusammentreffen, fast als würfen die Ereignisse ihre Schatten voraus, wenigstens für manche, die eine

Witterung für Künftiges haben. Wir sind mit Ihnen voller Dankbarkeit. Lassen Sie mich das für uns alle drei sagen.«

»Weniger Worte hätten es auch für uns getan, zumal wir nur um ein kurzes Glückauf gebeten wurden!« sagte Geraldine.

»Es ist auch erlaubt, wortlos zu scheiden«, sagte Kate leise, indem sie sich den anderen anschloß.

»Sir Godfrey«, sagte Dominic, »meine Mitgäste sind von der Annahme ausgegangen, etwas von dem sagen zu dürfen, was uns zuinnerst bewegt. Ich bin mir bewußt, daß all dergleichen Ihnen hoffnungslos unzulänglich erscheinen muß, und ich will Sie nicht mit den Gefühlen belasten, die unvermeidlich in einem Herzen aufgewallt sind, das in diesen Monaten im Einklang mit dem Ihren geschlagen hat. Ich will lediglich sagen: Ich bin dankerfüllt zu sehen, daß Ihnen das wiedergegeben wird, was ich verloren habe.« Nach dieser Kongratulation machte Dominic kehrt und wankte gesenkten Kopfes aus dem Zimmer.

»Darf ich noch ein bißchen bei Griselda bleiben? Ich verspreche auch, nicht zu reden«, sagte Bellamy.

»Ja, ja, bleiben Sie, mein Junge«, sagte Godfrey, zum Kamin hinübergehend. »Nun, ich finde, die Aufführung und alles ist gut abgelaufen. Meine lieben Kinder!« Er wandte sich und streckte die Arme aus. »Ihr wißt nicht, was ihr sagen sollt, und das verstehe ich. Ich weiß es selbst kaum. Es überrascht mich nicht, daß ihr stumm seid. Ich werde eurer Mutter sagen: ›Deine Kinder haben schweigend die Nachricht von deiner Rückkehr aufgenommen. Ihre Herzen waren zu voll, um Worte zu finden.‹ Und es ist wirklich zu viel auf einmal. Das spürte ich auch. Wenn ich heute abend gewußt hätte, daß unser Leben im Nu wieder seine alte Ordnung finden müßte, hätte ich unsere Freunde nicht mit der ungezwungenen Gastlichkeit bewillkommnen können. Ich glaube nicht, daß ich an ihnen etwas versäumt habe – weder als ich sie zu uns bat, noch als ich hier hereinplatzte und ihnen die Neuigkeit auf meine Weise mitteilte. Ein Augenblick, der eurem Gedächtnis nicht entschwunden sein dürfte. Doch wenn jemand euch nachfühlen kann, daß ihr keine Worte findet – dann ich.«

»Sehr großmütig von dir, da du doch darin so ganz anders bist«, sagte Gregory.

»Das nenne ich eine Theorie von kluger Voraussicht«, sagte Griselda.

»Weder in dieser noch in irgendeiner anderen Situation können wir je enttäuschen«, sagte Jermyn. »Und enttäuschen ist das Schlimmste bei einem Wiedersehen. Nur ohne das ist es vollkommen. Mutter muß das Gefühl haben, daß sich in unserem sprachlosen Willkomm unser wahrer Wert verbirgt.«

»Wir werden einen Bericht über unsere Haushaltsführung erstatten müssen«, sagte Matthew.

»Matthew!« fiel ihm sein Vater ins Wort. »Willst du etwa andeuten, daß in Abwesenheit deiner Mutter nicht alles so weitergegangen ist, als hätte sie noch bei uns geweilt?«

»Du warst auf dem besten Wege dazu«, sagte Matthew.

»Das war ich nicht. Du projizierst deine Hirngespinste auf andere. Ich muß für dich erröten, Matthew. Es kommt mir fast so vor, als wenn dein eigenes Gewissen nicht ganz rein wäre.«

»Wir werden unbeirrt unseren Weg weitergehen«, sagte Gregory.

»Recht so, mein guter Junge«, sagt Godfrey. »Meine Lieben, wir haben in diesen Monaten zusammengehalten. Und wir werden so fest zusammenhalten in der Zeit der Prüfung, die vor uns liegt. Denn jeder Wechsel bringt Forderungen mit sich. Wir werden ihnen gewachsen sein, indem wir einander hilfreich unterstützen und uns zusammentun, um der, die uns verloren war, wieder ihren Platz zu bereiten. Ach, Krankheit hat sie zurückgeworfen. Unsere Frau und Mutter wird zu uns zurückkehren und wird sehen, daß es uns auch ohne ihre Führung an nichts gefehlt hat.«

»Mit unserem Schweigen«, sagte Jermyn.

»Ich freue mich, das so entschieden von dir zu hören, Vater«, sagte Matthew.

»Das ist auch meine entschiedene Meinung, Matthew.«

»Ich wollte, Sie wären statt meiner der Pfarrer, Haslam«, sagte Bellamy.

»Nun, ich hatte manchmal ein wenig Gelegenheit, mich im Reden zu üben. Wie Sie wissen, halte ich jeden Morgen eine Andacht für das Hauspersonal. Ich glaube, sie erwarten das nachgerade von mir. Nun ja, man tut, was man kann. Aber Sie müssen gehen, nichtwahr, Ernest? Ich bringe Sie hinaus.«

»Mutter wird wieder bei uns sein«, sagte Gregory mit einem selbstvergessenen Lächeln. »Ich habe es gewußt.«

»Du hast dich auf Dufferins Andeutungen verlassen«, sagte Jermyn. »Wir hingegen haben auf die entscheidenden Worte gewartet. Nur die Gewißheit zählt.«

»Dufferins Andeutungen zählen schon«, sagte Matthew. »Eben deshalb war er so sparsam damit. Er spürte, daß uns die Gewißheit erst allmählich beigebracht werden müßte. Wir waren noch nicht richtig darauf gefaßt.«

»So also begrüßen wir Mutters Genesung«, sagte Griselda. »Man sagt, daß solche Szenen meist hinter den Erwartungen zurückbleiben, also können wir vielleicht hoffen, daß wir guter Durchschnitt sind.«

»Unser armer Vater wagt nicht aus der Halle zurückzukommen und sich auf die Zukunft einzustellen«, sagte Matthew.

»Das hat nichts zu bedeuten«, sagte seine Schwester.

»Es kann sehr viel mehr bedeuten«, sagte Matthew.

»Oh, Mutter wird heimkommen und wieder ganz sie selbst sein«, sagte Jermyn.

»Wie auch immer, sie wird heimkommen«, sagte Gregory. »Sich über das Wie Gedanken zu machen, ist sinnlos. Alle kleinen Vorbereitungen, die jeder von uns für sich getroffen hat, werden vergeblich sein.«

»Ich frage mich immer, was dieses ›Selbst‹ von Mutter ist, von dem wir soviel hören«, sagte Matthew. »Wir hatten früher nie Gelegenheit, es zu bemerken. Sie wird ja wohl nicht mehr als ein ›Selbst‹ haben, ebensowenig wie wir. Und wenn sie es nicht hat –«

Er verließ das Zimmer sogleich, als sein Vater wieder hereinkam.

XVIII

»Komm, meine Harriet, komm, meine Liebe, komm in dein Heim. Tritt über die Schwelle und kehre zurück in dein altes Leben. Das andere ist nichts weiter als ein Traum. Hier bist du wieder in deinem eigenen Nest. Deine Kinder kommen, dich zu begrüßen, sie eilen, so schnell ihre Glieder sie tragen, um ihre Mutter daheim Willkommen zu heißen! Ja, küßt nur eure Mutter, meine Söhne. Begrüßt sie so, als wäre sie nur kurze Zeit fortgewesen. So ist es ja auch. Endlich sehe ich euch alle wieder beisammen. Ich habe auf diesen Augenblick gewartet wie noch nie auf etwas in meinem Leben. Ich sage dir, Harriet, wenn irgend jemand mich gefragt hätte, was man mir bieten könnte, daß ich hierauf verzichtete, so hätte ich gesagt: Nichts. Denn nichts hätte mich veranlassen können, das aufzugeben, wofür ich monatelang gelebt habe. So lange nämlich war es, meine Liebe, nicht nur kurze Zeit, wie ich eben sagte. Du weißt es jetzt, meine tapfere Gefährtin. Es gibt nichts mehr, dem du nicht ins Auge sehen könntest.«

»Also, meine Geliebten, ihr habt einen Willkomm für mich? Und das, obwohl ich so lange fort gewesen bin. Es ist eine lange Zeit gewesen. Ich mußte das erst kürzlich erfahren. Und ihr habt es die ganze Zeit gewußt, meine Ärmsten, es gewußt, während die Tage sich dahinschleppten. Jetzt habt ihr wenigstens eurer Mutter herzliches Mitgefühl.«

»Damit sind wir um Monate im Rückstand«, sagte Jermyn, seinen Arm um die Mutter legend.

»Du hast recht, sogleich zur Tat zu schreiten«, sagte Griselda. »Es ist so viel nachzuholen.«

»Wir werden uns für die ganze Zeit schadlos halten«, sagte Gregory. »Wir werden nicht den kleinsten Nachlaß gewähren.«

»Meine Geliebten!« sagte Harriet, den Blick ihrem ältesten Sohn zuwendend.

»Meinen Glückwunsch zu deiner Rückkehr, Mutter«, sagte Matthew. »Das ist eine gewaltige Sache.«

»Gewaltig! Ja, das ist das richtige Wort, gewaltig«, sagte Godfrey mit einem kurzen Blick auf Matthew. »Gewaltig. Matthew hat's getroffen.«

»Und ich werde zu meiner Begrüßung einen weiteren Sohn und eine weitere Tochter haben. Ich bin um zwei Kinder reicher zurückgekehrt. Vater hat mir die Neuigkeit mitgeteilt, und er hat beide in meinem Namen gebeten, heute abend mit uns zu sein. Das ist eine Hauptfreude für mich. Meine Teuren, ich bin zurückgekommen, sie in meine Liebe und Fürsorge mit einzuschließen. Niemand könnte die, die ihr liebt, aufrichtiger willkommen heißen, als eure Mutter.«

»Camilla sagt, sie kann den Gedanken nicht ertragen, daß du keine Gelegenheit hattest, unsere Verlobung zu mißbilligen«, sagte Matthew wie auf ein Stichwort hin.

»Ach, sie ist genau richtig für Matthew, Harriet. Du wirst es selbst sehen«, rief Godfrey mit einem anerkennenden Blick auf seinen Sohn.

»Ich hoffe, sie werden uns heute abend Ehre machen«, sagte Griselda, die mit krampfhaft zusammengepreßten Händen dasaß. »Wenn sie uns diesmal im Stich lassen, was soll dann in Zukunft werden?«

»Die Zukunft gehört ebenso dir wie ihnen, mein liebstes Kind«, sagte ihre Mutter. »Ich werde mich jetzt ein wenig ausruhen und mich umziehen. Wie schön, daß mein Töchterchen mir dabei hilft! Ich muß mich bemühen, heute abend im besten Licht zu erscheinen. Wer auf eine Schwiegermutter hat warten müssen, darf sich durch nichts zurückgestoßen fühlen, und ebensowenig die, die auf ihre Mutter haben warten müssen. Das muß ich mir immer wieder vorhalten. Und wie ich mir das vorhalten werde!«

»Nun, was hältst du davon, Matthew?« sagte sein Vater. »Was sagst du dazu, wie sich alles für uns wendet? Sie ist eine großartige, edelmütige Frau, deine Mutter, zartfühlend, kraftvoll und hochherzig, wenn sie ihrer selbst mächtig ist. Daß sie das nicht immer war, hat uns bekümmert. Dieserhalb kamen uns böse Ahnungen an, die Furcht, daß sie etwa nicht in ihrer wahren Verfassung zu uns zurückkehren würde. Aber sie ist zurückgekehrt, bereit, uns ihr Bestes zu geben. Der völlige Zusammenbruch hat ihr gut getan, von der ständigen Anstrengung suspendiert zu sein, das brauchte sie, danach verlangte das Nervensystem meiner armen Frau, eurer armen Mutter! Ich schäme mich meiner kümmerlichen, selbstischen Besorgnisse. Ich erröte wegen meiner Ängste und meiner Zimperlichkeit, die sich darum drehten, was meinem kostbaren Ich bevorstehen möchte. Als wenn es darauf ankäme, wofern nur sie sicher und gesund zurückkehrte! Als wäre das einen Heller wert!«

»Also war gar kein Grund zur Besorgnis, wenn deine Theorie stimmt«, sagte Matthew.

»Matthew, du wirst doch nicht an mir zweifeln wollen! Das kann ich nicht glauben. Das schiene mir weit unter deinem Niveau. Ah, Griselda, du kommst von Mutter? Du hast den Posten eingenommen, den wir alle gern ausgefüllt hätten. Und du hast ihn würdig ausgefüllt, daran zweifle ich nicht. Mutter hat sich an dir aufgerichtet. Ja, wahrlich ein Gefühl, an dem wir gerne teilhaben möchten.«

»Sie will sich ein wenig ausruhen und ihr Zimmer richten. Catherine ist bei ihr. Es geht ihr fabelhaft gut. Ich habe sie noch nie in solcher Stimmung erlebt.«

»Ah, mein armes Kind, du hast deine Mutter früher nicht gekannt. Aber, so Gott will, wirst du sie jetzt kennen. Wie wir sie in der Vergangenheit kannten und liebten, das zählt jetzt nicht mehr. Glaubt mir, es wird ein Erlebnis sein zu sehen, wie sie Ernest und Camilla begrüßt. Das ist etwas, dem wir freudig entgegenblicken sollten.«

»Liebe Lady Haslam, es hat mein Glück so beeinträchtigt, daß Sie nicht da waren, um ihm einen Dämpfer aufzusetzen«, rief Camilla, als der Augenblick, da Godfreys Vorwegnahmen sich verwirklichen sollten, gekommen war. »Eines solchen Dämpfers bedurfte es dringend, das weiß ich. Auch ein brandneues Stück Ware hätte es für Matthew nicht getan – und ich weiß, daß ich für Sie so ein ›Stück Ware‹ bin: mehrfach umgetauscht und angeschmutzt. Mutter hatte solche Angst, mich heute abend herzuschicken, einen Artikel von der vorvorigen Saison! Sie kann Ihnen diesen Kauf nachfühlen. Sie kennt die Ware.«

»Nun, auch ich werde die Ware bald kennen und hoffentlich dafür sorgen können, daß es die letzte Saison ist. Meine Liebe, für die Frau, die meinen Sohn liebt, gibt es bei mir nur ein Gefühl.«

»Da sehen Sie's, Camilla. Sie sehen, wie es steht«, sagte Godfrey. »Matthews Mutter bringt Ihnen ganz einfach die Gefühle entgegen, die sie für alle ihre Kinder hegt. Sie und ich strecken unsere Arme nach Ihnen als Tochter aus, Seite an Seite stehend, was uns viele Monate lang nicht mehr vergönnt gewesen ist.«

»Sie sehen dabei geradezu verehrungswürdig aus. Matthew und ich sind daneben nur eine ganz schwache Kopie.«

»Nun, ihr seid ja auch nicht die einzigen Liebesleute hier im Raum.«

»Immerhin sind sie nützlich, um dich gehörig herauszustreichen«, sagte Griselda. »Bald werde ich auch in dieser Rolle sein.«

»Ja, wir werden gleich noch ein Pärchen unter uns haben«, sagte Godfrey, »noch eins, um uns damit zu schmücken. Denn wahrhaftig, das tun sie. Buttermere, Sie wissen, daß Mr. Bellamy zum Dinner kommt?«

»Jawohl, alles wie gewöhnlich, Sir Godfrey, bis auf die Rückkehr von Mylady.«

»Ernest kommt wohl oft zum Dinner?« fragte Harriet.

»Ja, ja, so oft Griselda ihn dahaben will. Oft ist das richtige Wort«, sagte Godfrey. »Wir waren manchmal froh über ein bißchen Geselligkeit außerhalb der Familie, Harriet. Wir wollten nicht so gern mit unseren Gedanken allein sein. Das wäre nicht gut für uns gewesen.«

»Meine Ärmsten!« sagte Harriet.

Bellamy, mit seinem gesetzten Lächeln, kam herein.

»Ich werde den Kopf höher tragen, Lady Haslam, seit mir der begehrteste Vorzug zuteil geworden ist, einen Blick auf Sie tun zu dürfen. Die Zeit, da Sie fern von uns waren, hat Sie uns nur noch wertvoller gemacht! Es war wohl kaum das Richtige, daß Sie so lange weniger als nichts für uns getan haben. Ich könnte es nicht verzeihen, wenn Sie es nicht jetzt damit kompensierten, daß Sie mir Griselda geben.«

»Ja, ich bin eben im Begriff, sie Ihnen zu geben. Ich bin zu einer vergrößerten Familie heimgekehrt. Und da meine Familie mein Ein und Alles ist, kann ich gar nicht genug davon haben.«

»Wollen Sie mir auch nicht ein kleines Stückchen Eigenwert lassen? Ich bin sicher, Griselda spricht ihn mir zu.«

»Ah, Sie können heute abend nicht Komplimente aus Griseldas Mutter herauslocken wollen«, sagte Godfrey. »Sie ist mein Bereich. Wir haben gar keine Aufmerksamkeit für Sie übrig.«

»Es fällt mir schwer, angesichts dieser Eltern meine Pflicht Matthew gegenüber zu erfüllen«, sagte Camilla.

»Ah, wir alle haben für nichts und niemand Gedanken, als für dich, Harriet«, sagte Godfrey. »Du siehst, Camilla ist darin ganz wie ich. Jermyn, von dir habe ich noch kaum ein Wort zur Heimkehr deiner Mutter gehört.«

»Das ist nicht nur gemein, sondern ungerecht«, sagte Jermyn. »Du redest, als müßten auch wir anderen in einem fort schöne Worte machen. Dabei sind wir übereingekommen, daß Schweigen die rechte Art sei, unsere Gefühle auszudrücken.«

»Harriet, du hättest geweint, wenn du unsere Kinder gesehen hättest, als ich ihnen von deiner Genesung berichtete. Sie standen wie versteinert, ihre Gefühl überwältigten sie und ließen sie zu Stein erstarren. Ich mußte an mich halten. Ich hätte ihnen weinend um den Hals fallen können.«

»Es war schon nicht mehr wie Eltern und Kinder«, sagte Griselda.

»Und jetzt findest du plötzlich ein Haar in unserem Schweigen«, sagte Gregory.

»Godfrey, mein Lieber, es ist nachgerade zu viel für mich«, sagte Harriet, ihn am Arm berührend.

»Ja, mein Liebstes, ich bin ein Idiot, ohne jedes Urteilsvermögen. Sprechen wir von der anderen Seite unserer Kinder, von ihren Bestrebungen und Erfolgen, die mit ihnen zu teilen du heimgekehrt bist.«

»Das wirst du nicht tun«, sagte Jermyn. »Nachdem ich schon eine Anspielung über mich ergehen lassen mußte, ertrage ich keine weitere. Und unsere profanere Seite würde Mutter noch mehr zusetzen als die andere.«

»Was soll ein Hinweis auf unsere besseren Seiten, wenn du im gleichen Atemzug eine Gegenrechnung aufmachst?« sagte Matthew.

»Ah, meine lieben Kinder, es war ja nicht so, daß euch die Worte fehlten, sondern daß eure Herzen übervoll waren.«

»Nun, lassen wir es dabei, und widersprecht dem nicht mehr«, sagte Griselda.

»Wie bald kann ich mein erstes Gespräch unter vier Augen mit dir haben, Mutter?« sagte Gregory.

»Wann möchtest du es denn, mein Liebling?«

»Morgen nach dem Frühstück im Garten«, sagte Gregory.

»Das sollst du, mein Junge. Keiner von uns neidet dir das«, sagte sein Vater. »Wir vergessen nie die alten Zeiten, da du das so oft auf dich genommen hast. Wahrlich, du hast dir ein Recht darauf erworben, Gregory.«

»Wird euch allen die Zeit nicht lang bei Tische?« sagte Harriet. »Speisen wir eigentlich länger als gewöhnlich, Buttermere?«

»Nicht länger als letzthin üblich war, Mylady.«

»Oh, wir hatten in letzter Zeit manchmal einen oder zwei Extragänge, Harriet. Wir hatten Leute zu Tisch, du weißt, Camilla und Ernest. Wir brauchten ein wenig Aufmunterung. Wenn du an den ersten Abenden, da wir ohne dich waren, unsere Gesichter hättest sehen können! Da war uns nicht nach verlängerten Mahlzeiten zumute. Ach ja, das blieb dir erspart. Aber wir denken oft daran.«

»Griselda setzt mir vor, was ich am liebsten mag«, sagte Bellamy. »Sie übt sich schon darin, ihren künftigen Ehemann zu verwöhnen.«

»Über diesen Wechsel wirst du gewiß froh sein«, sagte Camilla.

»Mein armes Kind! Aber jetzt ist ihre Mutter wieder bei ihr«, sagte Harriet. »Ich werde ja so dankbar meine Pflichten wieder aufnehmen. Meine Kinder haben mit ihrer Mutter kein Glück gehabt. Ihr sollt alle haben, was ihr am liebsten mögt, in jeder Beziehung, ihr alle sechs, und ohne daß ihr auch nur einen Gedanken daran wenden müßt. In einigen Tagen werde ich Mr. Spong sprechen, und sobald ich weiß, wie die Dinge stehen, sollt ihr alles haben, was eure Mutter euch nur geben kann.«

»Hoffentlich gibt's keine Bedenken gegen so viel Glück«, sagte Bellamy.

»Bedenken? Was wollen Sie damit sagen, Ernest?« sagte Godfrey. »Glaube mir, Harriet, der alte Spong wird geradezu froh sein, mit dir reden zu können. Er hält meinen geschäftlichen Verstand nicht entfernt für vergleichbar mit deinem. Da kannst du ganz sicher sein. In seinen Augen könnte ich ebensogut ein Tapergreis sein. Das magst du glauben oder nicht, es ist so. Er meint, ich sei nicht imstande, auch nur einen Pfennig richtig auszugeben. Wenn es nach ihm ginge, müßte ich die Frau und du der Mann sein.«

XIX

Ein paar Tage später betrat Dominic zaghaften Schrittes das Haus und hielt seine Aktentasche, als brächte er einen profanen Gegenstand zu einer heiligen Handlung mit. Er beugte sich lange schweigend über Harriets Hand.

»Nun, Spong, Sie sehen, wir sind wieder ganz die alten«, sagte Godfrey. »Das Blatt hat sich gewendet. Sie freuen sich mit uns, das weiß ich.«

»Sir Godfrey«, sagte Dominic, der sich noch nicht traute, Harriet direkt anzusprechen. »Ich wüßte nichts, das mir Gelegenheit zu größerer persönlicher Genugtuung böte. Das sind meine Gefühle angesichts Ihrer Wiedervereinigung.«

»Ich danke Ihnen, Spong. Wir durften Ihres Mitgefühls sicher sein. Und ich wünschte nur, Ihre Frau könnte Ihnen wiedergeschenkt werden wie mir die meine. Das schmälert meine eigene Freude, daß Sie nicht Ihr Teil abbekommen können.«

»Aber die meine ist darum nicht geringer, Sir Godfrey.«

»Also, bringen wir das Geschäftliche hinter uns. Wir werden uns freier fühlen, wenn das nicht mehr über uns hängt. Leider können wir nicht zusammenkommen, ohne daß diese Dinge geregelt werden müssen. Sie und ich müssen das künftig etwas von meiner Frau fernhalten, Spong. Ich sehe es nicht gern, daß sie sich dafür interessiert. Wir sind es nun schon gewöhnt, allein damit fertig zu werden, und müssen aus dem, was wir dabei gelernt haben, das Beste machen. Wir dürfen nicht zulassen, daß sie die Dinge in die Hand nimmt, es ist einfach zu viel für sie. Wir müssen daran denken, was geschehen ist, und müssen auf unserer Hut sein.«

»Wenn ich Lady Haslam recht kenne«, sagte Dominic, seine Akten mit komisch schuldbewußter Miene aufschnürend, »dann glaube ich kaum, daß sie sich hinsichtlich geschäftlicher Entscheidungen viel wird abnehmen lassen wollen. In diesem Ressort spielt sie, wenn ich mich so vulgär ausdrücken darf, die erste Geige.«

»Nun ja, aber wir müssen vorsichtig mit ihr sein«, sagte Godfrey. »Also, Harriet, meine Liebe, möchtest du, daß auf irgend etwas in den vor dir liegenden Papieren näher eingegangen wird?«

»Nein, die sind völlig klar. Ich habe sie gestern abend durchgesehen«, sagte Harriet. »Sie sind in Ordnung und ganz wie immer. Die Kapitalanlagen bedürfen keiner Umdisponierung. Mr. Spong hat in ein oder zwei Fällen sehr klug gehandelt. Schließlich war ich ja nur ein paar Monate abwesend. Aber was unser Bankkonto betrifft, sehe ich nicht klar, unser gemeinsames Konto, Mr. Spong, auf das wir beide, mein Mann und ich, einzahlen und von dem wir beide abheben. Es ist um einen ziemlich großen Betrag überzogen, was noch nie vorgekommen war. Wir haben das Scheckbuch nicht hier. Nur die Eintragung der überzogenen Summe in Ihrem Kontoabschluß. Ist irgendeine Zahlung bei der Bank nicht eingegangen?«

»Nein«, sagte Dominic in bedächtigem Ton, »alles ist eingegangen, wie gewöhnlich. Und der Abschluß ist eigens für diese Unterredung auf den heutigen Stand gebracht.«

»Dann muß es irgendeine Erklärung dafür geben. Ich werde es ohne Zweifel bald herausfinden.«

»Da hätten wir zunächst einmal einige ungewöhnliche Anforderungen an das Konto«, sagte Dominic in einem Ton, der keinen Kommentar zuließ. »Da wäre der Vorschuß an Messrs. Halibut & Froude für die Veröffentlichung von Jermyns Gedichten, dann die Ausgaben für die Theatermiete und die Ausstattung des Schauspielabends, den Mr. Bellamy organisiert hat, und schließlich das Kaufgeld für die Pacht von Matthews Haus. Diese Posten mußten auf der Debetseite erscheinen und haben wahrscheinlich zu dem abnormen Kontoschwund geführt.« Dominic blickte zum Fenster hinaus.

»Oh, ja, Harriet«, sagte Godfrey. »Das sind Maßnahmen, die ich getroffen habe, gewiß. Ich wußte, wir würden da ganz einer Meinung sein. Ich konnte dich nicht um Rat fragen, und so habe ich, wo ich deiner Zustimmung sicher war, auf eigene Faust gehandelt. Es war eine zwingende Notwendigkeit für Matthew, ein Haus unweit seiner Arbeitsstätte zu haben, und er konnte sich das aus eigenem nicht leisten, der gute Junge! Es wird keine Miete zu zahlen sein, da wir die ganze Pacht abgegolten haben, das war in Betracht zu ziehen, und ich dachte, damit auch deinen Ansprüchen gerecht zu werden. Und Bellamys Theaterabend war, unter uns gesagt, nur Griselda zuliebe veranstaltet. Die armen Kinder mußten dich entbehren, Harriet. Ich mußte etwas tun, um das wettzumachen.«

»O ja, natürlich, mein Lieber. Ich zweifle nicht, daß das richtig war. Ich wollte es nur verstehen. Mr. Spong hat schon recht damit, daß ich in Geschäften gewissenhaft bin.«

»Ja, Harriet, aber das sind kaum Dinge, mit denen du dir in diesen Tagen den Kopf beschweren solltest«, sagte ihr Gatte mit neuerlichem Ernst. »Du weißt, daß wir solche Entscheidungen von dir fernhalten müssen. Du wirst darin vernünftig sein. Du brauchst weiter nichts als in deinem Herzen vor Stolz zu erschauern über das, was deine Söhne vollbracht haben. Ah, als ich mir die Bedeutung all dessen klarmachte, erschauerte ich selbst vor Stolz und tiefer Dankbarkeit. Wenn ich es nur mit dir teilen könnte, so spürte ich, würde mein Glückskelch voll sein. Und er ist jetzt übervoll.«

Dominic blickte drein, wie hin- und hergerissen zwischen seinen menschlichen und beruflichen Gefühlen.

»Ja, der meine auch«, sagte Harriet. »Wir sollten wirklich dankbar sein, um unserer Söhne und um unseretwillen. Ich kann mir vorstellen, daß der arme Jermyn seine Gedichte nicht bei einem Verlag unterbringen konnte. Ich weiß: das will nichts besagen. Du hast recht getan, ihn vor einer Enttäuschung zu bewahren.«

»Harriet«, sagte Godfrey, »ich hätte es für ihn nicht verwinden können! Er selbst hätte es wohl hingenommen, aber ich konnte es nicht. Das mußte ein Ende haben.«

»Nun, hoffentlich ist das nicht erst der Anfang, Sir Godfrey«, sagte Dominic. »Die jungen Herren neigen manchmal dazu, aus einer solchen väterlichen Attitüde Vorteil zu schlagen. Und dann jener andere Posten, die Ausgaben für den Theaterabend. Wünscht Lady Haslam irgendwelche Auskünfte darüber?« Er sprach, über seine schreibende Hand geneigt, mit einem lauernden Lächeln.

»Nein, mein Mann weiß darüber Bescheid. Er kann mir alles sagen, was ich wissen muß«, sagte Harriet. »Ich danke Ihnen, Mr. Spong, ich sehe, die Überziehung ist hinlänglich erklärt.«

Dominic wandte sich sogleich anderen Angelegenheiten zu, als hätte er sich zu keinerlei Intervention bemüßigt gefühlt, und die Unterredung kam zu einem Abschluß.

»Sie werden doch zum Lunch bleiben, hoffe ich, Mr. Spong?« sagte Harriet. »Wir erwarten Mrs. Calkin und Miss Dabis. Unsere Freunde sind so reizend ungeduldig, mich wieder daheim zu begrüßen.«

»Wenn ich der einzige Gast wäre, würde ich zögern, nein mich weigern, Lady Haslam, meine Gegenwart einer Familie aufzudrängen, die sich eben erst wiedergegeben worden ist. Aber da das nicht der Fall ist, werde ich mit Vergnügen meinen Platz einnehmen, hauptsächlich um der Freude willen, Sie wieder an

Ihrem Familientisch präsidieren zu sehen. Und diese größere Freude verdrängt, bei allem Respekt für meine anderen Freunde und Klienten, jene kleinere.«

»Lassen Sie's gut sein, es ist Zeit, daß wir hinübergehen«, sagte Godfrey. »Alles das versteht sich von selbst. Sie wollen gewiß Ihre Hände vom Aktenstaub säubern, Spong. Buttermere, Mr. Spong hätte gern etwas heißes Wasser in dem Kabinett neben der Halle.«

Dominic folgte dem Butler mit einer Miene, an solche Dienstleistungen sowohl gewöhnt, als auch zu ihnen berechtigt zu sein.

»Das Wasser ist sehr heiß, Sir«, sagte Buttermere, in der offenen Tür stehenbleibend und den Eindruck erweckend, daß er für manch anderen Gast wohl selbst den Hahn aufgedreht haben würde.

»Oh, ja, vielen Dank, ich komme schon zurecht«, sagte Dominic, wie um einer Bedienung, die er sonst gewohnt sei, zuvorzukommen.

»Der Lunch wird in einer Minute aufgetragen, Sir«, sagte Buttermere mit einem letzten Seitenblick auf den Gast.

»Dies ist ein überaus pünktlicher Haushalt«, sagte Dominic in leichtem Plauderton, während er langsam an den Tisch kam. »Mrs. Calkin, ich hatte zuletzt den Vorzug, Sie bei jener Gelegenheit zu treffen, als wir uns alle freuten, daß die Hausherrin den Platz, der für uns gleichbedeutend mit ihrer Gastlichkeit ist, wieder einnehmen würde. Ihnen, Miss Griselda, darf ich zu Ihrer Versetzung an einen weniger wichtigen Platz gratulieren. Ich glaube Sie gut genug zu kennen, um zu der Annahme, das sei ein Grund zum Gratulieren, berechtigt zu sein.«

»Sogar bei Ihren Erfahrungen als Rechtsanwalt«, sagte Geraldine.

»Miss Dabis, ich habe mir immer noch etwas Glauben an die Anständigkeit meiner Mitmenschen bewahrt.«

»Ich traue mich gar nicht zu sagen, wie dankbar ich bin, Sie wieder an Ihrem alten Platz zu sehen«, sagte Agatha in gedämpftem Ton zu Harriet. »Das auszusprechen versucht man besser nicht erst.«

»Ich stimme Ihnen zu, Mrs. Calkin, daß man daran in gewissem Sinne scheitern müßte«, sagte Dominic ganz ernsthaft.

»Als ich das letzte Mal hier war«, fuhr Agatha, zu Harriet gewandt, fort, »hat es mich bekümmert zu sehen, wie oberflächlich alles weiter lief und wie anders es im Grunde war. Da werden Sie jetzt, wo Sie wieder das Heft in der Hand haben, viel zurechtrücken müssen. Ich kann Ihnen die Anforderungen, die in Ihrer Position jetzt an Sie herantreten, gut nachfühlen.«

»Sie haben mich bis jetzt noch nicht belastet«, sagte Harriet, »und ich muß mich auch weiterhin nicht von ihnen unterkriegen lassen. Ich bin einfach nur glücklich, wieder in meinem Heim zu sein mit meinem Gatten und meinen Kindern.«

»Werden Sie die Nähnachmittage in Ihrem Hause nun fortsetzen«, sagte Geraldine. »Die waren in letzter Zeit sehr aufregend wegen der Kostüme für das Stück. Wir mußten alle möglichen verrückten Sachen zustandebringen. Für mein Teil bekomme ich anscheinend immer männliche Kleidungsstücke zugewiesen! Ich weiß nicht, warum man gerade mich damit betraut.«

»Die Sache ist in zu guten Händen, als daß wir an eine Veränderung denken müßten«, sagte Harriet. »Ich hoffe, daß Ihre Schwester es weiter übernehmen kann.«

»Was allen als das Beste erscheint, sollte auch mir willkommen sein«, sagte Agatha.

»Dann behalten Sie es, Mrs. Calkin, führen Sie es fort«, sagte Godfrey. »Meine Frau darf sich nicht mehr so viel zumuten wie früher. Sie wird manchmal hereinschauen und daran teilnehmen.«

»Wir haben getan, was wir konnten, um Sie bei Gregory zu ersetzen«, sagte Agatha, wieder zu Harriet gewandt und gleichsam aus Bescheidenheit das Thema wechselnd. »Er ist gekommen, wann immer er wußte, daß ich zu Hause sein würde. Ich hoffe, er hat nicht soviel Schaden genommen, wie Sie befürchteten?«

»Ich habe noch nicht herausgefunden, wieviel Schaden jedes meiner Kinder etwa genommen hat«, sagte Harriet, in die Runde blickend und dann Gregory fixierend. »Ich traue keinem von ihnen allzu weit, nein, ich glaube nicht. Ich weiß natürlich, wieviel Freundlichkeit Sie uns bewiesen haben.«

»Ich hoffe, Sie erlauben Gregory weiterhin seinen freundschaftlichen Verkehr mit uns? Ich wäre traurig, wirklich tief traurig« – Agatha machte eine Pause, um dieses Gefühl beiderseits voll wirken zu lassen – »traurig, wenn das abbrechen würde. Ich spüre, daß ich ihm etwas geben kann – etwas, das er auch Ihnen, wie ich glaube, nicht vorenthalten wird.«

»Zweifellos doch, da es ja von Ihnen kommt«, sagte Harriet lächelnd. »Und Gregory wählt seine Freundschaften nach Belieben. Das werden Sie auch gemerkt haben.«

»Nein, nein. Er wird wohl doch nicht darüber reden. Ich glaube, Sie sind darin feinfühliger als ich. Also wird er wohl schweigen.«

»Sir Percy und Lady Hardisty!« sagte Buttermere.

»Harriet, wir kommen unaufgefordert, da Sie uns ja nicht eingeladen haben. Wir würden das niemals tun ohne zureichenden Grund. Wir nahmen an, ohne weiteres willkommen zu sein, da es immer so gewesen ist. Aber daß wir Sie willkommen heißen, versteht sich so sehr von selbst, daß es mich geradezu nervös macht, Percy könnte zu einer Rede ansetzen, falls er das etwa vorhatte.«

Rachels Stimme klang gehetzt und hilflos, und sie wandte ihre Augen rasch von Harriet ab.

»Rachel!« sagte Godfrey. »Nach allem, was Sie für uns während Harriets Abwesenheit getan haben, reichen bloße Worte nicht aus, um zu sagen, daß Sie hätten dabei sein sollen, um diese Heimkehr noch glanzvoller zu machen. Aber unsere Gedanken waren so ganz mit Harriet beschäftigt, daß sie über unsere vier Wände nicht hinausgingen. Unsere anderen Freunde wären heute nicht hier, wenn es ihnen nicht selbst eingefallen wäre, wenn sie uns nicht die gleiche Freundlichkeit erwiesen hätten, die auch Sie uns durch Ihr Kommen erweisen.«

Dominic schlug die Augen nieder und spielte mit den Brotkrümeln, während Agatha mit einem treuherzigen Aufblicken diese Rechtfertigung ihrer Position bestätigte.

»Percy hat mich nur herkutschiert. Er dachte nicht, daß er hier gebraucht würde. Johnson ist krank, und Percy hat ein weiches Herz für die Leute, die er beschäftigt, wenn das auch die sonst von ihm so geschätzte Wie-in-alten-Zeiten-Atmosphäre beeinträchtigt. Und ich bin gekommen, Harriet, um mit Ihnen in Ihrem Zimmer einen Kaffee zu trinken. Ich hatte schon meinen Lunch gehabt, da können Sie nicht gut zu Ende speisen. Percy sollte Ihren Platz einnehmen; er kann etwas gebrauchen, denn ich habe ihn von seinem Lunch weggescheucht.«

»Nein, nein, stehen Sie nicht auf, meine Liebe«, sagte Sir Percy, als Griselda ihm die Pflichten des Platzes der Hausfrau abnehmen wollte. »Auch ein alter Mann kann sich noch nützlich machen. Erlauben Sie, Mrs. Calkin? Buttermere.«

»Also, kommen Sie mit mir hinauf, Harriet. Percy sorgt schon für alle«, sage Rachel mit plötzlicher Lebhaftigkeit, um diesen Aufbruch zu vertuschen. »Ich freue mich geradezu auf eine Tasse von Ihrem Kaffee. Unser Kaffee ist das reine Gift, wie alle billigen Sachen, für diese abgedroschene Wahrheit kann ich nichts. Ich hätte etwas von unserem Kaffee für Ihre Gäste mitbringen sollen. Ich begreife nicht, daß Sie darauf nicht gekommen sind, statt Ihre ganze Aufmerksamkeit Ihrer eigenen Person zuzuwenden. Aber, Harriet, meine Kleine, was ist denn?«

Harriet hatte sich in Rachels Arme geworfen und war in Schluchzen ausgebrochen.

»Haben Sie denn nicht bei Ihrer Heimkehr den üblichen Weinkrampf gehabt? Ich dachte immer, kaum ist man über die Schwelle, und schon schwimmt alles in Tränen. Aber natürlich, ich verstehe, es war wegen Buttermere. Ihre Gefühle hatten keinen freien Auslauf.«

»Rachel, mein Mann und meine Kinder! Sie kommen ohne mich aus. Eben darum habe ich auch noch nicht nach Ihnen geschickt und Sie hergebeten, mir fehlte einfach der Mut. Ich bin heimgekehrt, um zu entdecken, daß sie ebensogut leben können, wenn ich nicht da bin.«

»Natürlich können sie das. Was sollten sie denn sonst tun? Sie können doch nicht Menschen zwingen, dies oder das zu tun, und sich dann beklagen, daß sie es tun.«

»Ja, ich sollte ihnen das nicht verübeln. Sie mußten sich mit meinem Fortsein abfinden. Sie konnten nicht anders, wenn es ihnen auch nicht besonders schwer fiel. Ich sollte ihnen auch nicht verübeln, daß sie dagegen angegangen sind, und zwar fast von dem Moment an, da ich sie verließ. Schließlich ist es ihr Leben.«

»Es war nicht von dem Moment an. Den haben Sie gar nicht bewußt erlebt«, sagte Rachel. »Und was paßt Ihnen nun nicht?«

»Ich weiß, dieser Moment wäre ganz von selbst gekommen«, fuhr Harriet fort, wobei sie mit einem traurigen Lächeln aufblickte. »Aber ihm folgten andere von der gleichen Art. Nicht daß ich ständig daran dächte, das hieße nur an mich denken. Aber ich sehe sie mit anderen Augen, Rachel, meinen Mann und meine Kinder, die ich, wie ich jetzt merke, nicht gerecht behandelt habe. Ich weiß, es lag an mir; weil ich sie über ihre Kräfte beansprucht hatte, brachen sie aus, sobald ich nicht mehr da war.«

»Nun, wenn sie also einen Grund hatten, und obendrein einen, den Sie verstehen! Das wirft nicht gerade ein gutes Licht auf Sie, meine Liebe.«

»Godfrey läßt sich führen wie ein Kind«, sagte Godfreys Frau. »Ich merke jetzt, daß ich das immer schon wußte. Nichts gegen seine übertriebenen Ausgaben, er hatte noch nie einen Geschäftssinn, und ich kann das wieder zurechtbiegen. Aber er gibt seinem ganzen Leben eine neue Richtung, wenn ihn jemand bei der Hand nimmt. Ich rede nicht davon, daß er etwas unterstützt, gegen das wir uns immer gestellt haben, etwas ist nicht unrecht, bloß weil wir dagegen sind, nein, das nicht. Aber seine ganze Einstellung zu ernsten Fragen ist verschwommen und leichtfertig. Er ist zu dem gemacht worden, was er ist, zuerst durch seine Eltern, dann durch seine Frau, und jetzt durch seine Freunde und seine Kinder.«

»Armer Godfrey! Alle ziehen Vorteil aus ihm. Anscheinend nur wir nicht. Ich bestehe darauf, daß bei ihm nichts auf eine Beeinflussung durch mich oder Percy hindeutet. Aber das meinten Sie wohl auch nicht.«

»Er hat auch zur Zeit sehr wenig von mir«, fuhr Harriet mit dem gleichen Lächeln fort. »Natürlich kommt das wieder, ganz gewiß. Aber damit ändert sich nichts. Ich weiß kaum, was für eine Art Mann er im Grunde ist.«

»Das weiß ich sehr genau, wenn ich Sie ihn beschreiben höre«, sagte Rachel.

»Ich mittlerweile auch, wenn ich mich selbst höre. Dabei darf ich mich nicht beklagen, er muß mich wohl oder übel ganz kennen lernen, mein armer Godfrey. Und ebenso meine Kinder. Grund genug für das Gefühl, sie müßten aus der Zeit ohne mich möglichst viel herausholen. Und das haben sie alle getan, alle, Rachel! Nehmen Sie Gregory, meinen Gregory, mein Teuerstes auf Erden, der mich ans Leben bindet –«

»Nein, das ist eine Übertreibung, Harriet. Sie wissen recht gut, daß er Sie nicht ans Leben gebunden hat, daß nichts Sie gebunden hat.«

»Er ist in den Klauen dieser abgelebten Person«, sagte Harriet mit einer bei ihr ganz ungewohnten Bitterkeit. »Das ist genau das Falsche für ihn, und wer weiß, wo das einmal endet.«

»Das wird es nicht, das kann nirgendwo enden. Das kann einfach nur enden. Daß Sie damit noch nie fertigwerden mußten, zeigt nur, wie wenig abgelebt Sie selbst sind.«

»Rachel, wenn ich fühlte, es wäre pure Eifersucht, würde ich es von mir abtun. Ja, das würde ich, sobald ich es merkte. Aber das ist es nicht allein. Ich gebe zu, daß ich meine, die Gefühle, die Gregory für ältere Frauen hat, kämen mir zu, sie müßten nicht nur gegeben, sondern auch verdient sein, aber ich verlange nichts, das mir nicht gehört. Wenn er sich in Percys Polly verlieben würde, wäre ich nur zu glücklich.«

»Nun, dann wird er sich in sie verlieben«, sagte Rachel. »Also ist für Gregory ein Ende abzusehen, eitel Freude. Und auch für Griselda gibt es ein Ende, weil sie natürlich Ernest Bellamy heiraten muß, wer müßte das nicht. Womöglich müßte ich ihn noch heiraten, wenn ich mit Ihnen der Meinung wäre, daß Gefühle zwischen Alt und Jung zu etwas führen könnten. Damit können wir zu

Matthew und Jermyn übergehen. Die haben sich Ihre Abwesenheit nicht zunutze gemacht, sie betrieben ihr Forschen und ihr Dichten schon unter ihren Augen, und jetzt haben sie anscheinend etwas erreicht. Sie fanden also bei Ihrer Heimkehr mehr vor als nur Ihre gleichgebliebenen Söhne.«

»Sie sind sich darin gleichgeblieben, daß sie nach wie vor den Ehrgeiz in eigener Sache über eine edlere menschliche Verpflichtung stellen. Ich nehme das gern als einen Grund, stolz zu sein. Ich will meiner eigenen Enttäuschung Herr werden, wenngleich ich die ihre voraussehe und fürchte. Aber es bekümmert mich, daß sie ihren Vater zu einer Zuwendung aus dem Familienvermögen überredet haben – Geld, das keineswegs für ihre Zwecke gedacht war. Und darin sind sie nicht mehr die gleichen Söhne wie vorher.«

»Menschen müssen nun einmal Menschen überreden, Geld für sie auszugeben. Es ist nie für ihre eigenen Zwecke gedacht, und da hilft nur Überredung. Ist nun die ganze Wahrheit heraus?«

»Nein, es ist Matthew und Camilla!« brach Harriet los. »Es ist Camilla als Frau für Matthew! Ich ertrage das nicht, Rachel. Ich kann das nicht zulassen. Sie nimmt ihn mit auf die breite und bequeme Bahn, die in der Finsternis endet. Sie ist schon drauf und dran. Und mein Sohn, mein Sohn!«

»Matthew ist ebenso leicht zu führen, wie Godfrey, nichtwahr? Sie haben beide dazu gebracht, sich führen zu lassen. Ja, und dann ließen Sie sie allein.«

»Es geschah nicht mit meinem Willen, daß ich sie verließ«, sagte Harriet. »Und was das betrifft, Rachel, hoffe ich sagen zu können ›Gottes Wille geschehe‹.«

»Klingt nicht gerade plausibel in Ihrem Munde, und Ihre Ausnahmen sind recht willkürlich.«

»Ich will mich zusammennehmen«, sagte Harriet. »Ich werde mich wappnen, werde mich dem Kampf stellen. Ich werde gegen meinen Gatten und meine Kinder streiten, gegen die, die mir am liebsten sind. Das ist es, was vor mir liegt.«

»Steht das denn dafür? Abgesehen davon, daß es gut klingt? Aber deswegen ist es ja nur.«

»Ich weiß, Sie sind bemüht, mich zu retten. Aber ich schrecke vor dem Opfer nicht zurück.«

»Dann ist es auch kein Opfer für Sie. Es ist gegen die Natur, vor einem Opfer für andere nicht zurückzuschrecken, aber man muß sich nicht den Dingen entziehen, bloß weil sie einem gegen den Strich gehen.«

»Sie versuchen nur wieder, mich davor zu bewahren.«

»Warum ›nur‹? Warum soll es mir nicht in erster Linie auf Sie ankommen? Sie sind mir am nächsten, und Sie sind offenbar sich selbst am nächsten.«

»Nein, das bin ich nicht«, sagte Harriet.

»Nun denn, Gottes Wille geschehe, oder vielmehr Ihrer, Harriet. Mir schien, Sie dächten, ersteres dürfe wohl nicht so oft geschehen.«

XX

»Sie sind also gekommen, Harriet«, sagte Dufferin. »Warum laufen Sie denn so bald von zu Hause weg? Ich hätte doch zu Ihnen kommen können.«

»Was ich zu sagen habe, fällt mir leichter, wenn ich hier bin.«

»Ich weiß, hier irritiert Sie nichts. Was sind denn diesmal Ihre Wünsche?«

»Nichts für mich«, sagte Harriet.

»Da bin ich aber froh. Was Sie schon einmal verlangt haben, werden Sie wohl kaum für jemand anderen haben wollen.«

»Antony, warum ließen Sie Camilla und Matthew zusammenkommen?«

»Weil Camilla Matthew lieber mochte als mich. Für mich selbst hatte ich dabei nichts im Sinn.«

»Warum fühlten Sie sich selbst von ihr angezogen?« sagte Harriet, offenbar um eine gute Seite an Camillas Charakter zu entdekken.

»Nun ja, ihre Lage war einigermaßen verworren, und statt meiner hätte es ebensogut ein anderer sein können. Ich fühle mich manchmal recht einsam.«

»Hatten Sie das Gefühl, um Matthews willen von ihr aufgegeben zu werden?«

»Nein, sie wußte, daß das für mich nicht der entscheidende Punkt war. Matthew gibt ihr sein ganzes Selbst, etwas, das ich niemals könnte. Sie tut recht daran, ihn zu nehmen. Ich brauche ihr deswegen nicht zu grollen.«

»Sie hat keinen guten Charakter«, sagte Harriet.

»Nein?« sagte Dufferin nachdenklich. »Nein, vielleicht wirklich nicht. Sie kann nie alles bekommen, was sie will, und das hat ihr nicht gut getan.«

»Was will sie denn?« sagte Harriet.

»Eine Menge Männer und eine Menge Geld und eine Menge von allem, was sich anfassen und gebrauchen läßt. Es ist ein Nachteil, so viel haben zu wollen.«

»Ernest Bellamy kann Griselda nicht im geringsten mehr geben, als er Camilla gegeben hat.«

»Nein, aber ich nehme nicht an, daß Sie von Griselda ebenso denken wie von Camilla.«

»Würde Camilla zufrieden sein, wenn sie hätte, was sie wollte?«

»Ja, ich glaube schon, aber sie kann es nicht haben, soweit ich sehe.«

»Warum haben Sie nicht an Camilla festgehalten?« sagte Harriet.

»Um Matthew zu retten?« sagte Dufferin lächelnd. »Warum hätte ich an ihr festhalten sollen, wenn sie mir nichts mehr war? Eben weil sie nicht zu mir hielt, glauben Sie mir. Sie wollte Matthew haben, und Matthew wollte sie noch viel mehr. Und, Harriet, bedenken Sie, was Matthew betrifft, dies. Er ist seiner Mutter Sohn. Sich an der Erfüllung dessen, was er wirklich wünscht, gehindert zu sehen, taugt nicht für ihn, ebensowenig wie für Sie.«

»Sieht er sie, wenn er zum Arbeiten herkommt?«

»Natürlich. Was glauben Sie denn, weswegen er kommt? Weswegen auch Sie gekommen sind, um das Gewünschte zu bekommen, denn schließlich wohnt Camilla nur um die Ecke. Sie würden das nicht fragen, wenn Sie es nicht längst wüßten.«

»Antony, Sie nehmen diese Dinge so leicht. In mancher Beziehung sind Sie leichtfertig, wie ich bezeugen kann. Und doch achte ich Sie trotz allem und vertraue Ihnen. Mir ist, als läge es in Ihrer Hand, sie voreinander zu bewahren, Camilla und meinen Sohn, für den ich Tränen vergossen und gebetet, den ich redlich und bescheiden erzogen habe.«

»Ja, allerdings. Redlich genug und auch hinlänglich bescheiden. Ich glaube, Camilla hält es mit der Redlichkeit, sie hat darin einiges mit Ihnen gemein. Aber weder er noch sie sind in meiner Hand. Es besteht die Gefahr, daß er sie verliert, wenn er sie nicht sehr bald heiratet. Ich sage ›Gefahr‹, Harriet, und das meine ich auch. Nun noch ein Wort zu Ihnen. Durch Weinen und Beten für Matthew gehen Sie nur Ihrer eigenen Verdammnis entgegen. Hören Sie mit Weinen und Beten auf. Auf Ihre Gebete erhalten Sie keine Antwort, nichtwahr? Und die Leute vergießen keine Tränen für Sie.«

»Nein, das tun sie nicht«, sagte Harriet mit gesenkten Augen.

»Und es ist besser so für sie. Eben darum tun sie's nicht. Gehen Sie zurück zu ihnen und lernen Sie, was für Sie selbst gut ist, wie jene es auch gelernt haben.«

»Antony«, sagte Harriet, »fällt Ihnen auch auf, daß mein Mann und meine Kinder mir weniger Gefühl entgegenbringen, als den meisten Frauen und Müttern zuteil wird?«

»Nein, ich möchte sagen: mehr, und das meine ich ganz ehrlich. Aber die Menschen fühlen nun einmal nicht so intensiv, wie Sie es von ihnen möchten. Sogar Sie selbst – und Sie sind gewiß eine sehr tief empfindende Frau – möchten, daß alles nach Ihren Wünschen geht. Vergegenwärtigen Sie sich unser Gespräch und sehen Sie, daß das auch hier der Fall war. Gehen Sie heim und begreifen Sie, daß andere Menschen genau das auch wollen. Matthew ist in vielem ganz Ihr Sohn. Wenn Sie ihn nicht zu verstehen glauben, blicken Sie in Ihr eigenes Herz, und Sie werden dort die Erklärung finden.«

Harriet überholte Gregory in der Auffahrt zum Hause und wartete, nachdem sie ausgestiegen war, an der Tür auf ihn.

»Wo warst du denn, mein Sohn?« fragte sie in ihrer gewohnten Art.

»Zu Besuch bei meinen alten Damen«, sagte Gregory, seiner Mutter zulächelnd.

»Gregory, mein Lieber«, sagte Harriet, »willst du mir einen Gefallen tun?«

Godfrey, der eben unter das Vordach hinaustrat, blieb abrupt stehen, und er und sein Sohn blickten betroffen auf Harriets Gesicht.

»Gregory«, sagte Harriet, »ich kann es nur wieder sagen«, und sie sprach tatsächlich mit unsicherer Stimme. »Ich dachte, ich käme nach Hause und fände euch alle unverändert vor, und nun finde ich euch so in euch selbst verstrickt, mein Lieber. Aber dies muß ich dir zu deinem Besten sagen, nur ein Wort. Es wäre klüger, nicht so viel Zeit mit einer um so viel älteren Frau zu verbringen. Eine Kluft von vierzig Jahren läßt sich nicht überbrücken. Ich weiß, wie gut Mrs. Calkin während meiner Krankheit zu dir war, und deine Mutter ist die erste, die ihr dafür dankbar ist. Wir wollen sie herbitten, du weißt, daß wir alle sie achten und lieben, und so wirst du sie oft sehen. Aber gib diese Besuche bei ihr auf.«

»Zu einem so plötzlichen und egoistischen Entschluß wäre ich nicht fähig. Schließlich schulde ich ihr Dank und niemand sonst. Also bezeige nur ich mich dankbar, und das ist ganz natürlich. Du achtest und magst sie nicht, Mutter. Von Besuchen bei uns hat sie nichts. Ich kann also nicht mit einemmal aufhören, sie zu besuchen.«

»Dann eben nach und nach, mein Liebling. Du hast schon recht, daß es so besser wäre.«

»Ja, ich glaube, das ist ein kluger Rat, Gregory«, sagte Godfrey, als stünde nur dieses kleinere Familienproblem zur Debatte. »Ich glaube, daß diese kleine Angelegenheit sich in Ordnung bringen ließe. Und wenn ja, wirst du das schon schaffen. Wir überlassen das ganz deinem vernünftigen Urteil, mein lieber Junge.«

Harriet ging schweigend ins Haus, und Matthew, der offenbar ganz ruhig über den Kies geschlendert kam, eilte seinem Vater entgegen.

»Also, es hat wieder angefangen. Ich hab's gesehen.«

»Matthew, ich verstehe nicht, was du meinst«, sagte Godfrey übertrieben laut, obwohl seine Frau schon außer Hörweite war. »Wenn du etwa meinst, daß deine Mutter sich in den Zustand zurückfallen läßt, der ihre nervöse Erkrankung verursachte, dann finde ich das pessimistisch und deiner unwürdig. Dieser kleine Disput mit Gregory ist eine Sache für sich, wie du weißt und er ebenfalls.«

»Du könntest sehr wohl verstehen«, sagte Matthew. »Wenn du wüßtest, was ich heute über Mutter weiß.«

»Matthew, ich wünsche diese Unterhaltung nicht fortzusetzen.«

»Mrs. Christy kommt zum Abendessen«, sagte Matthew. »Camilla bat sie, von dem Nähnachmittag herzukommen. Es wird Zeit, daß sie und Mutter einander auf dem neuen verwandtschaftlichen Fuß begegnen. Du magst es Mutter beibringen, da du ja ihrer Konzilianz so sehr vertraust.«

»Natürlich werde ich es ihr beibringen, ihr davon berichten, wenn du es willst. Und natürlich vertraue ich auf ihre konziliante Einstellung. Das trifft es genau. Sie wird bereitwillig einer Freundin des Hauses ihre Gastfreundschaft gewähren, das weißt du sehr wohl. In deiner Haltung ist etwas, das mich stutzig macht, Matthew.«

»Du bist eine glückliche Natur«, sagte Matthew.

Harriet kam in den Salon, offenbar in guter Stimmung, dann bemerkte sie Griseldas Gesicht und ging stracks auf sie zu.

»Nun sei doch glücklich, mein Liebes. Du hast doch keine Angst vor deiner Mutter, nichtwahr? Wenn du nur wüßtest, daß du vor niemand weniger Angst zu haben brauchst. Von daher droht dir keine Gefahr, mein Herzchen.«

»Aber Harriet, was in aller Welt setzt du da dem Kind in den Kopf?« sagte Godfrey. »Selbstverständlich ist sie in keinerlei

Gefahr. So, da wäre auch Mrs. Christy, Camillas Mutter! Wie gut ist es doch, wenn Leute pünktlich sind!«

»Liebe Lady Haslam, erst jetzt werde ich wieder ein ganzer Mensch sein. Ich habe gespürt, daß ein Teil meines Wesens brach lag, und ein sehr wichtiger Teil. Dieser gute Junge, Matthew, ist mit meiner Tochter übereingekommen, daß ich meine verwandtschaftliche Beziehung zu Ihnen aufnehmen sollte. Sie sagt, sie heiratet vor allem, um Ihre Schwiegertochter zu werden, und ich glaube, daran ist etwas Wahres. Sie und Matthew werden ein so vortreffliches Paar abgeben, einander so vollkommen ergänzen. Man könnte füglich sagen, daß die beiden zusammen den Inbegriff des Menschentums verwirklichen. Und Matthews liebevolle Rücksichtnahme läßt mich an das Dichterwort denken ›Winter ist des Frühlings Amme und um dieses Kindes willen schön.‹«

»Das brauchen Sie nicht eigens zu sagen, Mrs. Christy, das versteht sich bei Ihnen von selbst«, sagte Godfrey.

»Nun, wollen Sie auch mir noch schmeicheln, Sir Godfrey«, sagte Mrs. Christy und traf damit Godfreys wahre Absicht. »Am Ende vergesse ich noch, mich so bescheiden zu sehen, wie es sich für mich gehört.«

»Tun Sie es, Mrs. Christy, vergessen Sie es«, flehte ihr Gastgeber. »Ich bitte Sie für den heutigen Abend ausdrücklich darum. Sie sind also nicht abgeneigt, sich mit unserem Sohn Matthew einzulassen, oder?«

»Sir Godfrey, es spricht ja so für ihn, daß er mit solcher Begeisterung bei seiner Arbeit ist. Unter allen Dingen, die menschlichen Bemühens würdig sind, steht dies obenan. Ich sage zu Camilla, wenn sie seine ganze Aufmerksamkeit für sich beansprucht ›Möchtest du denn eine Drohne als Gatten haben, einen bloßen adligen Nichtstuer und ältesten Sohn? Ich weiß, das würdest du nicht wollen.‹«

»Glauben Sie, daß Camilla sich zu einem bescheidenen Leben mit Matthew bereitfindet?« sagte Harriet. »Er wird noch auf viele Jahre hinaus arm sein, wenn er an der Arbeit festhält, die er sich erwählt hat.«

»Sie verlangt für sich nicht mehr, als ihre Tage mit dem Mann ihrer Wahl zu verbringen und bei allem, was er unternimmt, seine Statthalterin zu sein. Matthew ist ein heilsames Gegengewicht für so vieles, was sie in ihrem Charakter bedauert, für ihre Neigung, die Frau unter lauter Männern zu sein – wenn Sie wissen, was ich meine. Ihre ureigenen Charakteranlagen haben sie irregeleitet. Viele ihrer Mißgriffe wären dazu angetan, stolz darauf zu sein.«

»Und das werden sie für Matthew sein«, sagte Godfrey.

»Das sind sie schon«, sagte Matthew.

»Gut gesprochen, Matthew. Wie ein Mann«, sagte sein Vater.

»Wird sie sich in der unmittelbaren Nachbarschaft von Ernest und Antony nicht unbehaglich fühlen?« sagte Harriet, unbarmherzig weiter bohrend.

»Wenn sie mit einem Mann fertig ist, ist sie mit ihm fertig! Ich gebrauche schon ihre Ausdrücke. Was immer auf mich zukommt, ich finde mich davon beherrscht. Ich sollte meine Fähigkeiten besser gebrauchen. Meine Tochter offenbart sich mir in allem. Ich weiß, daß sie ein Monopol auf männliche Beachtung zu haben glaubt. Aber ich kann nicht bestreiten, daß die Männer ihr dazu allen Grund gegeben haben.«

»Da stimme ich Ihnen bei, Mrs. Christy«, rief Godfrey aus. »Camilla ist eine, der jeder Mann auf den ersten Blick den Hof machen würde. Ich begreife nicht, wieso nur einer von meinen Jungen sein Herz an sie verloren hat. Ja, ich selbst fühlte mich von ihr bezaubert. In diesem Punkt sehe ich ganz mit Matthews Augen. Ich bin nicht so verknöchert, daß ich dafür keinen Blick hätte.«

»Das kann Mrs. Christy wohl kaum interessieren«, sagte Harriet.

Godfrey sah kurz zu seiner Frau hinüber, steckte zwei Finger in seine Westentasche und blickte dann zu den Familienporträts an den Wänden empor.

»Hat Camilla irgendwelche Überzeugungen oder Interessen, die ihr im Leben einen Halt geben?« sagte Harriet.

»Ich weiß, es war hart für das arme Mädchen, die Frau eines

Geistlichen zu sein. Sie ist darin anders als die liebe Griselda, die sich so hervorragend dazu eignet. Aber wie gut Sie das alles auszudrücken verstehen, Lady Haslam! So präzis und mühelos und doch mit solchem Nachdruck. Camilla wird die Atmosphäre in Ihrer Familie nach ihrem wahren Wert zu schätzen wissen, dem gebildeten Umgangston, dem ganz natürlichen Interesse für alles Geistige. Sie hat die größte Achtung vor den höheren Dingen. Das müssen Sie auch bemerkt haben.«

»Ja, das habe ich«, sagte Harriet trocken.

»Aber Harriet, meine Liebe, Camilla gehört zu uns«, sagte Godfrey, indem er die Finger aus der Westentasche nahm und auf eine herausgefischte Münze blickte, als gelte es, damit irgend etwas zu beweisen. »Wir nehmen sie ganz, wie sie ist, wie auch wir einander mit all unseren Eigenarten nehmen. Mrs. Christy verlangt ja auch nicht von uns Rechenschaft über Matthews Ansichten und Meinungen. Und ich wette, der Racker hat zur Zeit wenig Sinn fürs Höhere. Ich weiß so ungefähr, was in seinem Kopf vorgeht. Seinem Vater ist das nicht verborgen. Ah, ich stehe diesen Wissenschaftlern nicht so fremd gegenüber, wie manche vielleicht meinen. Während du fort warst, hatte ich nicht die Zeit, mit ihm viel weiter zu kommen. Das heißt, ich hielt es für am besten, diese Dinge einmal links liegen zu lassen. Aber in puncto Ansichten und Meinungen unterscheiden sich Matthew und Camilla um keinen Deut voneinander.«

»Das glaube ich gern«, sagte Harriet.

»Meine Liebe, die ehrlichen Grundüberzeugungen sind das Wichtigste im Leben. Wenn an diesem Fundament etwas nicht stimmt, kann man oben nicht weiterbauen. Aber wenn man Menschen spüren läßt, an einer im Grunde guten Sache sei zu vieles schlecht, verfehlt man sein Ziel. Ich weiß sehr gut, wie das bei mir gewesen ist. Ich meine, wir alle üben Geduld und ertragen einander.«

»Darin tust du dein Bestes, mein Lieber«, sagte seine Frau und wandte sich, um Buttermere eine Anweisung zu geben.

»Mutter, du siehst sehr müde aus heute abend«, sagte Gregory.

»Harriet, wirklich!« rief Godfrey. »Du siehst ganz so aus wie damals. Dahin darf es keinesfalls wieder kommen. Was ist es denn, das dich so erschöpft hat?«

»Nichts, Godfrey, ich habe die letzte Nacht nicht geschlafen.«

»Du hast nicht geschlafen?« sagte ihr Gatte. »Soweit ist es schon wieder! Geh zu Bett und nimm eine von den Schlaftabletten, die der Doktor dir gegeben hat. Wir werden das im Keim ersticken, ihm keine Chance lassen, wiederzukehren und uns zu bedrohen. Geh unverzüglich. Mrs. Christy wird das verstehen. Halte dich nicht mit Gutenachtsagen auf. Aber für dich Gute Nacht, mein Liebes. Ich komme auch nicht mehr zu dir herein aus Furcht, deinen Willen zum Einschlafen zu stören. Morgen früh wirst du mir sagen, daß du eine gute Nacht gehabt hast.«

»Matthew, willst du für einen Moment mit heraufkommen?« sagte Harriet, indem sie langsam zur Tür ging. »Ich möchte noch ein Wort mit dir reden.«

»Geh, geh sogleich«, sagte Godfrey mit einem zugleich verschleierten und gebieterischen Blick auf seinen Sohn. »Geh mit hinauf und besänftige deine Mutter mit allen Mitteln, die dir zu Gebote stehen. Nur das wäre eines Mannes würdig. Auf dir ruht eine große Verantwortung. Geh und tu, was du kannst.«

Matthew folgte seiner Mutter nach oben und wurde von ihr in ihr Zimmer genötigt.

»Matthew«, sagte sie, mit einer Hand auf seiner Schulter und ihm von unten ins Gesicht blickend, »ich möchte, daß du etwas für mich tust, keine große Sache, mein Lieber, das würde ich nicht von dir verlangen. Ich verlange nicht, daß du deine Arbeit aufgibst oder deine Heirat aufgibst, ich weiß, das kannst du nicht. Keiner von uns kann das, glaube ich. Ich will auch nicht irgend etwas Verletzendes sagen. Ich habe nur im Sinne, nicht zu viel von dir zu fordern. Ich verlange nicht mehr, als daß du deine Heirat für einige Monate zurückstellst, um deiner Mutter willen, damit sie noch einen Lichtblick hat, bevor die Wolken sich zusammenziehen. Ich glaube nicht, daß meine Krankheit wiederkehrt, noch nicht jedenfalls. Aber auch in dem Fall würde ich das nicht als Druckmittel benutzen. So ungerecht würde ich niemals handeln, solange ich bei Sinnen bin. Ich glaube, das weißt du auch. Aber ich bitte dich ganz einfach und ganz Herr meiner selbst, dies für mich zu tun. Ich glaube, ich darf es, denn ich habe deine Blicke heute abend gesehen, und ich habe mir gesagt: ›Mein Sohn liebt mich nicht, mein ältester nicht. Und das ist mein Fehler, weil Mütter leicht die Liebe ihrer Söhne haben können. Also kann ich das von ihm verlangen, weil ich seine Liebe weder verlieren noch verringern kann. Ich habe sie ihm nicht eingepflanzt.‹ Und darum verlange ich es von dir, mein Lieber.«

»Mutter, wie sprichst du denn!« sagte Matthew. »Wirklich, deine Krankheit kehrt nicht wieder. Du bist im Vollbesitz deiner Kräfte, es könnte gar nicht besser sein. Deine Rede verdiente, aufgeschrieben zu werden. Du darfst sie ruhig noch einmal gebrauchen. Ich war der einzige, der sie gehört hat. Das alles zeigen dir also meine Augen, wo ich doch zur Zeit nur Augen für Camilla habe, und das weißt du am besten! Ich könnte dir erzählen, was deine Augen mir zeigen, und du würdest um eine Antwort verlegen sein. Nun nimm eine deiner Schlaftabletten, ich an deiner Stelle würde zwei nehmen, ich habe sie hier auf dem Tisch bereitgelegt. Und die Heirat wird nicht stattfinden, ehe du sie nicht sanktioniert hast. Camilla kann von unserer Familie bekommen, was sie will, auch von dir. Sie wird dich zur Freundin haben, ehe sie mich zum Gatten hat. Und damit wären wir wohl am Ende.«

Harriet stand vor ihrem Sohn und blickte ihm forschend in die Augen.

Er verließ sie mit einem Kuß und wandte sich an der Tür noch einmal um mit einem Lächeln, das dazu bestimmt war, ihnen beiden unvergeßlich zu bleiben.

XXI

Godfrey kam aufgeregt mit raschen Schritten aus dem Zimmer seiner Frau, und seine Stimme klang gedämpft und eindringlich durch das Haus. Andere Stimmen antworteten, gefolgt von Schritten, und im Nu bebte das Haus in Spannung und böser Vorahnung.

Die jungen Leute, die im Speisezimmer auf die Morgenandacht warteten, blickten einander an. Sogar Matthew, der lesend in einem bequemen Sessel saß, hob die Augen.

»Was in aller Welt ist los?« sagte Jermyn.

»Vater kommt eben in die Halle«, sagte Gregory.

Griselda öffnete die Tür und fing ihren Vater ab.

»Ruhig, ganz ruhig, mein liebes Kind«, sagte ihr Vater tonlos und hastig, ohne abzusetzen. »Geh zurück ins Speisezimmer und halte deine Brüder dort. Schließ die Tür und bleibt dort beisammen. Tu deinem Vater die Liebe.«

»Was hat das zu bedeuten?« sagte Jermyn.

»Vielleicht ist vom Personal jemand krank«, sagte Matthew, eine Seite umblätternd.

»Es muß mehr sein als nur das«, sagte Gregory. »Vielleicht etwas mit Mutter?«

»Ihr geht es immer besser, wenn sie lange schläft«, sagte Jermyn.

»Horcht!« sagte Griselda. »Vater schickt jemand mit einer Bestellung.«

Jermyn ging zur Tür und öffnete sie mit einer einzigen leisen Bewegung.

»Bitten Sie ihn, er soll unbedingt sogleich kommen! Sagen Sie ihm, ich fürchte das Allerschlimmste. Ich weiß kaum noch, was ich rede. Sagen Sie ihm, ich wäre ihm tief dankbar.« So hatten sie die Stimme ihres Vaters noch nie gehört.

»Es geht um Mutter!« sagte Gregory und lief in die Halle.

»Gregory, mein Junge, geh sogleich zurück«, sagte Godfrey, mit erhobenen Händen auf ihn zukommend, in befehlendem und warnendem Ton. »Gregory, ich beschwöre dich, ins Speisezimmer zurückzugehen. Griselda, bring ihn dazu, daß er gehorcht. Dein Vater verlangt es von dir, Gregory. Ich verbiete dir, auch nur einen Schritt weiter zu gehen.«

Gregory hastete schon treppauf, gefolgt von Jermyn und Griselda. Matthew kam mit seinem Buch in der Hand langsam hinter ihnen her und blieb noch einen Moment beim Vater stehen.

»Es hat doch nichts mit Mutter zu tun, nichtwahr?«

»Doch, deine Mutter, mein Junge«, sagte Godfrey mit qualvoll ächzender Stimme und an allen Gliedern zitternd.

Matthew ging weiter, und Godfrey blieb zurück, zu tief in seine eigenen Gefühle verstrickt, um irgend etwas zu unternehmen.

Der Aufschrei eines Jungen tönte vom oberen Treppenabsatz, und der Vater rang die Hände.

»Mutter ist tot! Sie liegt in ihrem Bett, tot! Mutter ist tot, Griselda, Vater!«

Godfrey blieb stehen und hob nur langsam den Kopf.

Jermyns Stimme vereinigte sich mit der des Bruders, und dazwischen hörte man Griselda schluchzen. Godfrey wandte sich und ging die Stufen hinauf, wie leblos und nur in dem Instinkt, zu tun, was vor ihm lag.

Er stand mit seinen Kindern am Bett seiner Frau, während Gregory und Griselda weinten und Jermyn und Matthew auf das Bett herniederstarrten, wo Harriet wie schlafend lag.

»Meine lieben Kinder, jetzt ist es über uns gekommen. Diesmal ist es geschehen. Wir sind jetzt allein. Diesmal sind wir wirklich allein.«

»Wie ist das passiert?« sagte Jermyn. »Ist sie im Schlaf ohnmächtig geworden?«

»Das muß sie wohl«, sagte Matthew. »Es scheint, daß es das Herz war. Aber ich wußte gar nicht, daß mit dem Herz etwas nicht stimmte.«

»Es muß ein leichter Tod gewesen sein, nichtwahr?« sagte Gregory.

»Ja, ganz unbewußt«, sagte Matthew.

»Die leichteste Art, von uns zu gehen. Sie hat uns schmerzlos verlassen«, sagte Godfrey. »Mögen wir alle auf die gleiche Weise dahingehen, wir alle.«

»Hat sie überhaupt nicht gelitten?« sagte Griselda mit einem verstörten Blick auf das Bett.

»Nein, nein, mein Liebes. Nein«, sagte Godfrey. »Sieh nur ihr friedliches Gesicht.«

Griselda warf sich in die Arme des Vaters, und er streichelte sie, ohne sich dessen bewußt zu sein.

»Wir können nicht ewig hier stehen bleiben«, sagte Matthew.

»Dufferin wird gleich kommen«, sagte Jermyn.

»Ja, ja, Dufferin wird kommen. Dann werden wir's wissen«, sagte Godfrey, als gäbe das noch einen Funken Hoffnung.

»Wir täten besser, zum Frühstück hinunter zu gehen«, sagte Matthew.

»Daran denke ich überhaupt nicht, mein Junge.«

»Damit daß wir hungern, machen wir nichts besser«, sagte Matthew.

»Nein, das stimmt«, sagte Godfrey, wandte sich um und ging voran aus dem Zimmer. »Hülfe das, wie gern würden wir hungern!«

»Um Mutter zu retten«, sagte Gregory mit einem unnatürlichen spöttischen Unterton.

»Sie wissen die Wahrheit, Buttermere?« sagte Jermyn.

»Ja, Sir. Sie werden sich jetzt bei Kräften halten müssen«, sagte Buttermere, als bedürfe es einer Rechtfertigung, daß man sich zu Tische begab.

»Viel Schlimmes steht uns noch bevor«, sagte Godfrey. »Sie werden unser Leid in gewissem Maße teilen, Buttermere.«

Buttermere blickte jäh zu seinem Dienstherrn auf, als sei ihm der Gedanke neu, an den Geschicken der Familie beteiligt zu sein.

»Wir wagen dem gar nicht ins Auge zu sehen.«

»Sie werden sich wieder akkommodieren müssen, Sir Godfrey.«

»Ich denke immer, wie es passieren konnte«, sagte Matthew.

»›Mitten im Leben wir im Tode sind‹«, sagte sein Vater.

»Aber das sind wir nicht«, sagte Matthew. »Das ist nicht wahr. Es muß einen Grund geben.«

»Nun, wir werden's in ein paar Minuten wissen«, sagte Jermyn.

»Könnte sie getan haben, was sie schon einmal versucht hat?« sagte Griselda.

»Oh, nein, nein, mein Liebes«, sagte Godfrey und verstummte dann.

Jermyn und Gregory blickten zu Matthew.

»Natürlich kam mir das in den Sinn«, sagte Matthew. »Wie denn nicht?«

»Aber wie kann sie zu dem gekommen sein, was dazu nötig war?« sagte Gregory.

»Wir wissen ja nicht, daß sie daran gekommen ist. Es kann auch eine andere Erklärung geben. Jede Spekulation ist müßig«, sagte Matthew.

»Sie ist nicht bei Dufferin gewesen, seit sie wieder hier ist«, sagte Jermyn.

»Doch, sie war gestern dort«, sagte Matthew. »Dufferin hat es mir selbst gesagt. Sie hat in seinem Zimmer auf ihn gewartet, und danach hatte sie eine Unterredung mit ihm. Ihr erinnert euch, daß sie spät von ihrer Ausfahrt zurückkam. Sie hat nichts dergleichen gesagt. Aber sie war wohl eine ganze Stunde allein in seinem Zimmer.«

»Liegen denn solche Dinge dort so herum? Wären sie nicht weggeschlossen?« sagte Gregory.

»Oh, ja, ich glaube schon, ganz zweifellos«, sagte Matthew. »Dufferin mag solche Sachen in seinem Zimmer haben, aber unter Schloß und Riegel. Sie ist wohl nicht daran gekommen, natürlich nicht. Es gab da nichts, soweit ich weiß. Aber gerade das läßt einen an irgendeine Möglichkeit denken, und es gibt kaum eine andere. Es muß aber eine Lösung geben. Es klingelt, das ist Dufferin.«

Godfrey stand auf und ging in die Halle, wobei er seinen Kindern ein Zeichen gab, zurückzubleiben. Er und Dufferin wechselten ein Wort, und dann hörte man ihre Tritte auf den Stufen.

»Irgendwie scheint doch noch Hoffnung zu sein«, sagte Jermyn.

»Wir warten noch auf den Urteilsspruch«, sagte Gregory.

»Nichts kann jetzt noch etwas ändern«, sagte Griselda.

»Nein, aber Mutter kann sich nicht so unglücklich gefühlt haben«, sagte Gregory.

»Das kann sie nicht. Sie hätte es sonst gezeigt. Sie ist auf ihre Art leicht zu durchschauen«, sagte Jermyn, seinen unwandelbaren Eindruck von der Mutter enthüllend.

Gregory ging in die Halle und blickte nach oben. Godfrey und Matthew standen auf dem Treppenabsatz, schweigend. Harriets Tür war geschlossen. Jetzt kam Matthew herunter.

»Ja, Griselda hatte recht«, sagte er. »Dufferin meint, daß es so gewesen ist. Er ist dessen ziemlich sicher. Es wird sich später herausstellen. Sie muß es sich verschafft haben, als sie ihn besuchte. Offenbar kannte sie sich in seinem Zimmer besser aus, als er dachte. Sie wartete dort eine geraume Zeit. Wir werden niemals wissen, ob sie mit dieser Absicht hinkam oder ob ihr das erst während der Wartezeit einfiel.«

»Aber wie war ihr, bevor sie es tat? Was brachte sie dazu?« sagte Griselda.

»Sie kann nicht ganz bei sich gewesen sein«, sagte Matthew. »Ihr Suchinstinkt beweist das. In natürlicher Verfassung paßt das gar nicht zu ihr. Diese Geschicklichkeit, etwas zu finden, ist manchmal symptomatisch.«

»Das gehörte einfach dazu. Blindes Herumtapsen hätte nichts gebracht«, sagte Jermyn.

»Nun, ja, wie immer es sei«, sagte Matthew mit leidvoller Stimme. Er wandte sich dem Fenster zu, und seine Schwester nahm seinen Arm. Er stieß sie nicht zurück, aber er stand wie in Gedanken verloren.

In dieses Schweigen kamen Godfrey und Dufferin.

»Ich muß zurück und sehen, ob von gewissen Tabletten einige verschwunden sind«, sagte Dufferin. »Seien Sie nicht mehr bekümmert als nötig. Sie hat nicht gelitten, es war ganz so, als wäre sie im Schlaf gestorben. Matthew kann mit mir kommen als Zeuge dafür, wieviel etwa fehlt. Das ist besser, als hier tatenlos zu sein, wenn auch Sie, die Sie zurückbleiben, sich, so gut es geht, damit abfinden müssen. Ich fürchte, es ist klar, wie alles gekommen ist, obwohl das Fläschchen mit den Tabletten erst den Beweis erbringt. Auf die eine oder andere Weise muß sie mit meinen Gewohnheiten vertraut gewesen sein. Das Schränkchen war abgeschlossen, und die Schlüssel waren anderswo im Zimmer in einem Schubfach. Aber das bot für eine aufmerksame Beobachterin keine besonderen Schwierigkeiten. Was man von ihr sagen wird, daß sie zeitweise geistig nicht normal war, das müßte man oft einmal andersherum sehen.«

»Wird alles herauskommen müssen? « sagte Jermyn.

»Ja, das wird es, da können wir nichts machen«, sagte Dufferin. »Es ist ja schon fast alles heraus. Aber darunter wird niemand zu leiden haben. Es wird damit so gehen wie in anderen solchen Fällen. Nichts, worauf man den Finger legen könnte. Keiner von Ihnen hat etwas Unrechtes getan. Halten Sie sich das immer vor, und haben Sie ein wachsames Auge auf Ihre Schwester. Matthew und ich werden zurück sein, sobald wir können. Sie müssen im Hause bleiben und jegliche Fragen einfach wahrheitsgemäß beantworten. Diese paar Tage werden schnell vorübergehen.«

»Kann denn nichts getan werden, die Sache geheim zu halten?« sagte Griselda.

»Nein, mein Liebes. Das habe ich auch schon gefragt«, sagte ihr Vater. »Dem müssen wir uns stellen. Das steht uns bevor. Es ist grausam, daß deine Mutter nicht in Frieden von uns scheiden kann. Was mich betrifft, so werde ich mich niemals irgendeiner ihrer Taten schämen. Ich werde mich ihr schlicht als geliebter und liebender Frau und als meiner Kinder treusorgender Mutter verbunden wissen.«

»Sie wirkte gestern gar nicht so anders als sonst«, sagte Griselda.

»Ich glaube, sie sah ihr Leben plötzlich wieder vor sich und fühlte sich ihm nicht gewachsen«, sagte Gregory.

»So muß es gewesen sein«, sagte Godfrey bekümmert. »Aber ich habe es nicht gemerkt. Ich wußte nicht, was meine Frau am letzten Tag ihres Lebens durchgemacht hat, dem letzten von Tausenden, die wir gemeinsam verbracht haben. Sie hat mir nichts gesagt, obwohl sie selbst stets um all meine Leiden wußte. Nicht einmal Gregory hat sie etwas gesagt, sie hat es ganz allein auf sich genommen.«

»Matthew sah sehr schlecht aus«, sagte Gregory. »Ich wußte nicht, daß sich ein Schock bei einem Menschen so unmittelbar auswirkt. Nach seinen Augen könnte man meinen, er habe die ganze Nacht die Wahrheit gewußt. Er ist Mutter sehr ähnlich.«

»Ah, das ist er, fürchte ich«, sagte sein Vater. »Ich fürchte es um seinetwillen und um dessentwillen, was ihm noch an Leid bevorstehen mag. Mir jedenfalls ist, als sei sie mir in einem ihrer Kinder verblieben. Denn nur in ihren Kindern ist sie jetzt noch für mich gegenwärtig.«

Matthew kam sehr bald zurück. Dufferin hatte gesehen, daß er der Ruhe bedurfte, und hatte selbst alles Nötige getan. Der junge Mann schien am Ende seiner Kräfte, als er ins Zimmer trat, und antwortete auf Fragen nur mit tonloser Stimme.

»Ja, es fehlte eine von drei Tabletten aus einem Fläschchen. Die Dinge auf dem Bord waren ein wenig verschoben. Die Schlüssel lagen nicht mehr in genau der gleichen Ordnung. Alles war hinlänglich klar.«

Er setzte sich, die Hände auf den Knien und tief über sie gebeugt.

»Mein lieber Junge!« rief Godfrey und stürzte zu ihm. »Es war zu viel für dich, alles allein auf deine Schultern geladen. Du hast am meisten auf dich nehmen müssen. Darin ganz wie deine Mutter. Da helfen dir auch deine besonderen wissenschaftlichen Kenntnisse nicht. Du wirst sie dir aus dem Kopf schlagen müssen, wenn du erst meine Bürde auf dich zu nehmen hast. Ah, was gibt's, Buttermere? Matthew, hier kommt ein besserer Arzt, als ich es dir sein kann!«

Matthew hatte aufgeblickt wie ein furchtsames Tier, doch im

nächsten Augenblick sprang er auf die Füße. Camilla hastete an ihm vorbei und warf sich Godfrey an die Brust.

»Oh, teurer Sir Godfrey, das ist zu furchtbar! Sie hat mir mehr bedeutet als je ein anderer Mensch. Ich habe mir so gewünscht, ihr näher zu stehen, ich habe buchstäblich die Tage gezählt. Ich habe sie mehr als irgendeinen Menschen sonst bewundert. Ich wünschte, sie hätte es gewußt, ich hatte nie Gelegenheit, es ihr zu sagen. Und du, Matthew, dessen Augen den ihren so gleich sind. Um nichts sonst könnte ich dich mehr lieben. Dir gebührt auch die Liebe, die ich für sie bereithielt. Sie würde sie dir gerne gegönnt haben. Oder auch nicht, weil die Ärmste so um dich besorgt war. Nun denn, ich will so sein, wie sie mich hätte haben wollen. Sir Godfrey, ich will Matthew die eheliche Gefährtin sein, die seine Mutter für ihn erwählt hatte.«

»In diesem Punkt, Camilla, habe ich keine Befürchtungen. Auch mein teures Weib hätte sie nicht gehabt, wäre es ihr vergönnt gewesen, Sie näher kennen zu lernen. Und jetzt werde ich Matthew Ihrer Obhut anvertrauen. Die braucht er im Augenblick ebenso dringend, wie er sie in Zukunft brauchen wird.«

»Mein armer Lieber, ich will dich hegen und pflegen, als wäre ich schon dein Eheweib und als wäre ich das nie für einen anderen gewesen. Dein Zimmer ist oben, im ersten Stock. Du siehst, ich entwickle schon ehefrauliche Kenntnisse. Wir wollen Hand in Hand hinaufgehen. Das da ist ihr Zimmer, nichtwahr? Laß uns nur einen Augenblick verweilen. Sie liegt dort drinnen. Ob ich mal eben hinein darf? Ich muß sie noch einmal sehen. Ich sah sie viel zu selten, als sie noch lebte. Ich habe das nie wichtig genug genommen. Sie sieht wunderbar aus, Matthew, jung und unschuldig, und dieser Frieden auf ihrem lieben, charaktervollen Gesicht. Ich möchte wohl eine Frau von ihrer Art sein. Wenn ich das nur erreichen könnte!«

Camilla verstummte, denn Matthew lehnte an der Tür, den Blick auf das Bett vermeidend.

»Was hast du denn, Lieber? Es ist nichts zum Fürchten dabei. Gewiß, es ist deine Mutter, und das macht selbst für einen Arzt einen Unterschied. Aber es ist ja nur die äußere Schale, das herrliche Behältnis, aus dem die Seele entschwebt ist. Man wird doch keine Obduktion veranlassen, oder? Ich ertrüge es nicht, daß sie so entstellt würde. Verhindere es, wenn du irgend kannst. Du willst nach oben? Wir haben die Tür offenstehen lassen. Es muß nicht jeder hineinschauen können. Ich will zurückgehen und sie schließen. Aber, doch kein Grund zu solcher Hast! Oh, mach sie leise zu, Matthew. Ärmster, du bist gar nicht richtig bei dir. Du wirst keine Ruhe finden, bis die nächsten paar Tage nicht vorüber sind. Ich werde ja so froh für dich sein, wenn es vorüber ist, obwohl ich für meine Person nicht wünschen kann, daß sie unseren Augen entrückt wird. Wird dein Vater es überstehen, glaubst du?«

»Ja, nach diesen paar Tagen«, sagte Matthew.

»Sprich doch natürlich, mein Lieber. Sei nicht so bitter. Mag sein, daß es für dich am schwersten ist, aber andere haben auch zu leiden.«

»Du brauchst sie nicht zu bedauern. Der einzige, der dein Mitleid braucht, bin ich.«

»Und Gregory?«

»Der am wenigsten von allen. Eine reine Freude für ihn, an Mutter zu denken, sich sein Leben mit ihr vom ersten bis zum letzten Augenblick ins Gedächtnis zurückzurufen.«

»Und für dich auch, wenn du nur in der rechten Stimmung bist.«

»Sprich mir nicht von meinem Leben mit ihr vom ersten Moment bis zum letzten, dem allerletzten!« schrie Matthew förmlich auf, indem er, auf dem Bettrand sitzend, die Hände an den Kopf preßte.

»Du bist ganz aufgewühlt, Matthew. Ich möchte dich so nicht gern allein lassen. Lady Hardisty wurde ebenso benachrichtigt wie wir. Glaubst du, sie wird dich aufsuchen? Das würde mir das Fortgehen leichter machen.«

»Die würde mir, statt deiner, nicht helfen können«, sagte Matthew.

»Wie auch immer, ich hoffe, sie kommt. Ich tue dir nichts

Gutes, wenn ich bleibe. Wenn Menschen elend sind, stifte ich immer mehr Schlechtes als Gutes, sie leiden durch mich nur mehr, nicht weniger. Ich brächte es nicht über mich, dir das jetzt anzutun. Ich würde immer daran zurückdenken müssen.«

»Du bringst es nicht fertig, jetzt überhaupt etwas für mich zu tun. Daran werde auch ich immer zurückdenken«, sagte Matthew.

Rachel kam später am Tag. Sie sah abgespannt und verändert aus, aber ihre Stimme war die gleiche.

»Godfrey, ich schäme mich ja so, nicht gleich gekommen zu sein. Ich weiß, daß tief veranlagte Menschen sich ganz so geben wie immer, nur sehen sie älter aus, und ihr Lächeln ist anders. Aber älter auszusehen, ist nichts für mich, wäre vielleicht auch gar nicht möglich. Und ich war so erschrocken, daß Harriet es fertiggebracht hat, wo es doch nicht in die Hand von uns Sterblichen gegeben ist, es zu vollbringen, ja mehr noch, es zu verdienen. Natürlich ist sie durch ihr Tun unsterblich geworden, und sie hatte es durchaus verdient, beim zweiten Mal erfolgreich zu sein. Mehr als das konnte sie nicht tun. Und nur indem sie dem Schicksal gebot, hat sie den Erfolg herbeigezwungen.«

»Ach, Rachel, jetzt bin ich wirklich ein Witwer. Und meine Kinder wirkliche Waisen.«

»Und ich bin wirklich ohne eine Freundin, und es gilt allgemein als Schande, keine Freunde vom eigenen Geschlecht zu haben. Sie dürfen in Würde trauern, ohne Schande.«

»Ganz gewiß nicht«, sagte Godfrey. »Keine Schande über uns! Wenn irgend jemand das Wort in Verbindung mit meiner Frau gebraucht, werde ich aufstehen und ihn der Unwahrheit bezichtigen. Aber Rachel, warum hat sie mir nichts gesagt? All die Tage, die wir zusammen waren. Dabei waren wir auf altvertrautem Fuß, glauben Sie mir. Und sie hat das getan, ohne ein Wort. Warum hat sie mich verlassen wollen?«

»Ich weiß es nicht, Godfrey, Sie sagen, sie hat Ihnen nichts gesagt. Aber es wäre doch nicht rücksichtsvoll von ihr gewesen, einem von uns das zu sagen. Ich finde, sie hat sich fabelhaft benommen. Wir müssen sie idealisieren, wie die Menschen es seit je mit ihren Verstorbenen tun. Wir brauchen uns nicht vorzuwerfen, das nicht getan zu haben, solange sie noch lebte, denn sie hätte uns ja schwerlich ein Gleiches tun können, wie Sie schon sagen. Ich hoffe nur, daß man bei der gerichtlichen Untersuchung entsprechend verfährt. Soviel ich weiß, geschieht das, wenn irgend möglich.«

»Ach, das alles haben wir noch vor uns«, sagte Godfrey. »Es kann nicht ewig dauern, wenigstens das nicht. Es wird vorübergehen wie im Traum.«

XXII

Und es ging vorüber, wie Godfrey gesagt hatte. Die Sache erledigte sich zuverlässig und ordnungsgemäß mit dem Spruch: Selbstmord in einem Anfall von Geisteskrankheit. Harriets früherer Selbstmordversuch, ihre kürzliche geistige Erkrankung, ihr Besuch bei Dufferin, die Unordnung in seinem Medizinschränkchen, das Fehlen der Tablette, die ihren Tod verursacht hatte – die Beweiskette war lückenlos, und dem Begräbnis stand nichts mehr im Wege.

Bellamy entfaltete bei der Gelegenheit viel echtes Gefühl und seine ganze schauspielerische Begabung. Godfrey stand blaß und in sich gekehrt am Grab seiner Frau, Matthew hinter ihm, tief gebeugt und erschüttert, mit der weinenden Camilla zur Seite. Agatha erhaschte einen Blick auf Gregorys Gesicht und runzelte unwillkürlich und nicht gerade mitleidsvoll die Stirn. Sir Percy und Dufferin standen mit Harriets Familie, die übrigen Trauergäste waren etwas abseits geschart. Als die engste Familie abgefahren war, fand sich die gleiche Gruppe in einiger Entfernung vor der Kapelle zusammen.

Agatha brach das Schweigen in ruhigem, maßvollem Ton. »Wir müssen es als ein bedrückendes Ende eines wertvollen Lebens nehmen, diesen plötzlichen Abgang in Schock und Gewalt. Unser Hinscheiden, so meint man, sollte eine würde- und friedvolle Angelegenheit sein. Dies aber stellt wirklich ihre Familie auf eine harte Probe.«

»Ja, ganz ohne Zweifel, nichtwahr?« wagte sich Polly hervor.

Agatha sah sie freundlich an und begnügte sich als Kommentar mit einem stummen Seitenblick zu Mellicent.

»Schlimmer konnte es gar nicht sein«, sagte Polly.

»Nein«, sagte Agatha nachsichtig. »Eben das sagte ich ja schon, nichtwahr?«

»Nach meinem Gefühl bedeutet das eine fürchterliche Lücke in unser aller Leben«, sagte Mrs. Christy, sich in den Vordergrund schiebend. »Ich werde das ganz besonders spüren, und das nicht nur wegen der jüngst entstandenen Beziehung, die ja nur die Krönung unseres freundschaftlichen Verkehrs war.«

»Es sind eben jeweils andere Gefühle, die uns beim Verlust eines Menschen bewegen«, sagte Agatha resigniert und gleichsam ihren Erinnerungen nachhängend.

»Gut, daß Sir Godfrey und seine Familie schon gewöhnt sind, sich allein zu behelfen«, sagte Geraldine.

»Wissen Sie, ich glaube, das macht es nur um so trauriger«, sagte Agatha. »Der Rückblick auf die Zeit, da sie ohne sie auskamen, war nur auf ihr neuerliches Zusammensein ausgerichtet, und nun zu sehen, daß es eine bewußt herbeigeführte Trennung ohne Ende ist! Das ist meiner Ansicht nach die besondere Tragik.«

»Für jeden von uns«, sagte Polly.

»Ich frage mich, ob es ihnen viel ausmacht, daß sie sich das Leben genommen hat«, sagte Geraldine in anfangs lautem und dann sehr verhaltenem Ton. »Natürlich wurde es als Geisteskrankheit ausgegeben, aber so etwas hat man ja nicht gern in der eigenen Familie.«

»Was mich beschäftigen würde, ist, mit welchen Gefühlen die arme Lady Haslam sich zu ihrer Tat durchgerungen hat«, sagte Agatha mit kaum verhohlenem Ingrimm. »Das würde mir immer durch den Sinn gehen, wenn ich einer ihrer näheren Angehörigen wäre.«

»Wir sollten, so meine ich, ungemein vorsichtig sein, damit wir der armen Lady Haslam nicht Unrecht tun«, sagte Mrs. Christy, verwirrt und leicht errötend. »Ich bin durch keinerlei persönliche

Gefühle voreingenommen, obwohl ich mich nachgerade zur Familie rechnen mußte. Ich finde es nur so tragisch, daß dieser hochstrebende Geist derart umwölkt war, daß er krampfhaft nach einem Ausweg suchen mußte. Vor der Würde dieses Leidens schrumpft für mich alles andere zusammen.«

»Mrs. Christy«, sagte Dominic in entschiedenem Ton, »Sie hätten nicht besser ausdrücken können, was unser aller Herzen bewegt.«

»Ja, ich glaube, wenn man es so sieht, ist das nur ein Echo der Persönlichkeit von Lady Haslam«, sagte Mrs. Christy, selbstsicher werdend. »Sie hatte so einen glücklichen Griff im literarischen Sinne. Oft kam von ihren Lippen der erlösende Spruch, Bildung wurde plötzlich präsent, und etwas davon, so glaube ich, wird bleiben und allen Gedanken und Worten, die sich auf sie beziehen, eine besondere Färbung geben. Davon bin ich überzeugt.«

»Dieses Gefühl, Mrs. Christy, ist irgendwie sehr wesentlich.«

»Mir war, als sähe ich in den Augen ihrer Kinder solch einen Ausdruck von Trauer«, sagte Agatha, nun ihr mütterliches Gefühl voll entfaltend, »besonders in den Augen von Matthew, dem ältesten. Ich kann mir den unlöslichen Konflikt zwischen ihm und seiner Mutter gut vorstellen. Ich glaube manchmal, der älteste nimmt den Platz des einzigen Sohnes ein, den ganz besonderen Platz. Natürlich können die jüngeren einiges tun, um dies zu kompensieren. In diesen jüngeren Gesichtern bemerkte ich geradezu Verstörung und eine Sehnsucht, sich an einen älteren Menschen anzulehnen.«

Dominic konnte zu der Art, wie hier eine verborgene Wahrheit ans Licht gezogen wurde, nur verständnisvoll nicken.

»Gregory war von allen am meisten auf seine Mutter angewiesen«, sagte Polly.

»Am meisten auf sie angewiesen. Ja«, sagte Agatha, gleichsam mit sachlichem Interesse die Phrase wägend. »Das drückt es sehr gut aus. Auf sie angewiesen, auf ihren Rat, ihr Verständnis, ihre Führung durch die Irrungen und Wirrungen der Jugend.« Sie lächelte Polly zu, um deren Anteil an dem Gedankengang zu betonen. »Aber dennoch nicht so sehr von dem abhängig, was nur eine Mutter einem Sohn geben kann und was vielleicht in vollem Maße nur dem ältesten zuteil wird. Aber ich würde mich niemals unterstehen, bei einem von diesen Mutterstelle anzunehmen.«

»Laß uns zu den Haslams gehen und sehen, ob Mater dort ist«, sagte Polly zu ihrer Schwester.

»Jedenfalls gut, daß sie nicht hier ist«, sagte Mellicent.

»Meinst du?« sagte Polly, als hätte sie das Gegenteil gedacht.

»Wollen Sie Gregory von mir ausrichten, ich hoffte ihn heute nachmittag zum Tee zu sehen?« sagte Agatha, indem sie auf sie zutrat. »Ich glaube, er wird es kaum als ungehörig empfinden, wenn er mich besucht.«

»Ganz gewiß werden wir das ausrichten«, sagte Mellicent.

»Dann glaube ich, daß wir auf ihn rechnen können«, sagte Agatha, indem sie sich, unwillkürlich sehr zielbewußt dreinblikkend, wieder ihrer Gruppe zuwandte.

»Stehen die Leute nach Begräbnissen immer so herum und diskutieren?« fragte Polly, als sie am Arm ihrer Schwester fortging.

»Manche Leute vermutlich«, sagte Mellicent.

»Oh, ich verstehe«, sagte Polly. »Mater wird bestimmt bei den Haslams sein, nichtwahr?«

Rachel hatte während des Trauergottesdienstes neben Griselda gesessen und empfing die Männer bei ihrer Rückkehr an der Tür.

»Godfrey, als der Mann, um den aller Gedanken kreisen, halten Sie sich fabelhaft. Hoffentlich hat Percy Sie beobachtet und etwas daraus gelernt, da er sehr bald vor der gleichen Aufgabe stehen dürfte. Er kann sich nicht immer auf seine Routine verlassen. Ich habe alles in den Zeitungen über Harriet gelesen und glaube, daß die Berichte akzeptabel sind und ihr voll gerecht werden. In einigen wurde ihre Erfahrenheit und Umsicht hervorgehoben. Sie hat wirklich den einfachsten Weg gewählt, aber das macht sich in den Zeitungen nur um so besser. Ihr seht alle in Trauerkleidung sehr gut aus, wirklich vorteilhaft. Fein, daß die Pressephotographen da waren und daß Percy nicht mit posieren mußte.«

»Bin ich auch photographiert worden?« fragte Polly.

»Hoffentlich nicht, mein Kind«, sagte ihre Stiefmutter.

»Ich hatte gar nichts Schwarzes anzuziehen«, erklärte Polly. »Nicht auszudenken, daß es jemand anderem gehörte!«

»Also waren Sie auch dabei, kleine Polly?« sagte Godfrey.

»Ja, ich war noch nie bei einem Begräbnis«, sagte Polly, ehrlich erschrocken aufblickend.

»Und möchten Sie immer dabei sein?« sagte Gregory.

»Nein. Ich finde, es sollte verschiedene Arten von Begräbnissen für verschiedene Leute geben.«

»Ja, das sollte es«, sagte Gregory, sich ihr zuwendend. »Dafür müssen Sie sorgen, Polly.«

»Mrs. Calkin bittet Sie für heute nachmittag zum Tee«, sagte Polly, pflichtbewußt diese verblüffende Einladung übermittelnd.

»Und kommen Sie mit, Polly, oder soll ich ganz alleine gehen?«

»Ich glaube, sie wollte nur Sie.«

»Da müssen Sie gelassen und selbstbeherrscht hingehen«, sagte Rachel. »Vergessen Sie, daß ich so tue, als ob meine Gefühle wichtig wären, so ungesittet und wie bei den Menschen der Bibel. In Sack und Asche, das gehört sich nicht. Ich will mich von nun an zusammennehmen. Gregory mag Geraldine Grüße von mir bestellen.«

»Sie mögen im Grunde keine von ihnen, nichtwahr?« sagte Gregory.

»Nun, es ist albern, Agatha nicht zu mögen, weil sie verheiratet war, und Geraldine, weil sie es nicht war, zumal wenn man selbst wegen beidem einmal in Verruf gewesen ist. Deshalb nämlich sind sie beide nicht beliebt. Aus diesen Gründen bin ich ganz und gar nicht gegen sie eingenommen.«

»Vor der älteren habe ich Angst«, sagte Polly.

Gregory blickte sie interessiert an.

»Herzchen, das klingt nicht nach Bibelsprache, und doch kommt es ihr in Wahrheit gleich«, sagte Rachel. »Ich sage ja immer, du bist wie mein eigenes Kind, aber viel zu jung, um zu einem Begräbnis zu gehen. Da hast du einiges noch nicht ganz erfaßt.«

XXIII

Entgegen ihrer Gewohnheit begrüßte Agatha Gregory nicht an der Tür, sondern erwartete ihn in ihrem Sessel am Kamin.

»Es ist nicht das erste Mal, daß ich Sie in solch unglücklicher Situation bei mir empfange. Sie wissen, daß ich alles, was ich vermag, tun werde, um es Ihnen leichter zu machen. Zum Glück sind Sie jung genug, um darüber hinweg zu kommen.«

»Wenn ich nur Mutters Gefühle durchschauen könnte«, sagte Gregory, indem er seinen Platz zu ihren Füßen einnahm und sprach, als könnte er ihr gegenüber ganz offen sein. »Das erste Mal versuchte sie, es mir zu erklären, und ich fand es einigermaßen einleuchtend, aber sie selbst schien nicht mehr die gleiche zu sein. Wenn ich wüßte, wie ihr wirklich zumute war, würde mich das sehr beruhigen.«

»Sind Sie darin nicht Ihrer Mutter ein bißchen zu ähnlich?« sagte Agatha, ihm übers Haar streichend.

»Dem müssen wir als erstem jetzt nachgehen«, sagte Gregory.

»In mancher Hinsicht ja, gewiß«, sagte Agatha, »aber in anderer Hinsicht hätte sie wohl als letzte gewünscht, daß sie Ihr nachspüren sollten.«

»Beim ersten Mal schien sie das Allerletzte nicht für ratsam zu halten, aber selbst darüber scheint sie anderer Ansicht geworden zu sein. Am letzten Tag und Abend war sie ganz sie selbst, wirklich viel natürlicher als bei ihrer ersten Heimkehr.« Ein Schatten von Mißbilligung ging über Agathas Gesicht. »Im ganzen glaubte sie wohl, keins ihrer Kinder sei ihr wirklich gewachsen. Davon muß sie überzeugt gewesen sein.«

»Glauben Sie nicht«, sagte Agatha weich, »daß es Momente gibt, in denen wir dazu neigen, das, was wir verloren haben, überdeutlich und übertrieben zu sehen? Ich weiß es von mir selbst bei jenen meiner Leidensfälle, die getrost von allen Seiten beleuchtet werden konnten.«

»Mir ist, als sähe ich alles jetzt zum ersten Mal richtig. Zwar weiß ich, daß das gegen mich spricht, ich glaube auch, es immer schon richtig gesehen zu haben. Aber ich frage mich, ob Mutter das wußte.«

»Ich glaube, was immer wir ganz ehrlich fühlen, setzt sich durch. Daran brauchen wir nicht im geringsten zu zweifeln, dessen bin ich sicher. Was wir nicht ehrlich fühlen, was wir uns nur einbilden oder zu fühlen wünschen, das spaltet sich am Ende ab, und wir sind später froh, es ausgeschieden zu sehen und ad acta zu legen, denn es ist uns ja nur um Aufrichtigkeit zwischen uns und dem geliebten Wesen zu tun. Ich glaube, das kann ich Ihnen zuverlässig sagen.«

»Ging es Ihnen so, als Ihr Gatte starb?« sagte Gregory.

»Oh, das ist ein ganz anderer Verlust«, sagte Agatha, ein wenig reservierter. »Das ist ein Verlust, für den es keinen Vergleich gibt, dieser einzigartige, einsame und höchste Verlust. Den meinte ich nicht, als ich von meinen Leidensfällen sprach, ich dachte, das hinlänglich angedeutet zu haben. Ich hoffe nur, daß Sie dem nie ins Auge sehen müssen. Das ist im allgemeinen das Los der Frauen.«

»Niemand kennt aber den Unterschied, den es macht, wenn jemand aus eigenem Entschluß stirbt.«

»Ah, das ist etwas, das jeder ganz allein durchmachen muß. Hier ist man mit seiner Erfahrung völlig isoliert«, sagte Agatha, als wollte sie damit einen Vorteil zugestehen: »Gewiß, da ist das Dunkel, der Anflug von Tragik, die umschatteten Gefühle, die wir verdammen müssen. Aber«, sie beugte sich herab und blickte ihm gerade in die Augen, »sänftigt es nicht in gewisser Weise das Leid, daß sie euch aus eigenem Entschluß verlassen hat? Daß sie nicht weiterleben wollte, um nur immer wieder enttäuscht zu werden? Wäre das nicht viel härter gewesen? Und das ist euch erspart geblieben.«

»Das ist das Schlimmste«, sagte Gregory mit tränenerstickter Stimme. »Sie hatte nichts, und das wußte sie auch. Ihr eigener Mut war alles, was sie hatte. Der verließ sie, und das bedeutete das Ende.«

»So wünschte ich mir, daß auch mein Sohn von mir dächte, wenn ich in diese Lage kommen sollte«, sagte Agatha, von der

Vorstellung gleichsam übermannt. »Ihnen zuliebe wollen wir das einen Augenblick annehmen. Natürlich würde er wissen, daß ich auf diesen Ausweg niemals verfallen könnte. Es ist auch eigentlich nicht das, was wir sonst allgemein mit Mut bezeichnen. Aber wenn ich anders wäre, als ich bin, und ein Gleiches tun könnte, wünschte ich, er möchte so fühlen wie Sie.«

»Würden Sie wagen es zu tun?« sagte Gregory.

»Das Wagnis liegt nicht darin, es zu tun«, sagte Agatha, den Kopf hebend. »Es liegt eher darin, es nicht zu tun. Ah, ich denke daran, als mein Mann starb. Da bedurfte es einigen Wagemuts.«

»Meinen Sie das ehrlich?« sagte Gregory.

»Was sagten Sie?« fragte Agatha.

»Ich sagte: Meinen Sie das ehrlich?«

»Wozu eine Frage stellen, wenn man dessen nicht sicher ist. Dann wäre die Antwort wertlos.«

»Ich messe solchen Antworten nie viel Wert bei. Sie haben recht, daß meine Frage unnütz war. Wir alle geben solche Antworten, das weiß ich. Ich hätte das, was darauf hinführt, nicht sagen sollen. Natürlich muß ich mit meinem Leid, wie es ist, fertigwerden.«

»Aber nicht doch, wenn Sie zu einer alten Freundin sprechen. Wenn ich Ihnen dieses Gefühl gegeben habe, habe ich vor Ihnen versagt. So müssen wir es, glaube ich, sehen.«

»Nein, Sie sind zu nachsichtig gewesen. Der Mensch, der mir im Augenblick Genüge tun könnte, existiert nicht. Rachel wird sich zwischen uns allen zerreiben.«

»Lady Hardisty wohnt bei Ihnen?« sagte Agatha.

»Ja, für ein paar Tage. Sir Percy ist so ungemein gütig zu uns.«

»Sie ist eine sehr reizende Frau«, sagte Agatha.

»Wer?« sagte Geraldine, die mit ihrer Schwester ins Zimmer trat. »Welche von den vielen Frauen ringsum ist nach deinem Geschmack?«

»Charme ist rarer als Frauen«, sagte Kate.

»Eben, das ist es«, sagte Geraldine.

»Lady Hardisty«, sagte Agatha leichthin und ganz offen.

»Ja, die ist charmant. Ich sollte sagen: brillant, das paßt mehr zu ihr«, sagte Geraldine.

»Glücklich der Mensch, für den sich so viele Worte anbieten!« sagte Kate. »Und für sie gilt das zweifellos. Ich wollte schon sagen: ungeheuer geschickt.«

»Jedenfalls ist sie eine erfolgreiche Schwätzerin«, sagte Agatha, indem sie sich mit leisem Rascheln zum Teetisch begab. »Es ist geradezu umwerfend zu sehen, wie sie hereinkommt und sich ihr Opfer herauspickt. So gewiß sie für uns ein belebendes Element ist, sollten wir uns dabei doch nicht so amüsieren, wie wir es im allgemeinen tun.«

»Ich habe noch nicht gemerkt, daß sie sich Opfer herauspickt«, sagte Geraldine.

»Nein? Oh, und wie«, sagte Agatha.

»Also noch eine Begabung«, sagte Kate. »Aber die war mir bisher entgangen. Ich empfinde ihren Humor als besonders gutartig.«

»Echter Humor ist immer so«, sagte Agatha. »Und Lady Hardisty weiß das auch. Ganz zweifellos. Doch zuweilen macht sie sich ein Vergnügen daraus, ihre Pfeile ins Ziel zu bringen. Oh, ja, das tut sie. Ist euch das noch nicht aufgefallen? Oh, ja.«

»Ich glaube schon bemerkt zu haben, daß sie auf dich gezielt und getroffen hat, Agatha«, sagte Geraldine.

»Dann ist es ja kein Wunder, daß ich es gemerkt habe«, sagte Agatha und blickte lachend in die Runde, während sie sich vorbeugte, um Kate etwas zu reichen. »Man braucht also, glaube ich, nicht im geringsten überrascht zu sein, wenn mir das nicht entgangen ist.«

»Du Ärmste!« sagte Geraldine. »Hätten wir dir zu Hilfe kommen sollen? Ich habe es eigentlich nur zur Hälfte wahrgenommen.«

»Und ich überhaupt nicht«, sagte Agatha, wiederum lachend und mit einer Handbewegung Gregory zum Sitzenbleiben nötigend. »Aber wenn es so war, kein Wunder, daß es mich ein bißchen getroffen hat. Mich zu verfehlen, war wohl am wenigsten ihre Absicht. Ich bin froh, daß ich sie davor bewahrt habe, sich vergebens angestrengt zu haben.«

»Dabei hattest du es nur undeutlich wahrgenommen«, sagte Geraldine.

»Ja, das ist eben etwas, worauf ich kaum gefaßt bin«, sagte Agatha, indem sie aufstand und mit großem Freimut fortfuhr. »Etwas, das ich selbst niemals fertigbrächte, weshalb ich es auch so leicht keinem anderen zutraue. Aber wenn ich jemand zu irgendeiner Art von Befriedigung verholfen habe, soll mich das freuen.«

»Eine etwas bittere Freude«, sagte Geraldine.

»Nein«, sagte Agatha nachdenklich. »Nein, ich glaube nicht. Ich habe wirklich nichts dagegen, für irgendeinen unschuldigen Scherz als Zielscheibe zu dienen oder als Vorwand, wenn du so willst. Ich glaube, in solcher Lage gibt es nichts, was man mit Recht dagegen einwenden könnte.«

»Dann wende ich mich eben zu Unrecht dagegen«, sagte Geraldine. »Niemand würde es wagen, mich für so etwas aufs Korn zu nehmen. Kein Wunder, daß Lady Hardisty sich auf dich kapriziert hat. Vielleicht täte sie das nicht, wenn sie dich besser kennte.«

»Ich bin sicher, daß das bei ihr niemals bösartig oder perfide gemeint war«, sagte Agatha mit einem Seitenblick auf Gregory. »Ich empfand ihre Pfeile eher als schmeichelhaft, obgleich sie von ihr nicht in diesem Sinne gedacht waren. Geschosse treffen oft besser, wenn sie nicht so genau gezielt sind.«

»Ich dachte aber, du hättest sie gar nicht bemerkt!« sagte Geraldine.

»Ich muß jetzt gehen«, sagte Gregory. »Vielen Dank für Ihre Geduld mit mir. Aber ich habe versprochen, zeitig zu Hause zu sein.«

»Was Sie brauchen, glaube ich, ist eine Reihe von Ausgeh-Abenden«, sagte Agatha. »Folgen Sie meinem Rat und sorgen Sie dafür. Wenn ich mit Ihnen kommen könnte, würde ich das nicht Ihnen allein überlassen.«

»Der arme Junge, er war sehr still«, sagte Kate. »Das verwundert mich nicht.«

»Ich wundere mich, daß er überhaupt gekommen ist«, sagte Geraldine. »Ich wäre dafür in meiner Jugend zu sensibel und gehemmt gewesen.«

»Oh, er hatte eine Menge zu sagen, als er zuerst hereinkam, das heißt, ehe er weitere Zuhörer hatte«, sagte Agatha. »Das mag ihn dann gehemmt haben, ja, das glaube ich. Er kam, um sich alles von der Seele zu reden.«

»Was sagte er denn?« fragte Geraldine.

»Oh, wir mußten die ganze Sache noch einmal durchsprechen«, sagte Agatha mit mitleidsvoller Duldermiene. »Mir blieb nichts erspart. Der arme Junge mußte sich jemandem anvertrauen, glaube ich. Und ich bin nur zu glücklich, daß er bei mir einigen Trost finden konnte.«

»Das mußtest du ganz allein bewältigen«, sagte Kate.

»Ich kann nicht viel dabei finden«, sagte Agatha. »Ich glaube, er wollte nur sicher sein, daß er sich bei seinen jungenhaften Geständnissen nicht im gerinsten unnatürlich vorkommen müßte. Weiter war nichts dabei, glaube ich.«

»Das kannst du kaum als zu gering veranschlagen«, sagte Kate.

»Nun, wie dem auch sei, ich bin froh, daß er nicht heimgehen und die preziöse Atmosphäre von Lady Hardisty atmen mußte, ohne sie durch die Erinnerung an etwas mehr Menschlichkeit würzen zu können«, sagte Agatha mit plötzlicher Heftigkeit. »Ich kann mir förmlich vorstellen, wie er sich dazu durchringen muß, sie zu begrüßen. Und das setzt ihm, glaube ich, in diesem jugendlichen Stadium sehr zu.«

Gregory begrüßte Rachel, ohne sich im geringsten anstrengen zu müssen, und sie begann sogleich zu reden.

»Gregory, Ernest und Griselda sind in der Bibliothek, und ich höre Griselda weinen. Und sie weint nicht so, wie es dem heutigen Tag angemessen war. Damit hörte sie sogleich auf, als er kam. Was soll das, wenn er das eine Leid aufhebt, um sie sogleich in ein neues zu stürzen? Äußerte er womöglich eine eigene Meinung über eure Mutter?«

»Wie kommen Sie denn darauf? Haben Sie an der Tür gelauscht?«

»Ich konnte nicht nahe genug heran. Buttermere hätte vorbeikommen können!«

»In dem Fall wäre ich lieber hineingegangen und hätte sie unterbrochen.«

»Aber dann hätten sie gemerkt, daß ich gelauscht hatte, und ich hätte das Ende nicht gehört. Dabei dachte ich, Ernest hätte seinen gewohnten Pastorenblick, als er hereinkam.«

Bellamy war gekommen und hatte seine Verlobte begrüßt, ohne zu ahnen, wie sehr er sich damit verriet.

»Da werden wir also etwas Zeit für uns haben, wir beide! Phantastisch, wer immer das so eingerichtet hat. Aber wenn Menschen übermäßig beansprucht sind, meinen sie es gut mit uns und diesmal besonders mit Ihnen. Danach hat mein Herz zutiefst verlangt. Mir war, als ob ich nur Sie heute ertragen könnte. Ich bin etwas ausgelaugt nach dem Gottesdienst. Ich habe meine ganze Seele dahinein gelegt. Hat Ihnen jemand davon berichtet? Ich hatte fast gedacht, Sie wären dabei, als ich die Anrede formulieren mußte. Ich hoffte schon, Sie ein wenig trösten zu können. Bei jedem Wort in meinem Konzept dachte ich an Sie.«

»Ich werde es gern irgendwann lesen«, sagte Griselda.

»Aus meinen paar rohen Notizen würden Sie keinen Eindruck bekommen können. Ich werfe ein Wort aufs Papier, gehe auf die Kanzel, und schon bricht es aus mir hervor. Ich brauche nur eine Hieroglyphe, um in Schwung zu kommen.«

»Ernest, was hat Mutter dazu gebracht, das zu tun und allein davonzugehen, ganz allein? Wie mag ihr gewesen sein, als sie es tat, ganz aus sich? Ganz aus sich, arme Mutter, arme Mutter, und völlig allein!«

»Oh, kommen Sie, kommen Sie«, sagte Bellamy, »Sie müssen auch an mich denken, meine Grisel. Ich vertrage nicht allzu viel. Sie haben nicht den stärksten Mann zum Gatten genommen: Sie müssen mit Ihrem Erwählten etwas Nachsicht haben. Ich habe diese ganzen Tage im Gedanken an Sie gelebt. Ich habe mein ganzes Ich in meine Worte für Ihre Mutter hineingelegt, habe jede Silbe, die aus meinem Munde kam, abgewogen, um nur Achtung und Mitgefühl für sie zu bezeugen in diesem Moment, der unsere Kräfte auf eine harte Probe stellt. Sie wissen, wie wenig mir in meinem Leben gut ausgegangen ist, und nun fällt in diesen hoffnungsvollen Lichtblick so ein düsterer Schatten und drückt einen nieder, es ist einfach nachgerade zuviel. Bedenken Sie: Ich bin ein Mann und schwach, und Sie sind eine Frau und stark.«

»Ihr Teil ist nichts im Vergleich zu meinem«, sagte Griselda, den Blick hebend. »Meine Familie wurde von diesem tragischen Ereignis betroffen, nicht die Ihre. Sie zeigen mir nur die Kluft zwischen unser beider Leben. Natürlich muß das so sein. Kein Grund, über meiner Mutter Krankheit und Hilflosigkeit den Kopf hängen zu lassen, es sei denn, man neigt von Natur dazu.«

»Ah, wer neigt schon dazu und wer nicht? Ich würde mich nicht getrauen, das zu sagen. Gerade ihre Hilflosigkeit fällt auf uns zurück. Familienmakel und was nicht noch wird uns um die Köpfe schwirren. Aber ich werde der letzte sein, diesen Wirbel aufzurühren. Meine Aufgabe ist vielmehr, peinlich darüber zu wachen.«

»Aber gerade durch Sie ist das alles zuerst zu mir gedrungen«, sagte Griselda, schwer atmend.

»Habe ich Ihnen nicht eben gesagt, worin ich meine Aufgabe sehe? Meine jämmerlichen Klagen dienen nur dazu, meinem wahren Ich wieder Aufschwung zu geben. Sagen Sie mir, daß Sie das durchschaut haben. Ich bin nun mal so sehr Schauspieler, daß ich scharfe Kontraste brauche. Sie fangen schon an, mich kennenzulernen. Das müssen Sie. Bedenken Sie, wieviel Mühe ich mir mit Ihnen gegeben habe.«

Griselda stand mit gesenktem Kopf da, und Rachel und Gregory hielten es für richtig, jetzt einzutreten.

»Lady Hardisty, Griselda wollte mit mir streiten, und in ihrem edlen Bemühen ist es ihr beinahe gelungen. Sie kann sich an mein Posieren nicht gewöhnen, und es gelingt ihr nicht, mir beizubringen, daß ich es ihr gegenüber unterlasse. Aber Sie werden mich zum Dinner dabehalten, im Kreis der Familie, und es wird sie versöhnen, wenn sie mich ein persönliches Opfer bringen sieht und wie ich das Tischgebet spreche, als wäre es eine schwere und gewichtige Aufgabe.«

»Ja, natürlich, mein Junge, bleiben Sie mit uns an diesem ersten Abend unseres neuen Lebens«, sagte Godfrey, der mit zunehmend längeren Schritten den Raum durchmaß. »Von Leben kann für uns nicht viel die Rede sein, aber wir werden uns zusammennehmen und weitermachen wie zuvor, wie auch mein teures Weib es gewünscht hätte. Doch etwas muß ich nun wirklich sagen! Wenn eins meiner Kinder das zutiefst fühlt, dann Matthew. Er ist völlig niedergeschmettert, am meisten von allen! Ich ahnte ja nicht, daß er seine Mutter so sehr liebte. Da sieht man, wie blind wir manchmal sein können. Also, er kommt nicht zum Dinner herunter. Er will allein in seinem Zimmer bleiben. Ich war erhoben und niedergeschlagen zugleich. Was hätte ich darum gegeben, wenn seine Mutter diese Zuneigung noch hätte spüren können. Das scheint jetzt nicht ins Gewicht zu fallen. Aber natürlich ist es wichtiger als je. Sie blickt auf uns hernieder und weiß mehr über uns als wir selbst, und sie entschuldigt mehr unserer sterblichen Verfehlungen, als wir es je wagen würden.«

»Das kommt Ihnen aber sehr zugute«, sagte Rachel. »Wirklich sehr nett von Harriet. Viele Menschen an ihrer Stelle sind anscheinend ganz anders, wie man so hört, und hegen zu große Erwartungen. Das ist manchmal sehr anstrengend. Mehr zu entschuldigen, als wir beanspruchen würden, ist übermenschlich, weil alles, was getan werden konnte, getan worden ist. Darum gebührt Harriet dieses Prädikat.«

»Ach, ja, wir werden unsere Frau und Mutter wertschätzen wie nie zuvor«, sagte Godfrey.

XXIV

Mrs. Christy, die gerade eine geschäftliche Unterredung mit Dominic Spong hatte, bemerkte, aus dem Fenster blikkend, das ihr vertraute Bild eines jungen Mannes an der Tür, der sehnlichst Einlaß begehrte.

»Sieh da, Matthew. Es ist lange her, seit Sie Ihrer zukünftigen Schwiegermutter einen Besuch abstatteten. Gut, daß ›meine Liebe sich nicht ändert, wenn sie auf Veränd'rung stößt‹, insoweit stimme ich mit dem Dichterwort überein. Und wenn ich schon an die Tür komme, darf ich dem nicht ausweichen, was die Pflicht verlangt. Als Mutter Ihres Eheweibes werden Sie eine Frau sehen, die von falschem Stolz ganz frei ist. ›Sei stolz auf das, was du vermagst, und nicht auf das, wo du versagst‹, ist mein Motto. Ich sage ›Dankeschön, meine Würde bleibt gewahrt‹. Nicht daß mein Augenmerk nur auf praktische Fragen gerichtet wäre. Ich hatte eben eine sehr diffizile Unterredung mit Mr. Spong. Meine Geldangelegenheiten stellen keine großen Anforderungen, aber er wirft mir immer vor, ich hätte einen männlichen Verstand. Höchst unweiblich, wenn man sich dessen schuldig bekennen muß, aber ich muß mich mit der Rolle abfinden, die Mr. Spong mir zuweist.«

»Kann ich Camilla sprechen«, sagte Matthew in knappem, barschem Ton.

»Wenn Sie sich ein wenig umdrehen«, sagte Dominic aus dem Hintergrund mit vergnügtem Händereiben, »entfällt jeder Grund, Ihren Sinnen zu mißtrauen.«

Matthew wandte sich um und legte seine Hand auf Camillas Arm.

»Ebensowenig«, fuhr Dominic fort, »wie Ihre Anverlobte den ihren zu mißtrauen schien, als ihre Ohren sie von Ihrer Ankunft in Kenntnis setzten. Ich glaube, Mrs. Christy, Sie und ich werden uns wie Monsieur und Madame de Trop vorkommen, es sei denn, wir weichen dieser bedrohlichen Situation von vornherein aus.«

»Ich denke, wir werden dem liebenden Paar das hintere Zimmer überlassen, und wir selbst setzen unsere Erforschung meiner mysteriösen Finanzangelegenheiten im großen Zimmer fort, Mr. Spong.«

»Ich möchte annehmen, daß trotz unseres Vorteils, was den Raum betrifft, jene beiden sich in einem Stadium befinden, in dem sie mehr zu beneiden sind als wir«, sagte Dominic mit bewegter Stimme, während er ihr ins andere Zimmer folgte.

»Du machst aber gar keine Anstalten, Mr. Spongs Vermutung zu bestätigen, Matthew«, sagte Camilla. »Deine Stimme würde sonst in diesem Moment ganz anders klingen. Nun, je eher das vorüber geht, desto eher werde ich die Gefährdungen meiner Jugend hinter mir haben. Du und Gregory, ihr habt die gleichen Neigungen. Euer Vater ist ein Mann, wie es sich gehört, wohl ihm! Und ich habe all das weiter hinter mir gelassen als du. Hör also auf, so düster dreinzublicken, und sag mir lieber, warum du gekommen bist, mich am häuslichen Herd zu beobachten. Meinst du unsere Liebe zu erhöhen, indem du mich als Aschenputtel inspizierst?«

Matthew blickte sie aus eingesunkenen und von Schlaflosigkeit gezeichneten Augen an.

»Matthew, erschreck mich nicht durch diese Pose. Fang nicht schon jetzt an, dich mir so zu zeigen, wie nach unserer Heirat. Ich warne dich. Das könnte sehr gefährlich sein.«

Matthew verharrte weiter schweigend.

»Matthew, hörst du mich?«

»Ich höre dich, Camilla. Aber es geht vielmehr darum, ob du mich anhören willst. Ich bin gekommen, dich etwas zu fragen und eine Antwort zu bekommen, nämlich zu erfahren, ob ich für dich der einzige Mann in der Welt bin, wie du für mich die einzige Frau. Das nämlich will ich für dich sein. Und ich bin von Zweifel gepeinigt, noch im Schlaf, das heißt, wenn ich schlafen könnte. Mich quälen zu viele Dinge, als daß ich Ruhe finden könnte. Aber über dies eine möchte ich beruhigt sein können.«

»Du verlangst zuviel«, sagte Camilla. »Natürlich bist du für mich nicht der einzige Mann in der Welt. Dafür ist die Welt zu voll von zu vielen Männern, und ich bin die einzige für zu viele. Die liebe alte Welt!« Sie trällerte die letzten Worte und schlug dazu den Takt.

»Hat einer von ihnen je etwas für dich getan?«

»Oh, ja, sie alle, alles und jedes. Leute betrogen, Eltern hinters Licht geführt, um meinetwillen Schulden gemacht. Jeder einzelne, soweit er dazu begabt war.«

»Ich glaube, keiner von ihnen hat um deinetwillen dem Leben seiner Mutter ein Ende gesetzt, oder?«

»Dem Leben seiner Mutter ein Ende gesetzt! Wovon sprichst du eigentlich? Natürlich nicht. Was für eine Frage!«

»Eben dessen habe ich dich für wert befunden.«

»Matthew, du solltest nicht so etwas sagen, um mich unter Druck zu setzen und mich zu erschrecken. Das ist sehr unmännlich. Keiner von den anderen hat so etwas getan. Und es ist reichlich geschmacklos, das Unglück deiner Mutter da hineinzuziehen. Wenn du ihr zu dem, was sie tat, verhalfst, indem du immer mich ins Spiel brachtest, obwohl sie doch mich nicht als Frau für dich wollte, dann war das heimtückisch und unrecht, da sie eben erst von ihrer Krankheit genesen war, und ich liebe dich darum weniger, wirklich. Ich glaube schon, daß du es getan hast. Du hast ihr meinetwegen Kummer gemacht und sie so dazu getrieben, und ich soll mich also auf immer an ihrem Tod schuldig fühlen.«

»Es war deine Schuld«, sagte Matthew. »Du gabst mir das Gefühl, daß deine Liebe zu mir nicht viel aushalten würde, und sie hätte womöglich deine Liebe auf die Probe gestellt. Du siehst also, daß es deine Schuld war.«

Camilla blickte ihn starr an.

»Du meinst damit doch nichts Besonderes?« sagte sie.

»Ich meine, was ich sage.«

»Das soll heißen, daß du es getan hast?«

»Genau das. Ich habe die verhängnisvolle Pille mit zu denen getan, die sie vor dem Schlafen zu nehmen pflegte. Ich habe sie ihr an jenem Abend zu ihrer gewohnten Pille dazugelegt. Ich tat es deinetwegen, aus Angst, sie würde dich mir wegnehmen. Sie hatte dich schon fast in ihrer Gewalt.«

»Matthew! Matthew! Mein armer lieber Matthew! Du armer fehlgeleiteter Junge! Ich will alles tun, was ich kann, um dir Genüge zu tun. Ich weihe mich dir mit Leib und Seele. Du solllst es nicht umsonst getan haben. Und deine arme, arme Mutter! Wir liebten sie beide. Wir werden sie weiter gemeinsam lieben. Ich werde dafür sorgen, daß es nicht über dich kommt. Ich werde dir beweisen, daß es meine Schuld war. Ganz und gar meine. Du sollst es niemals dir zur Last legen. Ich werde dafür leben, daß das nicht geschieht.«

»Still! Da kommt deine Mutter«, sagte Matthew, wieder in seinem normalen sanften Ton. »Niemand darf das hören. Sie dürfen nichts erfahren. Es darf niemals aufgedeckt werden. Man würde mich von dir reißen.«

»Camilla, was bist du denn so aufgeregt? Wir hörten deine Stimme durch die Wand. Matthew, Sie dürfen sie nicht aufregen. Ihr armen Kinder, diese Wartezeit ist hart für euch.«

»Ach, laß doch, Mutter, eine letzte Liebesszene. Wir sind nicht im Begriff, miteinander zu brechen oder nicht mehr miteinander zu reden oder irgend etwas dergleichen. Wir geloben uns nur ewige Treue und besiegeln unsere Schwüre mit Tränen. Unsere Gefühle galten ganz uns, insbesondere mir. Du hättest mich ganz neu gesehen, wenn du das gehört hättest. Ja, ich glaube, ich habe dabei nur gewonnen.«

»Ich glaube, Matthew, Sie müssen nun gehen. Und ich werde erleichtert sein, wenn die Hochzeit festgesetzt ist. Matthews teure Mutter hätte euch nicht im Wege stehen wollen. Ihr werdet euer Leben lang gemeinsam ihrer gedenken.«

»Nichts weiter, Matthew, oder ich fange an zu heulen. Ja, geh jetzt und vereinbare mit deinem Vater, daß er uns zusammengibt. Er brennt darauf, mich zur Tochter zu haben.«

»Ich werde dich morgen abend zum Dinner abholen«, sagte Matthew. »Ich kann auf dem Heimweg von meiner Arbeit vorbeikommen.«

»Ich glaube, ich möchte dich gerade jetzt noch nicht bei dir zu Hause besuchen, dort, wo ich gewöhnt war, deine Mutter zu sehen. Und auf dem Heimweg von deiner Arbeit, die darin besteht, Menschen nicht länger am Leben zu erhalten! Ich bekomme allmählich einen Widerwillen gegen deine Arbeit. Ich glaube, es ist besser, wenn wir uns hier treffen. Schließlich ist es Sache des Mannes, zu kommen und zu gehen. O ja, ich weiß, du holst mich und bringst mich zuverlässsig wieder an die Haustür. Ich weiß, ich weiß. Ich will damit auch nichts sagen. Nichts, gar nichts. Ich meine nur, daß ich dich lieber hier sehe. Für heute haben wir genug gekost. Mach mir ein wenig Platz, daß ich gehen kann.«

Camilla ging mit hocherhobenem Kopf in das andere Zimmer, wo Dominic an dem Tisch saß.

»Mutter, starr mich nicht so an, lug nicht so herum, als wenn du etwas aufspüren müßtest. Eine abscheuliche Gewohnheit. Was denn glaubst du in meinen Augen lesen zu können? Ich würde es niemals verraten, wenn es da etwas gäbe. Oh, oh, guck doch nicht so zu mir hin.«

»Aber, meine Liebe, ich gucke ja gar nicht. Da gibt's nichts herauszufinden. Du darfst dich nicht so wichtig nehmen. Wir sind nicht auf deine kleinen Geheimnisse aus.«

Camilla warf sich über den Tisch und barg den Kopf in den Armen.

»Kind, was hast du denn? Ich wußte doch, daß da etwas war. Matthew kam mir so bedrückt vor, als ich ihn einließ. Nur der Tod seiner Mutter hat ihn so aufgeregt. Das mußte ihm ja auch zusetzen, so tragisch, wie es geschah. Denk nur, wie es ihn mitgenommen haben muß, wenn es schon für dich und mich fast zuviel war. Du wirst noch sehen, daß so ein kleiner Kummer nichts dagegen ist.«

»Oh, ja, das ist nichts«, sagte Camilla in sonderbar hellem bitterem Ton. »Nicht der Rede wert. Ich werde auch nichts darüber sagen. Ich werde es für mich behalten, ich werde es in mir verschließen und mit diesem Wissen älter und älter werden. Und doch kann ich's nicht, Mutter. Ich kann das nicht in meinem Herzen verbergen. Denk nur, wie es ihn mitgenommen haben muß, sagst du, seiner Mutter Tod! Ja, denk nur! Denk nur!« Sie wurde abwechselnd von Wein- und Lachkrämpfen geschüttelt, und Dominic erhob sich.

»Ich weiß nicht, wie weit ich berechtigt bin, etwas davon auf mich zu nehmen. Aber ich würde raten, daß Mrs. Bellamy ihr Gewissen erleichtert.«

»Oh, ja, Advokat! Auf Ihr Ehrenwort als Anwalt!« sagte Camilla. »Sie werden Matthew nicht belangen. Sie hätten keinerlei Beweise gegen ihn. Niemand kann wissen, ob er irgend etwas getan hat. Und wenn er etwas tat, so konnte er nicht dagegen an. Er wurde dazu getrieben. Dabei liebte er sie. Mehr als ich dich, Mutter, liebte er seine Mutter. Und sie brachte ihn soweit, ohne es eigentlich zu wollen, und er wird es mit sich ins Grab nehmen. Und auch ich konnte nichts dagegen tun, ich hätte ihn denn aufgegeben. Wenn sie es gewußt hätte, hätte ich das getan. Mir lag nicht so viel an ihm, auch jetzt nicht. Es war nicht meine Schuld, nein. Ich konnte nicht dafür, daß sie das nicht wußte. Nein, kommt mir nicht zu nahe.« Sie hob die Hand, wie um Dominic abzuwehren. »Sie dürfen das, was ich sage, nicht gegen mich verwenden, nicht gegen uns, nicht gegen ihn. Nichts von dem, was ich sage, meine ich wirklich. Das versichere ich Ihnen. Also glauben Sie nur nicht, daß ... Denn das dürfen Sie nicht, das dürfen Sie nicht.« Sie endete mit einem schrillen Ton.

»Es erübrigt sich wohl festzustellen, Mrs. Bellamy, daß alles, was Sie hier sagen oder gesagt haben mögen, streng vertraulich behandelt werden wird.«

»Sie werden also nichts tun?« sagte Camilla, indem sie wie ein Kind unsicher unter ihren Haaren hervorblickte. »Sie werden ihn in Ruhe lassen! Aber natürlich werden Sie das. Sie haben keine Beweise gegen ihn.« Sie hob den Kopf, und ihre Stimme klang anders. »Ich habe nichts gegen ihn gesagt. Ich weiß überhaupt nichts. Ich stand unter dem Bann eines schrecklichen Traums, den ich hatte. Etwas, das er sagte, muß mich daran erinnert haben.«

Es trat eine Stille ein, Mrs. Christy stand, den Blick auf ihre Tochter gesenkt, und man sah, wie ihre Gedanken arbeiteten.

»Ich weiß nicht, was du sagen wolltest, mein Kind. Zweifellos war es eine Einbildung, ein Traum, wie du selbst sagst. Aber ist es richtig mit Gefühlen, die solche Träume hervorrufen, zu heiraten? Meine Tochter, mach nicht zum zweiten Mal einen Fehler!«

»Nein, nein, das ist ganz klar, Mrs. Christy«, sagte Dominic. »Was immer Mrs. Bellamy mit ihren Worten gemeint oder nicht gemeint haben mag.«

»Dann werde ich ihm also schreiben?« sagte Camilla schlicht. »Nur, ich weiß nicht was. Es wird ihn wahnsinnig machen. Aber ich kann's nicht hindern, es muß so kommen, ich glaube, er ist schon jetzt wahnsinnig. Jedenfalls benimmt er sich so, was er sagte, klang so, ihr habt es selbst gesehen. Und ich kann keinen Wahnsinnigen heiraten. Der arme Junge, es liegt in seiner Familie. Seine Mutter war bestimmt nicht bei Sinnen, als sie tat, was sie getan hat. Man sagt, das könne nicht sein. Ich kann mein Leben lang darüber nachdenken. Jetzt kann ich ihr nichts Gutes mehr tun. Und sie wollte ja gerade, daß ich ihren Sohn aufgäbe. Sie wußte nicht, daß es ihn wahnsinnig machen würde. Wenn ich es ihm nur sagen könnte, ohne ihn halbwegs umzubringen, aber ich sehe, ich muß Männer zugrunde richten, anscheinend ist das mein Los. Wenn die Menschen nur wüßten, was ich leide, wenn ich solche tödlichen Briefe schreibe!«

Sie strich ihr Haar zurück und nahm Feder und Papier, die Dominic ihr reichte.

Mein armer, lieber Matthew,

ich weiß nicht, wie ich es Dir sagen soll, aber ich muß es unverzüglich in Worte fassen. Du müßtest mich hassen, so wie ich bin, und ich kann niemals anders sein. Und ich müßte Dich hassen, weil Du bist, wie Du es mir gesagt hast, und auch Du kannst niemals anders sein. So, da habe ich es geschrieben. Ich könnte es nicht ertragen und will es auch nicht. Also begehe nicht den verhängnisvollen Irrtum, mich überreden zu wollen, ich sage: verhängnisvoll. Wenn Du es tust, mußt Du die schlimmste Rache von mir befürchten. Du weißt, daß ich im Aufruhr der Gefühle alles mögliche sage, Du weißt, daß ich mich nicht in der Gewalt habe. Ich frage mich, ob Du mich gut genug kennst, um zu wissen, daß dies mein letztes Wort ist. Wenn nicht, tut es mir um Dich leid aus Gründen, die auch mich in tiefes Leid stürzen. Ich will Dich nicht wiedersehen, bis Du verheiratet bist. Und nimm meinen guten Rat an: Laß diese andere Frau niemals wissen, was Du mir gesagt hast.

Die Deine, soweit ich das noch sein kann,
Camilla.

XXV

Diesen Brief, den Dominic zur Post befördert hatte, las Matthew am folgenden Morgen am Frühstückstisch. Er war nach einer schlaflosen Nacht heruntergekommen und hatte sich geradezu auf den Brief in Camillas Handschrift gestürzt. Er las ihn durch und setzte sich plötzlich hin, als hätte etwas ihn aus großer Höhe herabstürzen lassen, er blickte in die Runde und begann auf einmal zu sprechen, ohne es eigentlich zu wollen.

»Also, damit ist es nun zu Ende. Es kommt schon nicht mehr darauf an. Jeder mag es erfahren. Ich kann es euch ebensogut selbst sagen. Ich habe es satt, alles mit Schweigen zuzudecken. Camilla kann nichts für sich behalten, sie sagt es selbst, und sie meint es auch so.« Er hielt den Brief vor sich hin, und dabei wirkte er mit Geste und Stimme mit einemmal wieder ganz kindlich. »Mutter hat die Tablette nicht absichtlich genommen. Sie wollte nicht sterben. Ihr wißt alle, daß sie diesen Wunsch aufgegeben hatte. Ich war es, der ihr den Tod wünschte, aus Angst, sie könnte meine Heirat mit Camilla verhindern. Camilla hatte angefangen, auf sie zu hören, und das wäre immer so geblieben. Es wäre dasselbe gewesen wie mit Gregory. Aber nun wird Camilla mich niemals mehr heiraten. Eben dies hat sie zu der Einsicht gebracht. Ich habe immer gefürchtet, daß sie es herausfinden könnte. Es war nie meine Absicht, ihr die Wahrheit zu sagen, aber irgend etwas hat mich dennoch dazu gebracht. Ich habe alles in allem nicht gut getan, oder? Mir wäre lieber, die Leute erführen es, das sind keine Sachen, um sie für sich zu behalten. Mir liegt nichts daran, es mit mir allein herumzutragen. Schon gar nicht in der Nacht, wenn ich schlaflos liege.«

»Matthew, Matthew, was sagst du da? Du weißt nicht, was du sprichst. Du erliegst einer Sinnestäuschung. Das alles ist dir zu nahe gegangen«, rief Godfrey aus, indem er aufstand und auf seinen Sohn zuging. »Mit dir hat das nichts zu tun, daß deine Mutter gestorben ist. Was soll aus uns allen werden, wenn es mit dir so weit kommt? Sei ruhig, komm, mein Ärmster, dein Vater versteht dich.«

»Nein, du verstehst nicht«, sagte Matthew mit einer abwehrenden Geste. »Du meinst immer noch, ich hätte es nicht getan, und Mutter selbst hätte es getan. Aber ich habe ihr die Tablette hingelegt. Ich habe sie mir aus Dufferins Zimmer beschafft. Sie sah ganz so aus wie die Schlaftabletten. Wie oft werde ich dir das noch sagen müssen.«

»Erzähl uns, was du wirklich getan hast«, sagte Jermyn, zu seinem Bruder tretend. »Was genau hat sich zugetragen? Wenn du es mir sagst, wird es dir helfen einzusehen, daß du nichts getan hast.«

»Ich legte eine Gifttablette zu den anderen, die sie zum Einschlafen nahm«, sagte Matthew in plötzlich sehr bestimmtem Ton. »Das habe ich getan, da du es genau wissen willst. Und ich gab sie ihr mit einer der anderen, als ich an jenem letzten Abend in ihrem Zimmer war. Sie bat mich, meine Heirat aufzuschieben, und ich wußte, das hieß, daß es nie dazu kommen, daß Camilla mir entgehen würde. Das ist doch klar genug, nichtwahr? Die Tabletten sahen eine wie die andere aus.«

»Mein Junge, mein armer Junge!« sagte Godfrey.

»Dann wollte Mutter also gar nicht sterben?« sagte Griselda, die Matthew die ganze Zeit fest angeblickt hatte.

»Nein, keineswegs. Sie dachte nicht daran. Nur ich dachte daran«, sagte Matthew, in seine sonderbare Kindlichkeit zurückfallend. »Es war ganz leicht. Es ging genau so, wie ich es mir gedacht hatte.«

»Mein Gott!« sagte Godfrey, die Hand vor den Augen.

»Es mag sein, daß er sich dies oder etwas dergleichen in seinem Kopf ausgedacht hat«, sagte Gregory in absichtlich ruhigem Ton, »und nachher hat er sich eingebildet, es wirklich getan zu haben.

In all dem Leid und Unglück verfällt man leicht auf so etwas. Das muß es gewesen sein.«

»Nun wollen wir aber mal ein Ende machen«, sagte Rachel. »Ja, so hat es sich verhalten, natürlich. Das versteht sich von selbst. Matthew muß hinaufgehen und zur Ruhe kommen. Das wird ihm nicht aus dem Kopf gehen, bis er einmal ausschläft. Jermyn, laß zu Antony schicken, er möge sogleich herkommen. Es wäre gut, ihn hier im Hause zu behalten, bis die Sache nicht mehr im Gerede ist. Griselda, sitz nicht da und guck deinen Bruder nicht so an. Du brauchst keine Angst zu haben, bloß weil er durch den Schock, durch Schlaflosigkeit und obendrein Liebeskummer einer Einbildung erlegen ist. Godfrey, kommen Sie und halten Sie seinen anderen Arm, er ist nicht sicher auf den Füßen. Es ist eben wie ein Echo von Harriet.«

»Ich werde nicht hinaufgehen. Ich will mich nicht schlafenlegen«, sagte Matthew, indem er Rachel ruhig, aber unnachgiebig anblickte. »Ich kann zur Zeit nicht schlafen, und es lohnt sich nicht, in diese Gewohnheit zurückzufallen. Ich habe nicht viel Zeit vor mir. Ich bin froh, jetzt mit der Sache ins reine zu kommen. Dufferin wird mir glauben, wenn ich ihm erkläre, wie ich mich seiner Schlüssel bedient habe. Er weiß, daß ich mich in seinen Medikamenten auskannte und Mutter nicht. Und Jermyn glaubt mir auch.« Er ließ ein zynisches Lachen hören. »Das sehe ich ihm an. Er hat mir ohne weiteres geglaubt. Und ich verüble ihm das nicht. Ich bin froh, daß das alles zu einem Ende kommt.«

»Buttermere, können Sie nicht aus dem Zimmer gehen? Müssen Sie hier müßig herumstehen?« sagte Godfrey. »Können Sie nicht lernen, wann es hier etwas für Sie zu tun gibt, und wann nicht?«

Buttermere verschwand noch lautloser als gewöhnlich.

»Damit kommst du zu spät, Vater. Er hat alles mit angehört«, sagte Matthew mit einem ganz normalen Lachen. »Wir dürfen Buttermere schon trauen.«

»Ja, ja, das dürfen wir wohl«, sagte Godfrey, indem er Matthew forschend anblickte und sich bemühte, ganz natürlich zu reden.

»Ja, du hast recht, Matthew. Fühlst du dich nun etwas besser, mein Junge?«

»Ich bin ganz in Ordnung, Vater.«

Godfreys Augen blickten ängstlich.

»Ich werde gehen und Buttermere anweisen, daß er Dufferin hereinführt«, sagte Gregory, Rachel anblickend.

Rachel folgte ihm in die Halle.

»Gregory, Matthew hat eine Sinnestäuschung. Sie sehen selbst, daß es das sein muß, was es ja auch tatsächlich ist. Sorgen Sie dafür, daß jeder es so erfährt. Er ist eben wie seine Mutter und hat diese geistige Anfälligkeit womöglich von ihr geerbt, dazu diese Kette von Aufregungen – das war zuviel für ihn. Genauso müssen Sie es Antony sagen, sobald er das Haus betritt. Warten Sie hier auf ihn, und sagen Sie es ihm mit diesen Worten von mir.«

Gregory ging in der Halle auf und ab und verfiel, jedesmal wenn Buttermere sich blicken ließ, in ein absichtsloses Schlendern. Als Dufferin kam, wiederholte er ihm Rachels Worte, wobei er ihn fest ansah. Dufferin stand eine Weile, Auge in Auge mit ihm, dann eilte er ins Speisezimmer.

Godfrey trat auf ihn zu, als wolle er eine Erklärung abgeben, ließ es dann bleiben und beobachtete die Begegnung mit Matthew möglichst unbeteiligt und fast ein wenig hinterhältig.

»Nun kommen Sie mal mit mir nach oben, Matthew. Heute morgen sind Sie mein Patient und werden tun, was man Ihnen sagt. Sie sind zu vernünftig, um meine Zeit unnötig zu beanspruchen.«

Matthew erhob sich und ging mit seinem Freund, als hätte ihn nach dessen Gesellschaft verlangt, und die Familie blieb in Schweigen zurück.

»Also, Gregory hat Ihnen berichtet?« sagte Matthew, als sie in seinem Zimmer waren. »Ich habe es getan, weil es keinen anderen Ausweg gab. Sie hätte mich von Camilla getrennt, das war ihre Absicht. Ich konnte es ihr von den Augen ablesen. Und nun sehe ich, daß es zu nichts gut war, sondern nur schlimmer geworden ist. Camilla hat mich wegen dieser Sache aufgegeben.« Seine Stimme überhastete sich, und seine Augen blickten wild. »Sie wissen, Camilla war mit mir in diesem Zimmer an dem Tag, da Mutter starb, als wir wußten, daß sie gestorben war. Sie hat neben mir auf diesem Bett gesessen. Wußten Sie das nicht?« Er riß sich zusammen und fuhr mit einem stillen Lächeln fort. »Ich bin das Opfer meiner eigenen Pläne, und ich warte sehnlichst auf das Ende, daß es so bald komme wie nur möglich. Ich will Camilla zuvorkommen. Sie wird es niemals für sich behalten. Sie ist nicht fähig, etwas auf sich zu nehmen. Ich sehe allmählich, daß viele Menschen das nicht können. Ich kann die anderen nicht dazu bringen, mir zu glauben, aber ich habe den Eindruck, daß Jermyn mir glaubt.«

»Sie nahmen die Tablette aus meinem Schränkchen?« sagte Dufferin.

»Ja, das müssen Sie doch selbst gemerkt haben«, sagte Matthew, und seine Stimme klang ungeduldig. »Sie müssen einsehen, daß ich es gewesen bin. Meine Mutter, müssen Sie wissen, kannte sich da nicht aus. Sie hätte die Tabletten nicht auseinanderhalten können, wenn sie sie gefunden hätte. Alles das habe ich bedacht. Ich wußte ja, daß sie allein in Ihrem Zimmer gewesen war und welche Schlüsse man daraus ziehen würde, nachdem sie es schon einmal getan hatte. Und Sie wissen andererseits auch, daß sie ihr Todesverlangen aufgegeben hatte. Alles das wußten Sie. Ich frage mich, weshalb Sie nicht gleich darauf gekommen sind, zumal als sich herausstellte, daß ich der letzte war, der sie lebend gesehen hat.«

»Der waren Sie also?« sagte Dufferin. »Natürlich war damit für Sie alles klar. Aber keinem Menschen ist eingefallen, Ihnen dies zuzutrauen, selbst wenn es Ihren eigenen Zwecken dienlich war. Ich dachte, es müsse eine andere Erklärung geben, und habe mir die einzig richtige zu eigen gemacht. Aber Sie haben recht damit, daß mir jetzt ein Licht aufgeht. Sie hielten das Leben Ihrer Mutter für einen angemessenen Preis, um damit Ihr eigenes Glück sicherzustellen! Und Sie glauben, Ihres Vaters und Ihrer Schwester Leid sei ein fairer Austauschwert für Ihren eigenen friedlichen Abgang, nun da Sie für Ihre Person mit allem fertig sind! Für einen Mann, der so denkt, ist weder Tod noch ein dem Tod ähnliches Leben von Nutzen. Sie werden entdecken, daß Sie kein Verlangen nach dem Tod haben, höchstens nach Ihrer Mutter. Ihre Gedanken werden den Fluchtweg einschlagen, der Ihnen durch Ihre Mutter nahegelegt worden ist. Da können Sie ihr auch bis ans Ende trauen, zumal Sie gelernt haben, sie für Ihre Zwecke einzuspannen. Sie waren das Opfer einer Wahnvorstellung. Sie leiden an übersteigerten Gefühlen, ein Erbteil Ihrer Mutter, und Ihr geistiges Gleichgewicht ist – auch das gehört zu diesem Erbe – höchst prekär. Der erste Selbstmordversuch Ihrer Mutter ist Ihnen aufs Gemüt geschlagen. Ich will nicht sagen, daß jene anderen Dinge nicht mitgespielt haben. Aber alles dies muß mir helfen, für Sie zu tun, was ich irgend kann, ich brauche diese Hilfe. Sie müssen sich hinter dieser Lüge verschanzen und in ihrem Schutz weiterleben. Sie haben sich als jemand erwiesen, der nicht leicht mit der Sprache herausrückt.«

»Ich habe nicht gewußt, daß Sie grausam sein können«, sagte Matthew.

»Und Sie waren wohlgesinnt, nichtwahr, dem Leben Ihrer Mutter ein Ende zu setzen, als sie einige dunkle Jahre hinter sich und die Aussicht auf ein paar bessere vor sich hatte? Wer konnte ahnen, daß Sie derart grausam sein könnten, wie Sie tatsächlich sind? Ich sage nicht, daß Sie nichts von ihr zu erleiden hatten, aber jedenfalls nicht den Tod. Im Gegenteil: Ihr Leben war es, das ihr am Herzen lag. Menschen, die so auf sich bedacht sind, lassen sich nicht gern ihre Jahre beschneiden. Und schließlich war es Ihre Mutter, die ihre Jahre verloren hat. Sie werden nun kein Unheil mehr anrichten, Matthew. Sie werden sich zu dem verstehen, was anderen Menschen frommt, und daß es auch Ihnen frommt, wird Sie nicht abhalten. Sie sind Ihrer Mutter zu ähnlich. Das tragische Ereignis ist Ihnen aufs Gemüt geschlagen, und Sie haben sich eingebildet, Sie seien der Urheber dessen gewesen, was Sie allzu tief beeindruckt hat. Das ist durchaus plausibel, vielleicht wußten Sie das auch. Nun kommen Sie mal mit dieser Wahrheit ins reine – der einzigen Wahrheit, Matthew. Und ich werde hinter mir abschließen und den Schlüssel mitnehmen, und ich werde Ihrer Familie die Sache so erklären, wie ich sie Ihnen erklärt habe. Das müssen doch auch Sie gutheißen, oder?«

»Das ist mir schon alles gleich«, murmelte Matthew.

»Sie haben Ihr Verlangen nach gerechter Sühne aufgegeben. Die Menschen verlangen nicht unbedingt nach dem, was ihnen zusteht, zumal wenn so viel auf dem Spiel steht. Sie können sich getrost niederlegen und krank sein. Das sind Sie übrigens auch, Sie sind sehr schlecht imstand, da bedarf es keiner Vorspiegelungen. Und auch für das übrige bedarf es deren nicht. Es ist eine große Erleichterung für Sie, von dem, was auf Ihnen lastet, befreit zu sein. Und das gilt auch für uns beide. Kein Sterbenswort davon wird je wieder über unsere Lippen kommen, auch im hohen Alter nicht. Türen haben Ohren. Ich habe Buttermeres Gesicht gesehen. Und ich sehe auch das Ihre. Sie haben Ihre Lektion begriffen. Dazu brauchte es nicht viel Belehrung, und die wird auch nie wieder nötig sein.«

Dufferin schloß die Tür hinter sich ab und ging hinunter, wobei er eine Melodie summte. Er trat ins Speisezimmer und ließ die Tür weit offen.

»Ah, der arme Junge. Wir haben es geschafft. Er wird nie wieder diese Wahnvorstellung haben. Sie war für ihn so wirklich, als wenn es sich in Wahrheit so zugetragen hätte, und er stellte sich ihr so ehrlich, als wäre es ein Stück seiner Erinnerung. Und er hat sich fabelhaft benommen.« Dufferin, in dem Bemühen, Godfreys Blick in seinen zu zwingen, verfiel unwillkürlich in dessen Sprache.

»Ja, das hat er, Doktor«, sagte Godfrey, mit ausgestreckter Hand auf ihn zugehend. »Ich danke Ihnen für diese Worte. Er ist ein Held. Ich danke Ihnen, daß Sie das klargestellt haben. Wir alle danken Ihnen, daß Sie diesen schweren Druck von uns genommen haben. Denn wir wußten nicht, was wir denken sollten. Ich gestehe: Ich wußte es nicht. Er mochte es in einem krankhaften Anfall getan haben, ganz wie er es sich einbildete, der arme, überspannte Junge! Er gleicht so seiner Mutter. Wenn eins ihrer Kinder ihr nachschlägt, dann er. Und dabei schien er die ganze Zeit am wenigsten zu empfinden! Ah, stille Wasser sind tief. Nun, Rachel hat uns beigestanden und ließ sich in ihrer Überzeugung nicht beirren. Sie blieb in ihrem Herzen fest, und sie hat die unseren gefestigt. Sie kannte die Wahrheit. Sie spürte sie förmlich. Ihr weiblicher Instinkt hat sie richtig geleitet. Ja, auf so etwas darf man bauen.«

»Dann wollte Mutter also sterben?« sagte Griselda.

»Ja, sie wollte es«, sagte Dufferin. »Damit müssen wir uns abfinden. Aber es war nur ein momentaner Entschluß, nicht die entscheidende Wendung, an die wir dachten. Sie muß sich in einer Art von innerer Erregung befunden haben.«

»Mein armes, heldenhaftes, irregeleitetes Weib!« sagte Godfrey.

»Godfrey, Sie wissen doch wohl, daß Harriet jedes Wort mithört«, sagte Rachel.

»Ist Matthew jetzt überzeugt, daß er einer Einbildung erlegen war?« sagte Jermyn.

»Ja, es ist alles überstanden«, sagte Dufferin. »Ich glaube nicht, daß es noch einmal über ihn kommen kann, aber ich werde heute ein wachsames Auge auf ihn haben. Ich werde ihm seine Mahlzeiten selbst hinaufbringen und ihn beobachten. Buttermere ist nicht der richtige Mann für ihn, so wenig wie für irgend jemand in diesem nervösen Zustand. Reden Sie mir da nicht hinein. Ich weiß, was ich tue.«

»Wir sind Ihnen ja so dankbar, Doktor«, sagte Godfrey. »Aber das Essen wird einer von uns hinaufbringen.«

»Nein. Ich sagte, ich weiß, was ich tue. Er will lieber mich um sich haben. Morgen wird er wieder ganz in Ordnung sein, wenn er nur etwas schlafen kann.«

»Mein Gott, mein Gott, diese Schlaflosigkeit! Gräßlich, so etwas in der Familie zu haben. Der arme Junge hat es von seiner Mutter«, sagte Godfrey. »Das weiß ich jedenfalls, es kommt nicht von mir. Ich habe nie in meinem Leben schlaflos gelegen, und seit alles um uns zusammengebrochen ist, habe ich von Mitternacht bis morgens wie ein Toter geschlafen. Ah, Buttermere, wir haben gute Nachrichten von Mr. Matthew. Sie dürfen uns gratulieren. Er hat die traurige Wahnidee, die ihn heimgesucht hatte, abgeschüttelt. Sie beschwert ihn nicht mehr, und er blickt wieder klar in die Welt. Sie wissen, daß seine Verlobung gelöst wurde?«

Buttermere nickte kaum merklich.

»Es ging darum, daß es einfach zu viel für ihn war und ihn fast um den Verstand brachte. Ja, es warf ihn nieder, ein hilfloses – ich meine, auf unsere Hilfe angewiesen. Jetzt sind wir ganz über ihn beruhigt.«

»Jawohl, Sir Godfrey«, sagte Buttermere.

»Es hat sich doch nicht herumgesprochen, glauben Sie? Sorgen Sie dafür, daß das Gerücht sich nicht verbreitet. Das wäre nicht fair gegenüber Mr. Matthew. Man weiß ja, wie leicht Worte für bare Münze genommen werden.«

»Nicht eine Silbe wird über meine Lippen kommen, Sir Godfrey.«

»Bewahre, so schlimm ist es auch wieder nicht. Aber wir möchten nicht, daß überall darüber geklatscht wird. Sie sehen den feinen Unterschied?«

»Ich sehe, daß es sich empfiehlt, keinerlei Unterschied zu machen, Sir Godfrey.«

»Kurzum, Sie werden also Ihren Mund halten.«

»Eben darauf liefen meine Worte hinaus, Sir Godfrey.«

»Schön, dann halten Sie sich in Ihrem Tun an Ihre Worte.«

»Ich brachte zum Ausdruck, daß ich geneigt bin, den klügeren Kurs einzuschlagen, Sir Godfrey.«

»Was soll das heißen?« – Godfrey brüllte fast – »Wollen Sie etwa andeuten, daß etwas gegen meinen Sohn vorliegt?«

»Etwas anzudeuten, liegt mir nicht, noch kommt es mir zu, Sir Godfrey.«

»Was letzteres betrifft, haben Sie recht«, sagte Dufferin. »Aber reden Sie nur, wenn Sie mögen, oder auf die Art, die Ihnen allein gegeben ist, aber in Hörweite von uns reden Sie bitte überhaupt nicht. Und bringen Sie etwas auf dem Tablett für Mr. Matthew. Er hat kein Frühstück gehabt. Und bitte sogleich, ich werde es selbst hinauftragen.«

»Man kann sich auf mich verlassen, Sir.«

»Tun Sie, wie Ihnen befohlen wurde«, sagte Dufferin.

»Wenn Sie das für klüger halten, Sir«, sagte Buttermere und beschleunigte seinen Schritt ein wenig, während er das Zimmer verließ.

»Können wir ihn überhaupt weiterhin behalten?« sagte Griselda.

»Ihn ernst zu nehmen, würde einen falschen Eindruck machen«, sagte Jermyn.

»Wir können kaum von ihm erwarten, daß er seine Enttäuschung nicht zeigt«, sagte Rachel. »Denkt nur, was es heißt, in dem, was man für das Beste in der Welt hält und schon in Reichweite glaubt, enttäuscht zu werden!«

»Uns mit ihm zu beschäftigen, wird uns vollends krank machen, und wir haben schon genug Krankheit im Haus«, sagte Griselda.

Godfrey schritt aus dem Zimmer, als fände er weitere Aufregungen nicht zumutbar.

Gregory ging, innig bemüht, zu Griselda hinüber.

»Es ist doch jetzt alles vorbei«, sagte er.

»Ja, was kommt schon darauf an, was geschehen ist, wenn uns doch keine andere Wahl bleibt«, sagte Jermyn. »Es macht keinen großen Unterschied, welche Tragödie wir nun in der Familie haben.«

»Doch einen großen Unterschied«, sagte Dufferin. »Und das wissen Sie genau. Ich hab's Ihnen gesagt. Leuten, die zu primitiv sind, um die krankhaften Reden eines Kranken beiseite zu schieben, muß man das erst beibringen.«

»Ich habe das gleich erkannt und damit bewiesen, daß ich nicht primitiv bin«, sagte Rachel. »Auch Matthew hat das selbst im schlimmsten Moment seiner Wahnvorstellung nicht geglaubt. Er meinte, sich in einer schwierigen Lage richtig zu verhalten. Er hat seine Selbstachtung in jedem Moment gewahrt.«

»Wir müssen uns einfach schämen, daß wir nicht so tief empfinden wie er«, sagte Gregory. »Geradezu herzlos, uns nicht einzubilden, wir hätten es getan.«

»Ich sehe allmählich, was in seinem Kopf vorgegangen sein mag«, sagte Jermyn.

»Nein, das ist nicht recht«, sagte Rachel. »Sie wissen recht gut, daß er Ihnen das Ganze nur eingeredet hat. Seien Sie edelmütig wie Ihr Vater. Er hält sich ganz zurück, obwohl keiner sich über die Bedeutung der Sache klarer ist als er. Da sind Sie schon mit dem Frühstück, Buttermere. Was meinen denn Sie dazu, daß die eine Tablette zusammen mit den harmlosen hingelegt wurde? Sie müssen nichts Endgültiges vorbringen, das ist erst einmal Sache der Familie.«

Buttermere blickte schweigend über das Tablett hinweg.

»Nehmen Sie diesen Schlüssel, bringen Sie das Frühstück hinauf und stellen Sie es neben Mr. Matthew hin, dann entfernen Sie sich ebenso schweigend wie jetzt«, sagte Dufferin.

»Jawohl, Sir«, sagte Buttermere und verließ gemessenen Schritts den Raum, das Tablett unbeweglich vor sich hertragend.

»Sie können aber auch mit jedem umgehen, Rachel. Sie haben die höchste Probe bestanden. Und ihr alle widmet euch euren diversen Pflichten. Jeder von euch hat wohl eine Beschäftigung, der er manchmal nachgeht. Und du, Griselda, bleibst besser für eine Stunde dir selbst überlassen.«

Griselda wandte sich, sobald sie allein waren, Dufferin zu.

»Es wird alles immer mehr und mehr, Antony. Schon daß Mutter hat sterben wollen und ihr Leben dem Sterben nicht vorgezogen hat, ist mehr, als es hätte zu sein brauchen, und ebenso für Matthew zu glauben, er hätte es getan, und dann nicht nur diese Qual, sondern auch noch seine Selbsttäuschung erleiden zu müssen. Ihn enttäuscht zu sehen, war schon immer fürchterlich. Und das Nichtwissen, ob er es getan hat, ist mir unerträglich. Wir werden es nie wissen. Sie haben dafür gesorgt, daß wir es nie wissen werden. Und das Schlimmste, ja das Schlimmste von allem ist, daß Vater mit der Wirklichkeit nicht mehr fertig wird. Das war alles, was sie im Leben hatte, arme Mutter, alles, und dabei war sie eine Frau von so hohen Ansprüchen! Und Ernest wird denken, er nimmt zuviel auf sich, wenn er mich heiratet. Er will eine Frau, die ihm einen starken Halt gibt, und nicht eine, die durch eine Familie wie die meine gezeichnet und verunehrt ist. Und ich werde nicht einen Mann heiraten, der mir meine Brüder nicht läßt. Ich möchte sogar auf Matthew nicht verzichten, selbst wenn er es getan hätte. Ich habe ihn nie so sehr geliebt wie die anderen, aber jetzt bin ich seine Schwester. Und Ernest wird ihn verachten wegen seiner Wahnvorstellungen. Er hält sich für den einzigen Mann in der Welt, der schwach sein darf. Ich kann die nötige Kraft für ihn nicht aufbringen.«

»Seien Sie ganz unbefangen mit ihm, und zeigen Sie ihm, daß er Kraft mehr als genug hat. Wenn er Sie nicht so will, wie Sie sind, stark oder schwach, mit oder ohne seine Art von Stärke oder Schwäche, dann sagen Sie ihm, Ihnen ginge es mit ihm genauso. Vielleicht hat sich nicht nur einer von Ihnen beiden zuviel vorgenommen.«

»Ich sehe ein, daß meine Einstellung zu ihm befremden muß.«

»Er konnte über Sie ganz natürlich reden. Jedenfalls spricht er einfach aus, was er für die Wahrheit hält. Ich glaube, er tut das über mehr Dinge als die meisten Menschen sonst. Ich halte ihn für offen und ehrlich, Griselda.«

Als Bellamy später hereinkam, schien er in Hochstimmung zu sein. Er begrüßte die Männer mit Händedruck, legte seinen Arm um Griselda und blickte alle aufmunternd an.

»Haslam, ich hege keine bitteren Gedanken, noch will ich mich zum Richter aufwerfen. Ich bin gekommen, um mich mit Griseldas Familie solidarisch zu erweisen, um Matthews Bruder und Ihr Sohn zu sein. Ich bin gekommen, um Sie zu ermutigen, in einer tragischen Situation offen in die Zukunft zu blicken. Denn wer sind wir, daß wir richten sollten? Wer bin ich? Er ist ein Mann und mein Bruder, mein Bruder in mehr als einem Sinne. Irgend etwas ging über seine Kraft. Und wie können wir wissen, an welchem Tag und zu welcher Stunde die Versuchung an uns herantreten und uns nicht auf unserer Hut, sondern schlafend antreffen mag?«

Griselda stand mit gesenktem Kopf und blickte Bellamy von unten her an.

»Ernest, mein Junge«, sagte Godfrey mit ausgestreckter Hand, aber auf der Stelle verharrend, »wir danken Ihnen für Ihre noble Haltung. Wir danken Ihnen so sehr, als hätten wir deren bedurft. Aber zum Glück ist es nicht dahin gekommen, erfreulicherweise treffen Sie uns nicht in dieser Klemme an. Es stellt sich heraus, daß Matthews Liebe und die Sorge um seine Mutter die Gefühle aller anderen weit übertraf und ihn niedergeschmettert hat. So sehr, daß diese traurige Wahnidee sich seiner bemächtigen und ihn überwältigen konnte. Aber sein Wille hat sich sieghaft erhoben, und die Wahrheit hat triumphiert. Mit des Doktors, unseres Freundes, Hilfe hat sich herausgestellt, daß er von jeder Missetat frei, aber in hohem Grade leidend ist.«

»Ist das erwiesen?« sagte Bellamy, ohne seine Worte vorher zu bedenken.

»Ja, es ist ganz sicher«, sagte Dufferin. »Ein Fall von Übertragung von etwas, das ihm sehr nahegegangen ist, auf sich selbst, wie ja auch bekanntlich Menschen, die zu Unrecht eines Verbrechens beschuldigt werden, sich einbilden, der Täter zu sein.«

»Armer, bedauernswerter Junge!« sagte Bellamy.

»Ja, wirklich, das trifft es genau«, sagte Godfrey.

»Ich muß mir einen Vorwurf machen«, sagte Bellamy. »Ich hätte Griseldas Bruder besser kennen sollen. Aber es wurde mir als durch sein eigenes Bekenntnis bestätigt zugetragen.«

»Gerede! Und bestätigt!« sagte Godfrey. »Sein eigenes Bekenntnis! Erst heute morgen hat der arme Junge darüber gesprochen. Ich hoffe nur, daß die Wahrheit ebenso schnell die Runde machen wird. Wir bitten Sie, diesbezüglich Ihr Bestes für uns zu tun, Ernest. Durchaus begreiflich, daß Sie sich keinen Vers darauf machen konnten. Wir waren ja selbst fassungslos. Das Bekenntnis kam, wie Sie sagen, aus seinem Munde. Er hielt es für ein Bekenntnis, der arme, schwergeprüfte Junge! Er ist in erschreckendem

Maß seiner Mutter ähnlich, schlimm für ihn, verpflichtend für uns. Meine Frau hinterläßt ein Kind, das ihr an Gefühlstiefe gleichkommt.«

»Wir übrigen haben nachgerade genug durchgemacht«, sagte Jermyn.

»Ach, Haslam, das ist für uns alle ein problematisches Erbe. Wir werden all unsere Kräfte anspannen müssen, den Kopf hochzuhalten und dabei unter diesem Damokles-Schwert zu leben. Für mich brauchen Sie keine Befürchtungen hegen. Ich werde nicht wankelmütig sein. Es ist Griselda, ungestüm von Natur und leidverstört, die ich liebe, wie ich nie wieder eine andere Frau lieben werde.«

»Wenn Sie auf die Art an mich denken, dann lieben Sie eine andere Frau. Nicht die Frau, die ich bin. Es ist einfach zuviel für mich, die Aussicht auf unsere Ehe. Ich habe mich schon gefragt, ob es so sei. Ich kannte Sie gut genug, um zu zweifeln. Und es ist auch zuviel für mich. Ich könnte Ihnen nicht beistehen unter dem Druck der familiären Umstände. Es wäre für uns beide mehr, als wir ertragen könnten.«

»Griselda, das war es für mich schon lange«, sagte Bellamy, beide Hände ausstreckend. »Sie sehen mich, wie ich bin, ein überreizter und total erschöpfter Mann. Ich brauche die Kraft, die Sie geben können.«

»Das ist nicht mein Fall, zu denken, eine Frau müsse mehr geben als ein Mann«, sagte Griselda, schwer atmend. »Ich sehe diesen Unterschied zwischen Frauen und Männern nicht. Ich lasse ihn auch nicht zwischen meinem Gatten und mir gelten. Ich glaube nicht, daß ich als Frau diese Kraft habe. Meine Mutter wußte das. Es liegt mir nicht, von mir aus so viel zu geben. Das würde mich total erschöpfen. Ich habe nichts für Männer übrig, die schwächer sind als Frauen, und ich tauge auch nicht für diese Art von Männern. Ich glaube, Sie beurteilen sich selbst ganz richtig. Es wäre besser, wenn alles zwischen uns ein Ende nähme. Mutter hatte recht. Dies ist ein Ende.«

Griselda brach zusammen, und Jermyn und Dufferin geleiteten

sie hinaus. Bellamy vollführte eine verzweifelte Geste und blickte zu Godfrey hin.

»Tja, ich kann's nicht ändern, mein Junge«, sagte Godfrey.

»Und etwa ich!« sagte Bellamy. »Kann ich's ändern, Lady Hardisty?«

»Nein, Griselda ging davon aus, daß Sie das nicht könnten«, sagte Rachel. »Und sie schien viel über Sie nachgedacht zu haben. Ich aber würde sagen, es gebe niemand besseres als Sie zum Heiraten. Auch ich habe oft über Sie nachgedacht und habe das stets gesagt.«

»Alsdann, ich werde heimgehen«, sagte Bellamy, als erwarte er Widerspruch. »Ich werde an meinen verwaisten Herd zurückkehren. Nein, ich will nicht mehr in Spongs Wendungen reden. Ich will ein Mann werden, der es nicht nötig hat, seinen Herd verwaisen zu lassen. Ich will Griseldas Lektion lernen, ich finde das nicht unter meiner Würde, und ich habe eine rasche Auffassungsgabe. Ich baue auf Sie alle, daß Sie meine Freunde bleiben.«

»Nun, dieser Besserungsvorsatz kommt leider zu spät«, sagte Rachel. »Nur ein kurzer Moment, aber ich denke, Antony hat ihn sich zunutze gemacht. Auch ich kann nun an meinen einsamen Kaminplatz zurückkehren und mich mit Percy und seinen Erinnerungen abgeben. Da kommt mir eben selbst eine Erinnerung. Ja, Harriet wollte immer schon, Griselda solle Antony heiraten.«

»Richtig, ich glaube auch, daß sie das wollte«, sagte Godfrey. »Sie hat es nie gesagt, und ich habe nie daran gedacht. Aber ich glaube, es war so.«

»Wieso, natürlich wollte sie es!« sagte Gregory.

»Müssen Sie wirklich gehen, Rachel?« sagt Godfrey. »Ich habe kaum noch die Kraft, Ihnen zu danken. Ich bin regelrecht am Ende.«

»Das ist wundervoll«, sagte Rachel. »Harriets Gatte und ihr Ältester machen ihr alle Ehre. Jermyn wird mich zur Tür bringen, er ist zu bescheiden, um dagegen etwas einzuwenden. Ich kann nicht genug zum Lobe von Harriets Familie sagen und von jedem einzelnen in seiner Art.«

»Bitte, noch auf ein Wort mit Ihnen«, sagte Jermyn, »und über etwas, das Sie nicht im geringsten erwarten. Nicht über Griseldas Stimmungsumschwünge und auch nicht über Matthews Aufstieg in der allgemeinen Reputation. Sondern über etwas, das sich aus meinem zur Zeit ganz unpassenden Selbstgefühl erklärt. Hier ist mein soeben erschienener Gedichtband. Ich wünschte, meine Mutter hätte ihn noch gesehen. Ich habe nicht gewagt, Mellicent die Gedichte zu lesen zu geben, ehe sie veröffentlicht wären, aber die Würde des Buchdrucks hat mich zuversichtlich gemacht. Ich möchte Mellicent durch Sie um die Geneigtheit bitten lassen, mir ihren Eindruck mitzuteilen. Ich weiß, daß klingt egozentrisch, aber das Leben muß nun mal weitergehen.«

»Das scheint mir allzu unbekümmert um das Leben«, sagte Rachel, »zumal Sie im Gegenteil wünschten, Ihre Mutter hätte die Gedichte noch gesehen. Wollen Sie wirklich, daß Mellicent Ihnen ihren Eindruck mitteilt? Wäre es nicht besser für Sie, wenn sie Ihnen Ihren eigenen Eindruck bestätigte?«

»Sehr viel besser. Aber ich hoffe, sie wird beides tun.«

»Das ist etwas, wovon wir sie immer abzubringen versuchten«, sagte Rachel. »Aber wenn ja, müssen Sie ihr Mut machen!«

»Ja, ich ermutige sie bis zum Alleräußersten. Ich bin Ihnen so dankbar«, sagte Jermyn und entfernte sich, als sein Vater rasch auf Rachel zukam, offensichtlich von einem Gedanken irritiert.

»Rachel, geht irgend etwas zwischen Jermyn und Mellicent vor?« sagte er tonlos flüsternd.

»Nichts zwischen ihnen. Nur etwas in Jermyn«, sagte Rachel. »Percy und ich werden den Leuten gegenüber niemals zugeben, daß Mellicent eine alte Jungfer sein möchte. Das klingt zu unmöglich. Wir werden uns mit der Unehre abfinden müssen, eine Tochter zu haben, die nicht begehrt wird. Mellicent hat nichts von Percy, wie er früher war, geerbt.«

XXVI

»Für uns alle muß dies heute ein kritischer Anlaß sein, der hohe Anforderungen stellt«, sagte Agatha im Ton kameradschaftlichen Gefühls, als sie ihre sich allmählich sammelnden Schäflein begrüßte. »Zu denken, daß Lady Haslam unsere kleine Gesellschaft begründet hat und so lange ihr belebendes Element gewesen ist – und ich bin die erste, zu bezeugen, daß sie von Anfang an der Motor war – und dann, daß wir zweimal ohne sie auskommen mußten, als ob sie nicht mehr die treibende Kraft wäre! Es sieht fast so aus, als wäre sie zwei Tode gestorben, deren jeder noch düsterer war als der, zu dem wir einst abberufen werden.«

»Sehr nützlich, auf diese Weise etwas über unseren Tod zu erfahren«, sagte Rachel. »Wir müssen soviel Tapferkeit aufbringen, unserem Tod ins Auge zu sehen, daß Sie uns mit Recht einigen Trost spenden, dessen Sie offenbar sicher sind.«

»Natürlich kann ich dessen nicht sicher sein«, sagte Agatha schlicht. »Ich kann nur sagen, was von Mensch zu Mensch gesprochen wahr ist.«

»Ich dachte, es wäre mehr gewesen als nur von Mensch zu Mensch«, sagte Rachel.

»Es braucht ja noch nicht auf jeden von uns zuzukommen«, sagte Geraldine, leicht gereizt.

»Etwa nicht? Sie sind wirklich eine ungewöhnliche Familie«, sagte Rachel. »Da kann ich ja weiter Pläne machen.«

»Haben wir eigentlich Beweise über Lady Haslams Tod?« sagte Geraldine. »Man sagt, daß der Junge eine Wahnvorstellung hatte, aber ich sehe nicht, wieso wir absolut sicher sein können.«

»Absolut, das ist zuviel verlangt, wir müssen uns ohne das bescheiden«, sagte Agatha.

»Aber wir brauchen Mut«, sagte Rachel. »Der Tod steht uns bevor, und wir sind neugierig!«

»Ich bin mir keiner Neugier bewußt«, sagte Agatha.

»Nein, natürlich nicht«, sagte Rachel. »Sowenig wie Ihre Schwester im Grunde.«

»Ich persönlich bin überzeugt, daß es sich um eine absolute Gewißheit handelt«, sagte Mrs. Christy, »einfach weil ich es nicht über mich bringe, mir vorzustellen, daß Lady Haslam durch die Hand ihres Sohnes verschied, der natürlicherweise mit dem gleichen Familiensinn behaftet war. Die Vorstellung ist ein Widerspruch in sich. Und ich möchte sagen, daß die Tatsache, daß Camilla Matthew aufgegeben hat, nichts mit seiner Wahnvorstellung zu tun hat, daß sie es nur im Sinne seiner tiefen Ergebenheit sieht, die ihm zur Ehre gereicht. Und ich würde es dankbar begrüßen, wenn in meiner Gegenwart niemand Vermutungen gegen Lady Haslams Familie aufstellen würde. Die Ehre ihrer Freundschaft hat mir so überaus gut getan.«

»Man kann uns nicht für Dinge verantwortlich machen, die sich ohne unser Zutun ereignet haben«, sagte Agatha freundlich. »Wir alle sahen Eigenschaften in Lady Haslam, die wir bewunderten, und manche von uns erfreuten sich der Ehre oder der Vorteile ihrer Freundschaft. Das kann ich wahrhaftig sagen und tue es aus ganzem Herzen.«

»Wir alle haben unsere Vorlieben«, sagte Kate, »und ich habe den Verdacht, Mrs. Christy war eine von Lady Haslams Vorlieben. Ich gehörte nicht dazu. Lady Haslam hat leider versäumt, sich mir je allein zuzuwenden.«

»Nun, ich glaube, mir hat sie sich zugewandt«, sagte Agatha. »Ich erinnere mich vieler Gelegenheiten, mehr als ich hier aufzählen möchte, da dieser Vorzug entsprechende Vernachlässigung für andere bedeutet.«

»Ich nehme nie davon Notiz, ob sich Leute speziell mir zuwenden oder nicht«, warf Geraldine ein. »Jede Bemühung meinerseits wäre da vergebens.«

»Aber ich sehe darin nur einen Grund, in aller Offenheit ihrer zu gedenken«, fuhr Agatha fort. »Ich möchte es auch für mich nicht anders haben, und ich habe es mir zur Regel gemacht, anderen dasselbe zuzubilligen, was ich für mich selbst erwarte.«

»Natürlich beanspruchen Menschen von gutem Charakter nur wenig für sich«, sagte Rachel.

»Es ist für uns alle am besten, wenn wir keine übertriebenen Forderungen erheben, weder im Leben, noch in unseren Nachreden darüber«, sagte Agatha.

»Dafür habe ich Percy noch gar keine Direktiven gegeben, obwohl ich sehr bald selbst darauf angewiesen sein werde. Immerhin jetzt noch nicht, wie Sie sagen. Aber er weiß, daß wir nichts Schlechtes über Verstorbene reden dürfen. Leute wie Percy müssen diese Regel aufgestellt haben. Außerdem ist das weniger wirkungsvoll, als wenn man schlecht über lebende Personen spricht.«

»Ich frage mich, was der arme Junge wohl jetzt fühlt, wie auch immer die Wahrheit beschaffen sein mag«, sagte Agatha. »Mein erstes Gefühl ihm gegenüber ist Mitleid.«

»Unsere Gefühle müssen sich natürlich nach dem wahren Sachverhalt richten«, sagte Kate.

»Es muß eine seltsame Beziehung zwischen ihm und seiner Mutter bestanden haben«, sagte Agatha, »eine Beziehung, die eine einfache natürliche Mutter kaum, und ich schon gar nicht, begreifen könnte. Die bloße Tatsache, daß er an seine eigene Schuld glaubte, deutet, wie ich meine, darauf hin. Ich sehe nicht, wie es zwischen den beiden normal zugegangen sein kann.«

»Das Normale ist vielleicht nicht immer gut«, sagte Kate.

»Ein Gemeinplatz ist immer gemein«, sagte Mrs. Christy mit einer wegwerfenden Handbewegung. »Ich kann bezeugen, daß die Beziehungen eines jeden Familienmitglieds zum anderen niemals durchschnittlich oder eintönig waren.«

»Ich glaube, der wirklich Bedauernswerte ist Sir Godfrey«, sagte Agatha. »Wie immer er die Wirklichkeit sehen mag, bei ihm bekommt diese letzte Vereinsamung obendrein etwas Tragisches.«

»Zur Freundschaft gehört es wohl, daß man sich hilfreich erweist«, sagte Mrs. Christy. »Es bedeutet mir sehr viel, zu wissen, daß meine Freunde durch mich ein klein wenig besser sind.«

»Da sollten Sie mich zur Freundin haben«, sagte Rachel. »Ich wüßte nicht zu sagen, um wieviel ich durch Sie besser bin.«

»Nun, was Hilfe betrifft, so habe ich meine eigene Mission«, sagte Agatha, »einen klar umrissenen Auftrag an mich: der jüngste Sohn. Es wird meine Aufgabe sein, dafür zu sorgen, daß er nicht mehr als nötig unter der Familiensituation zu leiden hat, ihm für seinen tragischen Verlust, soweit es in meinen Kräften steht, einen Ausgleich zu bieten. Ich hoffe nur, daß ich dieser Aufgabe gewachsen bin. Denn – ob ja oder nein – er erwartet diese Leistung von mir.«

»Meine bevorzugte Schwester!« sagte Geraldine, in die Runde blickend.

»Nicht aus eigener Wahl. Es lag ganz bei ihm. Ich habe nicht viel dazu getan. Man nimmt einfach an, daß ich zu seiner Verfügung bin, und das bin ich auch, soweit ich irgend Gutes stiften kann. Am heikelsten wird es, glaube ich, sein, ihn zu überzeugen, daß ich wegen dieser gräßlich ungeklärten Situation nicht geringer von ihm denke, sondern ihn nach seinem eigenen Wert einschätze als selbständiges menschliches Wesen. Es muß hart sein für einen jungen Menschen, seine Mutter ganz aufzugeben, im Geiste und als Idealbild, und sich anderswo hinzuwenden. Ich fühle ja so mit ihm bei dieser Umstellung. Ich hoffe nur, ich kann sie ihm so leicht machen wie möglich.«

Als Agatha bemerkte, daß ein Schweigen ihren Worten folgte, blickte sie um sich und sah Gregory an ihrer Seite stehen.

»Wir haben eben von Ihnen gesprochen«, sagte sie, ohne den Ton zu verändern. »Ich sagte gerade, daß Sie und mich jetzt noch mehr verbindet, da Sie ganz auf sich selbst gestellt sind. Sollen wir gleich unsere nächste Verabredung treffen?« Sie wandte sich so, daß sie zwischen Gregory und den anderen stand.

»Nein, im Augenblick besser nicht, glaube ich. Es ist noch nicht die Zeit dafür, jedenfalls nicht, bis zu Hause unter uns alles geklärt ist«, sagte Gregory in einem Ton, den man für bloße Konversation nehmen konnte. »Ich möchte behaupten, Sie haben Ihre Worte nicht recht bedacht, aber wenn doch, dann bin ich für Ihren Fehler verantwortlich. Erlauben Sie mir, es richtigzustellen, da der Fehler ja bei mir lag. Niemand kann den Platz meiner Mutter für mich einnehmen. Sie würden das selbst gesehen haben, wenn es sich nicht um mich gehandelt hätte. Sie wird immer ganz sie selbst sein in meiner Erinnerung, nicht idealisiert, ich will kein Idealbild, einfach als meine Mutter und als die, die sie für mich war.« Er trat leise beiseite, als wären seine Worte ganz beiläufig gemeint gewesen, und blickte freundlich in die Gesichter ringsum.

Agatha verharrte einige Augenblicke, ging dann beschwingt an ihren Platz und machte sich gleichsam reuevoll an ihre Näharbeit. Als sie zu Gregory aufsah und erkannte, in welche Richtung seine Blicke gingen, erhob sie sich sogleich wieder und trat vor.

»Und nun zu euch, ihr beiden jungen Leute!« sagte sie, indem sie Polly herbeiwinkte und sie an der Hand zu Gregory hinzog. »Ihr dürft getrost gehen und eine Weilchen unter euch sein. Wir haben nicht vor, euch jungen Dingern unsere mittelalterlichen Ansichten aufzuzwingen. Und ich schon gar nicht. Ihr habt mir allzu deutlich eure Wünsche gezeigt. Das eben liebe ich an jungen Menschen, daß sie sich über ihre Wünsche einig sind, so daß ich sie ihnen erfüllen kann. Wenn mir dabei Irrtümer unterlaufen, ich halte nicht an ihnen fest, ich weiß besser, was ich in der Welt ausrichten will, als das.«

Sie schob die beiden sanft hinaus und wandte sich an Bellamy, um ihn zu begrüßen, dem nunmehr sichtlich ihr Interesse galt.

»Mrs. Calkin, ich hatte soeben einigen Grund, mich über Ihr parteiisches Verhalten zu beklagen. Als Oberhaupt dieser Zusammenkünfte sollten Sie etwas galanter sein. Ich war schon mehrere Minuten hier, und es ist Ihnen nicht im Traum eingefallen, mir zu sagen, ich dürfte mit Ihrer Schwester Kate auf und davongehen. Sie machen einfach so weiter und begünstigen ausschließlich Gregory.«

Agatha blickte von Bellamy zu ihrer Schwester, die sich genähert hatte und an seine Seite getreten war.

»Seid ihr beiden etwa im Begriff zu heiraten?« sagte Geraldine plötzlich in schneidendem Ton.

»Ja, aber ich war noch nie, und Ernest war erst einmal verheiratet«, sagte Kate. »Also keine Rede davon, daß hier schlechte Sitten eingeführt werden sollen. Überdies verspreche ich, kein zweites Mal zu heiraten. Von Ernest ein solches Versprechen zu verlangen, wäre nicht recht bei seinem Alter.«

»Wo du doch alt genug bist, seine Mutter zu sein!« rief Geraldine aus. »Frauen, die älter als ihre Ehemänner sind, könnten ebensogut deren Mütter sein. Sieben Jahre Unterschied genügen da durchaus.«

»Das Nebeneinander zeigt schon den Unterschied«, sagte Kate.

»Und jeder tut noch das Seine dazu«, sagte Rachel. »Aber wir wollen es keinem versagen, meine Liebe.«

»Oh, also ihr beiden, ich dachte doch, daß da etwas im Gange war«, sagte Agatha mit erhobenem Finger. »Seltsam, wie wir ahnen, daß etwas im Entstehen ist, und es nicht aussprechen und dabei hinterher merken, daß wir es seiner Natur nach längst gewußt haben. Ich glaube nicht, daß ich im Innersten irgendwie gezweifelt habe, obwohl es mich im Moment ein wenig überrascht hat. Im Grunde war ich längst darauf vorbereitet.«

»Diese Dinge beschäftigen mich nicht besonders«, sagte Geraldine. »Anscheinend reichen sie nicht auf den Grund meines Wesens. Aber um so interessanter, wenn sie überraschend kommen. Ich bin in Hochstimmung. Ich denke immer, meine Freunde heiraten nur, um mir Vergnügen zu bereiten.«

»Dann sind wir Ihnen sehr zugetan«, sagte Bellamy.

»Wirklich, ich gratuliere Ihnen Kate, ich freue mich so«, sagte Gregory.

»Und Sie erst, Gregory!« sagte Agatha. »Ich glaube nicht, daß Sie uns noch länger hinters Licht führen wollen. Mir können Sie schon seit einiger Zeit nichts mehr vormachen, obwohl ich fast den Eindruck hatte, sie machten sich selbst etwas vor. Ich war nicht darauf vorbereitet, daß es gar so bald an die Oberfläche kommen würde. Also haben Sie auch mich gewissermaßen gefoppt.«

»Nun, Polly ist auch nicht alt genug, um Gregorys Mutter zu sein«, sagte Geraldine.

»Nein, aber Percy wird sich dabei an alles erinnern«, sagte Rachel.

»Das ist der üblichere Weg von beiden«, sagte Geraldine.

»Ja, fast alles kommt einem so wieder zu Bewußtsein«, sagte Rachel.

»Alsdann sollte wohl auch ich meine schwesterlichen Glückwünsche anbringen«, sagte Geraldine. »Ich weiß nicht, ob es ein Kompliment für Kate ist, wenn ich ihr meine Freude ausdrücke, ihrer ledig zu sein. Aber es ist ja nicht weiter als bis zum Pfarramt. Das kann man kaum als richtige Heirat bezeichnen. Mir fällt weiblicherseits dazu so recht nichts ein, darauf spricht keine verwandte Saite in mir an. Wahrscheinlich haben die Leute recht, die sagen, ich hätte im Grunde ein Mann sein sollen.«

»Darauf können Sie sich etwas zugute tun«, sagte Rachel. »Wir hadern oft mit Leuten, die uns sagen, was wir hätten sein sollen. Percy wird sich nie damit einverstanden erklären, daß er eigentlich nur zum Junggesellen tauge und einen Sohn hätte haben müssen. Zu beidem hätte er sich niemals bereit gefunden. Und Polly dürfte kaum der Ansicht sein, daß sie besser gar nicht geboren wäre.«

»Nun aber genug! Ich meine, wir sollten mit unserer Arbeit weiterkommen«, sagte Agatha, jedes einzelne Wort betonend. »Schließlich ist dies ein Nähkränzchen, und ich kann nicht dulden, daß es für irgendwelche anderen Zwecke benutzt wird. Also wieder hinsetzen, Sie alle, und die vertane Zeit aufholen. Und wenn ihr beiden Männer euch nicht nützlich machen wollt, könnt ihr ebensogut gehen. Als bloße Müßiggänger wollen wir euch nicht hier haben.«

»Ich werde nicht müßig sein. Ich werde weiter Kate die Schere zureichen«, sagte Bellamy. »Ich verstehe eine ganze Menge von weiblicher Näherei, und durch Zureichen der Schere spart man enorm viel Zeit. Nadel und Zwirn machen sich nicht so leicht selbständig.«

»Oh, wir bekommen jetzt alles zugereicht!« sagte Geraldine. »Wir werden einen Mann in der Familie haben.«

»Das klingt sehr freundlich und angenehm«, sagte Bellamy. »Aber ich hoffe, Sie werden nicht versuchen, einen Mann aus mir zu machen, Geraldine. Kate wird Ihnen erklären, daß ich in erster Linie ein Kirchenmann zu sein habe.«

»Ich habe keine besondere Vorliebe für männliche Männer«, sagte Geraldine. »Ich denke immer, das müssen ziemlich unfertige Geschöpfe sein.«

»Ja, das sind sie«, sagte Bellamy, »mehr noch als weibliche Frauen. Am besten steht man zwischen beidem in der Mitte.«

»Das eben hat man mir immer zum Vorwurf gemacht«, sagte Geraldine.

»Dann besteht schon eine erste Familienähnlichkeit zwischen uns«, sagte Bellamy. »Von Ihnen habe ich nun eine ganz feste Meinung. Aber jetzt steht mir noch etwas Fürchterliches bevor. Eine schwierige Angelegenheit und eine rechte Hürde. Ich werde Mrs. Calkin mit Agatha anreden müssen.«

»Wir erwarten nicht von Ihnen, daß Sie das alles mit einem Mal schaffen«, sagte Agatha, ihm gleichsam von obenherab zulächelnd. »Ich bin um etliche Jahre älter als Sie, und ich gedenke Ihnen gegenüber keine andere Haltung einzunehmen als die, die mir zukommt. Ich erwarte, daß Sie mich lediglich als eine sehr mütterliche Schwägerin betrachten.«

»Agatha ist als sehr offenherzig bekannt«, sagte Mellicent, »aber ich frage mich, ob sie weiß, wie sehr sie es ist.«

»Auf meiner Trittleiter wird er zu höheren Dingen aufsteigen müssen«, sagte Geraldine. »Bis zu mir hat er es leicht geschafft. Er ist drauf und dran, weitere aufsehenerregende Fortschritte zu machen.«

»Mellicent, meine Liebe, warum hörst du auf, für die Armen weiter zu nähen?« sagte Rachel.

»Jermyn ist gekommen, mich abzuholen. Ich sah ihn durch's Fenster.«

»Jermyn, nehmen Sie sie mit, ehe sie mir noch mehr zum Ändern hinterläßt«, sagte Rachel. »Wirklich, das taugt ganz und gar nicht für die armen Leute. Ich sehe nicht, wie irgendein unglücklicher Mensch das tragen sollte, es sei denn, er wäre von vornherein unglücklich.«

»Das ist deutlich und hart«, sagte Mellicent.

»Ich wollte es auch nicht unumwunden aussprechen, aber ist es nicht so? Wir dürfen die Armen nicht als bedürftig hinstellen und sie dann so behandeln, als wären sie es nicht. Was nützt es denn, sich Gedanken über sie zu machen?«

»Was meinen Sie also zu den Gedichten, Mellicent?« sagte Jermyn, als sie nebeneinander auf der Straße gingen.

»Ich fand die Verse sehr interessant, zumindest einige, besonders die, welche unverkennbar in früher Jugend entstanden sind. In den späteren Gedichten scheint etwas davon verloren gegangen zu sein.«

»Nun, vielleicht sind jene mehr in meiner natürlichen Art. Was halten Sie denn von ihrem poetischen Rang?«

»Ich finde, daß sie durchaus ihren Wert in sich haben.«

»Also war es unklug von mir, sie zu veröffentlichen?«

»Nein, ich meine nur, Sie sind in einer glücklichen Lage. Mein Vater ist ärmer als der Ihre. Das unterscheidet uns in diesem Punkt.«

»Mellicent, ich hoffe nur, daß ich eines Tages das Recht habe, Ihr Werk zu veröffentlichen. Ich bin machtlos, bis mein eigenes Werk nicht von sich aus Beachtung errungen hat.«

»Und bis dahin werde ich ebenfalls nicht im Licht der Öffentlichkeit stehen?«

»Darin haben Sie mich nicht mißverstanden.«

»Nein, Sie haben sich klar ausgedrückt. Würden Sie es auch in einer anderen als Ihrer Reihenfolge akzeptieren?«

»Glauben Sie doch nicht, daß ich nicht überglücklich über einen raschen Erfolg von Ihnen wäre. Man kann nie sagen, welches Werk am ehesten seine erste mühelose Anerkennung findet.«

»Sie bleiben also bei Ihrem Plan«, sagte Mellicent. »Würden Sie eine Frau haben wollen, die auf Ihrem eigenen Feld besser wäre als Sie?«

»Ja, wenn sie wirklich besser wäre. Aber verheiratete Menschen können nicht beide auf dem gleichen Gebiet weitermachen. Für einen Mann und eine Frau kann es am Ende nur ein Mannes- und ein Frauenleben geben.«

»Damit habe nicht ich Sie abgewiesen«, sagte Mellicent, »sondern Sie mich.«

»Sie haben in letzter Zeit nicht viel geschrieben, oder?« sagte Jermyn nach einem Schweigen. »Ich würde gern die Gedichte lesen, die ich noch nicht kenne.«

»Sie kennen die meisten noch nicht. Ich kann sie Ihnen schikken, wenn Sie wollen.«

»Das möchte ich wirklich. Aber ich muß klarstellen, da Sie ja einen Unterschied der Geschlechter in diesen Dingen nicht gelten lassen wollen, daß für mich kein Anlaß zu besonderer Ritterlichkeit besteht. Wenn Sie meine Meinung nicht hören wollen, dann bitten Sie mich nicht erst darum.«

»Ich habe nicht darum gebeten«, sagte Mellicent lachend. »Vielmehr haben Sie gebeten, sich eine bilden zu dürfen. Natürlich besteht kein Anlaß zu Ritterlichkeit. Die würde ich auch nicht von einem Mann erwarten, der mich abgewiesen hat.«

»Sie werden mir die Gedichte also noch heute abend schikken«, sagte Jermyn mit einem Abschiedswinken.

»Was willst du tun, meine Liebe?« sagte Rachel, aus Agathas Gartentor tretend, wo die beiden sich verabschiedet hatten.

»Meine Gedichte an Jermyn schicken.«

»War es denn so schlimm? Mußt du das wirklich? Grausam sein, um freundlich zu erscheinen, ist die fürchterlichste Grausamkeit. Grausam sein und es auch wollen, ist besser.«

»Ich glaube, Jermyn faßt es so auf.«

»Nun, dann war es wohl noch schlimmer. Ihr seid also weiterhin befreundet?«

»Ja«, sagte Mellicent, vor sich hin lächelnd.

»Du hast seinen Antrag abgewiesen?« sagte ihre Stiefmutter.

»Nein, er hat ihn zurückgezogen.«

»Ach ja, die Gedichte«, sagte Rachel. »Mußt du wirklich eine alte Jungfer sein, obwohl die Leute das nie und nimmer verstehen werden?«

»Menschen wie du werden es verstehen.«

»Aber bist du dir darüber klar, was für eine Ausnahme ich bin? Menschen wie mich gibt es nicht.«

»Ich glaube, ein kleines bißchen bin ich wie du. Deine glücklichsten Jahre waren die, als du ungebunden warst.«

»Ja, ein Leben nur für einen selbst ist köstlich, Liebling«, sagte Rachel. »Für andere von Nutzen sein, ist furchtbar.«

XXVII

»Mein lieber Junge, es tut mir im Herzen weh, dich abreisen zu sehen. Ich weiß nicht, wann in meinem Leben es einen Augenblick gegeben hat, der mir so die Kehle zuschnürte. Ich könnte die Tränenschleusen öffnen wie ein Weib, wenn ich mich gehen ließe. Ich mache daraus absolut kein Hehl.«

»Nein, das tust du nicht, Vater«, sagte Matthew.

»Deines Vaters Segen begleitet dich«, fuhr Godfrey fort, indem er seinem Sohn die Hand auf die Schulter legte und offenbar nur mit Rücksicht auf die Konvention davon abstand, ihn zu umarmen. »Und ich brauche dir nicht zu sagen, daß es zugleich der Segen deiner Mutter ist. Dessen bin ich ebenso gewiß wie, daß ich hier stehe. Mehr kann ich nicht sagen.«

»Matthew weiß, daß, gäbe es noch etwas, du es aussprechen würdest«, sagte Griselda.

»Du hast dich hinlänglich verbreitet, Vater«, sagte Matthew.

»Und du wirst das alles noch einmal produzieren müssen, wenn ich nach Cambridge aufbreche«, sagte Jermyn. »Mit weniger kann ich mich nicht gut abspeisen lassen.«

»Oh, mein lieber Junge, so ganz läßt sich das nicht vergleichen«, sagte Godfrey, seinen Zweitgeborenen nur leicht mit der Hand berührend. »Matthew und ich haben zusammen so viel durchgemacht, das uns miteinander verbunden hat. So ist es nun einmal zwischen Matthew und seinem Vater. Schließlich war Matthew der Erstgeborene für mich und seine Mutter.«

»Das bestreitet dir niemand, Vater«, sagte Matthew, einen Schritt weitergehend.

»Ah, Matthew, Sie haben alles vor sich, und ich hier ein alter Mann«, sagte Sir Percy. »Ich will nicht, daß Sie an einen alten Mann denken. Verwenden Sie keinen Gedanken darauf, aber ich werde an Sie denken.«

»Ach, lieber alter Freund, seien Sie bedankt«, sagte Godfrey, um Wechsel des Ausdrucks bemüht. »Matthews Herz ist heute morgen zu voll, um noch Worte zu finden.«

»Matthew gewinnt mehr und mehr an Achtung, und er verdient es auch«, sagte Jermyn.

»Wir anderen sollten uns eine passende Antwort überlegen«, sagte Gregory.

»Zumal wenn man bedenkt, daß er immer der schweigsamste war«, sagte Griselda.

»Lebe wohl, Griselda, lebe wohl, Vater, lebt wohl ihr alle. Und nochmals vielen Dank«, sagte Matthew, zum Wagen hinübergehend.

»Ach, lebe wohl mein lieber Junge!« sagte Godfrey, die Hand über die Augen haltend. »Ja, da geht er hin, unser Ältester. Seiner Mutter Augen ruhen auf ihm und auf uns allen in diesem Moment des Abschieds.«

»Ich glaube nicht, daß Harriet mich dabei ausnimmt«, sagte Rachel.

»Nein, das gewiß nicht, Rachel. Sie sieht Sie genauso, während Sie ihren Platz bei ihren Kindern einnehmen«, versicherte ihr Godfrey, indem er sich abwandte und ins Haus ging.

»Und nicht, während ich zu meinen eigenen Pflichten zurückgehe?« sagte Rachel.

»Ja, ja, Rachel, laß uns nach Hause gehen«, sagte ihr Gatte.

»Ich muß noch lernen, nicht ständig hier zu sein. Gewohnheiten setzen sich im Alter so fest. Harriet muß manchmal hernieder schauen und sehen, daß ihr freier Platz auf sie wartet. Heute morgen kam ich mir recht überflüssig vor, da alles nach ihren Wünschen ging. Mit Matthews Abreise muß sie sehr zufrieden gewesen sein. Er selbst sagte kaum ein Wort, und sein Vater tat alles, was er konnte, um ihn herauszustreichen.«

»Ach, du vermißt Harriet, Rachel«, sagte Sir Percy zum ersten Mal seit Harriets Tod.

»Ja. Ich verfalle beinahe in Godfreys Art, ihr Andenken hochzuhalten.«

Godfrey ging in die Bibliothek und warf sich in einen Sessel, um sich auf seine übliche Art mit sich selbst zu trösten.

»Ja, ja, ein Wendepunkt, die Wege scheiden sich. Meine Frau heimgegangen, Matthew, mein Junge, fort, die anderen Kinder gehen ihrer Wege. Der Letztgeborene wird als erster heiraten. Über kurz oder lang bin ich nichts weiter als ein alter Großvater. Ich bin ganz auf mich angewiesen. So geht es früher oder später den meisten von uns. Das wird mir nicht so leicht werden, wie ich einmal dachte. Da waren diese Monate mit der Jugend allein, eine schöne Zeit, brave Kinder, gut zu ihrem Vater. Nicht als wollte ich wieder neu anfangen, mit dem befreienden Gefühl, die Tage in Frieden für mich zu haben. Nun ja, es gibt noch anderes, aber dies ist tröstlich. Ich würde dem Blick auf mich nicht ausweichen. Wenn Harriet mein Herz kennt, weiß sie das. Es sieht darin nicht schlechter aus als in dem anderer Männer. Sogar besser, würde ich annehmen, mit mir hat man es leicht. Harriet hatte keinen Kummer mit mir. Es hätte dazu kommen können, da sie so früh alterte, mein armes Weib. Aber ich hätte mich geschämt, ihr Kummer zu bereiten.« Er setzte sich auf, und seine Stimme festigte sich. »Das kann ich wohl von mir sagen. Wenn das Buttermere ist, der da herumschnüffelt, fliegt er noch diese Minute!«

Godfrey sprang auf und eilte zur Tür, wo ihm Camilla in die Arme sank.

»Teurer Sir Godfrey, Matthew hat Sie verlassen? Ich mußte einfach kommen. Ich habe gewartet, bis er fort war, um ihm nicht durch meinen Anblick Schmerz zu bereiten. Ich wünschte, ich hätte ihm nicht so wehgetan. Wenn Sie ihn wieder sprechen, sagen Sie ihm, ich möchte ihm nur Gutes getan haben. Er wird das richtig verstehen. Aber ich konnte nicht anders. Ich kann nicht für das, was ich den Männern antue. Sagen Sie, daß Sie mich verstehen.«

»Meine liebe Camilla, Sie gutes Mädchen, das sage ich wirklich. Sie wissen, daß ich Sie zur Tochter haben wollte. Und meine Frau wäre auch noch dahin gekommen, das zu wünschen. Mein Herz geht auf und gibt mir das ein. Und ich danke Ihnen dafür, wie Sie über sie gesprochen haben. Ihre Worte sind Balsam auf meine Seele. Sie spenden mir Trost, da ich im Begriff bin, meinen einsamen Weg zu gehen, ohne noch zu wissen, was mir bevorsteht. Ich mache nicht viel Wesens um meine Wichtigkeit. Ich begnüge mich mit weniger im Leben.«

»Sie geben mir das Gefühl, mehr Unheil gestiftet zu haben, als ich dachte. Ich werde keinen Frieden finden. Ich ertrage es nicht, daß Sie Ihre besten Jahre vertun. Sie sind mir stets lieber gewesen als Matthew.«

»Wirklich, Camilla? War ich das, meine Liebe?« sagte Godfrey träumerisch.

»Ja, wirklich. Ich kann mein Leben nicht weiterleben, solange Sie nicht das Ihre leben.«

»Sie können nicht, Camilla?« sagte Godfrey, als ginge ihm erst jetzt ein Licht auf.

»Versprechen Sie mir, daß Sie nie anders sein werden.«

»Nun, ich will sagen, daß ich zu Ihnen nie anders sein werde, Camilla. Bedeutet es Ihnen etwas, das zu wissen, meine Liebe?«

»Sie machen sich zunutze, daß ich mich Ihnen in einem Moment tiefer Bewegung eröffnet habe!« sagte Camilla, indem sie zurückwich und ihn mit anderen Augen ansah.

»Daß Sie so fühlen, bedeutet mir sehr viel. Etwas, woran ich mich festhalten kann, während ich durch mein Leben tappe und versuche, mein Bestes zu tun und vorwärts zu blicken, obwohl wenig genug mich dazu ermutigt. Die Leute sehen mich nicht, wie Sie mich sehen, Camilla. Sie lassen mich meinen Weg gehen und gehen selbst den ihren, blicken nicht nach rechts oder links.«

»Wir alle haben unsere Vorlieben«, sagte Camilla mit gesenktem Kopf.

»Und das bin ich für Sie, Camilla? Ich spürte schon immer, wie mein Herz der zukünftigen Frau meines Sohnes zustrebte. Sie waren mir so lieb wie eine leibliche Tochter. Ich werde mich immer freuen, Sie zu sehen und mich an Ihren Worten aufzurichten. Sie sind die einzige, die mich so sieht, wie ich bin, wie ich mich selbst sehe, und nicht als eine leere Hülse, die schon entkernt ist. Denn von meinem geliebten und treuen Weib, Camilla, von dieser hochbegabten und hingebungsvollen Frau meint man, sie habe mich irgendwie leer zurückgelassen, eines gewissen Etwas beraubt, ausgetrocknet durch das, was ich zu geben hatte und so bereitwillig gegeben habe.«

»Ich weiß, das Sie sehr viel zu geben haben würden«, murmelte Camilla. »Ich fühle das.«

»Camilla, bis zum letzten wäre ich bereit, einer Frau alles zu geben, die es mir ein wenig vergelten würde, die für die Haltung des Mannes, der an ihrer Seite durchs Leben ginge, einen Gedanken übrig hätte. Ich bin nicht so alt, wie einem in der Welt den Jahren nach vorgerechnet wird, ich bin, nach dem Maßstab männlichen Lebens, ein Mann in den besten Jahren. Ich bin jünger, als es mir in der Vergangenheit zu sein vergönnt war. Ich hätte noch viel zu geben.«

»Darin sind Sie nicht der einzige, der dazu imstande wäre.«

»Den Anspruch erhebe ich auch nicht. Aber ich würde mich nicht mit nichts begnügen, Camilla.«

»Ich wäre die letzte, die einen solchen Mann möchte.«

»Das glaube ich auch, Camilla. Und ich glaube, ein Mann zu sein, der weiß, was eine Frau sich wünscht, was in ihren Augen richtig und angemessen ist. Ich hatte wenig Gelegenheit, mich als der zu zeigen, der ich sein könnte.«

»Besser spät als nie! Zur Umkehr nie zu spät! Zum Lernen nie zu alt!« trällerte Camilla, indem sie durchs Zimmer wirbelte. »Bringen Sie mich nicht zur Tür. Ich will mich mit gesenktem Haupt davonschleichen, wie ich gekommen bin.«

Godfrey ging auf dem Teppich auf und ab und verlängerte, da ihm der Raum nicht genügte, seine Schritte bis in die Halle, wo eben Gregory und Polly dem Garten zustrebten.

»Sieh da, mein Gregory und Polly! Ihr hübschen beiden! Wahrhaftig, ich beneide euch oder würde euch an der Stelle manch anderer Leute beneiden. Ich kenne eure Gefühle. Was euch mit Macht überkommt, das gibt es nur einmal, in welchem Abschnitt des Lebens auch immer es einem begegnet. Manche Leute würden euch dafür zu jung finden, wie sie mich zu alt finden würden. Sie haben im einen wie im anderen Falle unrecht. Denn wir wissen nicht, an welchem Tage und zu welcher Stunde es uns zustößt, ob im Frühling oder im Herbst, dem Spätsommer des Lebens.«

XXVIII

Dominic betrat das Haus der Haslams gleichsam verstohlen, als wäre er froh, wenn er die folgende Unterredung schon hinter sich hätte.

Godfrey begrüßte ihn mit einer etwas krampfhaften Ungezwungenheit, die an die Tage von Harriets Krankheit erinnerte.

»Also, Spong, ich hoffe, Sie finden mich in besserer Verfassung. Ich fühle mich erholter und mehr imstande, meinen Weg zu gehen, als da Sie mich das letzte Mal sahen. Es war eine harte Zeit. Aber wir müssen ja nicht stillstehen, bloß weil wir einen Rückschlag erlitten haben. Dafür ist das Leben nicht lang genug.«

»Nein, Sir Godfrey«, sagte Dominic, indem er seine Augen von Godfreys Gesicht abschweifen ließ und keinerlei Genugtuung zu dessen Gunsten äußerte. »Ich war so frei, Sie aufzusuchen in der Hoffnung, daß Sie möglicherweise bereit wären, mir ein wenig Ihre Aufmerksamkeit zu leihen. Ich hatte volles Verständnis für Ihre Abneigung, sich mit konkreten Angelegenheiten zu befassen, ich werde jedoch in allernächster Zeit für ein paar Wochen von Hause abwesend sein, und es würde mir Sorge bereiten, wenn Sie meinen Rat zu einem Zeitpunkt wünschten, da ich nicht in der Lage wäre, ihn zu geben. Es wird nicht nötig sein, Ihnen im

Augenblick, da Sie anderweitig stark beansprucht sind, allzu viel zuzumuten.«

»Ja, ja, machen wir uns daran, Spong«, sagte Godfrey, indem er für sich einen Sessel heranzog und gleichsam einen zweiten heranwinkte, den Dominic auch besorgte. »Bringen wir es hinter uns. Wir müssen uns darauf konzentrieren, damit wir dann zum nächsten Kapitel übergehen können. Denn auch darin werden wir noch unsere Rolle zu spielen haben. Man kann nicht mit den Füßen in der Vergangenheit verwurzelt bleiben.«

»Freilich nicht, Sir Godfrey«, sagte Dominic, indem er einige Papiere eins nach dem anderen ausbreitete und fest darauf niederblickte. »Was ich zu sagen habe, betrifft unter anderem einen Punkt, dem wir uns, mit Ihrer Erlaubnis, zunächst zuwenden wollen – kein besonders wichtiger Punkt, der leicht zu begreifen ist und wohl kaum länger diskutiert werden muß. Ich habe festzustellen, was Sie wahrscheinlich längst wissen und dessen Eröffnung, da Sie es ganz zweifellos schon wissen, eine reine Formalität ist.« Dominic schien sich an jede Silbe zu klammern, die ihm erlaubte, die Sache noch nicht beim Namen zu nennen. »Es ist Ihnen zweifellos bekannt, daß Ihre Frau Ihnen das Verfügungsrecht über den größeren Teil der Einkünfte aus ihrem Grundvermögen gelassen hat unter der Bedingung, daß und solange Sie Witwer bleiben. Wenn nicht, fällt das Geld in von ihr genau festgelegten Anteilen ihren Kindern zu.« Nachdem Dominic so der Form genügt hatte, hielt er die Augen auf den Tisch gesenkt.

»Was?« sagte Godfrey. »Was sagen Sie da? Ich wußte davon überhaupt nichts, keine blasse Ahnung! Da muß irgendein Irrtum vorliegen. Die Einkünfte fallen nur an mich, wenn ich Witwer bleibe? Wenn ich heirate, soll ich nichts von alledem bekommen? Ich könnte das Haus nicht halten. Ich könnte ohne das Vermögen meiner Frau hier nicht existieren. Wir haben gemeinsam die verschiedenen Posten aufgeteilt. Sie behielt sich ebensoviel Anteil an dem Grundvermögen vor wie ich, ja mehr. Darum also sind Sie der Lesung des Testaments am Tage des Begräbnisses ausgewichen! Sie wollten mich nicht derart bloßstellen. Und ich hatte nicht den geringsten Argwohn, ich habe seitdem überhaupt nicht an das Testament gedacht. Ich bin ein vertrauensvoller Mensch, was meine nächsten Angehörigen betrifft. Und nun so eine Bedingung! Ich hätte es nicht für möglich gehalten. Ich glaube es auch jetzt keinen Augenblick.«

»Das ist aber die Klausel«, sagte Dominic, wobei es nur ganz unmerklich in seinem Gesicht zuckte.

»Nun, lassen Sie mich sehen«, sagte Godfrey, die Hand ausstreckend.

Dominic überließ ihm eine Ausfertigung des Testaments.

»So, aha, ja«, sagte Godfrey, der sich von der juristischen Eingangsfloskel nicht zum Weiterlesen animiert fühlte. »Ihr Wort genügt mir, Spong. Es muß wohl so sein, wie Sie sagen. Aber es erscheint mir dennoch unglaublich.«

»Sie müssen verstehen, Sir Godfrey, daß Lady Haslam nicht meinen Rat einholte, sondern daß ich lediglich ihre Instruktionen entgegengenommen habe. Ich dachte nicht anders als daß zwischen Ihnen und ihr Einigkeit hierüber und über andere Punkte bestünde.«

»Oh, ja zweifellos«, sagte Godfrey. »So steht es also. Darauf habe ich mich einzustellen. Mir sind die Hände gebunden. Für mich ist es zu Ende mit den guten Dingen des Lebens, sie sind außerhalb meiner Reichweite. Es sei denn, ich verzichte auf die guten Dinge, die ich habe. So ist es nur recht und billig, das gebe ich zu. Vermutlich dachte meine Frau, es sei mein innigster Wunsch, in der Vergangenheit zu leben. Ich glaube, das wünschen sich viele Menschen, darunter auch Sie. Aber nicht jeder ist darin gleich.«

»Nein, freilich nicht«, sagte Dominic, wobei eine plötzliche Röte sein Gesicht überzog. »Aber aus ebendiesem Grunde, Sir Godfrey, war es meine Pflicht, Sie über Ihre Lage nicht in Unkenntnis zu lassen, einer Unkenntnis, die mir, wie ich zugebe, als im Bereich der Möglichkeit liegend angedeutet wurde.«

»Ja, ich muß mich zusammennehmen«, sagte Godfrey. »Ich habe noch ein gutes Stück Leben vor mir. Ich darf nicht absinken und verbittern. Ich muß darüber erhaben sein, erhaben über den Groll gegen eine arme Frau, die nicht mehr lebt, die schließlich mein Weib gewesen ist und mit der ich viele glückliche Jahre verbracht habe. Ich muß lernen, nicht zu viel für mich zu verlangen, keine zu hohen Ansprüche zu stellen. Letzten Endes liegt mein Leben in der Vergangenheit. Sie, die Verstorbene, bedeutete Leben für mich. Nur als Reaktion auf all mein Unglück stellte ich mich auf die Zukunft ein. Meine Frau kannte mich, Spong. Sie kannte mein Temperament, das wieder aufbegehrt. Diese arme, schwache, leidende Frau, die kaum genug Kraft für ihr eigenes Leben hatte, nicht die Kraft, es durchzustehen – sie wollte den Mann bedenken, der sie geliebt hatte, ihn dort verankern, wo er mit seinem Herzen war. Jede andere hätte mich haben können, Spong, ich wäre eine leichte Beute für jede Frau gewesen. Meine Reaktion darauf hätte mich weit übers Ziel hinausgetragen. Ich bin meiner Frau dankbar, daß sie mein Herz durchschaut hat. Gleichsam Hand in Hand haben wir das Testament gemacht, als hätten wir es gemeinsam aufgesetzt. Ja, ich darf sagen, wir machten es gemeinsam, ja, wir sprachen sogar davon. Sie wissen, daß ich für so etwas seit je ein schlechtes Gedächtnis hatte. Immer hat sie mir diese Dinge abgenommen. Und sie sorgt auch weiter für mich. Mein teures, edelmütiges Weib hinterläßt mir, was ihr gehörte, und setzt mich in dessen Genuß auf Lebenszeit, vorausgesetzt, daß ich ihrem Gedächtnis treu bleibe und wir unseren Weg gehen können, der im Grunde ein und derselbe ist. Meine jungen Leute hingegen, meine Griselda und Gregory, erleben ihren Liebesfrühling. Im Gedanken an sie und indem ich mich mit ihnen eins fühle, gehen meine Wünsche in die gleiche Richtung. Als wenn ich mir sie ihres Einkommens beraubt vorstellen könnte, falls sie heiraten sollten, die armen jungen Dinger! Mich an ihre Stelle zu versetzen, hat mich ganz schön umgeworfen. Ja, Spong, lassen Sie mich Ihnen sagen, daß ich Ihnen für Ihre Hilfe danke und für jeglichen Beistand, den Sie meiner Frau in dieser Sache und überhaupt geleistet haben. Nur, daß ich hierbei nicht selbst beteiligt war, ich kann mich jedenfalls nicht erinnern. Nun, wir müssen den Auftrag erfüllen, den sie mir durch das Vermächtnis all ihrer weltlichen Habe hinterlassen hat. Ich muß mich erinnern, was sie zu mir sagte, wie ich mich auch soeben erinnert habe, was wir – sei es buchstäblich oder dem Sinne nach – gemeinsam verfügt haben. Da müssen wir in Kürze herangehen.«

»Ja, das wird uns in nächster Zukunft beschäftigen müssen. Offen gestanden, Sir Godfrey, hatte ich aus der Art, wie Sie sich anfänglich ausdrückten, entnommen, daß Sie von den Bedingungen des Testaments überrascht, womöglich sogar enttäuscht waren. Ich bin erleichtert zu hören, daß das offenbar nicht der Fall war.«

»Oh, nein, ja. Ganz wie ich Ihnen sagte, Spong.«

»Ja, ja«, sagte Dominic. »Ja fürwahr, Sir Godfrey. Und jetzt können wir in eine allgemeine Erörterung eintreten, wenn Ihnen danach zumute ist, oder wir können die Inangriffnahme dieser Probleme auf eine spätere Gelegenheit verschieben. Ich bin im Begriff, für kurze Zeit in persönlichen Angelegenheiten zu verreisen, die für Sie nicht von Interesse sein dürften.« Dominic legte die Fingerkuppen aneinander und blickte darauf nieder, aber Sir Godfrey fragte nicht weiter danach. »Bei meiner Rückkehr werde ich bereit sein, gemeinsam mit Ihnen das Erforderliche zu überlegen.«

»Ja, ja, Spong, so wird es am besten sein. Offen gesagt, die Geschicke meiner beiden Jüngsten, das Unglück des armen Matthew, und mein eigener schmerzlicher Verlust haben mich so mitgenommen, daß mir im Augenblick der Sinn nicht nach geschäftlichen Dingen steht. Ich würde womöglich abschweifen und ungereimtes Zeug reden, und Sie würden nicht wissen, was Sie aus mir machen sollen. Ich bin meiner selbst nicht sicher und fühle mich wie entwurzelt. Ah, das ist wie eine Art von Fieber. Wir wollen es für jetzt dabei bewenden lassen. Und vielen Dank, Spong, ich danke Ihnen. Möchten Sie vielleicht eine Tasse Tee?«

Das Ausmaß von Godfreys Dankbarkeit schien mehr zu umfassen, als im Augenblick ersichtlich war.

»Nein, vielen Dank, keinen Tee, Sir Godfrey«, sagte Dominic, gleichsam mit Genugtuung ablehnend. »Ich habe eine andere Verabredung. Um genau zu sein, es wartet jemand an Ihrem Parktor auf mich, und ich muß zu ihr eilen, wie denn das durch dieses Pronomen angezeigte Geschlecht der Betreffenden meine Eile erklärlich macht.«

Godfrey schüttelte ihm die Hand, wandte sich dann und eilte in den Salon, der wie gewöhnlich von Familie und Freunden bevölkert war.

»So, das wäre überstanden. Ich mußte Spong zu einer Unterredung empfangen und mich mit dem Kommenden vertraut machen. Es nützt nichts, dem auszuweichen, aber ich werde Harriet sehr vermissen. Ich sollte das nicht sagen, aber sie fehlt mir gerade bei diesen Verhandlungen mit Spong. Ich bringe es nicht über mich, Spong mit ihren Augen zu sehen, ich kann nicht so mit ihm umgehen wie sie. Es hat eine besondere Bewandtnis mit Spong.« Godfrey schnippte mit den Fingern. »Ich kann nicht sagen, was es ist, ich könnte es nicht benennen, etwas, das mir überhaupt nicht liegt. Es tut auch weiter nichts, da er zu Harriet nie so war. Harriet war nicht jemand, der so etwas herausforderte. Ich verlange nicht, daß er mich in dem gleichen Licht sieht, wie auch ich ihn nicht so sehe. Nun denn, Harriet hat ihren Willen bekommen, das hat sie, die Gute! Sie hat ihr Testament gemacht, wie es ihr beliebte, und ich bin froh darüber. Ich werde alles für meinen Lebensunterhalt haben, abgesehen von den Legaten für die Söhne und die Tochter, und danach fällt es den Kindern zu, ihren und meinen. Und ich habe ihr Witwer zu bleiben, das ist mir auferlegt. Wenn ich wieder heirate, verliere ich bis auf den letzten Pfennig, was ihr einst gehörte!« Er legte eine Hand auf die andere, als sei er tief befriedigt von der Gründlichkeit dieser Klausel. »Das sind die Bedingungen. Sie wollte ihren Gatten behalten. Und das freut mich. Ich fühle mich erhoben und geschmeichelt. Es macht keinen Unterschied für mich. Ich habe nicht den Wunsch, wieder zu heiraten. Ich würde gar nicht davon sprechen, um die Erinnerung an sie rein zu halten, hätte sie nicht selbst die Klausel hineingebracht. Aber Spong, ob ihr es glauben wollt oder nicht, blickte mich entschieden zweifelnd aus dem Augenwinkel an. Wahrhaftig, ich hätte ihm eine langen können, wie er da mit schräg geneigtem Kopf vor mir saß. Harriet verstand es, mit ihm umzugehen. Er versuchte irgend etwas, das ich sagte – ich glaube, über Griselda und Gregory oder in Gedanken an sie – umzufälschen in ein Ressentiment gegen meine Frau! Da habe ich ihm aber Bescheid gesagt. Ich glaube, er hat nie mit Ehepaaren zu tun gehabt, die miteinander im Einklang waren. Was in meiner lieben Harriet vorgegangen ist, verstehe ich so gut, als hätte sie es mir selbst erklärt. Ja, ich kann sagen, sie hat es mir erklärt, nur daß ich kein Gedächtnis für solche Dinge habe. Vielleicht war ich deshalb so schnell bereit, es einzusehen, weil es mir im Unterbewußtsein längst klar war. Nach außen hin dachte ich natürlich nicht anders, als daß wir beide zusammen unseren alten Tagen entgegengingen. Nicht daß es mit mir schon soweit wäre, ich möchte es fast wünschen, da Harriet von mir gegangen ist. Nun, Gregory, ich hoffe, du wirst in deiner Ehe ebenso glücklich, wie ich es in meiner war. Das jedenfalls wünscht dir dein Vater.«

»Mit vollem Recht, Godfrey«, sagte Rachel. »Was kann man mehr verlangen, als eine Frau zu haben, die einem so zugetan ist, daß sie annimmt, auch andere würden es sein, und die dieses Gefühl in ihrem letzten Willen verewigt. So wenige Menschen bringen uns Verständnis entgegen. Ich gerate immer noch in Harnisch wegen Percy und seiner ersten Frau. Sie hätte ihn besser behandeln können, obwohl sie nicht das Bild von ihm hatte, das wir mittlerweile haben. Harriet kommt in jedem Fall am besten weg.«

»Dennoch verstehe ich Mutters Gründe nicht«, sagte Gregory.

»Gregory, ich verbitte mir jede Kritik!« sagte sein Vater mit beschwörend erhobener Hand.

»Verstehen Sie es?« sagte Rachel leise zu Dufferin. »Harriet hat Ihnen immer mehr anvertraut als mir.«

»Sie tat es, weil sie wußte, daß Godfrey jede Beliebige heiraten würde und doch mit kaum einer ganz er selbst sein könnte«, sagte Dufferin. »Mit ihr war er es, und das war die Tragik im Leben der beiden. Sie hat nie aufgehört, ihre Angehörigen vor sich selbst zu bewahren, und sie tat das auf ihre eigene Weise.«

»Ja, ja, eben, eine Frau, Sie verstehen. Einer Frau steht das sehr wohl an«, sagte Sir Percy als Ergebnis längeren Nachdenkens.

»Ja, so ist's, Hardisty«, sagte Godfrey. »Wenn ein Mann so handelte, würde ich ihn ohne Zögern für den gemeinsten Schuft halten. Aber eine Frau darf handeln, wie es ihr beliebt. Und meine Harriet schon gar. Meine Harriet durfte mit mir verfahren, wie sie wollte. Ah, und das wußte sie auch. Und ich bin froh, daß sie es wußte, obwohl sie damit die Blicke gewisser Leute auf mich gelenkt hat. Aber das sind nicht die Leute, auf die es ankommt, und es ist ein geringer Preis dafür, daß sie ihren Frieden hat. Ich zahle ihn gern. Nur kann ich nicht dulden, daß Spong eine Lippe riskiert und es so hinstellt, als wäre ich ein gekränkter Ehemann und was nicht alles. Ich bin nicht bereit, das auf mir sitzen zu lassen.«

»Ich hörte gerüchtweise, daß Spong sich verlobt hätte«, sagte Jermyn. »Aber ich gab nichts darauf. Es schien mir zu unwahrscheinlich. Doch vielleicht ist es wahr, und eben deshalb konnte er dir deine Knechtschaft nachfühlen.«

»Oh, bewahre, Knechtschaft. Nun, manche Leute würden es vielleicht so nennen. Manche Männer es so ansehen, zu denen gehöre ich nicht. Aber das mit Spong kann nicht wahr sein. Spong ist so immun wie nur einer. Er wäre nicht der Mann, in den eine Frau sich verlieben könnte. Ich wundere mich, daß es bei ihm einmal dazu gekommen ist. Dem Andenken dieser Frau ist er treu, wie man gerechterweise sagen muß. Das ist das Beste an Spong. Damit steigt ein Mann in unserer Achtung. Aber ihm brauchte man keine Bedingungen zu stellen. Seine Frau konnte sich diese Mühe sparen, was sie zweifellos auch getan hat. Eben darum glaubte er, mich durchschaut zu haben, während es in Wahrheit umgekehrt war.«

»Die Anzeige von Mr. Spongs Verlobung steht im lokalen Wochenblatt, Sir Godfrey«, sagte Buttermere, während er die Tischdecke ausschüttelte. »In der Ausgabe von heute nachmittag, von der üblicherweise ein Exemplar an die Gesindestube geliefert wird.«

»Oh, wirklich? Und kennt man die Betreffende?« sagte Godfrey.

»Wer ist es, Buttermere?« sagte Jermyn.

»Ich werde die Zeitung holen«, sagte Buttermere.

»Laßt uns raten«, sagte Gregory. »Ich vermute Mrs. Christy. Ich weiß, daß Spong in letzter Zeit um ihr Haus herumgestrichen ist.«

»Ja, das könnte sein. Aber es ist unfair von Ihnen, nicht Geraldine in Betracht zu ziehen«, sagte Rachel.

»Ich tippe auf Geraldine«, sagte Polly.

»Das ist recht, mein Kind«, sagte Rachel.

»Nicht Mellicent?« sagte Godfrey.

»Nein, natürlich nicht, Haslam«, sagte Sir Percy.

»Nun, eine muß es ja sein«, sagte Godfrey. »Und keine hat viel Wahrscheinlichkeit für sich, nichtwahr.«

»Mrs. Calkin?« sagte Griselda.

»Ja, warum eigentlich nicht«, sagte Jermyn.

»Ich rechne fast damit, daß es Mrs. Calkin ist«, sagte Godfrey. »Für Spong ist keine zu alt. Ich tippe auf Agatha Calkin. Jetzt werden wir sehen, ob ich recht habe.«

Buttermere brachte die Zeitung und entfernte sich sogleich.

»Also, laßt sehen«, sagte Godfrey. »Ach, ja, Rachel, nehmen Sie sie doch. Sie werden uns im Nu sagen, wer es ist.«

»Ja, das will ich. Geburten, Heiraten, Todesfälle!« sagte Rachel. »Oh, macht euch auf etwas gefaßt! Ich hätte es gleich sagen können, und jetzt wird's mir niemand mehr glauben. Es ist Camilla!«

»Oh, das kann nicht sein. Ich weiß zuverlässig, daß das nicht möglich ist«, sagte Godfrey. »Ich kann euch mit Sicherheit sagen, daß da ein Irrtum vorliegt.«

»Das hätten wir alle sagen können«, sagte Jermyn. »Aber das hat's nicht verhindert. Gut, daß Matthew nicht hier ist.«

»Ja, ja, wirklich, der arme Junge!« sagte Godfrey nach einer Pause. »Das also hatte der alte Spong in petto! Nun, ich finde es geschmacklos für ein Mädchen, einen Mann in reiferem Alter zu heiraten. Das will mir nicht in den Kopf. Spong ist fast in meinem Alter. Ich hätte es nicht für möglich gehalten. Damit entfällt jede Verpflichtung gegenüber Spong. Mich beschäftigt nur der Gedanke, was in meinem armen Matthew vorgehen mag.«

»Ich möchte meinen, daß er weniger an ihr hängt als bisher«, sagte Griselda.

»Ja, ganz gewiß, Griselda«, sagte ihr Vater, sich gleichsam jetzt darüber klar werdend. »Da sagst du etwas Wahres. Wenn überhaupt ein Mann von einer Verblendung geheilt werden kann, dann durch so etwas. Das weiß ich ganz sicher. Also mag es so am besten sein. Sie ist jetzt in festen Händen, und niemand kann ihretwegen unglücklich werden. Genug Männern ist es so ergangen, und es hätten leicht noch mehr werden können. Denn wenn je eine Frau einem Manne das Gefühl geben konnte, sie sei für ihn die einzige Frau in der Welt, dann sie, das sage ich ganz offen. Ich kann mich so in Matthew versetzen, als steckte ich in seiner Haut.«

»Sie hielt immer große Stücke auf dich«, sagte Gregory.

»Ja, das tat sie wohl«, sagte Godfrey. »Ich glaube, sie schätzte mich als Mann nicht so gering ein, daß ich mich nicht an der Seite einer Frau wie sie gut hätte sehen lassen können. Aber ganz unbegreiflich ist mir, wie sie sich in Spong hat verlieben können. Den Mann, der in jeder Beziehung mehr von der Norm abweicht, einen stärkeren Kontrast darstellt, weniger das ist, was man für eine Frau als Ziel ihrer Wünsche annimmt – diesen Mann muß man mir erst einmal zeigen. Mir ist das Ganze völlig schleierhaft.«

»Er ist sehr gut situiert«, sagte Dufferin. »Seine Frau hat ihm ein ansehnliches Vermögen hinterlassen, und er hat sparsamer gelebt, als es einem Mann mit normalen Ansprüchen je einfallen würde. Für Camilla ist ein Mann wie der andere, und er ist gut beieinander und auf seine Art ein ehrlicher Kerl. Camilla war schon immer mehr auf Besitz als auf Menschen aus. Schließlich ist sie es, die ihre Wahl zu treffen hat.«

»Ja, ja, das muß wohl so sein«, sagte Godfrey. »Es zeigt nur einmal mehr, wie recht Menschen haben, wenn sie Bedingungen auferlegen. Harriet hatte alles Recht auf ihrer Seite. Das war mir sogar schon klar, als sie mir andeutete, daß sie diesen Vorbehalt machen möchte, die Ärmste! Ich war froh, daß sie mich vor mir selbst bewahrt hat, daß sie mit mir verbunden zu bleiben wünschte. Warum starren Sie mich so an, Rachel, mit aufgerissenen Augen? Nach all den Jahren, die wir als Mann und Frau zusammen gelebt haben, schuldete ich ihr diesen Tribut.«

»Einen höchst angemessenen Tribut«, sagte Rachel. »Aber das ist nun hinlänglich anerkannt worden, Godfrey.«

»Was mich komisch berührt«, sagte Godfrey, »nun, ich meine nicht komisch, sondern was mich höchlichst befriedigt, ist, daß Harriet alles nach ihren Wünschen gegangen ist. Matthew ist unterwegs nach London, um sich seinem Beruf zu widmen, und Jermyn nach Cambridge zu dem gleichen Zweck, Griselda ist ihren Pfarrer und Gregory seine alten Damen los, und ich selbst sitze auf dem trocknen! Ich meine damit nur, daß sie auch über mich ihren Spruch gefällt hat. Darin liegt ein gewisser Ausgleich, daß man außer Gefecht gesetzt, vorzeitig dahingeschieden ist, wenn man seine Klugheit Früchte tragen sieht. Denn es ergab sich alles ganz folgerichtig. Natürlich braucht sie dort, wo sie jetzt weilt, diesen Ausgleich nicht. Im Gegenteil: Wir haben ihn nötig.«

»Harriet hatte eben immer eine glückliche Hand«, sagte Rachel.

Verlagsgemeinschaft Ernst Klett Verlag –
J. G. Cotta'sche Buchhandlung
Die Originalausgabe erschien unter dem Titel
»Men and Wives« im Verlag Victor Gollancz Ltd., London

Printed in Germany 1987
Umschlag: Klett-Cotta-Design

CIP-Kurztitelaufnahme der Deutschen Bibliothek

Compton-Burnett, Ivy:
Männer und Frauen: Roman / Ivy Compton-Burnett.
Aus dem Englischen übersetzt von Walter Schürenberg. –
Stuttgart: Klett-Cotta, 1987.
Einheitssachtitel: Men and wives <dt.>
ISBN 3-608-95491-0

Anglo-amerikanische Erzählerinnen
bei Klett-Cotta

Katherine Anne Porter

Judasblüten
und andere Erzählungen
240 Seiten, ISBN 3-608-95136-9

Fahles Pferd, fahler Reiter
Erzählungen
314 Seiten, ISBN 3-608-95166-0

»Viele ihrer Erzählungen sind in der modernen epischen Prosa nie übertroffen und einige nie erreicht worden. Sie gehört zu der verhältnismäßig kleinen Gruppe von Schriftstellern, der man James Joyce, Katherine Mansfield, Sherwood Anderson und Ernest Hemingway zuzählen würde.«

Robert Penn Warren